As Regras do Amor e da Magia

ALICE HOFFMAN

As Regras do Amor e da Magia

Tradução
Denise de Carvalho Rocha

JANGADA

Título do original: *The Rules of Magic*
Copyright © 2017 Alice Hoffman
Publicado mediante acordo com Simon & Schuster Inc.
Copyright da edição brasileira © 2019 Editora Pensamento-Cultrix Ltda.
1ª edição 2019. / 1ª reimpressão 2022.

Todos os direitos reservados. Nenhuma parte desta obra pode ser reproduzida ou usada de qualquer forma ou por qualquer meio, eletrônico ou mecânico, inclusive fotocópias, gravações ou sistema de armazenamento em banco de dados, sem permissão por escrito, exceto nos casos de trechos curtos citados em resenhas críticas ou artigos de revistas.

A Editora Jangada não se responsabiliza por eventuais mudanças ocorridas nos endereços convencionais ou eletrônicos citados neste livro.

Esta é uma obra de ficção. Todos os personagens, organizações e acontecimentos retratados neste romance são produtos da imaginação do autor e usados de modo fictício.

Não pode ser exportado para Portugal.

Editor: Adilson Silva Ramachandra
Editora de texto: Denise de Carvalho Rocha
Gerente editorial: Roseli de S. Ferraz
Produção editorial: Indiara Faria Kayo
Auxiliar de produção editorial: Daniel Lima
Editoração eletrônica: Join Bureau
Revisão: Vivian Miwa Matsushita

Dados Internacionais de Catalogação na Publicação (CIP)
(Câmara Brasileira do Livro, SP, Brasil)

Hoffman, Alice
    As Regras do amor e da magia / Alice Hoffman; tradução Denise de Carvalho Rocha. – São Paulo: Jangada, 2019.

    Título original: The rules of magic.
    ISBN 978-85-5539-128-6

    1. Ficção de fantasia 2. Ficção norte-americana I. Título.

18-22217   CDD-813

Índices para catálogo sistemático:
1. Ficção: Literatura norte-americana 813
Iolanda Rodrigues Biode – Bibliotecária – CRB-8/10014

Jangada é um selo editorial da Pensamento-Cultrix Ltda.

Direitos de tradução para o Brasil adquiridos com exclusividade pela
EDITORA PENSAMENTO-CULTRIX LTDA., que se reserva a propriedade literária desta tradução.
Rua Dr. Mário Vicente, 368 — 04270-000 — São Paulo, SP
Fone: (11) 2066-9000
http://www.editorajangada.com.br
E-mail: atendimento@editorajangada.com.br
Foi feito o depósito legal.

Não há remédio para o amor a não ser amar ainda mais.

HENRY DAVID THOREAU

Parte Um

Intuição
As Regras da Magia

Houve uma época, antes que o mundo todo se transformasse, em que era possível fugir de casa, esconder quem você realmente era e entrar para a alta sociedade. A mãe das crianças tinha feito exatamente isso. Susanna era uma Owens, uma família tão antiga de Boston que a Sociedade Geral dos Descendentes de Mayflower e as Filhas da Revolução Americana não tiveram coragem de lhe negar acesso às suas organizações exclusivas, apesar de preferirem fechar as portas para essa família, passando duas voltas na chave.

A ancestral original, Maria Owens, que aportara nos Estados Unidos em 1680, permaneceu um mistério até para a própria família. Ninguém sabia quem era o pai da sua filha ou entendia como ela tinha conseguido construir uma casa tão boa mesmo sendo uma mulher sozinha, aparentemente sem nenhum meio de sustento. A linhagem dos seus descendentes era igualmente duvidosa. Maridos sumiam sem deixar vestígios. As mulheres quase só geravam filhas. Crianças desapareciam e nunca mais eram vistas.

Em cada geração, havia aqueles que fugiam de Massachusetts, e Susanna Owens foi um deles. Fugira para Paris quando jovem, depois se casara e se estabelecera em Nova York. Para o próprio bem dos filhos, negou-lhes qualquer conhecimento da sua herança de sangue. Isso os deixou com incômodas suspeitas sobre quem eram. Ficou evidente, desde o início, que não eram como as outras crianças, por isso Susanna sentiu que não tinha escolha a não ser estabelecer regras.

Nada de andar ao luar, usar o tabuleiro Ouija, acender velas, calçar sapatos vermelhos ou vestir roupas pretas; nada de andar descalço, usar amuletos, cultivar flores que desabrocham à noite, ler livros de magia, criar gatos e corvos ou se aventurar muito além da esquina de casa. Mas não importava quanto Susanna fosse firme com as crianças, elas continuavam a contrariá-la. Insistiam em ser diferentes das outras. Frances, a mais velha, tinha a pele branca como leite e o cabelo ruivo, de um tom vermelho-sangue; desde pequena confabulava com os pássaros, que pousavam na sua janela como se tivessem sido chamados por aquele bebê ainda em seu berço.

Então chegou Bridget, que recebeu o apelido de Jet* por causa dos cabelos negros como azeviche, uma garota tão tímida quanto bela, que parecia ler os pensamentos das pessoas. O último a chegar foi Vincent, o adorado caçula, uma surpresa em todos os sentidos, o primeiro e único menino a nascer na família, um músico talentoso que assobiava antes mesmo de aprender a falar, tão carismático e destemido que a mãe, preocupada, às vezes o mantinha preso, quando pequeno, para impedi-lo de fugir.

As crianças cresceram depressa nos últimos anos da década de 1950, e o estranho comportamento delas com o tempo só se acentuou. Não gostavam de brincar com as outras crianças nem demonstravam interesse por elas no parquinho. Depois que os pais iam para a cama, esgueiravam-se pelas janelas da deteriorada casa da família, na 89th Street, área nobre do Upper East Side, em Nova York, pulando e dançando no telhado, descendo rápido pelas escadas de incêndio e, com o passar do tempo, vagando pelo Central Park a qualquer hora. Escreviam com tinta preta nas paredes da sala, liam os pensamentos uns dos

---

* Azeviche, em inglês. (N.T.)

outros e se escondiam no porão, onde a mãe nunca conseguia encontrá-los. Como se cumprissem um dever, eles quebravam as regras, uma a uma. Franny usava preto e cultivava, numa floreira na janela, jasmins que floresciam à noite; Jet lia todas as aventuras mágicas de E. Nesbit e alimentava gatos de rua nos becos; e Vincent passou a se aventurar pelo centro da cidade assim que completou 10 anos.

Os três tinham os olhos cinzentos pelos quais a família era conhecida, mas as irmãs eram o oposto uma da outra em todos os sentidos. Frances era carrancuda e desconfiada, Jet era bondosa e tão sensível que um comentário negativo podia fazê-la desenvolver urticária. Ela estava sempre na moda, seguindo o estilo elegante da mãe, mas Frances geralmente estava com a roupa amarrotada e o cabelo despenteado. Ela ficava mais feliz quando estava com as botas enlameadas, de tanto perambular pelo Central Park. Seu dom especial com pássaros silvestres permitia que os atraísse apenas levantando a mão. Quando corria tão rápido que quase voava, de longe ela parecia falar com eles e ser feita mais para o mundo dessas criaturas aladas do que para o das pessoas.

Quanto a Vincent, ele tinha um charme tão sobrenatural que, poucas horas após seu nascimento, uma enfermeira da maternidade do Columbia-Presbyterian Hospital o escondeu dentro do casaco, numa tentativa fracassada de raptá-lo. Durante o julgamento, ela disse ao tribunal que era inocente, pois estava enfeitiçada, incapaz de resistir ao menino. Essa se tornou uma queixa cada vez mais comum quando se tratava de Vincent. Ele era mimado, tratado por Jet como se fosse uma boneca e por Frances como se fosse um experimento científico. Se alguém o beliscasse, Frances se perguntava, será que ele iria chorar? Se lhe oferecessem um pacote de biscoitos, ele ficaria doente se comesse todos? Sim, ele chorava e, sim, para a segunda pergunta também. Quando Vincent se comportava mal, o que era frequente, Frances inventava histórias cheias de castigos para garotinhos que não obedeciam, mas seus contos de advertência não detinham o irmão. Mesmo assim, ela era sua maior protetora e assim permaneceu mesmo quando ele ficou bem mais alto do que ela.

A escola que frequentavam era desprezada pelos três, embora Susanna Owens tivesse se esforçado muito para que fossem aceitos, oferecendo coquetéis para o Conselho da Starling School na casa da família. Embora a casa em que moravam estivesse praticamente em ruínas por falta de recursos (o pai deles, um psiquiatra, insistia em não cobrar a consulta de muitos dos seus pacientes), o lugar nunca deixava de impressionar. Susanna decorava a sala de estar para as reuniões do Conselho com bandejas de prata e almofadas de seda, compradas na Tiffany exclusivamente para o evento e devolvidas à loja no dia seguinte.

A Starling School era uma instituição esnobe e seleta que mantinha um segurança na porta da frente. Todos os alunos tinham de usar uniforme, embora Franny normalmente encurtasse a saia cinza e enrolasse as meias grossas, deixando as pernas sardentas à mostra. Seu cabelo ruivo encaracolava quando o tempo estava úmido e a pele ardia se ficasse ao sol por mais de quinze minutos. Franny se destacava na multidão, o que a irritava muito. Ela era alta, e continuou a crescer até que, no início do Ensino Médio, alcançou por fim a temida altura de 1,82 metro. Sempre teve braços e pernas longos e desengonçados. Por isso, sua fase de criança desajeitada durou dez anos, desde o triste jardim da infância, em que era mais alta que qualquer um dos meninos, até completar 15 anos. Ela costumava usar botas vermelhas, compradas num brechó. *Garota esquisita*, escreveram em seus registros de avaliação escolar. *Seria necessário um teste psicológico?*

Na escola, as irmãs eram consideradas estranhas no ninho, e Jet era um alvo especialmente fácil. Os colegas de classe dela conseguiam fazê-la chorar com um comentário maldoso ou um empurrão bem dado. Quando ela passou a se esconder no banheiro feminino durante a maior parte do dia, Franny intercedeu. Logo os outros alunos aprenderam a não irritar as irmãs Owens, a não ser que quisessem tropeçar nos próprios sapatos ou gaguejar quando apresentavam um trabalho diante da classe. Havia algo de perigoso nas irmãs, mesmo quando estavam apenas comendo sanduíches de tomate no refeitório ou procurando romances na biblioteca. Era só passar por elas e você aparecia com gripe ou sarampo. Se você as irritasse, era chamado na sala do diretor, acusado de matar aulas ou colar nas provas. Francamente, era melhor deixar as irmãs Owens em paz.

O único amigo de Franny era Haylin Walker, uns sete centímetros mais alto do que ela e igualmente antissocial. Desde o nascimento, Haylin já podia ser considerado um estudante da Starling. Seus avós haviam doado a ala desportiva, o Walker Hall, apelidado de Hell Hall* por Franny, que desprezava os esportes.

No sexto ano, Hay tinha encenado um famigerado protesto, algemando-se ao carrinho de sobremesas para exigir melhores salários para os funcionários do refeitório. Franny admirou sua coragem apesar de os outros alunos simplesmente assistirem a tudo de olhos arregalados, recusando-se a acompanhá-lo quando Haylin começou a gritar "Igualdade para todos!". Depois que o zelador da escola cortou as algemas com uma serra, Haylin teve uma boa conversa com o diretor, que o mandou escrever uma redação sobre os direitos dos trabalhadores, o que o garoto considerou um privilégio e não um castigo. Hay tinha que escrever dez páginas, mas entregou quase cinquenta, com notas de rodapé citando Thomas Paine e Franklin Delano Roosevelt. Ele mal podia esperar pela década seguinte. Segundo dizia a Franny, tudo seria diferente nos anos 1960. E, se tivessem sorte, eles seriam livres.

Haylin desprezava seu histórico familiar de riqueza e privilégio e usava roupas gastas e botas tão velhas que tinham buracos nas solas. Tudo o que ele queria era um cachorro e permissão para frequentar a escola pública. Seus pais lhe negaram os dois. O pai era o maior

---

* Hall do Inferno, em inglês. (N.T.)

acionista de um banco internacional sediado em Manhattan desde 1824, o que era motivo de grande vergonha para Hay. Na época em que estavam no Ensino Médio, ele cogitou mudar seu sobrenome, em cartório, para Jones ou Smith, de modo que ninguém pudesse ligá-lo à infame ganância da família.

Uma das razões que o levava a confiar em Franny era o fato de ela não se deixar impressionar pelas aparências. Ela não estava nem aí para o fato de a família dele morar numa cobertura na 5th Avenue ou ter um mordomo que usava casaca e era formado em Oxford. *Mas que frescura!*, dizia Franny.

O mais importante é que ambos tinham interesse pela ciência. Haylin estudava os efeitos da *cannabis* na sua ingestão de calorias. Ele tinha ganhado dois quilos em menos de um mês, tornando-se viciado, não em maconha, mas em *donuts* com recheio de geleia. Parecia um garoto tranquilo, exceto quando falava sobre biologia e injustiças sociais, ou quando o assunto era sua dedicação a Franny. Ele a seguia por todo lado e não parecia se importar se fizesse papel de tolo. Quando estavam juntos, tinha um brilho tão intenso no olhar que Franny ficava desconcertada. Era como se uma parte dele, um eu oculto, fosse abastecida por emoções que nem ele nem Franny estavam prontos para confrontar.

— Me fale tudo sobre você — Haylin costumava pedir a ela.

— Você já me conhece — respondia Franny. Ele a conhecia melhor do que qualquer outra pessoa. Melhor, ela temia às vezes, do que ela mesma.

Ao contrário de Franny e Jet, Vincent cumpria sua rotina escolar sem nenhuma dificuldade. Aprendeu a tocar violão, e em pouco tempo tinha superado o professor. Bandos de garotas apaixonadas o seguiam pelos corredores. Seu interesse em magia começou cedo. Tirava moedas da orelha dos colegas e acendia fósforos com um sopro. Com o tempo, seus talentos aumentaram. Com um único olhar, ele conseguia interferir na energia elétrica da casa dos Owens; fazia as luzes piscarem, depois apagarem totalmente. Quando estava por perto, portas trancadas eram destrancadas, as janelas abriam e fechavam. Franny perguntava como ele fazia essas coisas, mas ele se recusava a divulgar seus métodos.

– Descubra por si mesma! – dizia ele, com um sorrisinho.

Vincent tinha pregado uma placa na porta do seu quarto, "ENTRE POR SUA PRÓPRIA CONTA E RISCO". Quando Franny entrou, querendo vasculhar o lugar, não encontrou nada de interessante nas gavetas da escrivaninha ou no armário, mas, debaixo da cama do irmão, além de teias de aranha, encontrou um manual de ocultismo chamado *O Mago*.

Franny conhecia a história do livro, pois ele estava na lista de proibições da mãe. Tinha sido tão popular em 1801, quando foi publicado, que havia centenas de histórias sobre ele. Pessoas o roubavam pelo simples desejo de possuí-lo e muitos devotos o mantinham escondido sob as tábuas do assoalho. A edição desgastada de Vincent continuava tão poderosa como sempre fora. Cheirava a enxofre e, assim que Franny a viu, teve um ataque de espirros. Ela tinha quase certeza de que era alérgica àquela coisa.

O manual estava tão quente que Franny queimou os dedos quando o tirou do esconderijo. Não era o tipo de coisa que uma pessoa pegaria só por diversão. Era preciso que ela soubesse o que estava procurando e tivesse coragem para manuseá-lo.

Franny jogou o manual na mesa da cozinha enquanto Vincent almoçava. Lá se foram a salada de batatas e a de repolho, que se espalharam pela mesa. A lombada do livro, preta e dourada, estava gasta pelos anos de uso. Quando bateu na mesa, o livro emitiu um ruído semelhante a um gemido.

– De onde veio isso? – perguntou ela.

Vincent olhou para a irmã e não vacilou.

— Um quiosque de livros usados na calçada do parque.

— Isso não é verdade — disse Franny com firmeza. — Você nunca esteve numa banca de livros na sua vida!

Vincent podia enganar outras pessoas, até Jet podia se deixar levar pelo charme dele, mas Franny tinha um radar para detectar mentiras. A verdade era leve, mas uma mentira afundava no chão, pesada como chumbo, algo que ela sempre evitava, pois a fazia se sentir presa por grades. Mesmo assim, Vincent era o mais atraente dos mentirosos e Franny sentiu um grande amor pelo irmão quando ele deu de ombros e contou a verdade.

— Tem razão. Ele não poderia ser vendido numa banca de livros — confidenciou. — Ainda é ilegal.

Todas as cópias encontradas na virada do século haviam sido queimadas numa fogueira na Washington Square; e havia uma lei pouco conhecida que proibia o livro no acervo das bibliotecas de Nova York ou nas livrarias. Nas páginas do manual, agora aberto sobre a mesa, Franny viu imagens de bruxas sendo levadas à força. A data impressa abaixo da ilustração era 1693. Um calafrio de reconhecimento lhe percorreu a espinha. Ela tinha escrito, pouco tempo antes, um trabalho para a aula de História sobre os tribunais de Salém e sabia que 1693 tinha sido o ano em que muitos dos que aguardavam julgamento fugiram da Nova Inglaterra em busca de mais tolerância, algo que acabaram encontrando em Manhattan. Quando a onda de antibruxaria cresceu na Nova Inglaterra, estimulada pela política, pela ganância e pela religião, e impulsionada por Cotton Mather e pelo infame e cruel juiz John Hathorne, apenas dois julgamentos por bruxaria ocorreram em Nova York. Um em 1658, no Queens; outro em 1665, em Long Island, na época chamada de Yorkshire, na cidade de Setauket; ambos envolvendo moradores que tinham ligação com Boston. Em Nova York, Franny descobrira, era possível ser livre.

– Para que você iria querer essa coisa? – As pontas dos dedos de Franny estavam sujas de fuligem e ela notou uma sensação estranha na boca do estômago.

É claro que Vincent iria se interessar por ocultismo, não por coisas normais como futebol ou atletismo. Ele era suspenso da escola regularmente por fazer travessuras como colocar baldes de água sobre portas e usar spray de pimenta. O comportamento do filho era um grande constrangimento para o dr. Burke-Owens, que pouco tempo antes tinha publicado um livro intitulado *Um Estranho em Casa*, uma análise sobre adolescentes problemáticos, dedicada aos filhos, que não demonstravam nenhum interesse em lê-lo, embora o livro fosse um sucesso de vendas.

Franny podia adivinhar de onde *O Mago* viera: do centro da cidade. Lugar onde, segundo a lista da mãe, eles nunca deveriam ir. Havia rumores de que ali era possível encontrar tudo o que era proibido em outras partes de Manhattan. Coração de feras, sangue humano, encantamentos comprovadamente letais. O principal motivo pelo qual a mãe não lhes permitia ir a Greenwich Village era o fato de o lugar ser frequentado por boêmios, viciados em drogas, homossexuais e praticantes de magia negra. Mesmo assim, Vincent dava um jeito de perambular por ali.

– Confie em mim, você não tem com que se preocupar – ele murmurou, recuperando rapidamente o manual. – Sério, Franny, é só um livro infame.

– Tome cuidado.

Talvez ela estivesse dizendo isso a si mesma também, pois muitas vezes se assustava com as próprias habilidades. Não era só porque era capaz de atrair pássaros ou derreter gelo com um toque. Havia alguma lógica científica por trás de ambas as reações. Ela ficava calma e não sentia medo quando os pássaros batiam suas asas sobre ela, e sua temperatura corporal estava sempre acima da média, portanto, era lógico que os pássaros gostassem dela e que o gelo derretesse. Mas uma noite, quando estava na escada de incêndio do lado de fora do seu quarto, ela pensou tanto em voar que por um instante seus pés saíram do chão e ela flutuou no ar. Isso, ela sabia, não tinha nenhuma lógica.

— Na verdade, não sabemos com o que estamos lidando — murmurou para o irmão.

— Mas alguma coisa é, concorda? — disse Vincent. — Algo dentro de nós. Sei que nossa mãe quer que a gente finja que somos iguais a todo mundo, mas você sabe que não somos.

Os dois cogitavam essa possibilidade. As meninas tinham seus talentos, assim como Vincent. Ele podia, por exemplo, ver fragmentos nebulosos do futuro. Já sabia que Franny encontraria o *Mago* e que eles teriam aquela conversa. Na verdade, ele tinha escrito isso na própria pele com tinta azul. Levantou o braço para mostrar a ela. *Franny encontra o livro.*

— Coincidência — Franny foi rápida em dizer. Não havia outra explicação.

— Tem certeza? Quem pode dizer se não é mais do que isso? — Vincent abaixou a voz. — Poderíamos tentar descobrir.

Eles se sentaram juntos, lado a lado, aproximando as cadeiras da cozinha, sem saber ao certo o que pretendiam fazer. Quando se concentraram, a mesa começou a se levantar, pairando a um centímetro do chão. Franny ficou tão assustada que bateu no tampo da mesa com a palma das mãos, para que não se levantasse mais. Imediatamente o móvel voltou ao chão com um estrondo.

— Vamos esperar — disse ela, corada com o ardor do estranho acontecimento.

— Esperar por quê? Quanto mais cedo soubermos o que é isso, melhor. Nós queremos controlar, em vez de ser controlados por isso.

— Não existe *isso* — insistiu Franny, lógica como sempre, bem consciente de que o irmão estava se referindo à magia. — Há uma explicação racional para tudo, para cada ação e reação.

Depois do incidente na cozinha, a mesa ficou para sempre meio inclinada; os pratos e copos tendiam a deslizar para o chão, como a lembrá-los de que, quem quer que fossem, qualquer que fosse a história deles, Vincent tinha razão. Eles não eram como todo mundo.

Nenhum desses experimentos teria agradado o dr. e a sra. Burke-Owens. Eles eram pessoas sérias e elegantes, que gostavam de frequentar o Yale Club, pois, depois de receber o diploma em Harvard, o médico tinha frequentado a faculdade de Medicina de Yale, situada em New Haven, uma cidade que a mãe deles esperava nunca mais visitar. O casal estava constantemente à procura de disfunções hereditárias nos filhos, e não tinham motivos para ter esperança. Em seus escritos, o dr. Burke-Owens propôs uma teoria da personalidade que colocava a natureza acima da educação, afirmando que não havia como mudar a personalidade básica de uma criança. Não somente o cérebro estava programado, ele dizia, mas a alma também estava. Não havia como escapar da genética, mesmo vivendo num ambiente saudável, e isso não era bom presságio para Frances, Bridget e Vincent.

Para sorte deles, o pai estava mais preocupado com os pacientes, que furtivamente passavam por uma entrada independente antes de descer para o consultório do psiquiatra, no porão da casa dos Owens. Durante as sessões, Vincent muitas vezes se esgueirava até o armário de casacos para vasculhar os bolsos dos pacientes, atrás de dinheiro, balas e Valium. Depois, as três crianças se deitavam no chão da cozinha, relaxadas pelas pequenas pílulas amarelas que Vincent tinha encontrado, chupando balas e escutando as confissões, muitas vezes feitas entre lágrimas, que vinham do respiro do aquecimento central. Graças às sessões que ouviam secretamente, aprenderam sobre obsessão, depressão, manias, apetites sexuais e transferência muito antes que a maioria das crianças da idade deles soubesse o que era um psiquiatra.

Todos os anos, uma caixa de sabonetes pretos com perfume de lavanda, embrulhados em celofane, chegava de Massachusetts. Susanna se recusava a dizer quem era o remetente, mas usava todos os sabonetes. Talvez por isso tivesse uma pele tão radiante. Franny descobriu o potencial dos sabonetes depois que furtou um deles num Natal. Quando ela e Jet experimentaram, o sabonete fez a pele das duas ficar acetinada, mas também as deixou tão tolas que não paravam de rir. Encheram a pia de espuma e espirraram água uma na outra até ficarem encharcadas. Quando a mãe encontrou as duas jogando o sabonete escorregadio para lá e para cá como uma batata quente, arrancou-o das mãos das meninas.

– Isso não é para crianças! – disse, parecendo se esquecer de que Franny tinha quase 17 e de que Jet completaria 16 no verão seguinte.

Certamente, a mãe escondia algo sob as camadas de maquiagem. Ela nunca falava da família e os filhos nunca tinham conhecido nenhum parente. À medida que cresciam, suas suspeitas cresciam também. Susanna Owens falava em enigmas e nunca dava uma resposta direta. *Descruzem as facas*, ela sempre dizia se começasse uma briga à mesa. Manteiga derretendo num prato significava que alguém por perto estava apaixonado, e um pássaro na casa poderia levar embora o azar pela janela. Ela insistia para que as crianças usassem azul, como proteção, e levassem ramos de lavanda nos bolsos, embora Franny sempre os jogasse fora assim que saía da vista da mãe.

Eles começaram a imaginar se a mãe não seria uma espiã. A Rússia era o inimigo, e na Starling os estudantes eram muitas vezes obrigados a se agachar sob as carteiras, com as mãos cobrindo a cabeça, para o treino em caso de bombardeios. Espiões tinham histórias nebulosas, não se relacionavam com familiares e falavam em linguagem secreta, exatamente como a mãe deles. Falsificavam suas histórias para esconder sua verdadeira origem e suas reais intenções. Susanna nunca mencionara ter frequentado uma faculdade nem revelava onde tinha crescido nem dizia nada sobre seus pais, exceto que tinham morrido jovens numa viagem. As crianças Owens conheciam apenas fatos superficiais: Susanna tinha crescido em Boston e sido modelo em Paris antes de se casar com o pai delas, que era órfão e não tinha outros familiares. A mãe era extremamente chique o tempo todo, usava óculos de sol preto e dourado até mesmo em dias nublados, roupas luxuosas de Paris e perfume Chanel Nº 5, deixando cada cômodo em que passava deliciosamente perfumado.

– E então todos vocês chegaram – dizia Susanna alegremente, mas podia-se perceber que ter filhos era uma provação para ela.

Era óbvio que não tinha sido feita para a vida doméstica. Era péssima cozinheira e parecia aturdida com os afazeres domésticos. A máquina de lavar roupa causava-lhe uma tristeza sem fim e quase sempre transbordava. O fogão funcionava mal, e todos os pratos que ela experimentava fazer ficavam meio crus. Até macarrão com queijo era difícil para ela. Uma faxineira costumava vir uma vez por semana para limpar e aspirar, mas tinha sido demitida depois que Susanna a encontrou ensinando as crianças a usarem o tabuleiro Ouija, que foi confiscado e queimado na lareira.

– Vocês conhecem as regras! – ela gritou. – Não evoquem a escuridão se não estão preparados para as consequências. – Susanna parecia uma louca, jogando o tabuleiro Ouija nas chamas com o atiçador.

Sua insistência no cumprimento das regras só deixava os filhos mais curiosos. Por que a mãe fechava as cortinas no festival da primavera, deixando todos no escuro? Por que usava óculos de sol nas noites de luar? Por que entrava em pânico quando ficavam sem sal e corria para comprar mais no mercado? Eles procuravam pistas sobre a sua herança familiar, mas havia poucas lembranças na casa, embora um dia Franny tivesse descoberto um antigo álbum de fotografias, embrulhado em musseline, na prateleira de cima do armário do corredor.

Havia fotos desbotadas de mulheres num jardim exuberante e coberto de vegetação; de meninas em saias longas, sorrindo para a câmera; de um gato preto numa varanda; a mãe quando jovem em pé na frente da catedral de Notre-Dame. Quando Susanna encontrou Franny no sofá da sala examinando o álbum, imediatamente o pegou de volta.

– É para o seu próprio bem – disse com ternura. – Tudo que eu quero para você é uma vida normal.

– Mãe – suspirou Franny –, o que a faz pensar que é isso o que *eu* quero?

O que tem de acontecer acontecerá, quer você aprove quer não. Numa manhã de junho, a vida deles mudou para sempre. Era 1960 e havia no ar a sensação de que qualquer coisa poderia acontecer, de repente e sem aviso. Tinha sido um grande alívio o final do ano escolar, mas a vida em casa estava sufocante. A cidade de Nova York era um caldeirão de poluição e umidade. Enquanto a temperatura subia e os irmãos ficavam entediados, chegou uma carta. O envelope parecia pulsar, como se tivesse um coração. Não havia selo, mas o correio achou por bem colocar o envelope na caixa de correspondências da casa da família.

Susanna deu uma olhada e disse:

– É da minha tia Isabelle.

– Temos uma tia? – perguntou Franny.

– Bom Deus, não ela... – observou o dr. Burke-Owens. – Não abra essa carta.

Mas Susanna já tinha aberto o envelope e agora estava com uma expressão estranha, como se estivesse abrindo uma porta fechada havia muito tempo.

– É um convite para Franny. Todo mundo recebe um quando completa 17 anos. É uma tradição.

– Então eu preciso ir – Franny foi rápida em dizer. Qualquer coisa para ficar longe das regras da mãe.

– Se você for, nada mais será como antes – a mãe avisou.

– Até parece – disse Franny, pegando o envelope. Ela não tinha medo de nada. E a carta era endereçada a *ela*, não à mãe.

– É preciso evitar Massachusetts a todo custo – interveio o pai. – O contato com qualquer um dos membros da família vai despertar características atualmente adormecidas.

Franny ignorou o pai, atenta à caligrafia antiquada que se assemelhava aos rastros de um pássaro.

Você pode deixar sua casa esta tarde e chegar na hora do jantar.

– Você foi quando tinha 17 anos? – perguntou Franny à mãe.

Susanna piscou os grandes olhos cinzentos. Aprisionada no olhar da filha, não pôde mentir.

– Fui – admitiu. – Depois viajei para Paris e fim da história. Mas você... – ela balançou a cabeça –, não sei se é bom deixá-la ir sozinha. Você é tão rebelde...

– Eu não sou! – Franny disse com seu costumeiro tom de desafio.

Vincent pisou no pé da irmã para silenciá-la. Ele estava desesperado por uma aventura.

– Nós vamos com ela!

– Podemos vigiá-la! – acrescentou Jet.

Eles já tinham decidido, escapariam de casa no verão. Enquanto os pais discutiam, Franny, Vincent e Jet saíram para fazer as malas, gritando uns com os outros para não esquecerem roupas de banho e sandálias, ansiosos para finalmente descobrir suas origens.

Quando trouxeram malas, mochilas e o violão de Vincent para a cozinha, a mãe estava sozinha, sentada à mesa, os olhos vermelhos. Eles olharam para ela, confusos. Seria ela uma aliada ou uma inimiga?

– É um *convite formal* – disse Susanna. – Eu expliquei para o pai de vocês que não seria bom sermos grosseiros com minha tia, mas não tenho certeza se ele entende. – Ela se virou para Vincent e Jet. – Vocês vão cuidar de Franny?

Eles asseguraram que sim.

– Isabelle vai surpreendê-los – disse Susanna. – Haverá testes quando vocês menos esperarem. Vão pensar que ninguém está de olho em vocês, mas ela estará a par de tudo que fizerem. E precisam prometer que vão voltar para mim – disse ela, com lágrimas nos olhos. Susanna raramente era tão emotiva, e os filhos perceberam sua aflição. Isso fez com que ir para Massachusetts parecesse valer ainda mais a pena.

– Claro que vamos voltar! – disse Franny. – Somos nova-iorquinos.

– É só durante o verão – Jet garantiu à mãe.

Todo mundo tinha que sair de casa um dia, não é? Eles tinham que sair por conta própria e descobrir quem eram e o que o futuro poderia lhes reservar. Mas, por ora, Vincent só queria uma passagem de ônibus, e, quando olhou para as irmãs, percebeu que elas queriam o mesmo. Não voltar, não recuar, não se contentar com a vida comum que tinham sido forçados a viver todos os dias.

Eles chegaram na véspera do solstício de verão, quando o dia é tão longo que dá a impressão de que se tem todo o tempo do mundo. As rosas estavam florindo e uma névoa verde de pólen flutuava pelo ar do entardecer. Enquanto caminhavam pela cidadezinha, os moradores apareciam à janela para examiná-los. Sabiam que qualquer estranho vestido de preto estava a caminho da Rua Magnólia. A maioria das pessoas evitava a família Owens, acreditando que qualquer contato com eles poderia macular não só o presente, mas também o futuro. Dizia-se que alguns membros da família podiam colocar um pelo da crina de um cavalo numa panela com água e transformá-lo numa cobra. Se desenhassem um círculo no chão, era melhor não cruzá-lo, nem mesmo quando já tivesse desaparecido, pois você poderia cair num buraco de desejo ou arrependimento e nunca mais sair de lá.

– Não são muito acolhedores... – disse Jet, preocupada com o olhar das pessoas.

– Para o inferno com eles – resmungou Franny. Será que a irmã não tinha aprendido nada na Starling School? O julgamento das outras pessoas não significava nada, a menos que permitissem que significasse alguma coisa.

Aos 14 anos, Vincent já era bonito demais para seu próprio bem. Ele tinha mais de 1,90 metro de altura e era imponente apesar da magreza. No momento, agitava o punho no ar e zombava dos moradores. Num instante, ouviu-se o clique de fechaduras por toda a rua.

– Excelente! – disse Vincent. – Não vamos ter mais problemas com eles.

Ele se destacava aonde quer que fosse, e muito mais numa cidadezinha onde os meninos da idade dele jogavam beisebol num campo empoeirado, vestindo calças largas, e interrompiam o jogo para observar estranhos andando pela rua. Vincent usava o cabelo preto penteado para trás e carregava o violão no ombro, apesar da declaração do pai de que o violão, assim como um carro esportivo, era a extensão de um ego masculino danificado.

– Então estou danificado – dizia Vincent, dando de ombros. – Mas quem não está?

Quando chegaram ao final da rua, pararam, intimidados. A casa era enorme, com chaminés inclinadas e dezenas de janelas com vidraças verdes. A propriedade inteira era cercada por uma grade de ferro fundido, mas não havia um portão à vista.

– Vocês sentem alguma coisa aqui? – Vincent perguntou às irmãs.

– Mosquitos? – Franny arriscou. Ela examinou as poças de lama na enorme horta. – Provavelmente uma boa chance de termos diarreia.

Vincent fez uma careta.

– Vou dar uma olhada. – O jardim era tão exuberante e verde que o deixou com vertigem. Havia um galinheiro, onde galinhas brancas e marrons cacarejantes bicavam sementes jogadas no chão; um barracão cercado de ervas mais altas do que ele e uma estufa trancada com um cadeado e que parecia extremamente promissora como esconderijo. – Por aqui! – chamou, depois de abrir caminho entre alguns arbustos espinhentos. Ele descobrira um portão enferrujado que levava a um caminho de cascalho. As irmãs o seguiram até a varanda, com o passo apressado. Franny estava prestes a bater na porta quando ela se abriu por conta própria. Os três deram um passo para trás.

– É só uma porta velha – disse Franny com a voz controlada. – O dia está quente e a madeira dilatou.

– É isso mesmo que você acha? – Vincent se empertigou todo e espiou através das sombras. Ele sentiu uma corrente de ar. – Há muito mais do que calor e madeira dilatada aqui. Eu posso sentir.

Isabelle Owens estava na cozinha, de costas para eles, ocupada com alguma coisa. Era uma mulher formidável; podia ser pequena, mas sua atitude era de comando. O cabelo branco estava preso num coque frouxo e, apesar da idade, a pele ainda era perfeita. Tinha usado roupa preta a vida toda e continuava assim naquela tarde.

Franny olhou-a fixamente até que a tia de repente se virou; então, a menina se escondeu, por impulso, atrás de um vaso de planta, o coração batendo na boca. Vincent e Jet seguiram o exemplo da irmã, cobrindo a boca para não explodir em risadas. Eles nunca tinham visto Franny tão nervosa.

– Silêncio! – sussurrou para os irmãos.

– Achei mesmo que todos vocês viriam, então o que os impede de aparecer? Vocês são coelhos ou almas corajosas? Um coelho dispara para longe e, pensando que está seguro, é pego por um falcão. Uma alma corajosa vem jantar comigo.

Eles obedeceram, mas sabiam que dali em diante a vida deles seria muito diferente.

Franny foi a primeira a aparecer, visto que era a primogênita e a mais protetora. Além disso, estava curiosa. A cozinha era enorme, com uma antiga mesa de pinho grande o bastante para acomodar uma dúzia de pessoas e um enorme fogão preto, do tipo que já não se vendia havia décadas. Isabelle tinha feito um ensopado de legumes e pudim de ameixa, e também havia pão fresco de alecrim. Pratos e tigelas brancos com incríveis desenhos azuis tinham sido colocados na mesa junto a antigos talheres de prata que precisavam de polimento. A casa não tinha relógios e isso parecia ser a promessa de que, ao cruzar a soleira, o tempo passaria num ritmo diferente.

– Obrigada por nos convidar – disse Franny educadamente.

Era melhor ser formal, uma vez que ela não conhecia realmente a pessoa com quem estava prestes a passar um verão inteiro de férias, especialmente quando essa pessoa parecia possuir algum tipo de poder digno de respeito.

Isabelle olhou para ela.

– Se você realmente quer me agradecer, faça algo a respeito do problema na sala de jantar.

Os irmãos trocaram olhares. Certamente, esse era um daqueles testes de que a mãe os alertara.

– Tudo bem. – Franny aceitou o desafio sem sequer perguntar o que era. – Farei isso.

O irmão e a irmã foram atrás dela, curiosos. A casa era enorme, com três andares. Todos os quartos tinham cortinas pesadas para bloquear o sol e, apesar da poeira no ar, a madeira era reluzente. Quinze espécies diferentes de madeira tinham sido usadas para compor a cornija da lareira e os lambris das paredes, incluindo carvalho-dourado, freixo-prateado, cerejeira e algumas variedades de árvores já extintas. Havia duas escadarias, uma era um pouco assustadora e retorcida como uma árvore ressecada; a outra era elegante, feita de mogno. Eles pararam para olhar a escada entalhada, em cujo patamar havia uma poltrona perto de uma janela. Acima, estava pendurado um quadro com a pintura do rosto de uma bela mulher de cabelos escuros, vestida de azul.

– Essa é a sua ancestral Maria Owens – disse a tia, quando os conduziu à sala de jantar.

– Ela está olhando para nós... – sussurrou Jet para o irmão.

Vincent bufou.

– Bobagem. Se controle, Jet.

A sala de jantar estava escura, com as cortinas de damasco fechadas. Não havia nada ali, somente um pequeno pássaro marrom que conseguira passar por uma janela entreaberta. Uma vez por ano, na véspera do solstício de verão, um pardal entrava na casa e tinha que ser escorraçado com uma vassoura, para que qualquer azar que supostamente houvesse seguisse o pássaro quando ele voasse para longe. Isabelle estava prestes a entregar à sobrinha uma vassoura, mas não precisou. O pássaro foi até Franny por conta própria, como os pássaros do Central Park sempre faziam, aproximando-se para pousar em seu ombro, com as penas eriçadas.

– É a primeira vez que isso acontece... – admirou-se Isabelle, procurando não parecer impressionada. – Nenhum pássaro fez isso antes.

Franny pegou o pardal com as mãos em concha.

– Olá – ela disse baixinho. O pássaro olhou para ela com seus olhinhos brilhantes, consolado pelo som da sua voz. Franny foi até a janela e o soltou. Jet e Vincent foram assistir enquanto o pássaro desaparecia nos galhos de uma árvore muito velha, um dos poucos olmos na cidade que tinham sobrevivido à praga. Franny virou-se para a tia e algo se passou entre elas, uma silenciosa onda de aprovação.

– Seja bem-vinda! – disse Isabelle.

Depois que se instalaram, os irmãos não conseguiram imaginar por que não tinham passado todos os verões de suas vidas na Rua Magnólia. Tia Isabelle era surpreendentemente agradável. Para a alegria deles, ela não se importava com mau comportamento. Alimentação balanceada e bons hábitos de sono não significavam nada para ela. Doces no café da manhã, se assim desejassem. Refrigerante o dia todo. Eles podiam ficar acordados até o amanhecer, se quisessem, e dormir até o meio-dia. Não eram obrigados a arrumar seus quartos ou recolher coisas espalhadas.

– Façam o que quiserem – disse ela aos irmãos. – Contanto que não prejudiquem nada nem ninguém.

Se Vincent quisesse fumar cigarros, não havia necessidade de se esconder atrás do barracão, embora Isabelle tivesse deixado claro que não aprovava. Fumar se encaixava na categoria de *prejudicar*, mesmo que Vincent estivesse prejudicando a si próprio.

– É ruim para os pulmões – repreendeu-o Isabelle. – Mas você gosta de desafiar o destino, não é? Não se preocupe, ele vai se cumprir.

A tia parecia conhecer partes da psique de Vincent das quais as irmãs nem desconfiavam. O irmão nunca tinha deixado que soubessem do sobressalto que tinha cada vez que passava por um espelho. Quem, de fato, era ele? Uma pessoa perdida? Um corpo sem alma? Estava escondendo algo de si mesmo, e talvez fosse melhor se pedisse algum conselho aos mais velhos? Ele apagou o cigarro num vaso de gerânio, sem se convencer de que deveria se preocupar com a saúde ou com seus hábitos.

– Todo mundo morre um dia – disse ele.

– Mas não temos que apressar a morte, não é mesmo? – Isabelle removeu a ponta de cigarro do vaso para que a nicotina não envenenasse a planta. – Você é um bom menino, Vincent, não importa o que as pessoas digam.

A única luz acesa na cidade depois da meia-noite era a da varanda de trás dos Owens. Ela era acesa havia centenas de anos, primeiro com querosene, depois com gás, agora com eletricidade. Traças rodopiavam através da hera. Essa era a hora em que as mulheres vinham fazer visitas, procurando cura para urticária, desilusão ou febre.

As pessoas da região podiam até não gostar da família Owens, podiam atravessar a rua quando viam Isabelle a caminho do mercado com um guarda-chuva preto para se proteger do sol, mas assim que precisavam, enfrentavam os espinhos e as trepadeiras para chegar ao alpendre e bater na porta, sabendo que seriam bem-vindas se a luz da varanda estivesse acesa. Elas eram convidadas para entrar na cozinha, onde se sentavam à velha mesa de pinho. Então contavam suas histórias, às vezes com muitos detalhes.

– Seja breve – Isabelle sempre dizia, e por causa de sua expressão severa as pessoas obedeciam.

O preço de uma cura podia ser tão baixo quanto meia dúzia de ovos ou tão alto quanto um anel de diamante, dependendo das circunstâncias. Um pagamento simbólico era feito em troca de rabanetes e pimenta-de-caiena para a tosse; sementes de endro para dispersar soluços; Chá da Febre para cortar a gripe pela raiz; ou Chá da Frustração para acalmar as noites em claro da mãe de um filho rebelde.

Mas muitas vezes havia procura por remédios muito mais caros, curas que podiam custar o que uma pessoa considerava mais precioso.

Arrebatar um homem que pertencia a outra mulher; tecer uma teia que encobria infrações; colocar um criminoso no bom caminho; reanimar uma pessoa no fundo do poço; todas essas curas eram muito caras. Franny tinha encontrado alguns ingredientes bem perturbadores na despensa: o coração sangrento de um pombo; pequenas rãs; um frasco de vidro contendo dentes, fios de cabelo para ferver ou queimar, dependendo se fosse para aproximar ou afastar alguém.

Franny costumava se sentar na escada dos fundos para escutar, com um caderno de capa azul no colo, que comprara para anotar os remédios da tia. Tulipa-estrela para interpretar sonhos, erva-cidreira para ter um sono reparador, semente de mostarda-preta para repelir pesadelos, remédios que usavam óleos de amêndoa, damasco ou mirra, extraídos de árvores espinhentas do deserto. Dois ovos, que nunca deveriam ser comidos, colocados debaixo da cama para limpar uma atmosfera pesada. Vinagre para um banho purificador. Alho, sal e alecrim, o antigo feitiço para afastar o mal.

Para mulheres que queriam um filho, o visco deveria ser pendurado sobre a cama. Se isso não surtisse efeito, elas deveriam fazer nove nós numa corda forte, depois queimar a corda e engolir as cinzas. A cor azul deveria ser usada para proteção. A pedra-da-lua era útil para se entrar em contato com os vivos; o topázio, para se fazer contato com os mortos. O cobre, consagrado a Vênus, atraía a pessoa amada e a turmalina negra combatia a inveja.

Quanto ao amor, era preciso sempre ter cuidado. Se você passasse algum pertence do homem amado na chama de uma vela, depois adicionasse agulhas de pinheiro e flores de calêndula, ele bateria na sua porta pela manhã, por isso você deveria ter certeza de que o queria. A poção do amor mais básica e confiável era feita de anis, alecrim, mel e cravos, fervida por nove horas no antigo fogão. Custava nove dólares e noventa e nove centavos; era chamada Poção do Amor Número Nove, pois funcionava melhor na nona hora do nono dia do nono mês.

Depois de ouvir tudo isso, Franny concluiu que a magia não ficava muito longe da ciência. Ambas procuravam significado onde não havia nenhum, luz na escuridão, respostas a perguntas difíceis demais para que os mortais compreendessem. Tia Isabelle sabia que a sobrinha estava nas escadas tomando nota, mas nada dizia. Ela tinha um afeto especial por Franny. Elas eram muito mais parecidas do que a sobrinha imaginava.

Felizmente, Isabelle ficava acordada até tarde com suas clientes e sempre tirava uma soneca à tarde. Frances, Jet e Vincent tinham dias longos e lânguidos, quando deixados por conta própria. Um dia, andaram até o centro da cidade, passando por um antigo cemitério onde o único sobrenome nas lápides era Owens. Pararam na cerca enferrujada e ficaram ali em silêncio, impressionados com todas aquelas pedras cobertas de musgo. Quando Jet quis explorar o lugar, os irmãos se recusaram.

– É verão e temos toda liberdade do mundo. Vamos viver um pouco – disse Franny, pegando o braço de Jet e puxando-a para longe dos portões do cemitério.

– Vamos viver *intensamente*! – sugeriu Vincent. – Ou na medida do possível nesta cidade caipira.

Eles tomaram *ice cream soda* no balcão de linóleo da antiga farmácia*, vagaram pelas ruas cheias de árvores frondosas e esparramaram-se na grama do parque, para assistir aos cisnes perseguirem crianças desobedientes, o que lhes rendeu boas gargalhadas. A atividade favorita em dias muito quentes era uma caminhada até o Lago Leech, um lugar que a maioria das pessoas evitava, pois, se um nadador avançasse até as

---

* No final da década de 1950, nos Estados Unidos, as farmácias vendiam sorvetes e refrigerantes. (N.T.)

profundezas sombrias além dos juncos, dezenas de sanguessugas o esperavam. Franny levava um saquinho de sal na mochila para dispersar qualquer sanguessuga que se prendesse a eles, mas por algum motivo nenhuma chegava perto.

– Vão embora! – ela gritava, e elas iam.

Os irmãos Owens passavam horas tomando sol, depois disputavam para ver quem saltava da pedra mais alta para mergulhar na água fria e esverdeada. Não importava a profundidade do mergulho, imediatamente eles voltavam à superfície, tremendo de frio e cuspindo, incapazes de afundar ou manter a cabeça debaixo d'água.

– Somos estranhamente flutuantes – disse Jet alegremente, boiando de costas e espirrando água. Mesmo usando um velho maiô preto, ela estava linda, o tipo de jovem que muitas vezes provoca ciúme ou a luxúria.

– Sabem quem nunca se afoga? – comentou Vincent de cima de uma pedra. Ele tinha aprendido tudo sobre isso no seu manual de magia, com ilustrações de mulheres amarradas a troncos de árvore e afundadas em lagoas. Alisou os longos cabelos para trás com uma das mãos, sabendo que, quando voltasse para casa, o pai ficaria muito bravo ao ver aquelas mechas que mais pareciam um esfregão. Quando as irmãs não responderam e apenas o olharam com ar de interrogação, ele revelou a resposta. – As bruxas.

– Tudo pode ser explicado com provas científicas – disse Franny, com seu jeito brusco e direto. – Não acredito em contos de fadas.

– Franny – disse Vincent num tom firme –, você sabe quem somos.

Ela não gostou da insinuação do irmão. Será que eram criaturas a serem temidas e perseguidas nas ruas? Era por isso que os vizinhos os evitavam e que, naquele dia estranho na cozinha, quando testavam suas habilidades, a mesa tinha flutuado?

– Eu adoro contos de fadas! – disse Jet de um jeito sonhador. Ela se sentia como uma deusa da água quando flutuava no lago, um puro espírito elemental. Enxugou-se e depois estendeu uma toalha rendada sobre uma pedra com formato de mesa, onde serviu uma refeição composta de sanduíches de salada de ovo e talos de aipo. Tinha enchido a garrafa térmica com Chá da Frustração, que preparara de acordo com uma receita encontrada na cozinha da tia Isabelle. Qualquer um que tomasse aquela bebida ficaria alegre e de bom humor; Jet acreditava que era justamente disso que Franny estava precisando.

Um sorriso irônico espalhou-se pelo rosto de Vincent enquanto discutiam a incapacidade que tinham de afundar.

– Acho que está bem claro o que somos – disse, levantando os braços e observando os pássaros do bosque levantarem voo no mesmo instante, numa nuvem rodopiante. – Viu o que eu quero dizer? Não somos normais.

– *Normal* não é um termo científico – disse Franny com desdém.

– E qualquer um pode assustar passarinhos. Até um gato. Difícil é chamá-los para virem até você. – Ela estendeu o braço e vários pássaros pousaram na palma da mão dela; então ela soprou sobre eles para espantá-los. Franny se orgulhava muito dessa habilidade em particular.

– Você está provando o meu argumento! – Vincent gargalhou. Ele pulou no lago, e tudo em volta saltou para fora, como se fosse repelido. – Vejam! – ele gritou alegremente, enquanto flutuava.

Naquela noite, no jantar, Vincent lançou um olhar para as irmãs, virou-se para a tia e perguntou se as histórias que ele tinha ouvido sobre a família Owens eram verdadeiras.

– Vocês sabem quem são – Isabelle respondeu. – E sugiro que nunca neguem isso.

Ela contou sobre uma prima chamada Maggie, que tinha vindo passar um verão e queria, de qualquer maneira, fazer amizade com os moradores da cidade; para isso, contou a eles histórias falsas sobre a família. Disse que os Owens dançavam nus no jardim e se vingavam de pessoas inocentes e evocavam granizo e tempestades. Chegou a ponto de escrever um artigo para o jornal local, difamando o nome da família e sugerindo que todos os Owens fossem encarcerados.

A família trancou as portas da casa para Maggie e disse a ela para voltar a Boston. O mundo exterior ser contra os Owens era uma coisa, mas um deles instigar as pessoas contra a família? Isso já era demais.

Maggie ficou tão enfurecida por ter sido jogada na calçada com sua mala que começou a proferir maldições, e, a cada uma delas, a moça ficava menor. Alguns feitiços se voltam contra o feiticeiro ou talvez as primas Owens tenham usado um espelho negro de dentro da casa para repelir o mal. Cada palavra perversa que Maggie proferia voltava-se contra ela, que já não conseguia nem alcançar a maçaneta da porta. Toda magia que havia dentro dela evaporou. Maggie tinha negado quem era e, quando isso acontece, você se torna algo completamente diferente, e é muito provável que se transforme na primeira criatura que seus olhos virem; no caso dela, um coelho que passou correndo pelo jardim. Maggie dormiu do lado de fora da casa e, quando acordou de manhã, era uma coelha. Comeu mato e bebeu o leite que tinham deixado para ela num pires.

– Prestem atenção – Isabelle disse aos irmãos. – Vocês podem vê-la no quintal. Isso é o que acontece quando você repudia quem é. Quando faz isso, a vida age contra você e o seu destino já não é mais seu.

O lugar favorito de Jet era o jardim. Ela adorava os canteiros sombrios cheios de vegetação, onde azáleas e lírios-do-vale cresciam selvagens, mas, desde que ouvira a história da prima, ficava nervosa quando os coelhos vinham comer salsa, hortelã e os pés de alface crespa e repolhuda, plantados em fileiras esmeradas.

— Nunca vamos ser transformados em coelhos, se é isso que você está pensando – disse Franny. – Nós não somos tão tolos.

— Eu ia preferir ser uma raposa! – anunciou Vincent, enquanto dedilhava uma canção de Ramblin Jack Elliott, no estilo *folk music*. – Furtivo, astuto, imprevisível.

— E eu, uma gata! – disse Jet. A tia tinha seis gatos pretos. Uma gatinha chamada Garricha tinha se afeiçoado a Jet e muitas vezes a seguia enquanto ela arrancava ervas daninhas no jardim. Jet tinha uma suspeita irritante de que a tia havia contado a história da prima desobediente por causa dela, como um aviso por todas as vezes que tinha desejado ser uma garota comum.

Um coelho grande e destemido estava olhando para elas. Tinha bigodes negros e olhos cinzentos. Jet gelou.

— Maggie? – ela perguntou em voz baixa. Não houve resposta.
— Vamos dar leite a ele? – perguntou a Franny.

— Leite? – disse Franny com desdém. – É só um coelho, nada mais. – Franny jogou alguns tufos de grama na direção do animal. – Xô! – gritou, enxotando-o.

Para seu desalento, o animal ficou exatamente onde estava, mastigando solenemente dentes-de-leão.

— É ela – sussurrou Jet, cutucando a irmã.

— Maggie? – perguntou Franny. Ela não tinha acreditado na história da tia nem por um minuto, mesmo assim havia definitivamente algo de estranho naquela criatura. – Saia daqui! – gritou de novo.

Jet achava melhor pedir do que mandar.

— Ei, coelhinha, por favor, vá embora! – falou, com respeito e doçura. – Sentimos muito que você não seja mais uma mulher, mas o erro foi seu, não nosso.

A coelha obedeceu, saltando em direção ao bosque. Enquanto amontoava ervas e arbustos arrancados, Jet decidiu que colocaria um pires de leite no jardim toda manhã. Franny viu a coelha se afastando e perguntou a si mesma se, por baixo da natureza gentil da irmã, não haveria mais do que ela e Vincent imaginavam. Talvez não conhecessem a irmã tão bem quanto pensavam.

A essa altura, Franny tinha suas próprias suspeitas sobre sua herança familiar. Havia começado a sair sozinha em tardes chuvosas. Enquanto os outros descansavam, ela ficava na biblioteca pública, lendo edições antigas e sombrias dos jornais *Salem Mercury* e *Essex Gazette*.

Descobrira um legado de bruxaria associado à família Owens. No livro da cidade, guardado na antiga sala de livros raros, havia uma lista de crimes dos quais membros da sua família tinham sido acusados. Os crimes eram de uma época em que qualquer mulher podia ser acusada de atos antinaturais e afogada no Lago Leech. Bruxas, no entanto, não se afogam, a menos que se coloquem pedras nos seus bolsos, nas botas ou na boca, que depois deve ser costurada com fio preto.

Os crimes dos Owens incluíam feitiço, encantamento, roubo de uma vaca, uso de ervas para curar doenças, nascimento de crianças fora do casamento e acusações de inimigos que tinham passado por ondas de azar. O primeiro acusador tinha sido John Hathorne, o juiz responsável pela morte de muitas pessoas inocentes.

Franny leu uma nota sugestiva afirmando que o diário de Maria Owens estava guardado na sala dos livros raros. Encontrou-o numa gaveta que a bibliotecária teve que destrancar com uma chave. A fechadura estava emperrada e só cedeu depois de muita insistência. Dentro da gaveta havia um livro fino com uma capa cinza-azulada manchada, meticulosamente protegido por um plástico.

– Tenha cuidado com isso – advertiu a bibliotecária. Era evidente que a mulher tinha medo do livrinho, no qual se recusava a tocar.

Ela entregou um par de luvas brancas a Franny, para garantir que o papel delicado não fosse danificado. Havia tanta poeira na sala que Franny teve um ataque de espirros.

– Você tem exatamente vinte minutos – disse a bibliotecária. – Senão poderá haver problema.

– Problema? – Franny ficou curiosa.

– Sabe o que eu quero dizer. Este é o livro de feitiços que Maria Owens escreveu enquanto estava na prisão. Deveria ter sido queimado, mas a diretoria da biblioteca se recusou a fazer isso. Eles acharam que destruí-lo poderia trazer azar para todos nós, então o temos conservado durante todo esse tempo, gostemos ou não.

Cuidado com o amor, Maria Owens escrevera na primeira página do diário. *Saiba que, para a nossa família, o amor é uma maldição.*

Franny se preocupou com a menção de uma maldição. Por todo o tempo em que esteve na Rua Magnólia, escreveu cartas para Haylin. Nas tardes de sexta-feira, ela as levava para o correio e pegava as que ele mandava. Em Nova York, Haylin estava estudando o ecossistema do Loch, o córrego de uma área do Central Park chamada Ravina. Os vaga-lumes que se juntavam ali piscavam em sincronia. Era como se tivessem um único batimento cardíaco, irradiando a mesma mensagem no escuro. Esse fenômeno tinha sido relatado em outras regiões, como nas Montanhas Great Smoky e na Floresta Nacional de Allegheny, mas, além de Haylin, ninguém mais parecia se importar com isso em Manhattan.

Naquele verão, Franny foi à sala dos livros raros todos os dias, para ler o diário. Tornou-se conhecida entre os bibliotecários, que se acostumaram com a presença da menina ruiva e alta que vinha examinar textos com letrinhas tão pequenas que era preciso usar uma lupa para entender as receitas dos remédios e curas. Franny animou o lugar com sua busca por informação e história, e alguns bibliotecários permitiam que ela ficasse uma hora inteira com o diário, embora isso fosse estritamente contra as regras. Eles sabiam que todos os livros devem ser lidos pelo tempo que o leitor desejar.

Quando Franny chegou à última página do diário de Maria Owens, entendeu que uma desilusão amorosa tinha sido responsável pela história de toda a família. Maria havia sido repudiada pelo pai de sua filha, um homem que ela nunca disse quem era. *Basta dizer que ele deveria ter sido meu maior inimigo, mas eu me apaixonei por ele e cometi o erro de declarar o meu amor.* Ela quis proteger a filha e a neta e todas as mulheres Owens, garantindo que nenhuma delas sentisse a tristeza que ela tinha conhecido, ou tivesse a vida arruinada como ela. A maldição era simples, *ruína para qualquer homem que se apaixonasse por uma Owens.*

Lendo isso, Franny empalideceu. *Não é a mesma coisa aqui sem você*, Haylin escrevera numa de suas cartas. Então, claramente envergonhado por ter passado dos limites, ele riscou a linha e escreveu *Está chato aqui.* Mas Franny tinha visto através da mancha de tinta preta e sabia a verdade. Não era o mesmo sem ele também.

Não pergunte qual foi o feitiço ou como foi realizado. Fui traída e abandonada. Eu não desejo isso para nenhum membro da minha família.

– Você não acha que eu me pareço com ela? – Jet perguntou um dia, quando encontrou Franny sentada na poltrona sob a janela, contemplando o retrato de Maria Owens. Um dos remédios de Maria falava em arrancar o coração pulsante de um pombo enquanto ele ainda estivesse vivo. Outro incluía recolher fios de cabelo e aparas de unha de um homem desleal e queimá-los com cidra e sálvia.

– Você não iria querer se parecer com ela – Franny garantiu à irmã. – Ela terminou muito mal. Confie em mim, ela foi muito infeliz. Foi acusada de bruxaria.

Jet se sentou ao lado da irmã.

– Eu me pergunto se isso teria acontecido comigo se eu vivesse naquela época. Posso ler os pensamentos das pessoas.

– Você não pode – disse Franny. E então, depois de uma olhada na irmã, perguntou: – Pode?

– Não é que eu queira – disse Jet. – Apenas acontece.

– Bem. O que estou pensando agora?

– Franny... – Jet hesitou. – Pensamentos são coisas particulares. Eu faço o máximo para não ouvir.

– Sério. Diga. O que estou pensando agora?

Jet fez uma pausa. Segurou os longos cabelos negros com uma mão e franziu os lábios. Desde que chegara a Massachusetts, ficava mais bonita a cada dia.

– Você está pensando que não somos como as outras pessoas.

– Bem, eu sempre penso sobre *isso*. – Franny riu, aliviada que aquilo fosse tudo o que a irmã podia apreender. – Isso não é nenhuma novidade.

Mais tarde, no jardim, Jet sentou-se embaixo dos lilases, com suas folhas escuras em forma de coração. Tudo cheirava a menta e arrependimento.

Eu gostaria que fôssemos como as outras pessoas.

Era isso que Franny estava pensando.

Ah, como eu gostaria que pudéssemos nos apaixonar...

Num domingo brilhante de sol, as irmãs acordaram e encontraram uma garota no quarto. Era a prima April Owens, que viera visitá-los. April tinha sido criada no seleto mundo do bairro histórico de Beacon Hill. Com seu cabelo loiro preso em duas tranças que iam até a cintura e olhos cinzentos de um tom mais pálido, ela parecia uma pintura de outra época, mas tinha um comportamento estranhamente moderno. Carregava um maço de cigarros e um isqueiro de prata, e usava delineador preto. Era amarga e agressiva e não se importava com nenhuma opinião a não ser a dela mesma. E o mais estranho de tudo: tinha um furão de estimação na coleira! Ele andava ao lado dela e a tornava instantaneamente muito mais interessante do que qualquer outra garota que Franny e Jet já tivessem conhecido.

– O gato comeu a língua de vocês? – perguntou quando as irmãs a encararam, mudas.

– Certamente que não! – rebateu Franny, saindo do seu devaneio. – Seria mais fácil eu comer a língua do gato.

– Então, miau! – April ronronou.

April tinha visitado a casa da tia no verão anterior, quando completara 17 anos, e agora fugira de Beacon Hill e voltara ao único lugar em que se sentia aceita. Sua presença era um acontecimento inesperado e, na opinião de Franny, completamente desnecessário. April estava vestida mais como se estivesse em Paris ou Londres, não numa cidadezinha de Massachusetts. Usava uma minissaia preta, uma blusa transparente, botas de couro branco e batom rosa perolado. O longo cabelo cor de palha tinha uma franja espessa que quase lhe cobria os olhos. Ela começou a desfazer as malas: roupas chiques, maquiagem, várias velas e uma cópia surrada de *O Amante de Lady Chatterley*, que tinha sido proibido e só recentemente publicado nos Estados Unidos.

– Eu adoraria ler isso! – disse Jet quando viu o romance atrevido do qual todo mundo estava falando.

April jogou o livro para a prima.

– Não deixe que ele a corrompa – disse com um sorriso malicioso.

A prima era, obviamente, muito mais sofisticada do que elas. Era uma garota rebelde; fazia o que queria, recusando-se a ser constrangida pelos costumes sociais de Beacon Hill. Tinha uma estrela azul tatuada no pulso que a fizera ficar de castigo por meses. Tinha outra no quadril, mas essa ainda não tinha sido detectada pelos pais intrometidos e mal-humorados.

Desde a infância, ela estava quase sempre sob a supervisão de uma babá, um tutor, ou Mary, a criada de muitos anos, cujos cabelos tinham embranquecido enquanto obedientemente fazia o que podia para acompanhar as travessuras de April. De acordo com as teorias do dr. Burke-Owens, esse comportamento arraigado não poderia ser contido; era como uma maré, subindo em proporções de inundação, sem se importar com o que quer que fosse posto em seu caminho.

April tinha frequentado várias escolas particulares e em todas fora convidada a sair. Não acreditava em autoridades e era uma radical nata. Dizia que conseguia acender e apagar luzes se quisesse e que sabia lançar maldições em quatro idiomas diferentes. Já tinha sido enviada para a Europa e para a América do Sul e aprendido coisas com os homens que deixariam os pais loucos de preocupação se soubessem de suas façanhas. Não parecia temer as consequências, ou talvez a tia Isabelle tivesse permitido que visse o próprio destino e April soubesse que não havia como evitá-lo. Iria se apaixonar uma vez, e pelo homem errado, e não mudaria isso por nada neste mundo.

– Espero que estejam se divertindo aqui – disse às duas irmãs. – Isabelle não se importa com o que fazemos. Vocês têm direito de se divertir, vocês sabem, e devem começar já, porque provavelmente tudo acabará mal para todas nós.

April era tão metida à sabichona que Franny não se conteve.

– Fale por si mesma – disse ela com uma carranca.

– Nós nos divertimos muito aqui – Jet revelou, num esforço para mudar de assunto. – Vamos nadar no lago quase todo dia.

– Nadar! – April revirou os olhos. – Nada de maldições? Nada de feitiços? Vocês pelo menos já *olharam* a estufa? – Ela estava exasperada. – Isso é patético! Estão desperdiçando seu tempo. Há tanta coisa que poderiam aprender com Isabelle e ficam perdendo tempo sendo crianças.

– Não somos crianças! – disse Franny, levantando-se. O abajur ao lado da cama balançou e chegou perigosamente perto da borda da mesinha. Do alto dos seus 1,82 metro de altura e com o cabelo vermelho-sangue ondulando de raiva, tinha presença suficiente para que April lhe prestasse atenção.

– Sem ofensa – desculpou-se. – Estou apenas dizendo como as coisas são. – April acendeu uma vela perfumada e começou a jogar seus pertences numa cadeira, fazendo uma pilha de meias, sutiãs e roupas da estilista britânica Mary Quant, compradas numa viagem a Londres. Jet pegou uma das lindas camisetas e a examinou como se fosse um tesouro.

– Eu imagino que vocês já tenham ouvido falar sobre a maldição da família Owens – disse April, sentando-se na cama com o furão, que adormeceu no mesmo instante em seu colo.

– Maldição? Isso parece terrível! – disse Jet.

– Jet, você não pode acreditar em nada do que ela diz – Franny avisou. Ela não tinha contado sobre o diário de Maria Owens para não perturbar sua sensível irmã.

– Bem, vocês deveriam – respondeu April. – Temos que ter cuidado ou poderemos arruinar a nossa vida e a vida de outra pessoa. E para a outra pessoa vai ser muito pior. Tem sido sempre assim, então sigam meu conselho e nem se deem ao trabalho de se apaixonar.

April continuou a acariciar o furão, que dizia ser um *familiar*, mais uma alma gêmea do que um animal de estimação. Isso acontecia quando duas criaturas de diferentes espécies se tornavam tão próximas que podiam ler a mente uma da outra.

– Ele sabe o que vocês estão pensando – April assegurou às primas.

– Bem improvável – respondeu Franny. Não havia prova científica de que tal coisa fosse possível.

– Bem, ele já me avisou que você finge não ter sentimentos, mas na realidade se importa muito mais do que deixa transparecer. Eu concordo com ele.

– Vocês dois estão errados! – irritou-se Franny, embora estivesse preocupada com a possibilidade de que, de alguma forma, tivesse revelado seu eu mais íntimo para um membro da família da espécie das fuinhas.

– Bem, certo ou errado, meus pais planejam matar Henry – disse April com naturalidade. O furão era surpreendentemente dócil e tinha olhos brilhantes que não piscavam, lembrando os de April. – Eles acham que nós temos um relacionamento doentio. Se ousarem fazer isso, eu me vingarei deles da maneira que puder. Sugiro que vocês façam o mesmo quando a necessidade surgir. Nossos pais querem nos manter trancados. Lembrem, somos nós contra eles. Na verdade, é melhor não confiarem em ninguém.

– Em ninguém? – Jet perguntou, perturbada.

April analisou as primas e balançou a cabeça. Elas claramente não sabiam nada.

– Há pessoas neste mundo que nos desejam mal. Especialmente nesta cidade. Tem sido assim desde 1600. Vou precisar desta cama – disse, se acomodando. – Dor nas costas. Um acidente de balé. Quem consegue dormir no chão? – Falava a autoridade de alguém que tinha sido convidado no verão anterior. – E fico com todos os travesseiros de plumas.

As irmãs trocaram um olhar fugaz. Se não se cuidassem, a prima tomaria conta de tudo. Elas se desculparam e foram diretamente perguntar à tia Isabelle se April poderia dormir no térreo, no outro quarto de hóspedes. Era muito maior, elas explicaram, e April tinha dito que roncava, por isso seria bom se as irmãs tivessem o sótão só para elas. Além disso, talvez fossem alérgicas ao furão.

Quando contaram a April que ela não dormiria no sótão, a prima agradeceu.

– Psicologia reversa – disse ela com um sorriso. – Eu queria o quarto do andar de baixo. Mais privacidade.

Franny estreitou os olhos.

– Não somos suscetíveis à psicologia reversa. Sabemos tudo sobre isso. Nosso pai é psiquiatra.

– Eu já estive em mais psicólogos do que vocês vão conhecer durante toda a sua vida – April informou. – Diga a eles que não consegue dormir e que seus pais não entendem você e conseguirá qualquer droga que quiser.

Vincent ouviu vozes e subiu até o degrau mais alto da escada.

– Ora, ora! – exclamou April, quando ele apareceu no sótão. – Você não é mesmo deslumbrante?

Não era uma pergunta, portanto não havia necessidade de responder. Vincent encolheu os ombros, mas não discordou.

– Um homem da família Owens certamente tem mais poder do que o sétimo filho de um sétimo filho. Suspeito que você seja um feiticeiro.

– Obrigado – respondeu Vincent, satisfeito com os elogios.

– Ele mal é um homem ainda – disse Franny com desdém. – Tem 14 anos. E aprender magia num livro não faz dele um bruxo.

April mediu Franny com o olhar. Talvez ela tivesse conhecido sua alma gêmea, mas duvidava. Franny era dura, mas muito inocente.

Jet e Vincent foram cativados pelo glamour impetuoso da prima, enquanto ela falava, deixava deslumbrados os primos mais jovens. Ensinou a eles como sair pela janela e descer pela calha se quisessem fugir, e avisou que havia ratos escondidos nas gavetas da escrivaninha e embaixo das camas.

– E muito cuidado com a colmeia – recomendou. – O mel é tão doce que só de experimentar você vai querer fazer sexo na mesma hora.

Jet e Franny trocaram olhares mortificados; Vincent sorriu e perguntou:

– Como você sabe?

April lançou-lhe um olhar de quem já tinha visto muita coisa neste mundo.

– Eu experimentei.

– Sexo? Ou o mel? – Vincent brincou.

– O que você acha? – April o encarou com tanta intensidade que ele deu de ombros e desistiu. Ela tinha ganhado aquela rodada. – Vocês entendem que somos diferentes das outras pessoas, não é? – Quando viu que todos ficaram em silêncio, soube que os tinha na palma da mão. – Eu não acredito! Como vocês podem ser tão ingênuos? De onde acham que vem o poder de vocês? Nós somos de uma família de bruxos, não temos escolha. É um fator genético. Como olhos azuis ou cabelos ruivos. É quem vocês *são*.

– Não *me* diga quem *eu* sou – Franny rebateu.

– Vocês podem discutir se quiserem – disse Vincent. – Eu não me importo de onde vem meu poder, desde que o tenha. Enquanto vocês brigam, vou sair para viver a minha vida, seja eu um feiticeiro ou não.

Ele desceu os estreitos degraus de dois em dois até o térreo e saiu pela cozinha, batendo a porta de tela. As garotas ouviram as botas dele ecoando nos degraus da varanda e foram até a janela para observá-lo descer a Rua Magnólia.

– Indo atrás de encrenca... – April disse, alegremente.

– Como você sabe? – perguntou Jet.

April sorriu. Havia uma semelhança familiar naquele sorriso.

– Porque estou indo para o mesmo lugar.

Durante o tempo que April passou com eles, ela e Vincent saíam juntos todas as manhãs. Diziam que iam correr e juravam que isso se tornaria uma grande tendência um dia. Mas, sempre que voltavam, estavam com as roupas e as botas impecáveis e claramente não tinham suado. Jet e Franny se ressentiam por serem excluídas dessas manhãs misteriosas. Franny se ressentia do tempo que Vincent passava longe delas; Jet queria conhecer melhor a prima, mesmo que fosse apenas para pegar emprestadas algumas daquelas roupas fabulosas.

Todos os dias, April e Vincent desapareciam sem deixar vestígios, claramente procurando a encrenca que um dia encontrariam. Franny os seguiu até a biblioteca um dia e os viu na sala de livros raros, debruçados sobre *O Mago*. Os dois tinham feito os lustres de vidro tremerem e os bibliotecários, assustados, estavam ligando para a prefeitura em busca de informações sobre um possível terremoto.

Os primos estavam tão absortos que não notaram a presença de Franny até que ela se sentou com tudo numa cadeira, bem na frente deles. Então, Vincent e April ergueram os olhos, piscando, pegos em flagrante. Mas estavam aliviados por terem enfeitiçado Franny para que ela nunca descobrisse o que planejavam.

– Brilhante! – Sua visão estava confusa, e ela não conseguia ver com clareza qual era de fato o problema que eles estavam criando. – Praticando arte das trevas num lugar público. Isso fará com que os moradores da cidade nos amem.

– Danem-se os moradores da cidade! – respondeu April. – Você sabia que a velha cadeia da cidade ficava bem aqui? Maria Owens ficou presa aqui. Há um poder enorme neste lugar.

– É uma biblioteca. Não pensava em vocês dois como ratos de biblioteca.

– Eu não sou um rato – disse Vincent.

– Eu não posso acreditar que é aqui que vocês têm passado o tempo.

– Nós também fumamos maconha no lago – April revelou alegremente.

– No nosso lago? – disse Franny a Vincent, verdadeiramente magoada agora.

– Não somos donos do lago. April tem direito de ir lá. – Vincent parecia ainda mais despreocupado do que o habitual. – E só vamos lá de vez em quando.

– E o que vocês estão aprontando? – perguntou Franny ao irmão.

– O que poderíamos aprontar numa biblioteca? – Quando Vincent sorriu, Franny quase o perdoou por compartilhar segredos com April. Quase.

– Se você está com ela – disse Franny, acenando na direção da prima –, esteja ciente de que está com uma narcisista. – Tinha ouvido o pai usar esse termo para muitos de seus pacientes, pessoas desalmadas, que nunca pensam em ninguém além de si mesmas. – Acho que você vai se arrepender dessa aliança – disse ao irmão.

– Ele não vai. E saiba que você não é a primeira a me rotular com esse diagnóstico. Estou desapontada, Franny, pensei que você fosse mais original. E já que fez tanta pesquisa, conseguiu descobrir alguma coisa sobre o segredo?

– Que segredo?

– Se soubéssemos, não seria segredo – respondeu April com presunção. – Ouvi meus pais sussurrando sobre isso. É provavelmente algo horrível e inesperado. Suponho que vai nos surpreender quando menos esperarmos. Tem algo a ver com a maldição. Algum passado tenebroso que todo mundo quer esquecer. Portanto, parece que você não sabe tanto quanto pensa.

Depois disso, Franny não quis mais saber de April. Jet, por outro lado, continuou achando a prima fascinante. Ela adorava provar as minissaias dela, os jeans muito justos e os vestidos rendados. Quando Jet vestia essas roupas, parecia alguém completamente diferente, e ela gostava disso.

Numa noite de tempestade, Jet olhou pela janela para espionar April e Vincent jogando *strip poker* no jardim e rindo enquanto tiravam blusas e sapatos. A chuva não os incomodava. April com certeza não era o tipo de Vincent, mas pareciam ter se tornado grandes amigos e confidentes. Aqueles dois sabiam instintivamente como se divertir, algo para o qual Jet e Franny não tinham nenhuma aptidão.

Numa manhã quente, enquanto Vincent dormia e Franny estava na biblioteca, April bateu na porta do sótão. Jet estava na cama lendo uma cópia anotada dos poemas de Emily Dickinson que encontrara numa estante de livros na sala de visitas.

April pegou das mãos de Jet a edição com capa em alto-relevo.

– Vamos sair. – Quando Jet hesitou, April fez uma careta. – Você não pode passar o resto da vida lendo ou arrancando ervas daninhas. Tente fazer o que gosta e veja como se sente.

Se aquilo era uma oferta de amizade, quem era Jet para recusar? Foram para o Lago Leech por impulso, carregando uma caixa de cerveja comprada graças a uma identidade falsa que April tinha conseguido na Harvard Square por vinte dólares e a promessa de um beijo que nunca fora concedido.

Quando chegaram ao lago, Jet se despiu atrás dos arbustos. Usava o velho maiô preto sob o vestido, mas era muito recatada. April, no entanto, não se incomodara em vestir um maiô. Tirou a roupa simplesmente, jogando-a na grama. Ela era ainda mais bonita nua, uma criatura exótica, pálida e tão ousada que subiu na rocha mais alta e mergulhou sem nenhuma hesitação. Como os irmãos, ela flutuou na superfície do lago.

– Tente me afogar! – gritou para algum inimigo invisível, brandindo o punho no ar. – Ah, vamos lá – disse em tom de brincadeira, diante da expressão escandalizada da prima –, não seja tão criança!

Mais tarde, enquanto se secavam ao sol, April soltou o cabelo, que parecia neve ao cair pelas costas. Tinha uma mancha de lama no rosto e uma expressão perdida, parecendo mais pensativa do que o habitual.

– Eu consigo ver o futuro, e achei que isso me ajudaria a conhecer o meu caminho, mas continuo cometendo um erro atrás do outro.

– Todo mundo comete erros – disse Jet. – Isso faz parte do ser humano.

April lhe lançou um olhar contrariado.

– Isso não é exatamente o que somos. Ou você ainda não entendeu?

– Somos bem humanas.

– Você deve ter algum talento especial.

– Eu sei o que as pessoas estão pensando – admitiu Jet. April foi a primeira pessoa, com exceção de Franny, a quem Jet confidenciava sua habilidade. Vivia envergonhada de não ser normal, como se estivesse provando que aquelas garotas horríveis da Starling School estavam certas.

– Sério? – A revelação despertou o interesse de April pela prima. Talvez Jet não fosse tão sem graça quanto parecia.

– Eu *não quero* saber. É invasivo, parece moralmente errado, mas não consigo parar, a não ser que a pessoa me bloqueie com um campo de força em volta da própria mente. Franny é boa nisso, ela se desliga emocionalmente. Nunca deixa ninguém entrar. Acho que essa é a força dela.

– Tente comigo – pediu April. – Eu não vou bloquear você. O que estou pensando agora?

Jet sabia que aquele era um negócio perigoso e manteve os olhos baixos.

– Você gostaria de poder ficar aqui – disse ela num tom consolador.

– Qualquer um poderia adivinhar isso. Diga algo que ninguém mais saberia. Mostre-me seu dom.

Elas estavam sentadas de frente uma para a outra. O resto do mundo desapareceu quando deram as mãos e se olharam nos olhos e deixaram a mente limpa. O som das abelhas voando rente à grama alta e o reflexo dos pássaros pairando acima do lago sumiram de repente. Tudo ao redor delas ficou em silêncio. Eram só as duas, e, quando a mente de April se abriu para a prima, Jet teve um sobressalto, assustada com os pensamentos mais profundos de April. Já tinha percebido como as pessoas eram surpreendentes. Mas nunca teria adivinhado que Vincent era o problema.

Por baixo de toda a presunção e sofisticação, April era terrivelmente vulnerável. Jet percebeu que, quando ela fosse embora, sentiria falta da prima. Para não constrangê-la, decidiu não revelar tudo o que viu nos pensamentos de April, e disse simplesmente:

– Você gostaria de poder ir para Nova York conosco quando voltarmos. Você perguntou a Vincent, mas ele disse que era impossível.

Lágrimas surgiram nos olhos de April.

– Agora, posso dizer que você acertou.

– Eu gostaria de poder ajudá-la – Jet nunca detestou seu dom tanto quanto naquele momento.

April encolheu os ombros.

– Não importa. Meus pais nunca me deixariam ir. Eles querem que eu seja como todo mundo. Minha mãe diz que não me esforço e é por isso que não me entroso com ninguém. Ela não acredita, mas já tentei ser como as outras pessoas. Não dá certo.

A pele de April estava quente e corada, sua pele normalmente perfeita estava agora manchada.

– É muito difícil conviver com pais que desaprovam todos os seus pensamentos e atitudes.

– Você vai viver longe deles – garantiu Jet. – Só que não agora.

– Estou fadada a perder todos que amo – disse April. – Eu já sei disso.

– Claro que você está! – Jet respondeu com calma. – Isso é o que significa estar vivo.

※

Na manhã seguinte, um grande carro preto estacionou em frente à casa. Os pais de April haviam contratado um motorista para levá-la de volta. A buzina soou várias vezes e, irritada, Isabelle saiu para se certificar de que o motorista fizesse silêncio. É claro que ele obedeceu assim que pôs os olhos nela. April poderia ter tornado a partida difícil; poderia ter se escondido na adega ou fugido pela porta dos fundos e ido para a floresta. Mas, no final, seu destino acabaria encontrando-a, como sempre.

— Aqui vou eu. De volta a Beantown, onde nunca vou ver o fim dos meus fracassos. — Pegou Henry e foi fazer as malas. O furão parecia especialmente triste, como se também conhecesse seu destino. — Nós sempre estaremos envolvidos uns com os outros — disse April a Franny, quando a encontrou no corredor. — Você sabe disso, não sabe?

Franny tinha a sensação de que a prima estava certa, mesmo assim disse:

— Duvido. Vivemos em mundos diferentes.

— Na verdade, Franny, não vivemos, não.

Por causa do tom de voz triste da prima, Franny se ofereceu para levar a mala até a porta.

— Da próxima vez que nos encontrarmos, tudo será diferente — disse April, com um olhar perdido.

— Não é sempre assim? — disse Franny, mais rude do que pretendia.

— Suponho que seu irmão não vá se dar ao trabalho de se despedir.

— Vincent só faz o que quer. Qualquer um que o conheça de fato sabe disso.

Quando Jet veio se despedir, ela e April se demoraram perto das janelas de vidro verde. Daquele lugar podiam ver o jardim. Vincent estava lá fora, cochilando na rede. Ele levantou a cabeça quando a buzina tocou novamente, olhando para a limusine com desinteresse e voltando a dormir.

April afastou-se da janela.

— O que está feito está feito. — Jet foi abraçar a prima, pois sabia o que ela estava pensando. *Ele não podia ao menos vir se despedir?* April certamente não era a primeira pessoa a se apaixonar por Vincent, ou a primeira a ser ferida por sua indiferença. Quando chegou, parecia uma jovem, ousada e excitante, mas isso desapareceu com o tempo. Agora era só uma garota que se magoava facilmente.

— Boa sorte! — desejou Jet.

– Obrigada. – Os olhos de April estavam cheios de lágrimas. Nem todos eram quem ela fantasiava, incluindo o primo indomável. – Boa sorte para você também.

⸙

Franny e Jet continuaram a cuidar do jardim todas as manhãs bem cedo, antes que o dia ficasse muito quente. Elas usavam luvas pesadas para arrancar as plantas venenosas: erva-dos-feitiços, azevinho, dedaleira, beladona, mandrágora, arruda. Enquanto suavam, Vincent ficava deitado na rede dedilhando o violão. Estava compondo uma música sobre April chamada "A Garota de Boston", uma balada sobre uma jovem que faria tudo para conquistar sua liberdade. No final, ela se afogava nas águas esverdeadas do Lago Leech.

– Não poderia terminar de um jeito diferente? – Jet perguntou ao irmão. – Não pode o amor conquistar tudo?

– Acho um final perfeito, ela recebeu o que merece – disse Franny.

– Uma música é o que é – Vincent encolheu os ombros. – Esta é trágica.

Apesar de terem sido prevenidas pelas mães, muitas garotas da cidadezinha vinham espiar pela cerca de ferro, encantadas pelo garoto estranho, de longos cabelos pretos, voz cristalina e expressiva, que cantava aquela música tão triste. Vincent ocasionalmente acenava, o que fazia suas fãs rirem muito. As meninas aplaudiam e gritavam, como se estivessem na presença de uma celebridade.

– Elas não têm nada melhor para fazer? – Vincent murmurava.

– Você conhece esta cidade – respondia Franny. – Aparentemente, não.

Vincent começava a desejar que pudesse se livrar de seus encantos libidinosos. Sua reputação alcançara um ponto febril, e as levas de adolescentes rodeando a casa só aumentavam. Quando cedeu e tentou se envolver com uma garota, depois outra e mais outra, percebeu que nenhuma cativava realmente seu coração. Não conseguia tolerar as ideias tolas que elas tinham. Os moradores locais pareciam tolos e simplórios. Chegava uma hora em que ele simplesmente não sentia mais nada, e mal registrava a presença delas.

Mas, uma noite, ele foi seduzido por alguém muito mais experiente, uma vizinha que vinha comprar o sabonete preto da tia Isabelle, o mesmo que a mãe dele usava todas as noites. Quando a sra. Rustler viu Vincent na cozinha, ficou loucamente apaixonada. Como ele era lindo e indolente, tão esguio e cheio de carisma, com seu ar sombrio!

Tão logo Isabelle saiu da sala para pegar o sabonete, a vizinha se aproximou de Vincent e sussurrou no seu ouvido que poderia fazer todos seus sonhos se tornarem realidade. Deslizou uma mão pelo jeans dele para seduzi-lo. Ninguém poderia dizer que ela era sutil, mas Vincent gostava de pessoas que violavam as regras. Quem era ele para negar a ela a oportunidade de seduzi-lo? A sra. Rustler disse que se tratava apenas de um flerte; ninguém os culparia por isso. Afinal, ela tinha um filho da idade dele que estava fora, no acampamento de verão.

Vincent passou a escalar a janela da vizinha toda noite. Aprendeu muito mais sobre sexo naquelas férias de verão do que a maioria dos meninos de 14 anos aprenderia a vida toda, porque a sra. Rustler parecia insaciável. Vincent a tolerava porque, quando fechava os olhos, ela podia ser alguém completamente diferente, e às vezes ele ficava surpreso com suas próprias fantasias. Considerava aquela aventura como uma educação sexual, nada mais.

Quando o marido dela precisou viajar a negócios, a vizinha convenceu Vincent a passar a noite com ela. Mas a coisa já tinha ido longe demais. De repente, ela disse algo sobre estar apaixonada. O medo percorreu Vincent só de pensar na ideia. A sra. Rustler tinha quase 40 anos, a idade da mãe dele. Vincent só percebeu como ela era quando ficou uma noite inteira e a viu na luz do sol da manhã. Foi um choque.

Ela parecia abatida e sem brilho, os seios meio flácidos. O nariz parecia torto, e havia pelos no queixo que ele não tinha notado antes. Ela parecia uma coelha gigante.

Vincent voltou a si rapidamente. Não era isso o que ele queria. Saiu pela janela em pânico, sem se importar em se vestir, enquanto a sra. Rustler dormia, ressonando baixinho. Ele fugiu com as roupas na mão, envergonhado, desesperado para ir embora dali. Para seu desgosto, encontrou tia Isabelle na varanda. Estava completamente nu e mortificado, agradecido pelas videiras que projetavam sombras onde ele poderia se esconder, pelo menos um pouco, do olhar feroz da tia.

— Sua aventura não foi como imaginava? — ela perguntou em tom de quem está a par das coisas.

Embora tia Isabelle tivesse uma expressão séria, Vincent percebeu que, para ela, as façanhas dele eram uma fonte de diversão. A tia se virou de costas enquanto ele se vestia e então o levou para a estufa, onde havia vasos empoeirados de alho e alecrim. Num canto crescia tomilho, erva-cidreira e verbena odorífera. Vincent já havia invadido e explorado o lugar, e era ali que ele e April costumavam fumar maconha.

Havia várias plantas que precisavam de cuidados especiais, como cactos ornamentais, jasmim, dedaleira, folha-da-fortuna, trombeta-de-anjo e confrei. Dentre as fileiras de plantas, a tia pegou um livro preto e pesado que Vincent não tinha notado antes.

Isabelle abriu o livro.

— É fácil trazer o amor até você — ela disse —, mas se livrar dele é outra história. — Se é que você pode chamar de amor o que acabou de acontecer.

— Eu não chamaria de amor... — admitiu Vincent.

— Concordo com você. — Ela folheou o livro. — Há regras para tudo, você sabe. Primeiro não faça nenhum mal. Você precisa se lembrar disso.

— Vou tentar — disse Vincent.

— Tentar não basta. — Isabelle encontrou uma página marcada com a palavra "Proteção".

Pano preto, fio vermelho, cravo, espinheiro-negro.

Quando a sra. Rustler acordou e não viu Vincent, ela o procurou, sem se importar se causaria escândalo. Estava enfeitiçada, como a enfermeira que tentara raptá-lo horas depois do nascimento, sentindo por ele uma atração incontrolável. Era possível ouvi-la na varanda, batendo na porta com tanta força que o barulho ecoava pelo jardim. A mulher realmente estava descontrolada. Isabelle murmurou algumas palavras, o que fez com que a vizinha batesse em retirada e voltasse para a própria casa. Então, a tia de Vincent se virou para ele.

— Parece que você é viciante, então é melhor aprender a lidar com o problema desde já. Suponho que já conheça o seu destino. Ou tem medo de conhecê-lo?

— Não tenho medo — disse Vincent, cheio de bravura, mas na verdade tinha.

Isabelle pegou o pano preto que cobria um objeto guardado no chão, ao lado dos sacos de substrato vegetal e de bulbos que seriam plantados no outono. Lá estava um espelho de três faces, com o vidro pintado de preto. Não havia espelhos na casa e, agora que via sua imagem, ele entendia por quê. Os membros de sua família viam não só o próprio reflexo, mas também as imagens do que lhes aconteceria no futuro. Ali na estufa, naquela fria manhã, Vincent viu o seu futuro diante de si. Era exatamente o que já havia adivinhado. Mas ao ver aquilo tão claramente, empalideceu.

Tia Isabelle lhe ofereceu um copo de água, mas ele recusou e continuou a olhar. Havia imagens borradas de uma garotinha num gramado, de um homem numa encosta e de um parque com caminhos de pedra, que ele não reconhecia. E maior do que qualquer uma dessas imagens havia o gêmeo sombrio que ele tinha visto a vida toda, sempre que se via num espelho ou passava pelas vitrines das lojas. Um eu dentro dele, e que ele tinha feito o possível para evitar. Agora, no entanto, não tinha escolha senão olhar. Ao fazer isso, entendeu quem era. Naquele momento, na estufa da tia, ele se sentiu mais sozinho do que nunca.

Isabelle fez um amuleto para ele, costurando-o com tanta rapidez que seus dedos pareciam voar. Vincent teve que esperar o dia todo para usá-lo, pois só deveria deixar o amuleto na varanda da sra. Rustler quando a lua minguante aparecesse no céu; depois ele deveria desenhar um círculo em torno de si e ficar no centro dele até que achasse que era hora de sair.

– Como vou saber? – ele perguntou.

Isabelle riu.

– Você saberá.

Vincent beijou a tia, agradecido.

Ficou deitado o dia todo, escondido na estufa, ignorando as irmãs quando o chamavam. Por fim, chegou a hora. Enquanto ia até a casa da vizinha, concluiu que os truques de mágica que aprendera sozinho eram tolices infantis. O que importava era o sangue que corria nas suas veias, o mesmo sangue de Maria Owens. Uma vez, quando se cortara num emaranhado de arbustos a caminho do lago, gotas de seu sangue queimaram o tecido da camisa, deixando ali um buraco. Isso era magia ancestral. Estava dentro dele.

Ele seguiu as instruções da tia: deixou o amuleto numa cadeira de vime na varanda da sra. Rustler e ficou dentro de um círculo traçado no chão, até que sentiu a atração dela por ele se evaporar. As lâmpadas piscaram e o ar ficou mais calmo. Ele ouviu os grilos cantando e sentiu um vento soprando que só cessaria bem tarde, no dia seguinte. Lá em cima, na cama dela, a sra. Rustler caiu num sono sem sonhos e, quando acordou, não tinha nenhum anseio que não fosse uma xícara de café decente e um bolinho recém-saído do forno. O filho dela chegou em casa do acampamento de verão. O marido voltou de uma das suas muitas viagens de negócios.

Quando Vincent topou com a sra. Rustler na cozinha da tia, que preparava para ela a garrafa de vinagre, receita antiga dos Owens composta de melaço e água de chuva, ele sentiu um calafrio. O vinagre era útil para homens impotentes, como o marido dela. A sra. Rustler levantou o olhar para encontrar o dele e Vincent teve a certeza de que ela não o reconheceu. Era como se nunca o tivesse visto, muito menos lhe contado os desejos de uma mulher como ela na cama.

※

Nos dias que se seguiram, Vincent tentou descobrir suas habilidades naturais. Sentou-se com as irmãs num banco no parque e decidiu punir os dois cisnes selvagens do lago por assustarem as crianças. Ele os observou com absoluta concentração e depois os fez subir no ar e pairar sobre a água, por um instante, deixando-os aterrorizados antes de deixá-los cair na água de novo. Atordoados, eles saíram voando pela lagoa, cacarejando como galinhas.

– Isso deve dar uma lição neles – disse ele, rindo.

– Todos os cisnes voam – rebateu Franny. – Isso não é magia.

Mas depois das afirmações de April e da reação dos cisnes, Franny ficou intrigada e decidiu testar metodicamente as habilidades dos irmãos.

Quando começou sua experiência, Vincent balançou a cabeça.

– Isso é perda de tempo. Nós temos o dom, Franny, você tem que admitir.

Ainda assim, Franny queria provas. Fez o irmão ficar na sala de estar e Jet no sótão, sem possibilidade de comunicação, enquanto examinavam cartões duplicados. Cada um conseguia adivinhar a palavra que o outro tinha visto cem por cento das vezes. Franny também tentou com números.

– Pode ser simplesmente percepção extrassensorial. Vou precisar de mais documentação – disse Franny.

Vincent riu dessa avaliação.

– Franny, temos mais do que percepção extrassensorial.

Secretamente, Franny também estava se testando. Interessada na ideia da levitação, ela colocou pequenos objetos na mesa da sala de estar, em seguida fechou os olhos e desejou que eles se movessem. Quando isso não funcionou, ela pediu delicadamente que eles flutuassem e logo conseguiu fazer com que uma fita métrica pulasse da mesa. Ela praticava diariamente, mas era evidente que Vincent era quem tinha mais poder. Ele nem precisava treinar. Quando circulava pela sala, os livros saltavam das estantes. Era tão natural quanto um pássaro voando, os papéis esvoaçando, os livros batendo no chão. *Você tem o dom*, pensou Franny quando ele se esparramou numa poltrona de veludo. Ela não tinha percebido antes como ele era parecido com Maria Owens. Achou que, talvez, ele tivesse tanto poder quanto ela, ou talvez mais.

Vincent riu, como se ela tivesse falado em voz alta.

– Sim, mas eu provavelmente vou desperdiçá-lo – disse ele. – E não se engane, Franny, você também tem.

Numa noite, Franny se viu plenamente consciente no meio da madrugada, acordando com um sobressalto, como se alguém tivesse alcançado sua alma e a sacudido para acordá-la. Alguém pronunciara seu nome, mas ela não tinha ideia de quem fora. As cigarras cantavam em meio às ondas de calor. Era uma noite perfeita para sonhar, mas Franny sentia que não tinha escolha a não ser responder ao chamado. Deixou o sótão e desceu as escadas de camisola, empurrou a porta de tela e passou pela varanda, onde a trepadeira de troncos grossos estava tão retorcida que as crianças na cidade juravam que a planta tinha sido formada a partir dos braços e pernas de um velho. Estava escuro como breu e Franny caminhou com cuidado para não tropeçar nos buracos que os coelhos haviam cavado. Quando seus olhos se acostumaram à escuridão, notou que não era a única no quintal. Tia Isabelle estava derramando água sobre as cinzas da lenha enquanto falava baixinho para si mesma. Franny viu um maço de lavanda desidratada no chão, uma cesta de especiarias e um balde do que parecia ser meia-noite líquida, mas era na verdade óleo infundido com alcaçuz.

– O melhor sabonete é feito em março, durante a lua nova. Mas como você está aqui agora, vamos fazer esta noite. O sabonete deve ser preparado por alguém da família, por isso chamei você. Se não fosse a pessoa certa, você continuaria dormindo. Mas como acordou, então o trabalho é seu.

Isabelle havia interrompido um sonho curioso de Franny em que um pássaro preto comia na palma da sua mão, enquanto ela estava sentada num banco no Central Park. O corvo tinha dito o nome dele, mas agora que estava acordada Franny o tinha esquecido.

Sabia que, segundo se dizia, Maria Owens tinha a capacidade de se transformar num corvo para realizar seus feitiços. Essa conclusão baseava-se no relato de um fazendeiro que uma vez tinha ferido a asa de um pássaro desse tipo no seu milharal. No dia seguinte, Maria foi vista com uma tipoia no braço.

– Eu não vejo por que tem que ser eu. – Franny estava descalça e a terra estava úmida. – Jet pode fazer isso.

Isabelle lançou-lhe um olhar severo. A expressão da tia causou um calafrio em Franny. Era para ser ela, isso estava claro.

Franny notou que o livro que ficava na estufa tinha sido levado para fora. O volume grosso e estufado lembrava um sapo preto, pois tinha uma capa que se assemelhava à pele desse anfíbio e era fria ao toque. Estava repleto de informações pessoais profundas, algumas muito perigosas até para se repetir. Se não houvesse nenhum membro da família para herdá-lo, seria queimado quando a sua dona morresse, por respeito à tradição e de acordo com ela. Alguns chamavam esse tipo de exemplar de Livro das Sombras, outros se referiam a ele como grimório. Não importava o nome, era um texto precioso de magia e estava imbuído de poder. Escrever por si só já era um ato mágico em que a imaginação alterava a realidade. Para isso, o livro era o elemento mais poderoso de todos. Se não fosse seu e você ousasse tocá-lo, sua mão provavelmente queimaria por semanas e apareceriam carocinhos ou erupções muitas vezes impossíveis de curar.

O diário na biblioteca havia sido escrito durante o último ano da vida de Maria, mas esse, seu livro secreto de feitiços, fora escondido sob o assoalho de madeira da casa. O grimório continha instruções sobre como fazer talismãs, amuletos e feitiços de cura. Algumas fórmulas tinham sido escritas em tinta especial de avelã ou ruiva-dos-tintureiros; outras, com o sangue da autora. Havia listas de ervas e plantas úteis; remédios para tristeza, doença, problemas de parto, ciúme, dor de cabeça e erupções cutâneas. Era o repositório do saber de uma mulher, coletado e passado adiante.

– É aqui que está a receita do nosso sabonete. Eles podem ter o diário que Maria escreveu em seu último ano guardado na biblioteca, mas nós temos o livro mais importante. Pode ser o mais antigo grimório deste país. A maioria é queimada quando os donos morrem, para garantir que não caiam em mãos erradas. Mas com este isso nunca acontecerá, pode ter certeza. Desde que Maria o escreveu, ele vem sendo passado para o mais forte entre nós.

O livro estava tão abarrotado de papéis que páginas soltas se espalharam pelo chão quando Isabelle o entregou a Franny.

– Quando chegar a hora, você será a próxima.

O livro se abriu nas mãos de Franny. Na primeira página estavam as regras da magia.

Faça o que quiser, mas não prejudique ninguém.
O que você fizer retornará para você triplicado.
Apaixone-se sempre que puder.

A última lei da magia deixou Franny paralisada.

– Como isso é possível? – ela perguntou. – Fomos amaldiçoados!

– Tudo pode se quebrar, e qualquer coisa quebrada pode ser consertada novamente. Esse é o significado de Abracadabra. *Eu crio o que digo*.

– Você está dizendo que a maldição pode ser quebrada? – Por um momento, Franny sentiu o coração pulsar.

– Por centenas de anos isso não aconteceu, mas não significa que seja impossível.

– Compreendo – disse Franny, cheia de melancolia. Claramente, as probabilidades não estavam ao lado deles.

Juntas, elas levantaram o velho caldeirão preto para pendurá-lo numa haste de metal sobre a fogueira. Cinzas flutuaram numa névoa ardente. Adicionaram rosas do jardim, a lavanda que tinha crescido no portão e ervas que trariam sorte e protegeriam contra doenças. Faíscas voavam e mudavam de cor à medida que saltavam do caldeirão; iam do amarelo ao vermelho-sangue.

Era um trabalho árduo, e logo Franny estava morrendo de calor. O suor lhe caía sobre os olhos e a pele ficou escorregadia, com um brilho de sal. Mas parecia um experimento científico maravilhoso, pois os ingredientes tinham de ser cuidadosamente medidos e adicionados lentamente para que não queimassem.

Ela e a tia se revezavam mexendo a mistura, o que exigia uma quantidade surpreendente de força; em seguida, despejaram conchas de sabonete líquido nos moldes de madeira que eram guardados em prateleiras no barracão. O sabonete líquido nos moldes endurecia na forma de barras. Dentro de cada um via-se uma centelha de cor cintilante, como se contivessem a essência das rosas que ela e a tia tinham adicionado.

As duas embrulharam as barras em celofane. Isabelle parecia mais jovem, quase como se ainda fosse a garota que costumava ser antes de morar na Rua Magnólia. A pele de Franny tinha ficado tão rosada pelas horas de manipulação do sabonete que abelhas sonolentas foram atraídas para ela, como se fosse uma flor a que não pudessem resistir. Ela as espantou sem medo de ser picada.

Quando terminaram, o céu estava se enchendo de luz. Franny se sentia revigorada, tão quente que tirou a camisola e ficou só com a roupa de baixo. Podia continuar trabalhando por muito mais tempo, porque na verdade aquilo parecia mais prazer do que trabalho. Desabou na grama, olhando o céu com algumas nuvens pálidas. Tia Isabelle trouxe uma jarra de limonada com alecrim, que Franny bebeu com avidez.

– Foi divertido – disse.

Isabelle estava obviamente satisfeita. Tinha guardado o grimório até que ele fosse necessário novamente.

– Para nós foi. Seria penoso para a maioria das pessoas.

Franny franziu os lábios. Ela sempre fora e ainda era uma garota prática.

– Eu sei que não existe essa coisa que você diz que somos. É um conto de fadas, uma compilação dos medos infundados das pessoas.

– Eu também pensava assim quando cheguei aqui – disse a tia, sentando-se numa velha cadeira de jardim.

– Você não cresceu aqui? – perguntou Franny, surpresa por saber que a tia tinha uma história anterior à Rua Magnólia.

– Você achou que eu não tinha outra vida? Que nasci entre os pés de alface e já era uma velha desde o dia em que aprendi a andar? Já fui jovem e bonita. Mas esse é o conto de fadas, porque tudo passa num piscar de olhos. Eu morava em Boston, sempre trancafiada, não diferente de April. Não sabia quem eu era até vir para cá, visitar minhas tias e aprender as regras.

Franny sentiu o rosto enrubescer.

– E se eu não quiser ser o que sou?

– Então você enfrentará uma vida de infelicidade.

– Você aceitou? – perguntou Franny.

Ela podia ver o arrependimento na expressão de Isabelle. Havia existido, sim, um *antes* em sua vida.

– Não totalmente. Mas amadureci e passei a gostar de mim.

O erro inicial de Jet foi ir à farmácia naquele dia, ou talvez o erro tenha sido se sentar no balcão e pedir uma Coca-Cola, mas o desastre foi definitivamente iniciado assim que ela começou a conversar com os irmãos gêmeos que estavam ali e que ficaram encantados assim que a viram. Ela era, sem dúvida, a garota mais linda que já tinham encontrado.

Ficaram tão fascinados que a seguiram até a casa na Rua Magnólia, a qual, eles sabiam, era melhor evitar. Franny estava esparramada na grama, comendo framboesas e lendo um dos livros de tia Isabelle sobre como criar plantas venenosas, quando ouviu as vozes masculinas. Os gatos estavam tomando sol, mas, assim que os estranhos se aproximaram, esconderam-se nas sombras.

Jet veio correndo para o quintal, acenando para a irmã, mas os meninos hesitaram no portão. Gêmeos de 17 anos, um com cabelo castanho, o outro, loiro; bonitos, ousados e corajosos. Quando viu os estranhos, Franny ficou pálida, as sardas salpicadas em seu rosto se destacaram como se fossem manchas de sangue.

Jet gesticulou alegremente para os meninos.

– Eles ouviram dizer que é perigoso vir aqui.

– E *é* mesmo – disse Franny para a irmã. – O que você *estava pensando*?

O menino loiro, chamado Jack, criou coragem e entrou, esquivando-se dos rústicos arbustos de framboesa que picariam a mão de qualquer um que tentasse colher seus frutos. Os meninos, apaixonados, imploraram a Jet e a Franny para que se encontrassem com eles naquela noite, e as duas garotas de fato ficaram lisonjeadas. Jet suplicou para Franny:

– Por que não podemos nos divertir? April iria.

– April! – Franny retrucou. – Ela só sabe arranjar encrenca.

– Mas ela tem razão sobre algumas coisas – disse Jet.

As irmãs saíram pela janela do sótão depois da meia-noite, em seguida deslizaram pela calha. O tempo todo, Franny pensou em como Hay daria risada se pudesse vê-la fugindo da casa da tia. *Você nem deu uma olhada no boletim meteorológico? Precisava mesmo subir no telhado?*, ele perguntaria.

A noite estava realmente nublada, com uma tempestade se formando. Assim era o clima em Massachusetts, imprevisível, desagradável e com faíscas de eletricidade no ar. Quando caminhavam pela Rua Magnólia, uma leve garoa começou a pingar do céu cheio de nuvens. Ao chegarem ao parque, a chuva caía em baldes. As garotas estavam tão encharcadas que, quando Franny espremeu os longos cabelos, a água escorreu vermelha; foi quando soube que tinham cometido um erro.

Os garotos corriam loucamente pelo parque, embora até os cisnes estivessem encolhidos debaixo dos arbustos. Um estrondoso trovão soou.

– Ah, não... – lamentou Jet, impressionada com a reviravolta do destino.

As irmãs fizeram sinal para que os meninos se abrigassem num lugar seguro, mas era impossível ver através da chuva e eles seguiram em disparada. Elas estavam perto da lagoa quando um raio caiu, mas, mesmo antes de as faíscas incandescentes iluminarem o céu, Franny já sentiu o cheiro de enxofre. Os meninos foram atingidos num instante e tombaram como se tivessem sido baleados, estremecendo no chão. Uma fumaça azul subia de seus corpos caídos.

Franny puxou Jet para junto dela, pois um alarme tinha soado e carros de patrulha já corriam para o local. Se as irmãs fossem vistas ali, certamente seriam responsabilizadas. Elas eram da família Owens, logo, as primeiras a serem acusadas de qualquer desastre.

As duas correram de volta para a Rua Magnólia, passaram em disparada pela porta e voaram escada acima. Sem fôlego, sentaram-se no sótão de ouvidos atentos às sirenes. As pessoas da cidade não duvidaram de que tinha sido um acidente, que os raios eram imprevisíveis e que os meninos tinham sido tolos em correr pela chuva com suas roupas de domingo. Mas Franny sabia a verdade. Era a maldição.

Franny e Jet encontraram, no sótão, vestidos pretos de lã grossa, cheirando a naftalina; vestiram os lúgubres trajes e foram ao funeral, mas ficaram longe da multidão de enlutados, permanecendo em silêncio sob os velhos olmos. Jet chorava, mas Franny mantinha os lábios franzidos, culpando a si mesma pelo que tinha acontecido. April estava certa. Era isso que o amor fazia, mesmo na sua forma mais leve, pelo menos com a família delas.

Quando as meninas chegaram em casa, suando dentro dos vestidos de lã, Isabelle lhes ofereceu conselhos junto com copos de limonada aromatizada com verbena.

– Evitem as pessoas da região – disse simplesmente. – Elas nunca nos entenderam e nunca entenderão.

– Isso é problema *delas* – Vincent comentou quando ouviu.

Talvez ele tivesse razão, mas, a partir desse dia, as irmãs raramente se aventuravam além do jardim. Queriam ter certeza de que não haveria mais tragédias, mas já era tarde demais. As pessoas ignoravam Franny, com sua expressão melancólica e cabelos vermelho-sangue, mas Jet tinha se tornado uma lenda. A linda garota por quem valia a pena morrer.

Os rapazes vinham procurar por ela. Quando a viam do outro lado do velho portão, com seus longos cabelos negros e a boca em forma de coração, ficavam completamente apaixonados, apesar do destino de seus predecessores, ou talvez por causa disso. Vincent saía e jogava tomates neles e os fazia correr com um mero estalo dos dedos, mas não adiantava.

Num único dia, dois sujeitos desvairados fizeram loucuras sem sentido pelo amor de uma garota com quem nunca nem sequer tinham falado. Um ficou parado na frente de um trem em movimento para provar seu amor. O outro amarrou barras de ferro nas pernas e pulou no Lago Leech. Ambos selaram seus destinos.

As irmãs se refugiaram no sótão, em estado de choque, quando ouviram as notícias. Não jantaram nem falaram com a tia. À noite, saíram pela janela e subiram no telhado. Havia milhares de estrelas no céu. Então essa era a maldição dos Owens. Ninguém tinha descoberto ainda como quebrá-la e ela estava mais forte do que nunca. O mundo inteiro estava lá fora, mas só para as outras pessoas, não para elas.

– Temos de ter cuidado – disse Franny à irmã.

Jet concordou, chocada com os acontecimentos do verão.

Então, naquele instante, elas juraram nunca se apaixonar.

Franny disse a Jet para não ir ao funeral dos garotos, cujos nomes elas nem sabiam. Ela não era responsável pelas atitudes irracionais das outras pessoas, mas Jet esgueirou-se pela janela e foi assim mesmo. Ficou atrás de uns arbustos, o cabelo preso, os olhos cheios de lágrimas. Usava o vestido preto, embora o tempo estivesse brutalmente quente. Seu rosto estava pálido como a neve. O mesmo reverendo que presidira a celebração fúnebre diante da sepultura dos gêmeos estava ali novamente. Jet podia ouvir sua voz trazida pelo vento, enquanto ele recitava algumas palavras de Cotton Mather*.

---

* Autor protestante, muitas vezes lembrado por sua ligação com a caça às bruxas de Salem. (N.T.)

As famílias são os berçários de todas as sociedades e as primeiras combinações da espécie humana.

Um garoto de casaco preto atravessou o arvoredo, com uma expressão sombria no rosto e as mãos nos bolsos. Como Jet, ele estava agasalhado demais para o clima quente.

O deserto é uma condição temporária pela qual passamos para a Terra Prometida.

A princípio, Jet achou que deveria fugir, pois o estranho poderia ser outro pretendente, pronto para fazer alguma loucura para ganhar o seu amor, mas o garoto alto e lindo estava olhando para as pessoas, seus olhos focados no reverendo. Ele não deu atenção a ela.

– Aquele é o meu pai – disse. – O reverendo Willard.

– Eles se mataram por minha causa – Jet desabafou. – Pensaram que estivessem apaixonados por mim.

O menino olhou para ela, uma expressão séria nos olhos cinza-esverdeados.

– Você não teve nada a ver com a morte deles. O amor não é isso.

– Não – disse Jet pensativa –, não deveria ser.

– Não é – assegurou o menino.

– Não é mesmo – concordou Jet, com uma estranha sensação de conforto pelo jeito calmo e sério do garoto. – Você tem razão.

– Aquele que é amado é incapaz de morrer, pois Amor é imortalidade – disse o garoto. Quando viu o jeito como Jet o encarava, ele riu. – Não fui eu que disse isso, foi Emily Dickinson.

– Adorei. Eu amo Emily Dickinson.

– Meu pai não. Acha que ela era depravada.

– É um grande engano. – Naquele verão Jet tinha se tornado uma grande admiradora da poetisa. – Ela era uma grande escritora.

– Eu não entendo muitas das coisas em que meu pai acredita. Não fazem sentido. Por exemplo, ele arrancaria minha pele se me pegasse falando com você.

– Comigo?

– Você é uma Owens, não é? Ele queria que a família Owens tivesse desaparecido há muito tempo. Acha que vocês são uns depravados também.

Talvez tenha sido justamente esse pensamento que os fez se embrenhar um pouco mais no bosque em busca de privacidade. De repente, a conversa entre eles tinha ficado secreta e importante. A luz caiu através das folhas em largas faixas verdes. Eles podiam ouvir os enlutados cantando "Será o círculo inquebrantável?".

– Somos parentes de Hawthorne* – continuou o garoto –, mas nunca me deixaram ler os livros dele. Vou ficar de castigo a vida toda se fizer isso. Ou pelo menos enquanto estiver nesta cidade, o que, pode acreditar, não será por muito tempo. Meu pai quer que eu siga todo tipo de regra.

– Assim como a minha mãe! – Jet confidenciou. – Ela diz que é para nossa proteção.

O menino dá risada.

– Eu já ouvi isso.

Ele se chamava Levi Willard e tinha grandes planos. Iria cursar Teologia, se tivesse sorte de entrar na Universidade de Yale, em seguida iria para a Costa Oeste, longe daquela cidade e de todas as mentes tacanhas. Depois de ter acompanhado Jet até a Rua Magnólia, no suave crepúsculo, ela sabia mais sobre ele do que a maioria das pessoas. O fim do verão estava chegando e os grilos cantavam. De repente, ela percebeu que não queria que o verão acabasse.

– É aqui que você mora? – perguntou Levi, quando chegaram à casa. – Nunca estive nesta rua antes. Engraçado. Eu achava que conhecia todas as ruas da cidade.

---

* Nathaniel Hawthorne, escritor norte-americano do século XIX, cuja obra trata com frequência da complexidade da psique humana. Seu tataravô foi John Hathorne, juiz responsável por muitas mortes durante a caça às bruxas de Salem. (N.T.)

— Nós na verdade não moramos aqui, viemos passar o verão. Temos que voltar para Nova York.

— Nova York? Eu sempre quis conhecer a cidade.

— Então você precisa ir! Podemos nos encontrar no Museu Metropolitan, bem nos degraus. Virando a esquina fica a nossa casa. — Ela já tinha esquecido o pacto que fizera com a irmã. Talvez o mundo estivesse se abrindo para ela, afinal. Talvez maldições fossem apenas para aqueles que acreditassem nelas.

— Amigos — disse ele, apertando a mão dela com uma expressão solene.

— Amigos — ela concordou, embora por um bom tempo não tivessem soltado as mãos e ela soubesse exatamente o que ele estava pensando. *Deve ser o destino.* Ela pensava a mesma coisa.

Os irmãos fizeram as malas. O verão tinha acabado, evaporado, e de repente a luz que caía através das árvores era dourada e as uvas perto da cerca dos fundos estavam ficando escarlates, sempre as primeiras na cidade a amadurecer. Vincent, entediado e nervoso, farto da vida de cidade pequena, não via a hora de jogar suas coisas na mochila e seu violão por cima do ombro. Estava ansioso para voltar a Manhattan e retomar sua vida.

Na manhã da partida, tomaram o café da manhã juntos. A chuva caía torrencialmente, sacudindo as vidraças. Agora que era hora de ir, eles já se sentiam surpreendentemente nostálgicos, como se a infância tivesse terminado junto com as férias de verão.

Tia Isabelle entregou-lhes as passagens de ônibus.

— Vocês farão uma boa viagem. Chuva antes das sete horas, sinal de sol às onze horas. — E a chuva de fato cessou enquanto a tia falava.

Quando Franny terminou de fazer as malas e desceu as escadas, Isabelle a esperava com dois bules de chá. Franny sorriu, pois sabia que era um teste. Era provável que Vincent e Jet também tivessem sido avaliados, mas Franny sempre se destacava. Ela não tinha medo de fazer escolhas.

– Vamos ver, você quer coragem ou cautela? – perguntou a tia.

– Coragem, obrigada.

Isabelle serviu uma xícara de uma mistura com um aroma perfumado de terra.

– Contém todas as ervas de que você cuidou neste verão.

Franny tomou o chá e pediu mais um pouco. A tia serviu-lhe do outro bule.

– Esse não é cautela?

– Ah, é o mesmo chá. Você nunca escolheria cautela. Mas aceite meu conselho. Não tente esconder quem você é, Franny, nunca se esqueça disso.

– Ou serei transformada num coelho? – brincou.

Isabelle abraçou a sobrinha favorita.

– Ou você será muito infeliz.

Enquanto andavam pela rua, a caminho da rodoviária, portas e janelas se fechavam.

Que alívio, sussurravam. *Voltem para o lugar a que pertencem.*

Jet ficou para trás. Ela se sentia em casa no jardim da Rua Magnólia, e ainda mais em casa sempre que se encontrava com Levi Willard, cuja existência mantivera em segredo, sem contar nada ao irmão e à irmã. Eles tinham a visão, mas nem sequer se preocuparam em saber o que Jet fazia quando saía à noite. Ela dizia que ia colher ervas e eles nem pensavam mais a respeito. Por que suspeitariam da sua querida

Jet? Como adivinhariam que ela tinha aprendido alguma coisa com Franny e criado uma barreira dentro de sua mente?

Franny seguia na frente com Vincent, de braço dado com ele, conversando sobre o teste do chá.

– O que você escolheu? Coragem ou cautela?

– E precisa perguntar? – Vincent carregava seu violão pendurado no ombro. Naquele verão, tinha arranjado mais namoradas do que poderia contar, mas não sentiu necessidade de se despedir de nenhuma. – Cautela é para as outras pessoas, Franny. Não para nós.

Sentaram-se na parte de trás do ônibus. As pessoas os evitavam e por uma boa razão. Os irmãos Owens pareciam mal-humorados e antissociais em suas roupas pretas e malas estufadas, que ocupavam boa parte do corredor.

Assim que passaram o Pedágio da Rodovia Massachusetts, Franny sentiu saudades de Manhattan. Tinha se cansado dos vizinhos e das tragédias desnecessárias que testemunhara. Sentia falta de Haylin; todas as cartas que recebera dele estavam amarradas com um barbante e guardadas no fundo da mala. Não que ela fosse sentimental; era somente para arquivar, caso quisesse reler algum comentário feito por ele.

Em Massachusetts, tudo tinha um leve aroma verde, uma combinação de pepino, glicínias, corniso e hortelã-pimenta. Mas o cheiro da cidade mudava todos os dias. Nunca se podia prever o que poderia ser. Às vezes era o perfume da chuva caindo no asfalto, às vezes era o aroma crocante de bacon, ou uma solidão agridoce, ou curry, ou café, e é claro que havia dias, em novembro, que cheiravam a castanhas, o que significava, com certeza, que estava chegando uma onda de frio.

Quando o ônibus se aproximou de Manhattan, Franny abriu a janela para respirar o ar quente e poluído. Ela ainda sonhava com um pássaro negro que falava com ela. Se não achasse que psicoterapia era algo totalmente ridículo, perguntaria ao pai que diabos seu sonho poderia significar. Seria um voo que ela queria, ou liberdade, ou simplesmente alguém que falasse sua língua e pudesse entender suas confusas emoções?

– Cuidado – Vincent disse a ela com um sorriso quando viu a expressão mal-humorada da irmã. – Prevejo complicações sentimentais.

– Não seja ridículo. – disse Franny, fungando. – Eu nem tenho coração...

– Ó, deusa da mente racional – entoou Jet –, tu és feita de palha?

Vincent continuou a piada.

– Não, ela é feita de espetos e espinhos. Toque nela e arranhará seu dedo.

– Sou a Donzela de Espinhos – disse Franny espirituosa, e já podia sentir o cheiro de Manhattan através da janela do ônibus.

Aquela noite tinha cheiro de amor.

Parte Dois

Alquimia

A hora mais gloriosa de Manhattan era quando o crepúsculo caía sobre o gramado do Central Park. Faixas de azul no céu escureciam no momento em que os últimos resquícios da pálida luz solar eram filtrados pelos ramos das cerejeiras e das acácias. Em outubro, os campos ficavam dourados; as videiras eram galhos emaranhados amarelos e vermelhos. Mas o parque era cada vez mais assolado pelo crime.

Quando tinham 5, 6 e 7 anos de idade, os irmãos Owens andavam de bicicleta nas trilhas sem a supervisão de um adulto; agora crianças não tinham permissão para atravessar os portões depois do anoitecer. Havia ataques e assaltos, e homens à procura de um banco para dormir.

Para Franny, no entanto, o Central Park continuava sendo um grande e maravilhoso universo, um laboratório de ciências na mesma rua da casa dela. Havia lugares secretos, perto do lago Azalea, onde tantas lagartas faziam casulos na primavera que todo o parque ganhava vida numa única noite, com nuvens de borboletas recém-eclodidas. No outono, bandos de pássaros migratórios cruzavam o céu, pousando nas árvores para descansar durante a noite, em sua jornada para o México ou para a América do Sul.

Franny adorava, acima de tudo as trilhas lamacentas da parte mais selvagem e remota do parque. Nesse emaranhado de bosques e pântanos, havia roedores e corujas. Aves agitavam-se nas moitas e eram atraídas para ela quando passava. Num único dia, bandos de trinta tipos diferentes de ave podiam voar pelo parque. Mobelhas, corvos-marinhos, garças, gralhas-azuis, falcões, abutres, cisnes, patos-reais, patos-selvagens, seis variedades de pica-paus, bacuraus, chaminés, colibris e centenas de outros, migratórios ou residentes. Uma vez, Franny se deparado com uma garça-azul quase tão alta quanto ela. A ave andou na direção dela sem medo, mas o coração de Franny quase saiu pela boca. Então ficou paralisada, fazendo o possível para não respirar, quando a garça encostou a cabeça na sua bochecha. Chorou quando a ave voou para longe, como uma linda pipa azul. Franny, que se orgulhava de não ser emotiva, sempre se comovia com a beleza do voo.

Perto das trilhas, havia a Árvore da Alquimia, um antigo carvalho escondido num vale que poucos visitantes do parque já tinham vislumbrado, um espécime gigante e retorcido cujas raízes cresciam do solo em saliências nodosas. Diziam que a árvore tinha quinhentos anos e já estava lá muito antes de equipes de operários transformarem um pântano no esmerado parque imaginado por Frederick Law Olmsted em 1858, que deu à cidade um pedaço de natureza com aparência mais natural do que a própria coisa que imitava.

Foi ali, numa noite fria, que as irmãs ousaram pôr em prática as habilidades que haviam herdado. Era Samhain, a última noite de outubro, a véspera do Dia de Todos os Santos, o fim de uma estação e começo de outra.

Os pais estavam numa festa à fantasia, vestidos de Sigmund Freud e Marilyn Monroe. Era noite de festa e bandos de crianças perambulavam pelas ruas da cidade. A cada três garotinhas, duas eram bruxas com chapéus pretos pontudos e capas ondulantes. O Halloween na cidade de Nova York sempre tinha aroma de pipoca doce e fogueira.

Jet e Franny cortaram caminho pelo parque para se encontrar com Vincent, depois da aula de violão. Como estavam adiantadas, tiveram tempo para se sentar na grama úmida. O verão tinha feito com que começassem a pensar: se não eram como todo mundo, quem eram então? Ultimamente, os três andavam curiosos para saber do que eram capazes. Naquele diz, Jet propôs:

– Só desta vez... Vamos ver o que acontece se usarmos nossos dons combinados. Podemos tentar algo simples. Um desejo. Um seu e um meu. Vejamos o que conseguimos fazer.

Franny lançou para a irmã um olhar desanimador. A última vez que ela tinha dito "Só desta vez" dois meninos tinham sido dizimados por um raio. Franny tinha um palpite: Jet tinha um motivo para querer fazer aquilo. Havia algo que ela queria desesperadamente. Se havia uma hora para expressar um desejo, a hora era aquela.

– Podemos descobrir o que nossa mãe tem escondido de nós – Jet sugeriu. – Ver o que realmente podemos fazer.

Se havia um modo de convencer Franny a concordar, era sugerindo uma tentativa de provar o engano da mãe. Elas se deram as mãos e imediatamente o ar ao redor ficou mais denso e pesado. Franny repetiu uma frase que tinha ouvido tia Isabelle recitar quando um dos clientes dela queria que um desejo fosse realizado.

Pedimos isso e nada mais. Pedimos uma vez e nunca mais.

Uma suave névoa subiu do chão e os pássaros nas moitas pararam de cantar. Uma coisa era certa. Algo estava começando a acontecer. Elas olharam uma para a outra e decidiram que tentariam.

– Um desejo seu e um meu – Franny sussurrou. – E nada muito grandioso. Nada de paz mundial ou o fim da pobreza. Não queremos passar dos limites e provocar algum tipo de repercussão que acabe produzindo o contrário do que desejamos.

Jet acenou com a cabeça, concordando. Pensou no seu desejo imediatamente, com os olhos fechados, enquanto diminuía o ritmo da respiração. Ela entrou num transe de desejo e magia. O rosto dela ficou vermelho e quente.

Franny pensou naquilo que vivenciava muitas vezes nos sonhos. Estar entre os pássaros; era o que desejava. Ela os preferia à maioria dos seres humanos; a graça deles, a distância que mantinham do chão, a beleza dessas criaturas. Talvez fosse por isso que sempre vinham até ela. De algum modo, Franny falava a língua dos pássaros.

Depois de alguns minutos, quando parecia que nada aconteceria e o ar estava tão pesado que os olhos de Franny começavam a se fechar, Jet cutucou a irmã.

– Olha pra cima.

No galho baixo de uma árvore havia pousado um corvo enorme.

– Era esse o seu desejo? – Jet sussurrou, surpresa.

– Mais ou menos – Franny sussurrou de volta.

– De todas as coisas no mundo, você pediu um pássaro?

– Suponho que sim.

– Não há dúvida de que ele está olhando para você.

Franny se levantou, respirou fundo e ergueu os braços no ar. Quando ela fez isso, soprou um vento frio. O corvo voou do galho e foi até ela, assim como o pardal tinha feito na casa de tia Isabelle, assim como a garça tinha andado até ela, assim como os pássaros do parque saíam dos ninhos nas moitas, sempre atraídos para ela.

Desta vez, no entanto, Franny foi pega de surpresa pelo peso do pássaro e pelo jeito como ele olhou para ela, como se já se conhecessem. Podia jurar que era capaz de ouvir o eco de uma voz vindo do peito dele. *A menos que você me mande embora, nunca vou partir.*

Ela desfaleceu no mesmo instante e ficou ali caída na grama.

Vincent tinha começado a ir ao centro da cidade regularmente, seguindo muitas vezes para um bar na Christopher Street que, ele sabia, servia bebida alcoólica para menores de idade; uma taverna rústica e suja chamada Jester, frequentada por estudantes deprimidos da Universidade de Nova York, que se embebedavam até esquecer o próprio nome e voltavam cambaleantes para seus dormitórios. Desde que voltara para casa, andava fugindo de si mesmo, e a bebida era um modo de fazer isso. Havia bolsões de magia em algumas das mesas da taverna, onde planos tinham sido traçados muito tempo antes. Aquele era um bom lugar para se tomar uma cerveja e desaparecer.

Ocasionalmente, Vincent via seu reflexo no espelho que havia na parede do bar, por isso se esquivava dele. Não estava pronto para ver quem era. Em *O Mago,* havia um feitiço do esquecimento que Vincent lançara sobre si mesmo. No entanto, devia ter recitado alguma coisa errado, porque sentia uma centelha do seu verdadeiro eu quando andava pelo parque à noite. Ele ouvia a batida do próprio coração e sentia o sangue correndo mais rápido pelas veias. Perguntava-se se isso poderia ser como uma porta se abrindo para uma vida diferente, uma vida da qual não poderia se esconder em tavernas ou caminhadas pela escuridão.

Agora, quando cruzava as trilhas lamacentas do parque, ficou chocado ao ver Franny deitada no chão, o rosto de um branco fantasmagórico. Ela tinha recuperado a consciência, mas ainda estava com vertigem, a cabeça girando.

– Estou bem – insistiu em dizer quando Vincent correu até ela. – Estou perfeitamente bem.

Tinha se sentido arrebatada pela intensidade das intenções do corvo, no instante em que ele deixou claro que ficaria para sempre ao lado dela. Franny, que não tinha coração, a Donzela de Espinhos, era agora amada por um corvo, e isso a comovera; sentia que ele era da família, um ser que a conhecia melhor do que qualquer ser humano.

Vincent ouviu um grasnido. Reparou que o pássaro parecia vigiar a irmã dele.

– Parece que você ganhou um animal de estimação.

– Eu nunca teria um animal de estimação – Franny disse. – Não gosto deles.

– O que vocês duas andaram fazendo? – Vincent perguntou, porque tinha a sensação de que elas o tinham deixado de fora de algo importante. O ar ainda parecia pegajoso e úmido e tinha um cheiro adocicado.

– Nada – Franny e Jet disseram ao mesmo tempo.

– Sei... – Vincent deu uma risada. A negação dupla era um sinal óbvio de que estavam mentindo.

– Quisemos ver o que poderíamos fazer se combinássemos nossos dons – confessou Franny.

– E esse é o resultado? – Vincent disse. – Um pássaro? Realmente vocês deveriam ter esperado por mim. Eu teria proposto algo bem melhor. Um milhão de dólares. Um avião particular.

– Queríamos alguma coisa simples – Franny disse.

Os três se puseram a caminhar na direção de Cedar Hill, atrás do Museu Metropolitan. O algodão-selvagem crescia descontroladamente, embora a 5th Avenue estivesse bem ali ao lado. Era possível ver beija-flores no verão se a pessoa se deitasse na grama e permanecesse totalmente imóvel.

– Mas não deu muito certo – Franny admitiu. – Eu pedi para voar.

– Você tem que saber pedir as coisas – disse Vincent. – *O Mago* sempre diz: seja específico.

Quando chegaram à 5th Avenue, Jet parou de repente. Embora a noite estivesse escura, ela podia ver o que havia diante dela. O desejo que fizera, completo e absolutamente perfeito. Ela sabia pedir e tinha sido muito específica: *me envie meu verdadeiro amor*. Era simples e não havia como entender mal; lá estava Levi Willard, sentado nos degraus do museu. Ele estava tão bonito que não tinha importância nenhuma que estivesse usando um terno preto surrado, uma gravata preta estreita e um par de sapatos pretos muito gastos.

– Jet – chamou Franny. – Está tudo bem?

Jet parara de respirar, mas apenas por um instante.

– É ele – disse ela. – O meu desejo.

Franny viu o garoto nos degraus. Quando ele se levantou para acenar, ela estreitou os olhos.

– Sério? Ele? E a maldição?

– Eu não me importo.

– Talvez devesse se importar – disse Franny, pensando em todos os funerais a que Jet tinha comparecido.

Jet segurou a irmã pelos braços.

– Você tem que me encobrir.

Franny olhou para o garoto nos degraus e franziu os lábios.

– Isso pode ser um pouco demais para você – ela disse à irmã. – Esgueirar-se para dentro de casa com ele? Enfrentar a mamãe se ela descobrir? E não é disso que dissemos que ficaríamos longe? Fizemos um juramento!

– Franny, por favor! Sei que posso fazer isso. Isabelle me testou com o chá também – disse Jet. – Você achou que era só você?

Surpresa, Franny perguntou:

– Cautela ou coragem?

Jet abriu seu lindo sorriso.

– Ainda pergunta? Quem não escolheria coragem?

– Vá – disse Franny. – Antes que eu mude de ideia.

Vincent ficou com as mãos nos bolsos, intrigado, enquanto Jet corria pela 5th Avenue.

– O que eu perdi? – ele perguntou.

– Jet tem lá seus segredos.

– Ela tem? Nossa Jet? Ela não escolheu cautela?

– Aparentemente, não – disse Franny.

– Aquela é a nossa Jet, que nunca viola uma regra?

Ambos ficaram pensando. Jet era mesmo um mistério.

– E quem é ele? – Vincent perguntou.

– Acho que é o namorado dela.

– Ele? Parece um agente funerário.

– É ele, com certeza – Franny disse. – É ele o escolhido.

Pela manhã, souberam que estavam numa encrenca. Vincent e Franny foram tirados da cama bem cedo e chamados na cozinha, onde os pais os esperavam. A mãe e o pai estavam sentados à mesa, duas xícaras de café preto diante deles, com os olhos sonolentos e severos, depois de passarem a noite em claro.

Era difícil levá-los a sério, pois ainda estavam fantasiados de Sigmund Freud e Marilyn Monroe. A mãe estava fumando um cigarro, embora tivesse parado de fumar vários meses antes.

– Seja o que for – Vincent foi rápido em dizer –, não fomos nós.

– Vocês sabem ou não onde está sua irmã? – o pai perguntou, furioso.

Vincent e Franny trocaram um olhar. Jet não estava em casa?

– E o que é isso? – perguntou a mãe.

Havia uma poça de manteiga derretida na manteigueira, um sinal de que alguém na casa estava apaixonado.

– Não olhem pra mim – disse Vincent.

– É uma bobagem, de qualquer maneira – acrescentou Franny.

– Será? – perguntou Susanna.

– Deixamos que vocês excedessem os limites por muito tempo – o pai continuou. – Aquela viagem a Massachusetts nunca deveria ter acontecido. Foi um erro! – Ele se virou para a mãe. – Eu disse que era uma questão de genética, e mais uma vez provei que estava certo.

– Não devíamos chamar a polícia? – Franny estava pensando no garoto de terno preto. Ela nem sabia o nome dele ou para onde, pelo amor de Deus, ele e Jet tinham ido.

— A polícia? – perguntou Susanna. – A última coisa que queremos é envolver as autoridades. Não. Seu pai sabe lidar muito bem com anormalidades.

Indignado com a reação dos pais, Vincent começou a calçar as botas para procurar a irmã.

— Jet está desaparecida e isso é tudo que você tem a dizer? Que não somos normais?

— Não foi isso que eu disse! – a mãe insistiu.

— Foi exatamente o que você disse – afirmou Franny com um olhar sombrio. Ela foi pegar o casaco para acompanhar Vincent na busca. Claro que se culpou. Nunca deveria ter concordado em encobrir Jet. Ela chegara ao ponto de enfiar travesseiros sob a colcha da irmã, para dar a impressão de que ela estava em casa, dormindo, caso a mãe fosse verificar.

— Ninguém sai desta casa! – sentenciou o dr. Burke-Owens. – Basta um desaparecido.

Vincent e Franny ignoraram a ordem do pai e foram para a porta. Quando a abriram, no entanto, lá estava Jet, parada na soleira, cabelos emaranhados, claramente sem fôlego, segurando os sapatos na mão.

— Você está viva! – disse Vincent. – Isso é bom.

— Você tem noção de que o "me encubra" não incluía ficar fora de casa a noite toda? – Franny sibilou. Agora que Jet estava sã e salva, Franny podia dar vazão à sua fúria.

— Perdemos a noção do tempo – explicou Jet. – Fomos a todos os lugares. Lugares onde nunca estive antes, apesar de ter morado aqui a vida toda. No Empire State Building. Na balsa ao redor de Manhattan. Depois caminhamos ao longo do Hudson até que acabamos jantando na 43rd Street. Ele nunca tinha experimentado um *bagel*! Nunca ouviu falar de salmão defumado! Da próxima vez quer provar comida chinesa.

— Você não percebeu quando o sol apareceu? – perguntou Franny, menos zangada.

– Juro que não. Tudo simplesmente aconteceu.

Vincent e Franny trocaram um olhar. Era daquele jeito que as pessoas falavam quando estavam apaixonadas.

– Nem sabemos quem ele é – disse Franny. – Poderia ser um assassino.

– Ele não é um assassino! O pai dele é um reverendo e ele está tentando uma vaga na Universidade de Yale. Eu o conheci durante o verão, quando estávamos visitando tia Isabelle. Ontem, por acaso, ele estava numa reunião nacional do clube de jovens do Queens College. Disse que de repente começou a pensar em mim ali no Queens, no meio de tudo, e não conseguiu mais se conter. Pegou o metrô e simplesmente apareceu.

– Ele parece fascinante... – disse Vincent secamente.

– Bem, ele é! – Jet disse, o rosto enrubescendo de emoção. – Ele quer praticar o bem, e fazer diferença neste mundo, e eu acho isso fascinante, sim!

A mãe vinha pelo corredor, o rosto pálido. Tinha ouvido apenas o suficiente para entrar em pânico.

– Com quem você estava?

– Sinto muito! Não pretendia chegar tão tarde.

– Você estava com um rapaz! Qual é o nome dele?

Jet teve a sensação de que deveria mentir, mas isso não era da natureza dela. Ficou pálida quando disse:

– Levi Willard.

Para o grande choque de todos, Susanna deu um tapa em Jet, fazendo a cabeça da filha bater contra a parede. A mãe nunca tinha levantado a mão para bater em qualquer um deles. Ela nem mesmo acreditava que isso funcionasse.

– Mãe! – gritou Franny.

– Seu pai está na cozinha e eu não quero que ele ouça uma palavra disso. Você nunca mais vai ver esse indivíduo, Jet. Você me entendeu?

Jet assentiu. Havia lágrimas brilhantes em seus olhos.

– Vou mandar você para um colégio interno se descobrir que me desobedeceu. Isso vai acontecer tão rápido que não terá tempo nem de fazer a mala.

– Por que tanto drama? – Vincent perguntou. – Ela só perdeu a noção do tempo.

– Apenas faça o que eu digo. E, por enquanto, vocês estão todos de castigo. E entendam isto: só porque vocês *podem* amar alguém, isso não significa que essa pessoa não será destruída.

– Mas você é casada! – disse Jet, sem entender.

– Desisti do amor em favor de uma vida normal – disse Susanna. – Isso é tudo que eu sempre quis para vocês.

– Você nunca amou o nosso pai? – perguntou Franny.

– Não dá pra ver? – Vincent disse à irmã.

– Claro que amo o pai de vocês. Não me entendam mal. Só não estava apaixonada, o que nos salvou de coisas que vocês nem podem imaginar. Recomendo que façam o mesmo. Nós não somos como as outras pessoas, isso é verdade. Tem a ver com a nossa história e, se tiverem sorte, nunca saberão mais do que isso.

– Eu já sei – Franny se atreveu a dizer. – Passei um bom tempo na biblioteca quando estávamos na casa da tia Isabelle.

– Em algumas coisas não se deve mexer – disse Susanna a Franny. – Você não vai voltar à casa de Isabelle ou a essa biblioteca. – Ela se virou para Jet. – E você vai ficar longe desse rapaz. Está me ouvindo?

– Sim. – Jet ergueu os olhos para encontrar os da mãe. Ela pareceu concordar, mas sua expressão era fria. – Em alto e bom som.

Ouviram o pai chamá-los.

– Posso saber o que está acontecendo?

Eles trocaram um olhar, concordando que era melhor manter o pai na ignorância, e foram para a cozinha.

– Bem, aleluia! – disse ele depois de ver Jet. – Um problema resolvido e outro só começando. – Ele gesticulou para um corvo bicando a janela, claramente querendo entrar.

Franny foi destravar a janela.

– Aí está você! – Ela estava realmente feliz em vê-lo.

– Ah, pelo amor de Deus, Franny, agora você traz pássaros para casa? – a mãe reclamou.

– Sim, trago. – O corvo voou para dentro e pousou no varão de uma cortina.

Quando foram para o quarto, o pássaro voando atrás delas, Jet estava desanimada.

– Ela nunca amou nosso pai.

– Ela o ama – disse Franny enquanto preparava um ninho para o corvo com um pulôver, em cima da cômoda. – Só que do jeito dela.

Jet foi para a cama e puxou as cobertas.

– Ah, não, você não vai dormir! – disse Franny, se acomodando ao lado da irmã. – Conte tudo.

– Mamãe odeia Levi e ela nem o conhece. Acho que ela também me odeia.

– Não precisamos ouvir o que ela diz – disse Franny. – Ou ser como ela. Mamãe definitivamente teria escolhido cautela.

Jet fechou os olhos.

– Eu *não* vou ouvi-la.

As duas ficaram deitadas lado a lado, com uma expressão de desafio no rosto, convencidas de que, se as maldições existiam, então também devia existir uma cura para cada situação desesperadora.

⁂

Em novembro, April Owens foi para Nova York, depois de dizer aos pais exasperados que tinha sido convidada para visitar os primos, o que estava longe de ser verdade...

Ela já tinha passado o que deveria ter sido seu primeiro semestre na faculdade trabalhando num café no bairro de North End, em Boston. Havia sido aceita no Massachusetts Institute of Technology (MIT), deixando orgulhosos seus pais (que não faziam ideia de que a filha era tão inteligente), mas havia adiado o curso porque precisava fazer outras coisas primeiro. Eram tempos empolgantes demais para ela ficar presa numa escola.

No oitavo dia do mês, o senador Kennedy, de Massachusetts, venceu as eleições presidenciais mais acirradas desde 1816. Sem chapéu e bem apessoado, ele permitiu que as pessoas tivessem fé no futuro quando fez seu discurso de posse. *Posso assegurar que cada gota de mente e espírito que possuo será dedicada aos interesses dos Estados Unidos e da causa da liberdade ao redor do mundo.*

April foi direto para a casa dos Owens. Trazia com ela um sachê de lavanda no bolso, para dar sorte.

– Olha quem está aqui! – Susanna Owens tentou parecer alegre ao abrir a porta, mas sua encenação foi um fracasso. Na verdade, ela parecia apavorada com a simples visão da sobrinha. Com certeza não queria a responsabilidade de supervisionar aquela menina problemática, cuja influência podia levar os filhos à beira do abismo.

A expressão de April era indecifrável quando deslizou para dentro de casa, o Gato de Cheshire* carregando uma mala. Parecia mais jovem do que no verão, o cabelo loiro preso numa longa trança, o rosto sem maquiagem. Estava vestida de preto, com botas de amarrar na altura do joelho.

– Surpresa, surpresa! – exclamou April. Ela se virou para Jet, a quem considerava uma amiga. – Mas eu aposto que você já sabia que eu iria chegar.

---

* Personagem do livro *Alice no País das Maravilhas*, de Lewis Carrol. Caracteriza-se pelo grande sorriso e pela capacidade de aparecer e desaparecer. (N.T.)

A família se virou para Jet.

– O que *isso* quer dizer? – perguntou o dr. Burke-Owens, sempre procurando uma neurose para analisar. – Você e April estão tramando alguma coisa?

– Isso não significa nada – disse Jet, fazendo o melhor para mudar de assunto. Quando ela e April trocaram olhares, ficou feliz quando a prima não disse nada e chocada ao ler os pensamentos dela. April tinha uma mente desordenada. Certamente, não tinha sido exatamente aquele seu pensamento.

– Você pode me ler como um livro – garantiu April à prima. – Sabe por que estou aqui.

– Jet? – Susanna indagou alarmada. Desde o incidente com o rapaz, ela adquirira o hábito de verificar o quarto das filhas todas as noites e pegar a extensão sempre que Jet recebia telefonemas, o que só fez com que a filha passasse a desligar com muito mais rapidez.

Agora Jet olhava para o chão e se recusava a responder. Ela nunca divulgava informações privilegiadas, suas ou de qualquer outra pessoa, embora soubesse por que April estava ali. Se a prima quisesse fazer uma cena, que assim fosse.

– Vai ficar em silêncio, é? – perguntou Susanna. – Bem, então April pode ficar esta noite, mas vai embora pela manhã.

– Você está me expulsando? Pura e simplesmente? – April balançou a cabeça sem acreditar.

– Seus pais vão querer que você volte para casa – disse Susanna. – Vou telefonar para eles.

– Se alguém entende o que é querer fugir de Boston, certamente é você. Pelo que ouvi, somos farinha do mesmo saco. Difíceis de controlar. Ouvi dizer que você foi enviada para dois internatos diferentes e que, quando foi morar em Paris, virou as costas para quem era.

A antipatia feroz de Susanna por aquela garota incômoda era evidente.

— Minha querida, você é jovem ainda – disse ela, friamente. – Portanto, vou desculpar sua indelicadeza. Pode ficar para o café da manhã.

As irmãs prepararam o quarto de hóspedes para a prima. Era um espaço apertado e frio, com uma cama de solteiro. Anos antes, a cozinheira de outra família tinha residido ali e chorava ao dormir todas as noites. Ainda era possível ver manchas de lágrimas no chão.

— Onde está Henry? – Jet perguntou.

— Meus pais o mataram, claro. Disseram que ele comeu veneno de rato, mas nunca vou acreditar.

April deitou-se na cama, cansada, um braço cobrindo os olhos. Dava para ver que não era imune à rejeição.

— A mãe de vocês me odeia.

— Nossa mãe é educada demais para odiar alguém – disse Franny. – Ela só desaprova.

O corvo encontrou o caminho para o quarto e soltou um grito estridente.

April abriu os olhos.

— Você tem um familiar! – disse a Franny – E seus pais ainda não o mataram?

— Ele não é um familiar. É só um enjeitado.

— Tudo bem. Se iluda, se quiser. – Ela olhou para o corredor, em seguida virou-se para Jet. – Onde está seu irmão? Aprontando por aí?

— Aulas de violão. Ele leva isso muito a sério.

— Suponho que tenha tempo para aprontar mais tarde.

Numa tentativa de ficar mais animada, April se sentou e olhou no espelho. Destrançou os cabelos claros e passou um pouco de batom. As irmãs trocaram um olhar e, a menos que estivessem enganadas, viram que os olhos da prima estavam cheios de lágrimas.

— April, eu lamento muito – disse Jet.

— Por que diabos você deveria se lamentar? – perguntou Franny à irmã. – Ela é quem veio sem ser convidada.

Em vez da conversa ácida que estava acostumada a travar com Franny, April chorou por um instante, depois se recompôs.

– Quer um copo d'água? – perguntou Franny, tocada pela visão da adversária em prantos.

April balançou a cabeça, recusando.

– A mãe de vocês não avisou para não se apaixonarem? – perguntou ela às irmãs. – Não disse que isso arruinaria a vida de vocês? Todo mundo sabe que ela fugiu para Paris com um francês por quem era loucamente apaixonada, mas ele sofreu algum tipo de acidente, e foi como tudo acabou. Ela pode ser cautelosa agora, se é o que quer, mas, até onde eu sei, o amor é como um trem que segue a toda velocidade quer você queira, quer não, então vocês também podem aproveitar o passeio. Se tentarem evitá-lo, só vão piorar tudo. O que é para acontecer acontecerá. – Ela olhou para Jet com mais atenção. – Parabéns. Posso ver que já aconteceu com você. Espero que ele valha a pena. Quem é?

– Levi Willard – disse Jet.

April pareceu chocada.

– É uma péssima ideia.

Franny foi rápida em defender a irmã.

– Eu não acho que isso seja da sua conta.

– Bem, isso é da minha conta, sim, e da sua também. Os Willard desprezam a nossa família. Existe algum tipo de rixa. Há centenas de anos é assim. Tem algo a ver com a maldição.

As irmãs olharam para ela com uma expressão confusa.

– Vocês não entendem? – perguntou April. – Ele faz parte do segredo.

– Duvido – disse Franny.

– Você pode duvidar do que quiser. – Ela se virou para Jet. – Já conheceu o reverendo?

– Ainda não – admitiu Jet.

– Provavelmente nunca conhecerá. Ele vai se recusar até a ficar no mesmo cômodo que você. Ele não é *educado* demais para nos odiar. Entrei no jardim da casa dele durante a minha primeira visita à tia Isabelle; ele saiu da casa e espalhou sal no chão, como se eu tivesse contaminado o lugar. Nossa tia foi até lá e eu recebi uma carta de desculpas, mas o jardim morreu logo depois; talvez tenha sido falta de chuva ou talvez fosse nossa tia, não sei. Só sei que nada disso colabora para que você e Levi Willard tenham um futuro feliz.

– As coisas mudam – disse Jet, cheia de bravura.

– Será? – April começou a desfazer as malas. Junto com as roupas, ela havia trazido várias velas. – Tia Isabelle sempre dizia que todo mundo deve levar um presente ao visitar alguém. Até mesmo se você for um convidado indesejado. – Ela entregou uma vela vermelha para Franny e uma branca para Jet. – Se quiserem saber quem é o seu verdadeiro amor, espetem dois alfinetes prateados na cera. Quando a vela queimar até o segundo alfinete, seu amado chegará. Sempre funciona.

– Não, obrigada. Já conheço o meu verdadeiro amor – Jet disse com teimosia.

– Eu não tenho interesse nenhum em superstições como essa – Franny informou à prima.

– Ela só acredita em evidências lógicas e empíricas – Jet explicou a April.

– Eu também – disse April. – Eu sou a cientista aqui. Ando estudando aracnídeos no meu tempo livre. Especialmente as aranhas que matam o parceiro após o coito. Sinto que isso vai me dar uma ideia de quais são probabilidades que nós, mulheres da família Owens, temos.

– Se quer ser chamada de cientista, devia saber que as probabilidades não importam. O mundo natural desafia as estatísticas.

– Acha mesmo? – April fez uma careta, mostrando discordância. – Acho que a realidade genética da nossa família é bastante óbvia. Está no nosso sangue. – Ela pegou uma última vela para dar a Vincent.

– Ele não vai se interessar por essa vela – disse Franny com absoluta certeza.

– Nunca se sabe.

– Eu sei, com certeza – insistiu Franny.

Como de costume, Vincent chegou em casa tarde. Deu uma espiada no quarto das irmãs, viu Jet dormindo e Franny deitada, lendo um livro sobre a migração das corujas. Mesmo estando a certa distância, a irmã percebeu que Vincent fedia a uísque e cigarros.

– Deixe-me adivinhar – disse Franny. – Você estava num bar.

Ele se sentou na beirada da cama.

– Papai disse que April está aqui.

– Você falou com papai?! – ela exclamou e ambos riram. Conversas com o pai eram uma coisa muito rara. – Ela vai embora depois do café da manhã – Franny contou. – Felizmente.

– Ela não é tão ruim.

– Ah, por favor!

– É, na verdade, um tanto vulnerável.

– Difícil acreditar. Parece perfeitamente capaz e extremamente cheia de si. A propósito, ela trouxe um presente para você.

Vincent franziu a testa.

– Um presente?

Franny apontou a vela preta na escrivaninha.

– Disse que a vela revelará seu verdadeiro amor.

Vincent jogou a vela no lixo.

– Não estou interessado.

– Exatamente o que pensei. Conheço você muito bem.

– Se importa se eu dormir aqui?

Vincent estava longe de estar sóbrio e, antes que Franny pudesse responder, esparramou-se no tapete branco, onde ressonou pelo resto da noite.

De manhã, quando Franny foi ao quarto de hóspedes, April já tinha ido embora. Ela não tinha esperado o café da manhã. Nem tinha se despedido. Tudo o que restou da prima foram alguns pálidos fios loiros no travesseiro e um bilhete: *Obrigada por nada.*

Franny sentou-se na cama, que ainda estava levemente quente. Sentia-se culpada e constrangida. Afinal, eram da mesma família. Franny pediu que a gaveta da cômoda se abrisse, o que aconteceu prontamente. Ali estava a vela vermelha. Franny colocou-a na mesinha de cabeceira. Fechou os olhos e afastou-a. A vela caiu no chão e rolou para a porta.

Vincent chegou nesse mesmo instante e pegou a vela.

— Você está praticando! — ele disse com admiração.

— Eu não tenho que praticar. Nenhum de nós tem. April estava certa. Está no nosso sangue.

— Onde está April? — Vincent perguntou, intrigado com o quarto vazio.

— E você se importa?

— Um pouco — ele admitiu.

— Bem, um pouco não é suficiente. Não fomos legais com ela, então ela foi embora.

— Eu sempre fui legal com ela. Não fui?

— Não — disse Franny sem rodeios. — Você a desdenhou.

— Isso é outro jeito de falar que fui cruel? — Vincent parecia arrependido.

— Claro que não! — assegurou Franny ao irmão. Era difícil falar com alguém que estava evitando a verdade. — Você apenas está interessado em outras coisas.

— Estou? — Vincent perguntou.

Franny tinha decidido testar o feitiço de adivinhação do amor verdadeiro, só para provar que o amor estava fora de questão para ela. *Espete dois alfinetes prateados numa vela. Quando a vela queimar até o segundo alfinete, seu amado chegará.* Certamente ninguém chegaria. Ela pegou dois alfinetes da cesta de costura da mãe.

– Isso pode ser perigoso – Vincent disse à irmã. – É fácil encontrar o amor, mas não tão fácil assim se livrar dele. – Como ele bem tinha aprendido com o seu caso de verão, que havia azedado rapidamente.

Jet entrou no quarto quando Franny acendia a vela. Eles ainda conseguiam encontrar uns aos outros, não importava onde estivessem, assim como acontecia na infância, quando suas habilidades tornavam inviável que brincassem de esconde-esconde.

– Se você é tão boa em ler pensamentos, diga o que aconteceu com April – Franny pediu à irmã.

Jet corou ligeiramente.

– Não sei.

– Olhe para ela! – Vincent apontou para Jet. – Não conseguiria contar uma mentira mesmo que quisesse.

– Não mesmo – disse Franny com entusiasmo. – O prêmio de melhor mentiroso vai para excelentíssimo senhor Vincent Owens!

– Agradeço e aceito – disse Vincent, fazendo uma reverência.

Ouviram uma batida na porta da frente. Sem que percebessem, a vela tinha queimado até o segundo alfinete.

– Eu joguei minha vela fora – garantiu Vincent. – A visita é para uma de vocês.

Franny e Jet se entreolharam.

– Provavelmente é para você – disse Franny.

– Não acendi a minha vela. Levi não vai aparecer na nossa porta. Você é que vai atender.

Franny se aproximou da porta com o coração relutante batendo contra o peito; estava convencida de que era a última pessoa para quem o amor viria um dia. Não era feita para essas coisas. Queria voar e ter liberdade e preferia viver entre os pássaros, armar uma barraca no Central Park e não ter nada a ver com a humanidade. Certamente, era o carteiro ou um dos pacientes do pai que tinha vindo bater na porta errada.

O corvo veio pousar no batente da porta.

– Faça quem quer que seja ir embora – disse Franny ao corvo. Supunha-se que o pássaro fosse sua alma gêmea, certo? Mas, em vez de ajudar, ele alçou voo e pousou no seu poleiro favorito, o varão da cortina, de onde ficou olhando para ela como quem sabia das coisas.

Bateram na porta outra vez.

Vincent se aproximou, carregando o estojo do violão. Tinha começado a assistir aos concertos da Igreja Riverside nas tardes de domingo e estava encantado com a música popular das igrejas. Usava botas de caubói agora, velhas e empoeiradas, que encontrara numa loja de artigos usados, e tinha comprado um colete de camurça com franjas em algum brechó abandonado por Deus.

– Não abra! – pediu Franny.

– Tenho aula e estou atrasado. Você é que vai ter de cuidar disso, maninha.

Vincent mostrou o seu glorioso sorriso, uma expressão que sempre significava problemas, fosse para ele ou para outra pessoa. Dessa vez esse alguém era Franny. Vincent abriu a porta antes que ela pudesse detê-lo. Haylin estava encostado na parede.

– Você está em casa! – disse ele. – Eu estava prestes a desistir. Ninguém atende ao telefone. Você parece estar me evitando.

De fato ela estava. Mal o vira desde o retorno das férias de verão. Agora sabia por que estava mantendo distância.

Ela deu um passo para longe dele. Estava pálida como papel.

– Você está bem? – Hay estava carregando uma pilha de catálogos de várias faculdades.

Eles já haviam decidido tentar vagas nas mesmas universidades. E tinham feito uma aposta; o vencedor seria aquele que entrasse numa das suas cinco melhores escolhas: Harvard, Stanford, Berkeley, Brown e a favorita, da cidade natal, Columbia.

– Você não sabia que seria ele? – Vincent deu uma risada ao sair. Ele não precisava do Chá de Clarividência da tia Isabelle, feito de artemísia, tomilho, milefólio e alecrim. Não precisava da empatia de Jet ou da curiosidade de Franny. Aquilo era óbvio.

– Seu irmão é um cara engraçado – comentou Haylin.

O corvo voou pela sala para se empoleirar numa poltrona de veludo. Ele estudou Haylin, e Haylin o estudou também, devidamente impressionado.

– Você tem um animal de estimação?

– Você sabe que não sou muito de animais de estimação. – Franny pegou o corvo, em seguida abriu a janela e colocou-o no parapeito.

– Você está colocando o corvo pra fora? – Haylin perguntou, indignado.

– Ele é um pássaro – disse Franny. – Isso não vai fazer mal nenhum a ele. – O coração dela ainda estava acelerado. Aquilo tinha que ser um erro. Amor?

Hay foi espiar pela janela.

– Ele tem nome?

– Lewis.

Antes daquele momento, Franny não tinha pensado em chamá-lo por um nome, só dizia que o corvo era dela.

Haylin soltou uma risada.

– Por que os corvos são como as escrivaninhas? – perguntou, citando o enigma sem resposta de Lewis Carroll em *Alice no País das Maravilhas*.

– Porque a escrivaninha é pra se sentar e escrever, e o corvo pode matar pra comer? – brincou ela. – Mas ele não é o corvo-comum. É o *Corvus brachyrhynchos*, um corvo-americano.

– Realmente ele não parece comum.

Lewis estava bicando o vidro.

Franny não conseguia parar de contemplar Haylin. O amor existia desde sempre, estivesse ela ciente disso ou não. Se ela apenas resistisse, provavelmente o sentimento passaria. Tinha que passar. Para o bem dele e dela também.

※

Franny tinha lido, num dos livros da tia Isabelle que, se um fósforo fosse aceso sob um punhadinho de neve e a derretesse rapidamente, isso era sinal de que toda a neve no chão logo derreteria. E, contando os nós do tronco de um arbusto de lilases, era possível prever o número de ondas de frio do ano.

Embora o tempo estivesse ruim, as irmãs escapavam da casa dos pais sempre que podiam. Elas gostavam de caminhar ao longo das trilhas de terra batida do Central Park, usando botas de cano alto e casacos pretos pesados. Era a temporada de migração e Franny fitava, com inveja, os enormes bandos de pássaros cruzando os céus. Desejava liberdade, mas estava ligada à terra, preocupada com os problemas triviais dos seres humanos.

Nesses dias, Jet sempre ia encontrar Levi, e Franny era sua cúmplice. Irmãs eram irmãs, afinal de contas e, se não se apoiassem, quem faria isso? A mãe continuava dificultando as coisas desde a noite em que Jet tinha desaparecido. Ela havia colocado uma folha de registros na geladeira e, toda vez que as meninas saíam de casa, tinham de anotar para onde iam, a hora de chegada em seu destino e a hora do retorno. Por mais tolo que isso fosse, a mãe confiava em Vincent, que desaparecia em Greenwich Village sempre que tinha uma chance.

– Boa sorte na luta contra o poder – ele dizia às garotas quando saía.

– Mamãe não é o poder – dizia Franny.

– Bem, ela tem poder sobre vocês – observava Vincent, e todos sabiam que era verdade.

Naquele dia em particular, Jet tinha até as quatro horas. Elas haviam dito que estariam no Museu de Arte Moderna fazendo pesquisas para uma monografia, mas só Franny estaria mesmo lá. Ela tinha levado uma câmera e planejava tirar fotografias das esculturas do jardim, para o caso de a mãe exigir provas.

Levi estava esperando na Fonte Bethesda, sob a estátua do Anjo das Águas, o ponto de encontro favorito deles. A estátua era uma referência ao Evangelho de São João, e o anjo carregava um lírio na mão esquerda, para abençoar e purificar as águas de Nova York.

Sempre que ia a Nova York, Levi viajava às escondidas, indo e voltando de ônibus num único dia e pagando a passagem com o que ganhava fazendo bicos. Mas, daquela vez, tinha dito ao pai que faria uma entrevista na Universidade de Columbia, o que era permitido, embora o reverendo não gostasse de Nova York e visse a cidade como um local de crimes e ganância. Era a primeira mentira de Levi e ele gaguejou quando a contou, o que fez o pai interrogá-lo por quase meia hora. O reverendo Willard era firme em suas crenças e mais firme ainda em suas aversões.

Jet trouxera *A Letra Escarlate* como presente para ele. Tinha escrito uma dedicatória: *Para Levi, com muito carinho*. Levou meia hora para decidir o que deveria escrever. "Com amor" era demais. "Com amizade", era muito pouco. "Com carinho" parecia perfeito. Pelo menos por enquanto.

– Esse livro é nosso! – reclamou Franny. – Ele não tem seus próprios livros?

– Na verdade, não – disse Jet.

– E não tem outras roupas? – perguntou Franny quando o viram.
– Ele foi criado para ser simples e gentil.
Franny riu.
– Tem certeza de que você está procurando algo simples?
– Simples significa que ele não é uma pessoa extravagante. Só para você saber, Levi é brilhante.

Ele estava vestindo seu terno preto e um cachecol que Jet tinha tricotado para ele. Era a primeira tentativa dela e os pontos tinham ficado bastante desiguais, mas Levi tinha dito que estava uma maravilha. Ele tinha cabelos castanhos e seus lindos olhos verde-acinzentados se acendiam sempre que ele a via.

– Ei! – ele gritou. – Aí está a minha garota.
– Não se esqueça de estar no museu às quinze para as quatro! – Franny gritou enquanto Jet corria para Levi. – Fique de olho no relógio!

Franny viu os dois namorados desaparecerem no parque. Era um dia tão bonito e fresco que ela não sabia por que estava com um mau pressentimento. Lewis vinha acompanhando as duas desde casa e agora soltava seu grasnido mais estridente. Ele voou acima da fonte, a primeira grande obra de arte pública a ser encomendada a um artista do sexo feminino na cidade de Nova York. Franny protegeu os olhos da luz do sol e viu o corvo pousar na mão do anjo. Abaixo dele, sentado na borda da fonte, um homem de terno preto folheava um livro que tinha sido esquecido e deixado para trás, *A Letra Escarlate*. Usava uma camisa branca, uma gravata preta e sapatos velhos; era evidente que valorizava as coisas simples. Quando leu a dedicatória, não precisou continuar. Fechou o livro.

※

Depois que o pai descobriu tudo, Levi foi proibido de sair de casa, a não ser para ir ao trabalho ou à escola. A linha telefônica tinha sido desligada, então era impossível falar com ele. O exemplar de *A Letra Escarlate* foi enviado de volta para Jet sem nenhum bilhete, e a caligrafia no envelope claramente não era de Levi. Junto com o livro, havia meia dúzia de pregos.

– Que diabos isso quer dizer? – Jet perguntou, preocupada.

– Isso significa que o pai dele é um demente – disse Franny.

Rapidamente, ela juntou os pregos e os jogou no lixo.

Sabia, graças às suas leituras na biblioteca, que caçadores de bruxas acreditavam ser possível pegar uma bruxa "pregando seus passos" no chão, para garantir que ela não pudesse correr. Os poderes de uma bruxa diminuíam quando ela estava perto de metal; cercá-la com ele a deixaria sem nenhum poder.

Por sorte, também foi Franny quem percebeu que alguém havia riscado a dedicatória de Jet com tinta preta grossa e escrito sua própria mensagem.

Não permitirás que viva uma feiticeira.

Franny reconheceu a citação de Êxodo, pois tinha sido escrita nas notas do juiz no julgamento de Maria Owens. Era a mesma citação que estava na primeira página de *A Descoberta das Bruxas*, escrito, em 1647, por Matthew Hopkins, o general caçador de bruxas da Inglaterra, supostamente responsável pela morte de trezentas mulheres.

– Acho que April tem razão – Franny disse à irmã aquela noite, quando foram para a cama.

Jet estava chorando havia horas, mas o comentário de Franny a chocou. Franny nunca achara que April tinha razão em nada.

Ela se sentou na cama.

– Você acha?

– Você deveria ficar longe de Levi.

Jet caiu de volta no travesseiro.

– Ah, Franny...

– Você me ouviu? – perguntou Franny.

– Sim – disse Jet, parando de chorar e mais determinada do que Franny poderia ter imaginado. – Eu ouvi você. E gostaria de não ter ouvido.

※

Jet foi procurar Vincent para pedir ajuda. Um rebelde só podia confiar em outro rebelde. Ela o seguiu até o Jester, pegando o ônibus para a 5th Avenue e depois andando meio quarteirão atrás dele. Achou divertido que o irmão não tivesse a menor ideia de que estava sendo seguido, até que se sentou ao lado dele no bar. Ela havia lançado sobre si mesma um escudo da invisibilidade que, sem dúvida, tinha funcionado.

– Jesus, Jet! O que você acha que está fazendo aqui? Isto não é lugar para você. – Mesmo assim, ele pediu duas cervejas. Se a irmã ia mesmo ficar ali, podia muito bem beber.

Jet colocou uma carta na mesa.

– Deixe-me adivinhar. Para Levi?

– Só desta vez – pediu Jet.

– Sim, acho que é o que você sempre diz. Como propõe que eu a entregue a ele?

Jet tirou uma passagem de ônibus da bolsa.

– Massachusetts – Vincent assentiu. – Parece que você já planejou tudo. – Ele estava realmente impressionado. – E o que eu digo aos nossos pais?

Jet tinha uma cópia do jornal da escola. A banda da Starling School havia sido convidada para tocar numa escola preparatória ao norte de Boston.

– Eu me juntei à banda? – perguntou Vincent.

– Ontem – disse Jet.

– Sou muito esperto, não sou?

– O professor de música disse que estava tentando fazer você se juntar à banda havia séculos. Ele está animado.

– Eu realmente tenho que tocar?

– Há um concerto pela manhã. Depois você pega um táxi e espera Levi do lado de fora da escola, às três da tarde.

– E se o pai dele estiver lá também, esperando? Já pensou nessa possibilidade?

Jet tomou um gole da cerveja que Vincent pedira.

– Então você usa *O Mago*.

※

Ele reconheceu Levi no mesmo instante. A camisa branca, o cabelo castanho, o comportamento sério ao descer a escadaria da escola. Passou direto por Vincent, cheio de pressa. Vincent foi atrás dele e teve de correr para alcançá-lo.

– Ei, Levi! Mais devagar.

O garoto olhou para ele, confuso.

– Não conheço você.

– Sim, bem, mas eu conheço você. Desacelera, cara.

– Tenho que ir trabalhar – Levi tinha diminuído o ritmo –, na farmácia – e olhou para Vincent com mais atenção. – Você quer alguma coisa?

– Não. Mas você quer. – Vincent tirou a carta do bolso. – Da minha irmã.

Levi pegou o envelope e o abriu, lendo a carta com avidez.

Vincent olhou em volta.

– Seu pai não está aqui, está?

– O quê? Não. – Levi continuou lendo. – Você precisa me dar vinte dólares.

– Eu?

— Desculpe. Eu normalmente não concordaria com isso, mas meu pai deposita tudo que eu ganho numa conta bancária e não tenho acesso a ela. Preciso de dinheiro para tomar o ônibus para Nova York.

Vincent deu a ele os vinte dólares.

— Você não acha que vai arranjar encrenca?

Levi agradeceu pelo empréstimo e riu da pergunta.

— A vida é encrenca pura, irmão. Você tem que lutar pelo que quer.

Eles apertaram as mãos. Vincent não sabia o que pensar. Viu em Levi algo que ele mesmo nunca tinha sentido. Era amor. Era isso que esse sentimento podia fazer com uma pessoa. Vincent se viu caminhando para a Rua Magnólia. Começou a chover, então ele correu. E se perguntou se algum dia conheceria alguém por quem valesse a pena lutar, alguém que o fizesse enfrentar o mundo, arriscar-se e ter a coragem de ser imprudente.

Isabelle não se surpreendeu ao ver o sobrinho. Quando lhe deu chá e um pedaço de torta, ele percebeu que estava morrendo de fome. Explicou que tinha tocado na banda da escola, mas saído depois da apresentação.

— Pelo que vejo, você não vai ficar — Isabelle tinha notado que ele não trouxera nada além de um casaco.

— A escola reservou quartos de hotel. Só vim entregar uma carta.

— Era impossível contar uma mentira à tia.

— Levi Willard — disse Isabelle. — Eu costumava vê-los juntos no verão passado.

— Aparentemente, o pai dele nos odeia.

— Ele viu você?

— Acho que não.

Isabelle gesticulou para que Vincent levantasse o pé esquerdo. Pegou a pesada bota preta do sobrinho na mão e examinou a sola. Havia um prego fincado.

— Pense bem, ele sabia que você estava aqui. Deixou pregos espalhados.

Vincent puxou o prego, o rosto franzido.

– Não consigo arrancá-lo.

– Claro que não. Este é do tipo usado pelos caçadores de bruxas.

Isabelle pegou um pequeno frasco de uma prateleira. Óleo de alecrim com infusão de azevinho e hissopo. Passou um pouco no prego e entoou um encantamento. *Neste dia, isto não vai lhe prejudicar. Quando andar, daqui vai se afastar. Quando voltar, seus inimigos vão queimar.*

– O que aconteceu entre as nossas famílias? – Vincent perguntou.

– Família – Isabelle corrigiu.

Agora ele não estava entendendo mais nada.

– O que você quer dizer?

– Quero dizer o que estou dizendo.

– Somos parentes?

– Charlie chegou – disse Isabelle.

Uma picape maltratada tinha estacionado no portão. Nenhum taxista da cidade ousava ir à Rua Magnólia, por isso Isabelle tinha chamado Charlie Merrill, o faz-tudo, para dar uma carona a Vincent até o hotel onde a banda estava hospedada.

– Há mais nessa história? – perguntou Vincent.

– Sempre há mais em todas as histórias.

No caminho, Charlie foi bastante agradável, embora mal abrisse a boca. Ele era ainda mais velho que tia Isabelle e morava na cidade desde que nascera.

– Você conhece os Willard? – Vincent perguntou.

– Os Willard?

– Sim. O reverendo e o filho dele.

– A sua tia disse que eu conhecia?

– Ela não disse nada.

– Bem, então, não sei de nada.

Estava claro que a lealdade do homem era com Isabelle. Ele não abriu mais a boca, só disse boa-noite quando chegaram ao hotel.

Vincent estava feliz por ter um quarto só para ele. Mas alguma coisa não parecia bem. Sentiu um calafrio e se perguntou se o que as pessoas diziam era verdade, que ninguém poderia odiar mais uma pessoa do que um dos membros de sua própria família.

Sentiu uma dor no pé, então apoiou o tornozelo no joelho direito. O prego não estava mais ali. Mas, quando tirou as botas e as meias, notou que havia um furo no pé esquerdo. Ainda bem que tinha ido à casa da tia. O prego já tinha lhe causado uma ferida.

<hr/>

Começou a nevar no final de dezembro, grandes flocos que grudavam no asfalto. Logo os montes de neve estavam na altura dos joelhos e era difícil andar pelas ruas. Faltava uma semana para o Natal e as lojas estavam cheias. Franny estava à procura de um microscópio. Seria o presente ideal para Haylin. Ela arrastara o irmão e a irmã com ela.

– Pensei que você não gostasse de dar presentes – disse Vincent.

– Isso é diferente. É útil.

Vincent e Jet trocaram um olhar. A irmã sem coração passou duas horas procurando o microscópio perfeito. No caminho para a loja, pararam num café e, quando Franny pediu torradas, a manteiga derreteu assim que ela estendeu a mão para pegá-la.

Quando Franny finalmente terminou as compras, com o presente já escolhido e embrulhado, os três tiveram de encarar a rua, onde a neve caía rápido, acumulando-se em montes tão altos que muitos carros estacionados já estavam enterrados. Estava escurecendo e o mundo começava a ficar azul-marinho. Eles andavam de braços dados, hipnotizados pela beleza dos flocos brancos azulados ao redor deles. Tudo parecia possível, até mesmo para Vincent, que se divertia apagando os postes de luz da rua enquanto andavam.

– Vamos sempre nos lembrar de como esta noite está linda – disse Jet.

– Claro que vamos! – concordou Franny.

Mas Vincent é quem se lembraria daquela noite, até muito tempo depois que as irmãs já tivessem se esquecido, quando tentaram e não conseguiram pegar um táxi; entraram no metrô cantando "This Land Is Your Land" e carregaram um microscópio tão pesado que tiveram de se revezar para levá-lo para casa. Quando chegaram, ele foi para o quarto, fechou a porta e sentou-se na cama bagunçada e desfeita. Sua clarividência estava mais intensa. Ele perscrutava o futuro não com uma visão panorâmica, mas em fragmentos, uma colcha viva de retalhos. Era cada vez mais difícil negar o que via. *Um homem numa encosta da Califórnia, num gramado dourado. Uma rua em Paris. Uma garotinha de olhos acinzentados. Um cemitério cheio de anjos. Uma porta que ele teria de abrir para atravessar.*

❦

Num dia de primavera, os irmãos perceberam que algo fora do comum estava acontecendo, porque a mãe havia encomendado um bolo enorme, que estava agora sobre a mesa da sala de jantar. Ela tinha acendido uma centena de velas, que tremulavam com chamas amarelas, embora não fosse aniversário de ninguém. Cinquenta velas teriam sido mais do que suficientes. E o que era mais intrigante: o pai estava presente, sentado à mesa de jantar. E não só estava presente como tinha preparado torradas com queijo *brie* e pimentão vermelho.

Antes que uma reunião familiar pudesse começar, Vincent foi chamado. Ele entrou na sala de jantar pensativo, irritado por ter sido arrancado do mundo do seu quarto, que cheirava a fumaça e magia. Ele tinha encontrado um balanço de vime com um assento de treliça, que fixara no teto com parafusos, e muitas vezes ficava empoleirado ali, como um morcego, praticando violão por horas, sem querer ser incomodado.

Depois de todos terem se reunido, os pais por fim abriram o jogo e anunciaram com orgulho.

– Parabéns! – James Burke-Owens acenou com um envelope. – Isso acabou de chegar de uma pequena faculdade às margens do rio Charles. – Qualquer um que conversasse com o médico saberia, depois de cinco minutos, que ele tinha se formado em Harvard e depois em Yale. Ele agora espremia Franny com um abraço de urso. – Você é uma boa menina, Frances Owens.

Franny, sempre envergonhada com as demonstrações de afeto, logo deu um jeito de escapulir do abraço do pai. Pegou o envelope da mão dele, mal conseguindo conter a empolgação. Dentro havia uma carta de admissão no Radcliffe College, o equivalente feminino a Harvard, criado quando o ensino superior para mulheres ainda era um escândalo.

– Você se juntou ao clube – o pai se gabou.

– Todos sabíamos que você é a mais inteligente – disse Vincent. – Agora veja se não estraga tudo.

– Muito engraçado – respondeu Franny. Ela sabia que Vincent era o mais inteligente dos três, embora o mais preguiçoso.

A admissão no Radcliffe não teve graça nenhuma para Jet. Os catálogos da faculdade chegavam pelo correio havia algum tempo e Jet tinha receio de que, quando Franny partisse para Cambridge ou New Haven, ela seria obrigada a driblar os pais sozinha. Como conseguiria ver Levi sem Franny para encobri-la? Ela simplesmente não podia viver sem ele. Naquela mesma tarde, eles tinham se sentado num banco do parque e se beijado até ficarem sem fôlego. Quando chegou a hora de se separarem, ficaram deprimidos e continuaram abraçados na rodoviária, enquanto Levi perdia um ônibus atrás do outro.

Agora, enquanto a família celebrava a admissão de Franny em Radcliffe, Jet fez algo terrível. Desejou que Franny não pudesse sair de Nova York. Ela sabia que estava sendo egoísta e se repreendeu por isso depois, mas já era tarde demais, o desejo já tinha sido feito. Era amargo e carregava o cheiro acre de fumaça, e, quando se alojou em algum lugar dentro de Jet, ele a fez tossir, um incômodo que durou meses.

– Anime-se! – disse Vincent, enquanto Jet observava com desânimo os pais abrirem uma garrafa de champanhe. – Não vai ser tão ruim quanto pensa.

– O que não vai ser tão ruim?

Vincent bagunçou o cabelo preto da irmã.

– Seu futuro.

Foi então que Jet percebeu, Franny poderia lhe proporcionar uma desculpa para ela ver o seu amor. Toda vez que dissesse que iria visitar Franny em Cambridge, poderia descer do trem em New Haven. Levi tinha sido admitido em Yale e estaria ali esperando por ela. Jet planejou levar um casaco novo para ele na primeira visita, para que não precisasse usar o antigo que o pai o obrigava a usar. Mudou de opinião sobre Franny ir para a faculdade e até tomou champanhe. Quis desfazer o seu desejo, mas infelizmente algumas coisas simplesmente não podem ser desfeitas.

A carta de Harvard, com a admissão de Haylin, chegou no dia seguinte. Ele foi buscar Franny em casa para celebrarem sua independência iminente dos pais de mente estreita, da escola e da infância terríveis. Mas tiveram de reconhecer que sentiriam saudade de tudo isso. Aconchegaram-se um ao outro para se proteger da chuva fina enquanto caminhavam em direção à Madison Avenue, fingindo disputar um único guarda-chuva.

— A única coisa que vou levar comigo quando for embora é o microscópio. Estou doando todo o resto.

Pediram *waffles* e ovos na cafeteria da esquina e, como toda a Manhattan cheirava a bacon naquele dia, também pediram bacon canadense. Hay devorou dois *donuts* com recheio de geleia, que ele amava desde os seus experimentos com maconha. Ambos estavam famintos, por comida e liberdade. O brilho do dia os deixou atordoados e esperançosos de maneiras que nunca haviam imaginado. Em Cambridge qualquer coisa poderia acontecer.

A chuva estava diminuindo e o ar adquiriu um aroma verdejante. A primavera estava repleta de lilases e possibilidades. Tudo estava delicioso, a comida e a cidade de Nova York e o futuro. Eles morariam em residências universitárias diferentes. Hay deveria ir para Dunster House e Franny, para South House, no *campus* de Radcliffe, a poucos passos de distância para quem tivesse disposição para andar, o que Haylin tinha de sobra. Brindaram à liberdade com suco de laranja. *O joy*, cantaram um para o outro. *O learning and books and baked beans and the Red Sox and the filthy Charles River.**

Tiveram toda a primavera e o verão para aproveitar Manhattan. As magnólias e cerejeiras ornamentais estavam florescendo no Central Park. Encontravam-se ao entardecer, espíritos livres, não mais amarrados aos desejos dos pais. Exploraram cada acre do parque que tanto amavam e do qual sentiriam muita falta. Contemplaram as constelações deitados no gramado; vadearam às margens do lago; estudaram os camundongos que coletavam bolotas ao longo de Cedar Hill; rastrearam morcegos vermelhos que faziam ninho nos carvalhos ingleses e nas acácias. Lewis os seguia e, quando levavam sanduíches, Haylin alimentava o familiar de Franny com pedacinhos de pão.

---

* Ó alegria. Ó aprendizado e livros e feijões cozidos e os Red Sox e o imundo rio Charles. (N.T.)

— Você vai deixá-lo mal-acostumado assim – dizia Franny. – Ele deveria ser selvagem.

— Talvez ele preferisse ser domesticado – Haylin respondia, pensativo.

Hay já havia confidenciado que, se um dia herdasse o dinheiro da família, iria doá-lo, pois, cada vez que entrava na sua mansão na 5th Avenue, sentia que tinha entrado na casa errada e equivocadamente ido morar com uma família que seria muito mais feliz com um filho diferente.

— Você é a única pessoa que realmente me conhece – disse ele a Franny.

Ela o beijou, então. Sem ter planejado. Simplesmente sentiu uma onda de emoção que não soube identificar. Era impossível que qualquer coisa acontecesse entre eles. Ainda assim ela o beijou novamente, e então mais uma vez para dar sorte.

※

Vincent estava no Jester, onde tinha se tornado um cliente regular, e estava bêbado. Não tinha contado às irmãs até que ponto podia ver o futuro, porque não gostava nem um pouco do que via. Felizmente, foi Franny, em vez de um dos pais, que atendeu o telefone quando o barman ligou para dizer que o Mago precisava de ajuda para voltar para casa.

— Quem diabos é o Mago? – perguntou Franny.

— O garoto que faz truques de mágica. Ele me deu seu número. Disse que é seu irmão.

Quando ela confirmou que Vincent era de fato irmão dela, Franny foi informada de que ele às vezes fazia truques depois de ter tomado alguns drinques: as luzes tremulavam, os fósforos se acendiam com uma lufada de ar, os talheres balançavam como se houvesse um terremoto. Agora, no entanto, ele estava embriagado e provavelmente representava um perigo para si mesmo. Franny pegou um táxi e entrou no bar mal iluminado.

O barman acenou para ela.

– Ele está bebendo desde o meio-dia.

Franny pediu um suco de tomate num copo bem grande e foi até o reservado onde Vincent descansava a cabeça na faixa estofada que decorava a parede.

– Oi, mana! – cumprimentou ele quando Franny afundou no assento à sua frente.

Ela tinha trazido uma cura para a embriaguez: um pó composto de pimenta-de-caiena, cafeína e erva-de-são-joão, que misturou no suco de tomate.

– Beba – mandou.

Vincent tomou um gole, depois estremeceu, enojado.

– Você pode fazer melhor do que isso – disse Franny.

– Posso mesmo? Eu vejo coisas que não posso mudar, Franny. Quando bebo, paro de ter visões. Eram só fragmentos, mas agora eles estão se juntando numa única imagem. E, ultimamente, o que eu tenho visto é um acidente. Um acidente horrível. Em breve.

– Se você continuar bebendo assim, tenho certeza de que, mais cedo ou mais tarde, haverá mesmo um acidente.

Franny falou de brincadeira, mas mesmo assim sentiu um calafrio. Os olhos de Vincent estavam quase negros, o que nunca era um bom sinal.

– Estou falando sério – ele disse. – Nossa família. Este mês, quando for lua cheia.

– Bem, então você não precisa se preocupar. A lua cheia foi no início do mês. – Essa fase já passou.

Franny se lembrava disso porque ela e Hay tinham fugido para se encontrar na 74th Street, em frente à estátua da Alice no País das Maravilhas. A noite estava clara como o dia, e eles conseguiam ler, sem nenhuma dificuldade, as linhas esculpidas em granito ao redor da escultura: *Era briluz. As lesmolisas touvas roldavam e relviam nos* *gramilvos**. Franny tinha começado algo entre eles com um beijo e agora o que estava feito não poderia ser desfeito, nem ela queria que fosse. Dizia-se que *briluz* significava *quatro horas da tarde*, mas certamente devia significar muito mais: aquecido, brilhante, luminoso, cintilante, inevitável.

— Pare de se preocupar com a lua – ela disse a Vincent – e comece a se preocupar em beber o que está nesse copo.

Ela apontou para a bebida diante dele e Vincent engoliu o resto da cura para a embriaguez. Parecia mais lúcido, mas, quando colocou o copo na mesa, ele se estilhaçou em pequenos cacos azuis.

— Você vai pagar por isso, Mago! – o barman gritou.

Vincent viu a desaprovação nos olhos de Franny. Ele pareceu chocado e preocupado.

— Eu juro que não fiz isso.

Um copo que se quebra sozinho é prenúncio de morte.

— Estou falando a verdade. A morte está por perto. Eu nunca senti nada assim. Quase posso tocá-la. É como um círculo negro se fechando cada vez mais.

Ele estendeu a mão no ar e, quando abriu o punho fechado, havia uma espécie de fuligem na palma da sua mão.

— Cinzas! – ele disse. – Franny, você tem que acreditar em mim.

Franny sentiu uma pontada de medo. Ainda assim, usou a lógica para explicar a previsão do irmão.

— Certamente, em algum lugar, *alguém* vai morrer. Isso não tem necessariamente a ver com a gente.

Ela segurou o braço do irmão e o sacudiu para que as cinzas se dispersassem no ar; elas ficaram brancas e se espalharam pelo cômodo.

---

* Tradução de um trecho de *Jabberwacky*, de Lewis Carroll, por Augusto de Campos. (N.T.)

Então, Franny recolheu os cacos de vidro num guardanapo e levou o lixo até o balcão.

– Meu irmão é menor de idade – disse ao barman. – Não sirva bebida a ele novamente.

※

Eles foram andando para casa, imersos em pensamentos. Só ouviram as abelhas quando chegaram à esquina de casa. Ao se aproximarem, viram enxames em todas as janelas.

Pararam onde estavam. As abelhas tentam entrar numa casa quando a morte é iminente.

– Vou falar para mamãe chamar o dedetizador – disse Franny.

Vincent ficou repentinamente sóbrio.

– Não fará diferença. Não podemos fazer nada.

– Claro que podemos. A gente pode mudar nosso destino.

– Pode mesmo?

Eles se aproximaram um pouco mais.

– Sabe quem está em perigo? – perguntou Franny.

– Não sei dizer. Não acho que sejamos nós, porque estamos vendo o presságio.

Ficaram ali, muito perto um do outro. As abelhas não enxameiam à noite. O vidro não quebra sem uma causa. Cinzas não caem do céu. Mesmo assim, Franny só acreditou em Vincent quando viram um besouro perto da porta de entrada.

– Merda! – praguejou Vincent, enquanto pisava no inseto.

Ele sabia o que aquilo significava, por causa das várias vezes que lera *O Mago*, e alertou Franny de que aquele tipo de besouro furava madeira seca e podia ser ouvido nas vigas, chamando pela fêmea. Significava morte. *Não se pode destruir a destruição*, advertia *O Mago*. *No entanto, pode-se tentar*. Vincent havia se livrado do besouro, mas não da mensagem dele. *Não se pode impedir uma morte que já foi anunciada.* Não havia feitiço forte o suficiente para isso.

Franny foi pegar uma vassoura e uma pá para descartar os restos do besouro. Jet estava na cozinha.

– O que é isso? – ela perguntou quando o inseto foi jogado no lixo.

– Algo para se evitar. De agora em diante, não vamos arriscar mais, nada de conversar com estranhos ou andar pelo parque à noite.

– Achei que devíamos ter coragem...

– Apenas por ora, não faça nada fora do comum.

Decidiram que Franny era quem contaria aos pais. Eles haviam debatido e chegado à conclusão de que os pais precisavam ser informados para sua própria proteção. Tinham ido a uma festa no novo Museu Guggenheim e estavam embriagados quando voltaram.

– Noite fantástica! – comentou o pai. – Aquele prédio é o futuro.

– Falando em futuro – disse Franny –, tenho informações sobre a nossa família que gostaria de discutir com vocês.

– Você cuida disso – disse o dr. Burke-Owens à esposa. – É a sua família.

Depois que ele saiu da sala, Franny se virou para a mãe.

– Tivemos um presságio e precisamos prestar atenção.

– Franny – a mãe ficou exasperada –, não vamos falar de nenhuma tolice esta noite. Não acho que eu suporte isso mais do que seu pai.

– Eu sei que você não quer acreditar em nada disso, mas há um enxame de abelhas nas janelas da nossa casa.

– Bem. Vou ligar para o dedetizador manhã.

– E um besouro no corredor.

Isso deteve Susanna.

– Que tipo de besouro?

– O tipo ruim – disse Franny. – Um anóbio que anuncia a morte.

Susanna reconsiderou. Não havia razão para ser impulsiva se os sinais diziam para que tivessem precaução.

– Não vejo mal nenhum em fazermos o que você diz. Não vamos correr riscos. Agora convença a sua irmã disso, visto que ela tem sido bem tola ultimamente.

– Ela já concordou – disse Franny.

– Ótimo. Todos vamos ter cautela.

Franny continuou sentindo um frio na barriga. Foi para o quarto e sentou-se na beirada da cama de Jet. Sentiu uma onda de amor pela irmã adormecida, a pessoa mais bondosa que ela já conhecera. Em vez de ir dormir, Franny se esgueirou pela janela. Lewis estava ali, esperando por ela. Ela tinha trazido um pão de leite e agora o partia em três pedaços, apontando o dedo para cada pedaço e dando nome a cada um deles: *mãe, pai, irmã*.

– Qual deles? – perguntou. Mas Lewis voou, desaparecendo no céu negro. – Você deveria fazer o que eu mando! – Franny gritou para ele, contrariada e ressentida com a recusa do corvo em prever o futuro. Seu familiar havia deixado claro que um corvo pode ser um confidente e companheiro, até mesmo um espião, mas nunca um servo. Ele refletia a independência empedernida de sua dona. Se ele gritou, assim como ela fazia agora, certamente ninguém jamais saberia.

※

No aniversário de Jet, os pais a surpreenderam com ingressos para um musical da Broadway e um jantar especial no Russian Tea Room. Ela estava fazendo 17 anos e beirava à perfeição. Desde o inverno, Jet arrecadava comida enlatada para a instituição que servia sopa aos sem-teto e muitas vezes trabalhava lá nos feriados, descascando batatas e cortando cenouras. As pessoas diziam que ela parecia muito uma Elizabeth Taylor mais jovem, cuja fotografia havia estampado a capa da revista *Life* no início daquele ano, quando Liz ganhara o Oscar de melhor atriz por *Disque Butterfield 8*. Jet era uma estudante da Starling e nunca tinha causado nenhuma preocupação aos pais até que Levi Willard apareceu, mas eles estavam aliviados, porque a loucura aparentemente fazia parte do passado agora. Jet parecia ter superado a paixonite. Mas eles não permitiriam que ela fosse à Rua Magnólia naquele verão, embora já estivesse na época de visitar tia Isabelle. Isso seria desafiar o destino.

– Você ainda é a filha favorita – comentava Franny sem nenhum ciúme.

Ela estava esparramada na cama, assistindo Jet escolher o vestido que usaria à noite.

– Não sou, não – insistiu Jet. – Mamãe já deu um tapa na sua cara?

Mesmo assim, Jet estava satisfeita com todo o alvoroço em torno dela. Seu aniversário era de fato uma ocasião especial, embora ninguém da família ainda soubesse até que ponto ele realmente seria especial. Franny tinha comprado uma pulseira de prata na Macy's. Vincent presenteou-a com um álbum gravado por um cantor *folk* chamado Pete Seeger, cujas canções eram tão cheias de humanidade que levaram Jet às lágrimas. Mas o melhor de tudo: Levi estaria esperando por ela na Fonte Bethesda mais tarde aquela noite. Ele tinha vendido um relógio que pertencera ao tataravô, para que pudesse reservar uma suíte no Hotel Plaza. Jet estava nervosa, mas em êxtase. Tudo o que tinha que fazer era fugir depois do teatro e estaria livre. Valeria a pena toda a confusão que enfrentaria na manhã seguinte, quando voltasse para casa.

Ela já tinha experimentado quase todos os seus vestidos quando Franny sugeriu que usasse o vestido mini preto que April enviara de presente de uma loja da Newbury Street, em Boston. Até Franny tinha de admitir que April tinha estilo.

– É seu aniversário – disse Franny à irmã. – Viva um pouco.

Vincent entrou e se atirou na cama de Jet, que, a essa altura, já tinha pilhas de roupas descartadas.

– Viva *intensamente*! – o irmão aconselhou.

Convenceram Jet a acrescentar um chapéu ao vestido, depois Franny limpou um pouco do *gloss* e do rímel que tinham borrado, e lá estava Jet, absolutamente adorável! Franny ficou admirada com a beleza vibrante da irmã.

– Se aquelas piranhas da Starling pudessem ver você agora, a odiariam mais ainda! Só tome cuidado esta noite.

Depois que os pais saíram com Jet, Vincent pegou sua jaqueta de couro e fez sinal para Franny.

– Vamos sair deste mausoléu.

– Quanto mais cedo melhor – concordou Franny.

Haylin provavelmente já a esperava no local de encontro habitual. Franny trancou a porta da frente e eles saíram para a agradável noite de verão. Uma limusine passou em alta velocidade, provocando uma corrente de ar, e Franny sentiu um calafrio que ignorou. Certamente, não havia nada com que se preocupar naquela noite perfeita.

Quando chegaram à esquina da 89th com a 5th Avenue, os irmãos seguiram caminhos separados.

– Tenha cuidado! – Franny gritou para o irmão, que acenou para ela antes de seguir para o centro.

Franny partiu direto para a entrada da 90th Street, ansiosa para adentrar o parque frio e silencioso. Ultimamente, os fortes sentimentos que sentia por Haylin a perturbavam. Ela simplesmente não parecia conseguir controlá-los, embora tivesse tentado ao máximo. Toda vez que estavam juntos, ela se continha. Eles ficavam se agarrando e depois ela se afastava e caminhava sozinha, sem querer que ele visse quanto ela o queria.

– Outra vez, não! – dizia Haylin, louco de desejo. – Deus, Franny, você me mata!

Franny tinha jurado não chegar nem perto do amor, mas lá estava ela parada na beira do precipício, prestes a se atirar. Ela não sabia quanto tempo conseguiria sustentar essa negação ou se ainda queria fazer isso.

Naquela noite, ela usava tênis, calça e camiseta, tudo preto como sempre. Não importava o que ela usasse ou quanto se esforçasse para deixar a própria aparência sem graça, Franny tinha uma beleza rara. Com os longos cabelos ruivos e a pele pálida e perfeita, ela parecia uma criatura da floresta quando estava entre os arbustos.

Cuidado acima de tudo, dizia a si mesma. Mas lá estava ele esperando por ela na trilha, e Franny nunca tinha sido uma fã da cautela.

Era uma noite gloriosa. Em meio à densa vegetação do caminho para a parte mais selvagem do parque, eles pararam uma vez para se beijar; não poderiam ir muito além disso. Franny se afastou, febril, atraída demais por ele. Quando chegaram ao lago dos barquinhos de modelismo, Hay enfiou a mão no bolso para procurar algum trocado com que pudesse comprar uma limonada no quiosque.

– Ei, olhe isso! – disse mostrando as moedas manchadas. Ele não fazia ideia de que a prata nos bolsos de um homem sempre ficava escura se ele beijasse uma bruxa.

Havia nuvens carregadas no céu e o horizonte estava tingido de um tom azul-marinho. Tudo que era pálido se destacava na escuridão: a pele sardenta de Franny, algumas erva-mouras brancas que cresciam por ali, a lua brilhante e cheia. Era uma Lua Azul, o nome da segunda lua cheia do mês, a décima terceira lua cheia do ano. Se Franny tivesse se lembrado do comentário de Vincent sobre o perigo da lua, ela poderia ter ouvido o alerta que clamava dentro dela; em vez disso, ela e Hay foram para o Lago Belvedere, o laguinho das tartarugas, como eles o chamavam por causa das dezenas de tartarugas de estimação abandonadas ali. O lago ficava logo abaixo do imponente Castelo

Belvedere. O castelo feito de granito cinzento, com um dragão alado de bronze num vitral da fachada.

Haylin sorriu e disse:

– Poderíamos morar ali e ninguém saberia.

Ele abriu o sorriso que sempre tocava fundo o coração de Franny. Parecia tão puro... *Certo* e *errado* eram pontos muito bem definidos na mente de Haylin. Quando ele falava sobre as muitas injustiças que sofriam as pessoas sem condições de decidir o próprio futuro, Franny sentia uma terna admiração se agitando dentro dela. Ainda assim, ela não queria ter um coração, pois um coração poderia ser partido. Pensou nas mulheres que batiam na porta dos fundos da Rua Magnólia, desesperadas de amor, chorando à mesa da cozinha, todas dispostas a pagar qualquer preço para ganhar a atenção de um homem que sequer sabia da existência delas. Franny estava convencida de que era boato o comentário de que a tia Isabelle recebia joias como pagamento, até que viu uma vizinha tirar seu colar e camafeu e deixá-los sobre a mesa da cozinha. E, um dia, quando abriu um armário para procurar o saleiro, encontrou um pote que fez barulho quando ela o sacudiu. Dentro, havia dezenas de anéis de diamante.

Achava que Jet era uma tola por procurar o amor, mas ali estava ela com Haylin, tentando entender seu desvairado coração. Mais cedo ou mais tarde daria de cara com a maldição. Mas ainda acreditava com firmeza que todo mistério podia ser resolvido com lógica e paciência.

Franny e Hay sentaram-se sobre uma pedra plana, com a noite flutuando em torno deles. Contaram histórias que tinham ouvido sobre a lagoa, lendas urbanas a respeito de enormes tartarugas carnívoras que saltavam no ar para pegar pombos, que depois eram afogados e devorados; e de peixes de estimação jogados de seus pequenos aquários e que cresciam além do normal, desenvolvendo dentes afiados e uma índole má. Lembraram os rumores sobre a senhora idosa, moradora do parque, que capturava tartarugas para comer. Ela podia ser vista pedindo esmolas numa esquina perto da Starling School.

Não pense que isso não pode acontecer com você!, ela rugia para cada jovem bonita que passava. *A juventude é fugaz. Ela não passa de um sonho. Você vai ficar assim como eu. Sou você amanhã.*

As meninas a chamavam de Dama do Lago e corriam dela, apavoradas, mas não conseguiam tirar da cabeça o aviso da mulher. Tinham que ter cautela, pensavam. Franny sempre dava um dólar para a Dama do Lago quando a via, pois não tinha medo de quem iria se tornar.

※

Quando o teatro acabou, Jet estava caminhando nas nuvens. Ela lançou rapidamente um feitiço de Acredite em Mim sobre os pais, antes de dizer a eles que as meninas da Starling estavam fazendo uma festa do pijama para comemorar o aniversário dela. Não era isso que eles queriam? Que fosse popular e aceita?

– Endereço, por favor – exigiu o pai.

– Fica na 92nd com a 3rd – respondeu Jet, que já havia ensaiado as respostas para a maioria das possíveis perguntas que poderia ter de responder.

– Deixamos você lá – disse Susanna, chamando um táxi.

– Ah, mãe, elas vão achar que ainda uso fraldas.

Jet se despediu dos pais com um beijo, entrou no táxi e se inclinou para a frente, pedindo ao motorista que a levasse à 59th Street. O plano dela não tinha nada a ver com as colegas de escola, que não estavam nem aí com o aniversário de Jet Owens. Mas alguém se importava muito e já estava esperando por ela havia mais de uma hora, na entrada sul do Central Park. Eles passariam a noite juntos no Plaza Hotel, o maior e mais romântico hotel de Nova York, construído em 1907 e projetado para parecer um *château* francês. No parque em frente ao hotel havia uma elegante estátua dourada do General Sherman e seu cavalo, feita pelo escultor Augustus Saint-Gaudens.

Além de vender o relógio do tataravô, Levi também tinha economizado para aquela noite especial, fazendo horas extras na farmácia e entregando jornais, de manhã bem cedo. Ver Levi pela janela do táxi foi o melhor momento da vida de Jet. Ela estava pronta para o amor, sem nenhum arrependimento. Na verdade, já estava perdidamente apaixonada.

Ela pagou o táxi e correu para abraçar Levi. Os dois se beijaram, mal notando o mundo à sua volta e quase foram atropelados por um ciclista. Levi riu e puxou Jet, desviando-a do perigo, e depois deu a ela de presente uma edição antiga dos poemas de Emily Dickinson.

Se eu puder evitar que um coração se parta.
Não terei vivido em vão.

Quando Jet estava prestes a abrir o livro, o coração alçando voo e a vida apenas começando, o táxi dos pais passou rugindo. Eles tinham ouvido a filha dando ao taxista o endereço do Plaza e, desconfiados, seguiram-na pela 6th Avenue, virando na esquina da 59th Street. Do outro lado da rua, Susanna abriu a janela do carro e chamou Jet num tom estridente: *Bridget Owens, fique onde está!*

Jet viu a mãe e entrou em pânico. O táxi fazia meia-volta. Antes que os pais pudessem sair do carro e arrastá-la para longe, antes que pudessem arruinar a sua vida, ela pegou o braço de Levi e gritou:

– Vamos correr!

Ele não sabia muito bem de quem estavam correndo, mas sabia que estava disposto a proteger Jet. Dispararam para o parque; os pais disseram ao taxista para pisar fundo no acelerador e não deixá-los escapar. Havia uma mancha de óleo na rua, sob as poças d'água formadas ao se dar de beber aos cavalos das carruagens que levavam turistas e amantes em passeios pelo parque. Estava escuro e a cidade cheirava a terra fresca.

Bem em frente ao Plaza Hotel, o táxi derrapou desgovernado. Os pássaros nas árvores levantaram voo e encheram o céu de brasas. Levi saltou na frente de Jet quando o táxi subiu na calçada. O tempo desacelerou para que ela pudesse ver as pupilas dele se dilatarem ao perceber o que estava acontecendo. Aconteceu tão lentamente que eles podiam ter capturado a cena num frasco de vidro. Ela pôde ouvir os pensamentos dele. *Agora não! Isso não!* E então o tempo acelerou novamente, rolou para baixo dos seus pés e lhes tirou o equilíbrio. O ar parecia vivo e golpeou Jet como uma onda, mas era Levi que a empurrava para longe. Ela caiu no chão frio e pedaços de vidro estilhaçado caíram sobre ela, como uma chuva forte. Não havia outro som, nem pássaros, nem tráfego, nada, só o som do coração dela batendo contra o peito. Não havia mais nada além desse momento em que ela ouviu o táxi atingir Levi, o som do mundo se partindo em dois. Então Levi disse uma única palavra, o nome dela.

No lago das tartarugas, Franny tirou os tênis e, sentada nas pedras da borda, balançou os pés na água. A noite estava perfeita e ela desconfiava de coisas perfeitas, sabia que nada podia ser perfeito, sempre havia falhas, às vezes vistas apenas pelo microscópio ou com uma visão muito límpida. Sentiu um arrepio, como se uma rajada de vento tivesse soprado através do seu peito. De repente, havia lágrimas nos olhos dela.

– Vamos nadar – Haylin anunciou, já tirando a camisa. Ele sempre quis provar a Franny que era capaz de tudo, mas nunca demonstrava a mesma confiança que ela. Hay reconhecia que Franny tinha um tipo estranho de coragem. Ela nem parecia notar quando estava em perigo.

Talvez por isso ele tivesse se deixado levar pela vontade de ser corajoso e estivesse bem na borda das pedras, o coração martelando, as emoções num compasso febril. Se coragem era o que ela queria, era o que ele iria dar a ela. – Estou falando sério! Vamos nadar.

Franny balançou a cabeça, discordando. Experimentou a sensação de frio na barriga novamente, como se o mundo estivesse prestes a sair do eixo. Em outra ocasião, poderia ter ficado emocionada com a ideia de Haylin saltar no lago lamacento. Mas ela se lembrou do aviso. Devia ter cautela. Além disso, nadar com ele estava fora de questão; ela flutuaria, ele perguntaria por que e não haveria como explicar a razão.

A água estava escura, cheia de misteriosas sombras musgosas. Ainda assim, Haylin não recuou. Tirou as botas e baixou o zíper do jeans, depois tirou o resto da roupa. Ela nunca o vira nu. Ele era como uma escultura, perfeito.

Haylin respirou fundo e saltou no lago. As tartarugas foram lançadas para longe quando ele desapareceu na escuridão da superfície. Uma onda se formou e bateu contra as rochas, espalhando-se pela trilha. Embora a lagoa fosse abastecida por um cano d'água, o lixo jogado ali afundava em suas profundezas fazendo a água parecer suja e ameaçadora, provavelmente repleta de detritos estranhos e patógenos desconhecidos. O coração de Franny estava golpeando dentro do peito. Haylin provavelmente precisaria de uma vacina antitetânica.

Ele não voltou à superfície. Franny pensou em abelhas, cinzas e vidros quebrados. Mas Haylin não estava dentro de casa quando o besouro mensageiro da morte apareceu, então certamente estava seguro. E, no entanto, ela só via um círculo de marolas ao redor do local onde ele havia mergulhado. Sem bolhas de ar, sem Haylin. Franny queria saltar atrás dele, mas sabia, desde os tempos do Lago Leech, que era impossível. Como não podia afundar, não poderia buscá-lo no fundo do lago, para salvá-lo. Ela estava frenética, o pulso acelerado, temendo que a maldição estivesse acontecendo naquele instante.

Quando Hay reapareceu de repente, irrompeu na superfície como algum tipo de peixe enorme. Estava desesperado por oxigênio, a pele já ficando arroxeada. Ele lutava para respirar, quando encontrou os olhos dela. Franny parecia congelada sobre a pedra; uma espécie de terror a imobilizava. Cautela.

Hay balançou a cabeça.

– Cruzes, Franny! – ele exclamou.

Ela nunca tinha visto ninguém tão triste ou desapontado. Ele nadou até as pedras com dois movimentos dos seus longos braços e içou o corpo para fora d'água. O cabelo estava alisado para trás. O pênis parecia azul de frio. Franny sentiu um leve arrepio do que ela pensava ser medo, mas era na verdade algo completamente diferente, o que ela não queria sentir por ele e já sentia.

Hay pegou suas roupas e as vestiu, embora estivesse encharcado.

– Tem um carrinho de supermercado lá no fundo. Minha perna ficou presa. Quase não consegui vir à tona. Caso você se importe.

– Haylin! – Franny falou com emoção. – Claro que eu me importo.

– Há algo errado conosco, Franny. – Hay enfiou os pés enormes e molhados nas botas, sem se preocupar em calçar as meias. Depois se aproximou e pousou as mãos nos ombros dela; ele estava tremendo por causa da água gelada e da emoção à flor da pele. – Você ia deixar eu me afogar? Sério? Diga a verdade. Está escondendo algo de mim. O que *somos* um para o outro, Franny?

Antes que pudesse responder *tudo* e explicar a maldição do que ela na verdade era, Franny entreviu uma figura em meio às árvores que marchava diretamente para eles, num estranho passo estremecido. Era Vincent, e ele estava descalço. Havia corrido por toda a 89th e atravessado o parque, e agora vinha a toda velocidade, gritando o nome dela. Franny se afastou de Haylin. Ela podia ouvir abelhas, aquelas que estavam lá no dia em que ela e Vincent souberam que alguém na casa estava destinado a morrer. Ela olhou para cima, fitou a lua e instantaneamente soube o que aquela noite reservara para eles. Agora só pensava numa palavra. O nome da irmã. Jet.

– O que foi? – perguntou Hay, preocupado.

Quando Vincent chegou até eles, a palidez denunciava o seu estado de choque.

– Eles sofreram um acidente! – O irmão parecia tão jovem parado ali, descalço, toda sua bravata se fora. Como Franny parecia estar congelada no lugar, ele pegou a mão dela. – Sei o que está pensando, Jet está viva.

O que significava que os outros não estavam.

Franny e Vincent correram para fora do parque juntos. Haylin gritou, mas Franny não podia responder; ela também corria o mais que podia. E só percebeu que também estava descalça quando chegaram no asfalto. Ficou ali tremendo na 5th Avenue, enquanto Vincent fazia sinal para um táxi.

Sentaram-se lado a lado no pronto-socorro do Bellevue Hospital, sem conversar. O piso frio de linóleo estava quase congelando os pés dela. Quando o médico apareceu para falar com eles, já passava da meia-noite.

– A irmã de vocês sofreu uma pancada forte e está com várias costelas quebradas – disse o médico. – Ela está muito abalada e teve que levar pontos num corte no rosto, mas vai ficar bem.

– E os nossos pais? – perguntou Franny.

O médico balançou a cabeça.

– Sinto muito. Morte instantânea. E o garoto também... acabou de acontecer...

Franny e Vincent trocaram um olhar. Tinham esquecido completamente que Jet pretendia encontrar Levi.

– Ele está morto? – Vincent perguntou.

– Foi atingido pelo táxi em que seus pais estavam.

Franny nunca sentira o corpo tão frio.

– Eles a seguiram. Perseguiram os dois – disse.

Vincent colocou a jaqueta sobre os ombros da irmã.

– Vamos ver Jet.

Ela estava num pequeno quarto particular, os cabelos pretos espalhados sobre o travesseiro branco. O rosto e os braços estavam, machucados e enfaixados, o corte no rosto havia sido suturado com trinta pontos perfeitos. Os olhos estavam vermelhos. Era aniversário dela, sua noite, seus pais, o homem que amava. A culpa estava enrodilhada em torno do seu coração com gavinhas de ódio por si mesma. Num único instante ela tinha perdido tudo.

Franny se sentou na beirada da cama.

– Não havia nada que qualquer um de nós pudesse fazer para evitar isso. Você não pode se culpar, Jetty. Foi um acidente.

Jet afundou um pouco mais a cabeça no travesseiro macio. Estava condenada a perder tudo, até mesmo seu dom. Logo que entrara no hospital, fora capaz de ouvir os pensamentos confusos dos pacientes. Corações que batiam, paravam com um estremecimento, homens torturados pela dor. Então, de repente, não conseguira ouvir mais nada. O único ruído que reverberava era a voz do reverendo, que num quarto, no final do corredor, soluçava ao lado filho, ali na cidade de Nova York, um lugar que ele sempre acreditara que lhe causaria a ruína. Ele estava convencido do poder da maldição, era o que o amor tinha feito ao seu menino, que nunca teria sido atingido por um carro se não fosse Jet.

Embora ela nunca tivesse conhecido o reverendo e ele provavelmente a desprezasse, não havia ninguém, Jet sentia, com quem tivesse tanto em comum, naquele momento, quanto ele, pois a pessoa que ambos mais amavam no mundo havia partido.

A mobília foi coberta com lençóis brancos, como tia Isabelle os instruíra a fazer enquanto estivessem de luto. Ela chegou tarde aquela noite, sem bagagem, carregando apenas uma grande bolsa preta. Tinha uma faixa de seda preta em torno do braço direito e usava um chapéu de feltro com uma pena âmbar presa à aba. Disse aos sobrinhos que precisavam virar os espelhos para a parede. Então os fez borrifar sal nas janelas e deixar raminhos de alecrim do lado de fora das portas.

– Foi azar – disse ela. – Nada mais.

Ela se sentou ao lado de Jet e ofereceu uma xícara de chá, que a sobrinha recusou.

– Tinha que acontecer – disse Jet com uma vozinha fraca e entrecortada. – Era o meu destino.

– Não era o destino. Foi um corte no destino. Ninguém pode controlar essas coisas.

Jet estava pálida e abatida. Ela se afastou da tia, cheia de culpa e tristeza. Isabelle soube imediatamente que a sobrinha tinha perdido seu dom, pois os olhos dela tinham adquirido um tom mais acinzentado, sem luz e sem vida.

Isabelle dormiu no quarto onde a cozinheira da família anterior chorava até dormir, todas as noites. Franny tinha feito a cama com lençóis brancos limpos e deixado lavanda nas gavetas da cômoda. A tia tirou seus pertences da bolsa: uma camisola, chinelos e uma barra de sabonete preto.

– Sua mãe nunca pensou em escolher coragem – comentou Isabelle.

– Mas foi o que ela escolheu. Não foi?

– Na vida, nem sempre conseguimos o que escolhemos. Dei a ela o que precisava.

※

No dia do funeral, Franny encontrou dois vestidos pretos no guarda-roupa da mãe. Ficou surpresa por ver vários pares de sapatos vermelhos na parte de trás, algo que a mãe as proibira de usar. Franny ajudou Jet a se trocar, tirando-lhe a camisola pela cabeça, e em seguida vestindo nela o mais bonito dos dois vestidos; tratava-a como se fosse uma criança.

Jet ainda não tinha dormido nem comido nada. Pensava nos pais, em como costumava ouvi-los conversando até tarde da noite. Se não era amor verdadeiro o que tinham, então era uma parceria de verdade. Ela não conseguia imaginar um sem o outro. Agora percebia que não tinha passado tempo suficiente com eles, nem dito a eles que os amava; talvez nem soubesse. Tudo o que sabia era que não se sentia segura agora que eles tinham partido. Qualquer coisa poderia acontecer. Qualquer que fosse o mundo deles, nunca seria igual novamente. Ela se sentou numa cadeira na sala de estar, vestida de preto, as mãos apoiadas no colo, olhando para a porta como se esperasse que os pais entrassem, que o tempo voltasse, que Levi ainda estivesse vivo.

Vincent, devastado e com os olhos vermelhos, vestia um terno preto que não se incomodara em passar. Quando saiu do quarto descalço, Isabelle insistiu que ele voltasse para calçar as botas. Era daquela maneira que os membros da família eram enterrados e era desconcertante ver Vincent sem sapatos.

O agente funerário fora instruído para que tanto a mãe quanto o pai estivessem vestidos de preto e descalços. Franny tinha escolhido um vestido Chanel para a mãe e levado o batom vermelho favorito dela, junto com o rímel Maybelline; ela nunca saía sem maquiagem e Franny não estava pronta para testemunhar essa mudança. Para o pai, Vincent tinha tirado do armário um terno da Brooks Brothers, junto com uma das camisas brancas que ele mandara fazer num alfaiate em Londres. Franny tinha penteado o cabelo rebelde e passado um batom claro para parecer mais apresentável. Não havia como esconder o ferimento no rosto de Jet, embora Franny tivesse tentado usando um pó compacto da mãe. Parecia que Jet tinha flores azuis estampadas na pele. Mesmo depois de curada, ainda era possível ver uma fina cicatriz irregular na lateral do rosto da irmã.

Não que Jet se importasse. Para ela, nada seria punição suficiente por ter sobrevivido ao acidente. Ela continuava vendo Levi estender o braço e dar um passo para entrar na frente dela, e então ela viu estrelas e ele chamou o nome dela, ou talvez fosse apenas um suspiro, o último da vida dele.

– Você sabia que Levi era nosso parente? – disse Vincent a Franny.

– Não, como assim? – perguntou, olhando para o irmão.

Ele encolheu os ombros.

– Isabelle não quis me contar tudo.

– Jet perdeu o dom – disse Franny com tristeza. – Eu não sabia que isso podia acontecer.

A irmã deles ainda estava sentada na poltrona; o carro que os levaria ao velório já estava parado na porta. Ela mal parecia respirar.

– Ela vai recuperá-lo – disse Vincent. – Está no sangue dela.

※

Na capela em Manhattan, vasos de gladíolos cor-de-laranja e vermelhos tinham sido colocados sobre as mesas de mármore. Tia Isabelle sentou-se com eles na fileira da frente. Ninguém da família chorou. Embora estivessem arrasados, chorar em público era inaceitável. Vários dos pacientes do dr. Burke-Owens que estavam presentes pareciam inconsoláveis. Depois da cerimônia, Franny e Vincent receberam os cumprimentos dos que tinham vindo prestar condolências; Isabelle e Jet permaneceram sentadas na sala de estar. Hay estava lá, junto com os pais, que foram corteses e distantes, além de rápidos em sugerir que Haylin se apressasse. Mas ele não estava disposto a abandonar Franny, apesar de uma limusine já estar à espera para levar os irmãos Owens ao cemitério em Massachusetts, para o sepultamento.

— Ela precisa ir — o sr. Walker murmurou. — O carro deles já está lá fora.

— Dane-se o carro. Quero ir com você — Hay disse a Franny. — Eu tenho de estar lá.

Tia Isabelle apareceu atrás deles.

— Eu gosto dele. Deveria ir conosco.

— Impossível! — disse Franny. Ela queria manter Haylin longe dos problemas da família. Já era ruim o suficiente que precisasse apresentar a tia para os Walker.

— Você é tão rico — disse Isabelle ao sr. Walker —, mas ainda assim parece ter tão pouco... — Haylin deu uma risada ao ouvir a observação.

— A senhora é muito mal-educada! — disse o sr. Walker.

— Minha sobrinha e o marido estão prestes a ser enterrados. Quem está sendo mal-educado aqui?

— Acho que sabemos a resposta para isso, pai — disse Haylin.

Franny pegou a tia pela mão para afastá-la dali.

— Não aqui — implorou. — Não agora.

— O que acha que eu faria com aquele homem horrendo? Pode acreditar, ele mesmo atrairá a própria ruína. O filho dele, bem, é outra história. Ele é autêntico. — Ela acenou para Haylin e o rapaz acenou de volta. Ao contrário da maioria das pessoas, ele não demonstrava nenhum medo de Isabelle Owens.

Franny foi explicar que só a família estaria presente em Massachusetts e todos os Owens reunidos num só lugar seriam demais para qualquer estranho.

— Não me importo — disse Haylin. — Especialmente se eles forem todos como a sua tia.

— Telefono assim que voltar — prometeu Franny.

O enterro seria num pequeno cemitério em Massachusetts. O mesmo que já tinham visto uma vez através do portão de ferro coberto de musgo, sem demonstrar muito interesse, nem mesmo quando viram que todas as antigas lápides estavam gravadas com o sobrenome Owens. Agora seus pais também estariam ali, mesmo que a mãe tivesse passado a vida toda se esforçando ao máximo para ficar longe da família. E ainda assim aquele lugar continuava a ter controle sobre ela. No final, ela sabia que pertencia à família. O testamento afirmava que tanto ela quanto o marido seriam enterrados ali, lado a lado.

No caminho para Massachusetts, Jet teve que ser sedada. Ela tomou um calmante, além dos analgésicos prescritos para suas costelas quebradas. Mesmo assim, continuou a tremer. Vincent descobrira que a limusine tinha um bar. Tomou uma dose de uísque pensando em se sentir melhor e ficar um pouco bêbado. Isabelle tinha insistido em se sentar ao lado do motorista para que pudesse lhe passar instruções. Quando ouviu o tilintar de garrafas, ela se virou e lançou a Vincent um olhar severo.

– Não vamos fazer uma cena hoje – ela sugeriu. Já haverá problemas suficientes.

– Pessoas morreram. Que se dane o bom comportamento! – Vincent murmurou baixo o suficiente para que a tia não ouvisse, mas é claro que ela ouviu de qualquer jeito e gesticulou para Franny, que devolveu a garrafa de uísque ao devido lugar.

– Precisamos passar por isso sem incidentes – disse Franny de modo sombrio.

– Não estamos conseguindo passar por *nada* sem incidentes – disse Vincent para a irmã. – Isso não é óbvio?

– Tente – Franny pediu. Ela apontou com a cabeça para Jet, que não estava prestando atenção a nada nem ninguém e parecia perdida em seu próprio mundo sombrio. A menina olhava pela janela, lágrimas escorrendo pelo rosto. – Vamos só ajudá-la a passar por tudo isso – Franny sussurrou para o irmão.

Desde o acidente, ela sentia o fardo de ser a irmã mais velha. Da noite para o dia, e sem nenhum aviso, Franny deixara de se sentir jovem. Ela não iria mais conseguir o que queria ou fazer o que lhe agradava. Percebeu isso quando ela e Vincent estavam sentados juntos no hospital. Naquela manhã, ela tinha prendido o cabelo e tirado do armário a capa preta Dior da mãe, que ainda tinha o aroma de Chanel Nº 5. Franny sabia que, dali em diante, seria refém de suas responsabilidades.

Quando chegaram ao cemitério, os membros da família Owens que moravam em Boston, a maioria desconhecida para eles, já estavam reunidos. Os três irmãos foram apresentados aos pais autoritários de April Owens, mas não a viram por perto. Também estavam presentes alguns primos do Maine, donos de uma fazenda conhecida pelo cultivo de um ruibarbo milagroso, capaz de curar quase tudo, desde gripe até insônia, e, claro, tia Isabelle, que se manteve ao lado de Franny. Uma onda de calor começou a incomodar a velha senhora, mas ela a atribuiu ao vestido preto que usava e ao xale que tricotara para manter o mal a distância.

Todas as mulheres tinham cachos de jacintos nas mãos, que Jet e Franny receberam também. As flores eram para lembrá-los de que a vida era breve e preciosa como a flor do jacinto.

O ministro que celebrou o funeral era casado com uma Owens e liderava uma congregação em Cambridge.

– Estou ansioso para vê-la no outono – disse ele a Franny.

Todos sabiam que ela tinha sido aceita no Radcliffe College.

– Quem sabe – Franny hesitou, sem querer assumir nenhum compromisso.

Franny ajudou a tia a atravessar o gramado, ao deixarem o local do sepultamento. Depois entraram num pequeno e sombrio salão onde havia bolos e café numa mesa coberta com uma toalha de renda. Havia vasos de jacintos por toda parte.

A voz de Isabelle continha uma ternura verdadeira.

– Nunca saberemos o final da história antes que ela acabe. Deixe-me sugerir uma possibilidade para o futuro imediato. Vocês três poderiam ir morar comigo.

Franny balançou a cabeça.

– Não é possível.

– Pelo menos fiquem o resto do verão – insistiu Isabelle. – Deem um tempo a si mesmos para decidirem o que fazer agora.

– Obrigada, mas não – disse Franny à tia. – Vamos voltar para Nova York.

– Como queira. Aquele garoto alto ficará feliz, mas e vocês?

Ouviram uma sirene. Na rua, um carro da polícia conduzia uma longa fila de veículos, incluindo um carro funerário. A procissão do enterro de Levi Willard estava passando.

– É uma pena – disse Isabelle com tristeza.

– Porque ele é um membro da nossa família? – perguntou Franny. Ela queria muito saber o segredo que April havia mencionado.

– Porque isso poderia ter sido evitado se o pai dele tivesse aprendido a não odiar. Acho que é melhor não dizermos a Jet que o funeral dele está ocorrendo hoje. Vai ser demais para ela.

– Então você não vai me contar nada – disse Franny.

– Sim, se você quer mesmo saber, somos parentes dos Willard.

– Por que isso é um segredo?

– Por que algo é um segredo? As pessoas querem se proteger do passado. Não que adiante alguma coisa.

✣

Franny pediu licença à tia para procurar Vincent e Jet. Encontrou os dois num canto da sala.

– Vamos sair daqui – disse Vincent. Ele estava meio bêbado e isso nunca era bom.

– Ali está April – Jet apontou para o canto oposto, onde April estava sentada numa cadeira estofada, com uma nenezinha no colo. Eles se aproximaram com cautela.

– Sério? – disse Franny, em estado de choque. – Um bebê?

– Sinto muito pela perda de vocês. – April se virou para Jet: – E sinto muito por Levi. Ouvi dizer que ele está sendo enterrado hoje.

Franny lançou a April um olhar tão severo e agourento que, para a prima, foi como se tivesse levado um tapa. Entendeu o que Franny quis dizer e rapidamente disfarçou, surpresa por ver como ela parecia mais poderosa agora.

– Ou talvez seja amanhã – disse April. – Não me perguntem. Nem tive tempo ainda para pensar direito.

– Olá, bebezinha! – Vincent sentou-se na beirada de uma mesinha de centro e estendeu a mão, que a bebê agarrou e segurou. Nenhuma mulher se dispunha a deixá-lo ir. O nome da criança era Regina. Os olhos dela, obviamente, eram cinzentos.

– Suponho que se possa lutar contra o destino, mas estou feliz que eu não tenha lutado contra isso – comentou April sobre a filha.

– Fez bem! – Jet comentou com uma emoção real. – Sua filha é linda! – acrescentou quando Franny pareceu intrigada.

Agora tinham atiçado a curiosidade dela.

– O que aconteceu com o pai de Regina?

– Afogou-se – disse April. – Não é mesmo a minha sina? Uma enchente repentina. Quais as probabilidades científicas de isso acontecer?

– Não são muito altas. – Franny sentiu que a mentira de April pesava como chumbo, mas se calou por medo de que outras informações perturbadoras pudessem vir à tona.

– Bem, acho que você merece os parabéns! – disse Vincent, louco para tomar uma bebida. Ele se levantou e cumprimentou a prima, depois encontrou o caminho para o bar, onde estavam servindo *whisky sour*, o coquetel favorito dos pais.

Jet inclinou-se para fazer cócegas na bebê. Por um momento pareceu esquecer as trágicas circunstâncias do dia.

– Que adorável!... – comentou. – Olhe para esses olhos enormes!

April parecia um pouco mais terna do que costumava ser.

– Realmente sinto muito pela sua perda – ela disse a Jet. A essa altura a filha choramingava em seu colo.

– Pode segurá-la um minuto? – pediu April a Franny, para poder pegar uma mamadeira na bolsa. Franny tentou recusar com uma súplica, dizendo que não tinha nenhuma prática com crianças e esperava continuar assim. Mas esse tipo de pedido não poderia ser recusado, então April fez uma careta e colocou Regina nos braços de Franny assim mesmo. – Bobagem – disse ela.

A bebê olhou para Franny e instantaneamente parou de choramingar e se remexer.

– Viu? – exclamou April, com a mamadeira na mão. – Você não é quem pensa que é.

Franny se ofendeu.

– Sou exatamente quem penso que sou!

Ela devolveu a bebê e olhou para a nova priminha sugando o bico da mamadeira, o coração amolecendo.

O jantar foi na casa de tia Isabelle; a mesa posta principalmente com os pratos caseiros que os Owens do Maine tinham trazido. Creme de espinafre e espaguete com cebolinhas e, para a sobremesa, a famosa torta de ruibarbo que os primos prepararam. Nenhum dos irmãos comeu direito. Jet foi para o jardim. Vincent e Franny sentaram-se na sala e jogaram baralho, o que era difícil, porque um sempre conseguia adivinhar as cartas do outro. Franny amenizou a insistência para que mantivessem um bom comportamento e não disse nada quando Vincent se serviu de um copo alto de uísque que a tia escondia numa escrivaninha e que ele tinha encontrado nos primeiros dias do verão anterior.

Depois que os convidados partiram, Isabelle se deitou um pouco, completamente vestida, com botas e tudo. Não fechou as cortinas, por isso pôde ver quando Jet se esgueirou pelo portão, claramente com pressa.

Foi uma caminhada de três quilômetros. Quando chegou à cidade, procurou o táxi que geralmente ficava estacionado na rodoviária. Ela entrou e pediu ao taxista que a levasse ao grande cemitério na periferia da cidade, onde os quatro garotos tinham sido enterrados no verão anterior. O motorista estava prestes a arrancar quando Isabelle entrou no táxi. Ele a observou pelo espelho retrovisor, em pânico. Isabelle Owens a caminho de um cemitério era um passageiro que ninguém queria.

– Negócios no cemitério, senhorita Owens? – o motorista perguntou num tom nervoso.

– Todos teremos negócios ali, mais cedo ou mais tarde! – respondeu Isabelle, com vigor.

– Eu quero ir sozinha – teimou Jet.

– Acho má ideia você ir até lá, mas, se insiste, vou com você. – Isabelle bateu no encosto do banco do motorista. – Se apresse. E vou precisar que espere por nós.

O funeral de Levi já tinha acabado, mas, enquanto tia e sobrinha percorriam a fileira de lápides, viram uma com a terra recém-revirada. O reverendo ainda estava lá. Ele não parecia disposto a deixar o filho. Jet ficou pálida quando o avistou, vestido com seu paletó preto e sentado numa cadeira dobrável, deixada ali depois da cerimônia fúnebre.

Isabelle deu o braço a Jet e elas seguiram em frente, atravessando o gramado. Os pássaros cantavam nas copas das árvores e tudo era verde-esmeralda. A grama tinha sido aparada recentemente e o aroma era doce como o verão. O reverendo olhava para o chão e, portanto, viu a sombra das duas antes de vê-las.

— Podem parar por aí! — ele disse.

— Estamos aqui para prestar nossos respeitos — disse Isabelle. — Tenho certeza de que faria o mesmo se a situação fosse inversa.

O reverendo levantou os olhos. Cinza-esverdeados, assim como os de Levi.

— Mas eu não preciso, porque meu filho está morto e ela está viva — disse, apontando para Jet. — Essa é a razão por que vocês foram amaldiçoadas.

— Seu antepassado começou tudo isso, a nossa não teve escolha senão aceitar. E a verdade é que, por causa deles, nossos destinos e nossas histórias estão entrelaçados.

Jet olhou para a tia, confusa.

— E, no entanto, aqui estou eu — disse o reverendo. — No túmulo do meu filho.

Jet desabou no chão, atordoada. Isabelle fez o possível para ajudá-la a se levantar. O reverendo ficou parado olhando a garota, alarmado.

— Me ajude! — Isabelle ordenou.

Ele ajudou Isabelle e os dois levaram Jet até a cadeira.

— Respire fundo e bem devagar — disse Isabelle, em pé ao lado do reverendo, seu primo. Ele era descendente do homem que fora pai da filha de Maria Owens. — Ela é apenas uma jovem que se apaixonou — Isabelle disse a ele, que se negava a aceitar que eram parentes. — Em que mundo isso é uma maldição?

O reverendo não conseguiu responder. Estava muito abalado e carregava trezentos anos de história e ódio.

— Quando conseguirmos perdoar uns aos outros, poderemos começar a quebrar a maldição. Você sabe disso tão bem quanto eu.

O reverendo olhou para Jet e ela viu como ele estava devastado. Ela se levantou e parou diante do túmulo, desejando que pudesse ser enterrada também, que pudesse ficar de mãos dadas com Levi e descansar naquele lugar ao lado dele.

– Precisamos sair antes que os portões sejam fechados – avisou Isabelle.

O reverendo as seguiu a distância.

– Ele deve me odiar – disse Jet para a tia. – E tem todos os motivos.

– O ódio é o que nos trouxe aqui, para começar – disse Isabelle.

Quando chegaram ao táxi, esperaram até que o reverendo aparecesse no portão do cemitério. Então Isabelle pediu ao motorista para sair do carro e ajudá-lo a se sentar no banco do passageiro, para que pudesse ser levado para casa. O reverendo pareceu surpreso, mas estava exausto e não contestou. Entrou no táxi, olhou para a frente e não travou nenhum tipo de conversa até chegarem à casa dele, do outro lado da cidade. O táxi parou e o reverendo saiu, sem dizer uma palavra ou olhar para trás.

✼

Quando voltaram para a Rua Magnólia, Isabelle pediu a Franny e Vincent que se juntassem a elas no jardim. Os irmãos retornariam para Manhattan no dia seguinte, então já era hora de lhes contar tudo. Havia noites em que era melhor falar do passado, em vez de fechá-lo numa gaveta.

Trezentos anos antes, as pessoas acreditavam no demônio. Quando não podiam explicar um incidente, a causa do mal era muitas vezes atribuída a uma mulher, a quem chamavam de bruxa. Mulheres que faziam o que queriam, mulheres que tinham uma propriedade, mulheres que tinham inimigos, mulheres que tinham amantes, mulheres que conheciam os mistérios do parto, todas eram suspeitas, especialmente para o juiz mais feroz e cruel da região, John Hathorne, um homem tão terrível que seu tataraneto, o autor de *A Letra Escarlate*, tentou negar sua própria herança de sangue mudando a grafia do seu sobrenome para Hawthorne.

O caso aconteceu quando Maria era jovem, e foi inesperado para ambos. Hathorne era um homem brilhante, um magistrado, um juiz do Condado de Essex, e ele demonstrava alguma humanidade antes de ser assolado pela infelicidade e pelo orgulho, quando enviou dezenove pessoas inocentes para a morte e arruinou a vida de muitas outras. Mas quando Maria o conheceu, nada disso tinha acontecido ainda e ela se apaixonou, e talvez ele realmente a amasse. Deu a ela uma safira e a mandou embora com um saquinho de diamantes quando o caso terminou, na esperança de garantir que ela nunca mais voltasse, porque ele tinha uma esposa e filhos, e ela era uma jovem com quem nunca deveria ter cometido adultério. Talvez ele tivesse presumido que fora enfeitiçado, pois desse dia em diante passou a perseguir a bruxaria pelo mundo, e foi o único magistrado que nunca se arrependeu de suas decisões nos julgamentos.

Todos eram, portanto, descendentes de uma bruxa e de um caçador de bruxas. Esse era o motivo do início da maldição, e eles estavam condenados a fazer o máximo para negar quem eram e para refutar seu verdadeiro eu. O lado Willard da família descendia de uma das netas de Hathorne, que se casara com um parente de John Proctor, acusado de bruxaria quando tentava defender mulheres inocentes levadas a julgamento.

— Não estávamos lá quando essas coisas terríveis aconteceram, quando as mulheres eram acusadas de se transformarem em corvos e serem mensageiras do diabo. Não éramos nem juízes nem réus, mas carregamos essas coisas conosco e temos de combatê-las. A melhor maneira de fazerem isso é sendo quem são, cada parte de vocês, o lado bom e o ruim, o triste e o alegre. Vocês nunca poderão fugir. Não há para *onde* correr. Acho que a mãe de vocês descobriu isso, no final, e é por isso que quis ser enterrada aqui. Nós somos o que somos.

Já era muito tarde e a lua estava vermelha. Jet sentou-se na grama, a boca contraída numa linha fina. Quando você é jovem, olha para a frente e, quando é velho, olha para trás. Jet era jovem, mas já olhava para trás. Naquela noite, enquanto os grilos cantavam, os pássaros dormiam nos bosques e até os coelhos estavam quietos, Jet se perguntou como era possível perdoar quem tinha sido injusto conosco ou perdoar a nós mesmos por aqueles que tínhamos injustiçado.

Eles estavam sentados no jardim onde Maria Owens havia semeado a terra muito tempo atrás. A vida era curta, acabava num instante, mas algumas coisas duravam. Ódio e amor, bondade e crueldade, tudo perdurava e, no caso deles, era transmitido através das gerações.

Quando finalmente entraram em casa, a chuva desabou. Uma chuva verde e fresca, o tipo mais necessário no verão, quando tudo está ardendo, quente e sedento. Geralmente as duas irmãs dormiam juntas no sótão, mas naquela noite Jet disse que estava quente demais para ir lá para cima. Em vez disso, sentou-se na sala de estar e esperou o sol nascer, a mala pronta ao seu lado. Pela manhã, mentiu a todos, dizendo que estava perfeitamente bem; na verdade, desejava estar naquela colina verde onde Levi tinha sido enterrado, onde a grama tinha um aroma doce, onde nada tinha começo nem fim.

A limusine os levou de volta a Manhattan num dia cinzento de garoa. As ruas estavam vazias e quentes. Eles desceram na 89th Street e ficaram parados na calçada. Tinham morado ali a vida toda, mas não se sentiam em casa. Franny descobriu que simplesmente não conseguia entrar. Vincent ajudou Jet a sair do carro, depois olhou para Franny, esperando para saber o que fariam.

– Podem ir na frente – ela disse ao irmão. Agora trovejava, mas Franny ficou parada no lugar. – Podem ir! – ela insistiu, e permaneceu na calçada. Num instante, foi como se o céu se abrisse, e a chuva desabou sobre ela.

Havia perdido não só os pais, mas também o seu futuro. Cambridge não era mais uma possibilidade. Como poderia deixar Jet e Vincent e ir para a faculdade? Embora tivesse 18 anos, não fosse mais do que uma menina, ela também começava a olhar para trás.

Quanto ao futuro, estava certa de que nunca mais conseguiria o que o seu coração desejava.

Haylin a encontrou na chuva. Puxou-a para si e inclinou-se para beijá-la. Não era preciso dizer nada. O tempo ainda estava quente e as calçadas ferviam, enquanto os pingos de chuva batiam no asfalto. Toda a Manhattan cheirava a jacintos.

– Vou sempre amar você – disse Hay.

Eles entraram e se esgueiraram pela sala, indo direto para o quarto da cozinheira. Podiam ouvir as rajadas de chuva e as janelas estremecendo. Hay tirou as roupas molhadas de Franny, que não conseguia parar de tremer. O céu lá fora estava escuro e carregado, com ondas de calor subindo do asfalto. Haylin beijou-a e, quando tirou as próprias roupas, os dois caíram na cama juntos sem pensar em nada, apenas um no outro. Era uma cama de solteiro coberta com a colcha branca que Susanna Owens comprara em Paris, quando era uma jovem lamentando seu amor perdido. Quanto mais Haylin a amava, mais Franny se sentia destroçada. Era assim que a mãe tinha se sentido em Paris?

Ela pediu a Hay que acariciasse todo o corpo dela, e ele ficou feliz em obedecê-la. Ela ansiava por esquecer tudo o que já tinha ocorrido no passado e só viver aquele momento.

– Oh, Franny... – Haylin murmurou. Aquela era a primeira vez dele também, era o que ele sempre quisera. Estar com Franny.

Hay permaneceu deitado no chão de costas, nu e exausto, apertando-a contra o peito, com medo de perdê-la. Observou Franny se levantar e ir se sentar numa cadeira perto da janela. A chuva tinha parado e Lewis estava do lado de fora, a plumagem brilhando enquanto ele bicava a vidraça. Franny deixou-o entrar e enxugou as penas escorregadias do pássaro.

– Volte pra cá – Haylin pediu.

Franny balançou a cabeça, não atendendo ao pedido dele. Ela tinha vestido a camiseta de Hay. Suas pernas eram longas e belas.

– Franny!

Ela o ignorou. Já havia decidido que não podiam ficar juntos. Depois do que acontecera a Levi, não podia correr o risco de arruinar a vida de Hay.

– Nós vamos ficar bem – disse Haylin como se lesse os pensamentos dela. – Vamos ser felizes em Cambridge.

Mas eles não iriam ficar bem. Franny foi se deitar ao lado dele. Acariciou os ombros e o peito de Hay. Ele era tão lindo e tão jovem...

– Onde nos conhecemos? – ela perguntou. Queria se lembrar de tudo quando acabasse.

– No terceiro ano. No refeitório. Você comia um sanduíche de tomate que eu achei muito estranho. Afinal, quem come um sanduíche só de tomate?

Os tomates eram da família das beladonas, e Franny sempre os adorara.

– Como você se lembra dessas coisas?

Ela beijou a bochecha dele, que estava áspera com a barba por fazer.

– Eu me lembro de tudo sobre você. Esperei todo esse tempo para você me amar.

Podiam ouvir a música que vinha da sala de estar. A noite tinha passado sem que tivessem dormido, num sonho de desejo e desespero.

Já era meio-dia. Vincent estava tocando violão e cantando "Stand by Me" numa voz pungente.

Franny não teve escolha senão contar a Hay.

– Não posso ir embora e deixar Jet e Vincent aqui. – Ela sabia disso desde o hospital.

Mas Hay não tinha nenhuma intenção de desistir.

– Eles vão ficar bem. Você tem que seguir em frente com a sua vida.

Franny o beijou. Queria que ele se lembrasse apenas disso. A suavidade da sua boca; as coxas dela, que se abriram para ele quando ele queria estar dentro dela. Talvez assim ele a perdoasse com mais facilidade no dia em que seus olhos cinzentos se transformassem em gelo, quando parecesse não se importar, porque sabia que devia evitar o amor a todo custo. Ela precisaria fingir não estar devastada, quando finalmente dissesse a Hay que estava tudo acabado entre eles.

※

Agora que tinham liberdade, os três irmãos não sabiam o que fazer com ela. Ninguém levava o lixo para fora. Havia pilhas de pratos sujos na pia, que já começavam a cheirar mal. Em pouco tempo, dois ratos passaram a morar no armário de vassouras, criaturas de que Franny se ocupava arremessando pedacinhos de queijo suíço lá dentro. De repente, percebeu que tudo estava danificado: a tinta estava descascando, as lâmpadas piscavam, só um queimador do fogão funcionava, e apenas quando Franny soprava para acender a chama.

A casa estava se deteriorando havia algum tempo. E não havia dinheiro para reparos. Descobriram que a família estava endividada e devia muito ao banco. Muitos pacientes do pai faziam consultas sem pagar, e a mãe tinha gastado havia muito tempo qualquer pequena herança que tivesse recebido. A casa tinha que ser colocada à venda. Jet odiava a ideia e mal saía do quarto. Coube a Vincent e Franny, portanto, comparecer a uma reunião no escritório do advogado dos pais e ouvi-lo explicar sobre a situação financeira preocupante da família.

– Quem se importa? – Vincent disse bruscamente quando constatou que estavam sem nenhum dinheiro.

– Bem, acho que podemos terminar a reunião – disse Franny.

Antes de partirem, ela assinou toda a documentação necessária. Por ser a irmã mais velha, foi designada guardiã legal do irmão e da irmã. Cabia a ela tomar decisões. E, sem dizer uma palavra aos outros, já tinha tomado várias.

Ocasionalmente, os pacientes do pai deixavam buquês de flores na porta dos fundos, que Franny jogava imediatamente no lixo. Vários membros da sociedade psicanalítica tinham enviado cartões prestando condolências, que foram queimados na lareira. O que estava feito não podia ser mudado.

A falta que Franny sentia dos pais era algo inesperado. Ah, como gostaria de se sentar e conversar com a mãe, que, descobrira, tinha convencido os lojistas da região a vender fiado para os Owens. Queria muito perguntar ao pai como se livrar das formigas do escritório e como ele encontrava tempo para escrever seu livro no início da manhã, antes que qualquer membro da família tivesse se levantado. Agora entendia por que eles tinham seguido Jet aquela noite. Era o medo dos Willard e do passado de juízes e vítimas. *Se ao menos...*, mas a lista do que desejava mudar era longa demais e não havia como reescrever a história deles.

Vincent passava a maior parte dos dias dormindo, depois se esgueirava à noite, sem dizer aonde ia, embora todos soubessem que o único lugar que ultimamente lhe interessava era o Jester. Ele só chegava em casa nas primeiras horas da manhã, depois de passar a noite toda bebendo uísque. Parou de ir à escola, e talvez isso fosse bom; eles não podiam mais pagar a Starling School.

Quando Vincent estava em casa, nunca ficava sozinho. Levava para casa inúmeras garotas, incluindo Kathy Stern, a paciente ninfomaníaca e cleptomaníaca do pai. Depois que ela se enfurnava no quarto de Vincent, se recusava a deixá-lo. Como ouvira atrás da porta as sessões de terapia de Kathy, Franny sabia que ela tinha um medo doentio de pássaros. Um dia deixou Lewis entrar na sala e, pouco tempo depois, Kathy saiu da casa gritando, só com a roupa de baixo, enquanto o corvo arrancava seus cabelos, deixando mechas espalhadas pelo chão. Mais tarde eles perceberam que Kathy tinha roubado o colar Chanel de ouro e pérolas da mãe.

– Ela era hilária! – disse Vincent, achando graça. – Tem um caderno com uma lista de todos os homens com quem já dormiu. Tirou fotos do pênis de cada um e colou no caderno com fita adesiva. Disse que faria uma colagem com todos eles. Então, como eu poderia dizer não a ela?

Não havia ninguém para dizer *não* a Vincent, exceto Franny. Desde a morte dos pais, ele se recusava a levar qualquer coisa a sério.

– Você não entende, Franny? – ele dizia. – Temos que viver agora, enquanto ainda podemos. Tudo vai acabar muito em breve. – Ele tinha quase 16 anos, era alto, sombrio e reflexivo, e geralmente carregava um violão, o que o tornava ainda mais atraente e perigoso, tanto para quem quer que se apaixonasse por ele quanto para si mesmo.

Quanto a Jet, ela continuou na cama por um bom tempo, mesmo depois que os médicos garantiram que já estava bem. As costelas quebradas estavam curadas, as contusões estavam desaparecendo e os cortes nas mãos e nos joelhos agora não passavam de finas estrias vermelhas que ninguém dizia que eram machucados. A única coisa que permaneceu foi a cicatriz no rosto, uma linha irregular em forma de pétalas e caule, que só podia ser vista sob determinados tipos de luz.

– Sair pra quê? – ela dizia quando Franny sugeria que saíssem para passear.

O cabelo de Jet estava tão emaranhado que nenhum pente passava por ele. Não tomava banho e se alimentava apenas de bolachas e Ginger Ale. Dormia abraçada à edição de Emily Dickinson que Levi havia lhe dado. Dentro, ele havia escrito *Para sempre/É composto de/ Agoras*. Como eles podiam ouvir Jet chorando o tempo todo, Franny pregou as janelas do andar superior só para ter certeza de que a irmã não tomaria a decisão precipitada de saltar por uma delas.

Franny se voltava cada vez mais para Haylin, embora soubesse que isso era um erro. Tinha jurado ficar com ele apenas uma vez, mas estavam juntos todos os dias. Quanto mais íntimos se tornavam, mais difícil era o rompimento inevitável. Ela devia ter contado a ele sobre o futuro que se assomava, mas não conseguia falar sobre isso em voz alta. *Nem agora nem nunca*, deveria ter dito a ele. *Não, se for para levá-lo à ruína*. Todos os dias ela planejava terminar, mas, em vez disso, fazia sexo com ele no quarto de hóspedes até que ambos estivessem esgotados e eufóricos. Então, ficavam deitados ali, abraçados, e observavam o corvo voar pelo cômodo como uma sombra.

– Minha mãe ficaria mortificada – confidenciou Franny. – Ela tinha aversão a animais.

– Lewis não é um animal. Ele parece saber o que você está pensando.

– Você está dizendo que ele é meu familiar? Isso faria de mim uma bruxa! – Franny apoiou o rosto no peito de Haylin. Ela podia ouvir o coração dele batendo, o que lhe trazia grande conforto. Pensou no diário de Maria Owens, mas não disse nada, embora ansiasse por contar tudo a ele.

– Eu não me importo com o que você é – Hay disse a ela –, contanto que seja minha.

No dia em que Jet finalmente saiu do quarto, seu deslumbrante cabelo preto estava tão curto quanto o de um menino. Ela tinha usado uma tesourinha de unha para cortá-lo e as pontas estavam todas desiguais. Queria pagar sua penitência. Tinha arruinado a vida de todos. Sabia a razão por que os olhos de Franny estavam muitas vezes cheios de lágrimas e a irmã ainda usava o vestido com que comparecera ao funeral dos pais.

Franny havia se trancado no escritório do pai, a mesa cheia de papéis espalhados, partículas de poeira girando no ar, e dali tinha telefonado para o departamento de admissões do Radcliffe para cancelar sua inscrição. Fez isso em sigilo, mas Jet tinha escutado. Dava para ouvir a voz dela através dos vãos das portas, assim como acontecia quando os pacientes do pai faziam suas confissões, chorando, durante as sessões de terapia.

– Ah, não, você cortou seu cabelo... – disse Franny quando viu o que a irmã tinha feito.

Jet ainda estava de camisola e descalça. Parecia um gato, com seu ar de suspeita e desconfiança. Ela era uma criatura maravilhosa apesar das suas tentativas de destruir a si mesma. E já tinha decidido não terminar o Ensino Médio. Sentia-se muito velha para isso e, daquele dia em diante, usaria apenas preto. Desfez-se das roupas superfemininas de que tanto gostava no passado – babados, vestidos esvoaçantes em tons de rosa e violeta –; doou todas para instituições de caridade. As roupas não tinham mais nada a ver com ela; não era mais a pessoa que costumava ser antes do aniversário de 17 anos. Aquela garota tinha desaparecido para sempre. Às vezes, ela voltava ao local do acidente. Não era mais capaz de ouvir os pensamentos das outras pessoas e estava tão sozinha que se sentia como uma mariposa presa num frasco de vidro. Sentava-se no meio-fio, como uma indigente, mas ninguém que passava poderia lhe conceder perdão. E ela nunca poderia concedê-lo a si mesma.

Sua única salvação eram os romances que lia. Nas noites em que pensava que seria melhor não estar viva sem Levi neste mundo, ela abria um livro e era salva; descobriu que um romance era uma fuga tão boa quanto qualquer feitiço. Ela gostava de Jane Austen e das Brontës e de Virginia Woolf. Lia um livro atrás do outro. Era uma leitora de livros voraz, e dificilmente podia ser convencida a desviar os olhos das suas páginas. Na maioria dos dias, ficava feliz em não sair de casa. Ela, que já fora a garota mais bonita em dois estados, que tinha herdado as lindas feições da mãe, agora estava pálida e sem graça. Os garotos já não a notavam, e se notavam ela deixava claro que não estava interessada. Andava pelas ruas tarde da noite, quando as avenidas estavam desertas, como se desafiasse o destino. Sentia afinidade com as pessoas solitárias e desamparadas que perambulavam pelas ruas de madrugada.

Vendo a angústia da irmã, Franny escreveu para a tia. Certamente deveria haver um remédio para ajudar Jet naquele momento terrível. Dois dias depois, uma caixa chegou com a cura de Jet. Franny riu quando olhou lá dentro, depois foi imediatamente acordar Jet.

– Isabelle mandou uma coisa para você.

Jet sentou-se na cama e limpou o sono dos olhos.

– Não é uma coelha, é? – perguntou Jet.

– Deus, não!

Jet se levantou da cama e se ajoelhou para espiar dentro da caixa. Era uma pequena gata preta. Garricha, que a seguia pelo jardim da tia. Ela a pegou e se dissolveu em riso, uma coisa adorável de se ver depois do longo período de luto. A gata se sentou, completamente imóvel, surpresa com a atenção.

– Ah, ela é perfeita! Você tem seu corvo – disse Jet para Franny. – Agora aqui está a minha Garricha.

Jet pôs a gata na cama para brincar com um novelo de barbante azul. Acariciou o animal e disse que ela era uma gatinha adorável, mas os olhos de Jet não chegaram a se iluminar, e Franny lembrou-se do que Isabelle tinha escrito no cartão que acompanhava a gata.

Um remédio como esse só faz efeito por um tempo.

※

Uma corretora de imóveis logo começou a mostrar a casa para compradores em potencial. De vez em quando, os irmãos descobriam estranhos sendo conduzidos pelos cômodos, enquanto eram convencidos de que uma pequena reforma poderia facilmente restaurar a verdadeira beleza da casa. Vincent mantinha seu quarto trancado e havia desenhado uma caveira na porta com tinta preta.

– Fique longe daqui! – ele disse à chocada corretora de imóveis, que costumava usar pequenos chapéus parecidos com os de Jacqueline Kennedy.

A corretora conhecera Susanna Owens no Yale Club e estava fazendo um favor ao mostrar a casa. Qualquer outra pessoa teria desistido diante das grosserias de Vincent, dos ratos quase domesticados do armário de vassouras, das luzes que piscavam, do cheiro de leite azedo na pia da cozinha.

Ela não se atrevia a abrir a porta de Vincent e dava aos possíveis compradores o que ela esperava que fossem desculpas razoáveis. Apenas um quartinho de criança, ela dizia aos clientes. Será preciso apenas pintar e trocar o gesso. Essa foi a maneira que encontrou de evitar as garrafas vazias de uísque, o haxixe e a maconha, o narguilé, as pilhas de roupas não lavadas, as botas fedorentas, os livros de magia e uma incrível coleção de fitas cassetes armazenadas em engradados cor-de-laranja. Até Franny foi informada de que deveria bater antes de entrar. Agora que estavam vendendo, Vincent, que nunca dera a mínima para a casa, entrara em desespero.

– Eu não vejo por que temos que vender a casa – reclamava.

– Porque estamos falidos – dizia Franny com uma franqueza que não agradava ao irmão.

– Você não pode me obrigar a sair se eu não quiser.

Vincent mantinha seu quarto sempre trancado e às escuras. Melhor assim. Menos contas de luz altíssimas. Estavam contando as moedas agora. Evitavam passar em frente às lojas onde os pais tinham pendurado as contas: o açougueiro, o padeiro, a loja de bebidas. Venderam a mobília da sala a preço de banana e fizeram o mesmo com um tapete persa que sempre ficara na sala de jantar.

Toda a casa ficava sombria com a agonia espiritual dos irmãos, por isso Franny tentava ao máximo fazer os dois saírem quando os interessados chegavam; não que isso fosse bom. Eles ficavam rondando a casa de onde, no passado, mal viam a hora de escapar. No final, Franny passou a pagar a Vincent dez dólares cada vez que ele concordava em sair quando a corretora chegava com os interessados. Ele ia para o Central Park, onde podia se concentrar na única coisa além da música que atraía seu interesse, a magia.

Estava praticando seus poderes com intensa concentração. Conseguia fazer objetos cada vez maiores se moverem; primeiro um pequeno estremecimento, agora um salto considerável. Pedras caíam dos penhascos acima das trilhas. As pessoas ficavam longe de qualquer área que ele reivindicasse para si, quando traçava um círculo que não podia ser cruzado. Carregava *O Mago* sob o casaco e estudava-o com tanto afinco que memorizou a maioria das páginas em pouco tempo.

※

Por fim, a casa foi vendida para uma família adorável, que pretendia matricular as filhas na Starling School. Eles queriam se mudar o mais rápido possível.

O advogado aconselhou Franny a investir o dinheiro da venda em outro imóvel, assim não precisariam se preocupar em pagar aluguel. Mas poderiam esquecer o East Side, era muito caro. Sugeriu o centro da cidade.

Ela tomou um ônibus e depois andou até o Washington Square Park, onde parou sob o histórico arco branco. Muito tempo antes, o córrego Minetta Creek corria ali e a Washington Square era um pântano. Em 1794, Aaron Burr mudou o curso do córrego para que a propriedade dele, nas proximidades, tivesse uma lagoa, e mais tarde, quando a cidade começou a invadir as margens do riacho, ainda se viam ratos-almiscarados aos montes por ali. Era um lugar extraordinário, mas inspirava uma grande tristeza. O Minetta Creek, conhecido pelo povo indígena como Água do Diabo, era o limite de um cemitério usado de 1797 a 1826, uma vala comum onde vinte mil corpos foram enterrados e onde descansam, em paz ou não, até hoje.

O Elmo da Forca, que supostamente tinha mais de trezentos anos, ficava no canto noroeste do Washington Square Park. Era lá, diziam, que as bruxas se reuniam. A última execução em Manhattan ocorrera nesse local em 1820, quando uma jovem escrava de 19 anos, chamada Rose Butler, foi enforcada numa árvore por incendiar a casa do seu senhor. Depois disso, a maioria das pessoas evitava a árvore após o anoitecer ou pelo menos procurava ter um ramo de lavanda no bolso, para afastar o azar, se fosse passar por perto.

A magia popular sempre existiu em Manhattan. Estudava-se adivinhação e quiromancia; os colonos ingleses liam almanaques astrológicos; havia mapas para se encontrarem tesouros enterrados; vendiam-se pergaminhos mágicos, varinhas de rabdomancia e encantamentos secretos. Depois da Revolução Americana, a magia era tão desenfreada, com ambulantes vendendo livros proibidos sob capas pretas, que os pastores pregavam contra a feitiçaria nos seus púlpitos. O ofício era perigoso e imprevisível, e as bruxas eram difíceis de controlar, pois tinham vontade própria e não se preocupavam em respeitar a lei.

O bairro cheirava a curry e patchuli. Era o fim do verão e os que podiam se dar ao luxo de tirar férias estavam fora da cidade. Nova York parecia uma cidade sonolenta ali; os edifícios eram menores e dava para ver o céu. Ninguém se importava com a sua aparência ou com o que você usava. Franny parou para tomar uma xícara de café forte. Ouvindo os garçons conversarem em italiano, sentiu-se transportada. Foi a uma loja de flores e comprou uma rosa que, de tão escura, parecia preta. Quando chegou à Greenwich Avenue, viu uma casinha de telhado inclinado com uma placa "vende-se" numa janela no nível da rua, onde antes era uma loja. Havia uma escola ao lado e as crianças estavam de férias. Quando Franny olhou pela janela viu um quintal redondo, cheio de ervas daninhas. Viu uma glicínia retorcida e alguns arbustos de lilases de tronco fino. Aquilo tocou seu coração.

Anotou o telefone do corretor num pedaço de papel e, caminhando pelo bairro, passou em frente à Casa de Detenção, no número 10 da Greenwich Avenue. Era uma enorme prisão no estilo *art déco*, construída no centro da cidade, em 1932, no local onde antes ficava a antiga Prisão Jefferson Market. As mulheres gritavam comentários rudes através das barras que guardavam as janelas abertas. Estava quente na rua e muito mais quente dentro da prisão.

Ajude uma irmã, alguém gritou.

Franny fez o melhor que pôde. Um vento frio subiu e atravessou as janelas, entrando pelos corredores da prisão. Por um instante, sentiram algum alívio do calor. Franny ouviu uma saraivada de risos e aplausos. Olhou em volta, e não havia ninguém na rua olhando; então, mandou um beijo para as mulheres que estavam trancadas ali e deixou o vento soprando o resto do dia.

Franny encontrou Vincent no Jester. Ele estava bebendo absinto com suco de limão, um cubo de açúcar enfiado na bochecha.

– Ei, Franny! – exclamou, quando a avistou. – Que surpresa encontrar você aqui.

Duas alunas da Universidade de Nova York estavam sentadas com ele, a mais bonita acomodada no vão do seu braço. As garotas pareceram irritadas ao ver Franny e olharam com frustração para Vincent. Como se ele se importasse. Franny não entendia por que ele insistia em sair com tantas mulheres. Seria para provar algo a ela ou a si mesmo?

– Vamos – disse Franny com um aceno de cabeça. Vincent podia dizer pelo tom de voz da irmã que ela estava falando sério. – Estamos nos mudando.

– O quê?

Franny recebera um aviso do advogado. Eles tinham o suficiente para comprar o lugar em ruínas na Greenwich e ainda guardar um pouco de dinheiro para sobreviver por um tempo. Depois disso, estariam por conta própria.

– Os novos moradores chegam esta semana. Nossa casa foi vendida e estamos indo para um lugar que podemos pagar. Ou pelo menos é o que eu espero.

Ela pagou a conta de Vincent e esperou na calçada enquanto ele se despedia das garotas. Andaram lado a lado, os saltos das botas golpeando a calçada, dois indivíduos altos e mal-humorados, com uma carranca no rosto. As pessoas atravessavam a rua para evitá-los.

– Então vamos simplesmente sair da nossa casa? – Vincent perguntou. – E Radcliffe?

Franny lançou para o irmão um olhar de soslaio.

– Você sabe que não vou.

– Eu gostaria que você pudesse ir.

Deram-se ao luxo de pegar um táxi e desceram do carro na frente da casa onde tinham crescido, fitando-a com tristeza. Provavelmente não voltariam à 89th Street depois que fossem embora. Evitariam passar por ali depois que tivessem se mudado para o centro. Ninguém quer voltar ao lugar onde sofreu tantas perdas...

– E Haylin? – perguntou Vincent.

Nesse dia, Nova York cheirava a grama molhada e chá de jasmim. Franny deu de ombros.

– Ele vai desistir.

– Você está subestimando o sujeito. Ele nunca vai deixar você.

※

Quando Haylin telefonou, Franny lhe disse que ele deveria ir para Cambridge sozinho. Ele não escutou; telefonava todos os dias, então ela parou de atender ao telefone. Ele batia na porta da casa dela e ela não atendia. Mais cedo ou mais tarde, ele teria que deixar Nova York. Já estavam em setembro. Tudo no parque estava adquirindo um tom amarelado e enormes nuvens de aves migratórias pousavam nas árvores.

– Você está desistindo de Radcliffe por minha causa – disse Jet.

Franny deu de ombros.

– Você é minha irmã.

– Mas e Hay?

– Hay vai ficar bem.

– Será que vai?

– Sim, ele vai, mas não vai me ouvir. Fale com ele você – disse Franny numa voz surpreendentemente fraca. – Faça isso por mim.

– E se você perdê-lo para sempre?

– Então é porque é para ser assim.

Jet aceitou conversar com Haylin. Ele tinha se postado na frente da casa dos Owens, com uma expressão determinada no rosto. Tinha o mesmo ímpeto que no dia em que se algemara no refeitório da escola.

Jet disse a ele que Franny havia cancelado sua matrícula na faculdade e não iria para Cambridge. Na verdade, eles estavam se mudando para o centro. Não havia como fazer Franny mudar de ideia. Jet já havia tentado.

– Se eu ao menos pudesse vê-la – disse Hay. – Se eu pudesse falar com ela, acho que ela iria comigo.

– Você conhece Franny, ela é teimosa.

Haylin já deveria ter ido para a faculdade dois dias antes e tinha perdido a matrícula; se esperasse mais, poderiam voltar atrás e desistir de aceitá-lo.

– Vá você – disse Jet. – E não se sinta culpado.

Ela entrou e trancou a porta, deixando Hay em pé ali, confuso e desesperado. Ele não sabia por que Franny tinha feito o máximo para que ele deixasse de amá-la. Olhou para cima, protegendo os olhos.

A família estava preparando a mudança. Vincent sugeriu que deixassem tudo para trás – tudo o que ele queria levar era uma mochila de roupas e seu violão –, mas Jet tinha tomado muito cuidado ao embrulhar a porcelana que a mãe trouxera da casa em Paris e tinha enchido um baú com as roupas chiques de Susanna. Havia caixas e mais caixas de livros empilhadas no corredor. Franny tinha pegado apenas as cartas que Haylin havia escrito para ela no verão em que estivera fora, e algumas das roupas que tinha usado quando estava com ele. Estava embalando tudo numa única caixa de papelão quando olhou pela janela e viu Haylin na calçada. Seu coração se partiu; ela pôde senti-lo se dividindo em dois. Ele parecia tão sozinho lá fora...

O corvo espiava pela janela aberta.

– Cuide dele – disse Franny.

Quando Haylin se virou para ir embora, o corvo se empoleirou no ombro dele. Hay não pareceu nem um pouco surpreso. Tinha um biscoito no bolso, que ofereceu ao novo companheiro. Os dois desapareceram rua abaixo, na neblina amarela do parque. Foram embora, o coração e a alma dela. O cheiro de castanhas estava no ar. Seria outono em breve. Hay estaria em Dunster House, o corvo estaria empoleirado num telhado em Cambridge, e Franny estaria morando na Greenwich Avenue, seguindo seu destino, embora o que ela mais quisesse no mundo estivesse seguindo na direção contrária.

Parte Três

Conjuro

Se uma coisa não tem remédio, o melhor é não se incomodar mais com isso. Mas, se existe uma cura, não meça esforços para encontrá-la. Pode ser difícil diagnosticar o que aflige o corpo e a alma, mas muitas vezes a solução é simples. Pimenta-preta para músculos doloridos, raiz de tília e milefólio para pressão alta, matricária para enxaquecas, gengibre para enjoo, agrião para eliminar catarro, verbena para acalmar as dores do amor não correspondido.

Antes de abrir uma loja no andar térreo da casa, as irmãs fizeram sabonete preto, preparado numa panela de ferro nas noites em que a lua estava minguante, uma lasca pálida no céu acima do St. Vincent Hospital, na esquina da 7th Avenue com a Greenwich. Essa foi a instituição que inspirou o segundo nome da poetisa Edna St. Vincent Millay, porque foi ali, em 1892, que a vida do tio dela foi salva.

Vincent tinha gostado tanto da localização da casinha no centro que não se incomodou em ajudar a reformá-la. Pesquisou locais em demolição e foi buscar janelas e caibros descartados. Depois de ser levado para casa, o que antes era lixo foi usado para criar uma estufa improvisada para o cultivo de ervas. Quando chovia, o lugar ficava inundado, mas isso parecia ajudar no crescimento até mesmo das plantas mais delicadas; elas explodiam através do telhado de vidro, e em pouco tempo toda a estufa estava coberta de videiras.

A casa era um desastre quando se mudaram, com a tinta descascando e o teto com manchas de vazamento, mas tudo foi pintado de cinza-claro. Durante semanas, os três ficaram com manchas de tinta cinza nos cabelos, como se tivessem envelhecido prematuramente.

Franny propôs uma troca ao encanador do bairro. Se ele consertasse os canos furados, elas dariam um jeito no amante da esposa dele; foi fácil fazer isso com um pouco do Chá do Seja Sincero Comigo. Para o carpinteiro que construiu as prateleiras, as irmãs criaram uma poção para quebrar feitiços, composta de sal, óleo de coco, lavanda, suco de limão e verbena. Se ele desse a mistura ao ex-cliente que estava falando mal dele, o caluniador ficaria em silêncio.

Em pouco tempo havia na casa pias de cobre e bancadas de mármore branco, recuperadas dos quartos de meninos e meninas de uma escola no Bronx que estava sendo demolida. Na loja, as prateleiras do chão ao teto estavam cheias de frascos de todos os formatos e tamanhos, comprados em lojas de artigos usados, todos contendo ervas que as irmãs precisariam. O piso de pinho, cheio de manchas escuras, foi recuperado até ficar brilhando. Uma garça azul empalhada, bonita demais para ficar esquecida num canto, foi encontrada numa loja de antiguidades no Lower East Side. O enfeite fez Franny se lembrar da garça que se aproximara dela no Central Park e ela pagou um preço exorbitante pelo animal empalhado. A garça era grande demais para ser levada para casa num táxi, e as irmãs tiveram que pagar um caminhão de transporte para levá-la.

Vincent aplaudiu quando colocaram a garça na vitrine da loja e deram à ave o nome de Edgar, em homenagem a Edgar Allan Poe que, de 1844 a 1845, morara no número 85 da West 3rd Street, enquanto escrevia o poema "O Corvo". O fantasma dele, segundo alguns, ainda vagava pela vizinhança.

Numa loja de descontos que vendia equipamentos de química, Franny comprou provetas e um bico de Bunsen, além de pinças, funis e óculos de proteção.

– Professora de ciências? – tentou advinhar o vendedor.

– De certa forma – respondeu Franny.

Apesar de tudo, ela ainda considerava a ciência seu principal interesse. Montou um laboratório no quarto dos fundos da loja e ali as irmãs preparavam seus produtos, concentrando-se nas poções de amor, pois era isso que as clientes de tia Isabelle sempre estavam ansiosas para comprar. Consultaram Isabelle, que enviou páginas cheias de anotações em grossos envelopes pardos.

Lembre os clientes de que eles devem ter cuidado com o que querem, instruía Isabelle. *O que está feito não pode ser desfeito. O que está em movimento assume vida própria.*

Elas misturavam henna com visgo, rosas, folhas de chá e eucalipto e deixavam ferver durante a noite, para a cor da henna refletir a força do amor de uma mulher por um homem; quanto mais intensa e profunda a cor, mais genuíno era o amor. Amuletos com sementes de maçã eram feitos à noite, enquanto as irmãs estavam sentadas no quintal, com a função de trazer a pessoa amada ao seu portador, pois as maçãs simbolizavam o coração. Para as mulheres que queriam ter mais força de vontade e dizer não a um amante que traria apenas desgosto, havia uma cura de óleo de alecrim e lavanda. Bastava que se banhassem naquele óleo para que, ao bater os olhos naquele que um dia amaram, tivessem coragem de mandá-lo embora.

As Owens agora tinham a receita do Chá da Febre, composto de canela, amora, gengibre, tomilho e manjerona, e do Chá da Frustração, uma combinação de camomila, hissopo e folhas de framboesa e alecrim, que Jet preparava para a irmã de manhã, para que o dia corresse bem. Tia Isabelle recusava-se a ensinar a fórmula do Chá da Coragem. Essa, ela dizia, era uma receita que precisava ser descoberta por si mesmo.

Embora Jet tivesse perdido seu dom, ela era muito boa quando se tratava de preparar remédios. E isso era imprescindível, pois eles precisavam ganhar dinheiro. Muitas vezes as irmãs ficavam na loja desde no início da manhã até muito tempo depois da hora do jantar. Sem reclamações, sem má vontade. Jet parecia perfeitamente bem, a menos que a pessoa que a observasse tivesse o dom da visão; então saberia que ela não estava tão bem assim. Ia para a cama cedo e com muita frequência Franny podia ouvi-la chorar. Jet se recusava a falar de Levi e da perda dos pais. Ela não tinha admitido que não tinha mais seu dom, mas Franny e Vincent sabiam. Em geral, eles conseguiam ler os pensamentos uns dos outros, mas, quando se aproximavam da mente de Jet, eram recebidos por uma onda de escuridão. Franny tentava enviar mentalmente uma lista do que ela precisava comprar para a loja, mas não havia resposta, apenas um olhar vazio.

– Você quer alguma coisa? – Jet perguntava.

– Não, estou bem – dizia Franny. – E você?

– Tudo perfeito – respondia Jet.

Ela havia perdido tanto que também se perdera. Tinha um segredo que carregava com ela e doía, como se guardasse uma pedra no peito. O ódio que sentia de si mesma pesava como um fardo e crescia a cada dia. No início, ele era bem pequeno, uma pedrinha apenas, mas depois ficou tão grande quanto seu coração, até se transformar no que havia de maior dentro dela. Jet concluiu que a culpa não era da maldição. Era dela.

Durante o dia, trabalhava na loja e nunca reclamava. Mas passou a vagar pela cidade à noite. Ia a bares e depois da meia-noite seguia para a Washington Square, onde fumava maconha com estranhos. Queria se livrar do passado e esquecer a dor que sentia quando pensava em Levi. Nos fins de semana ia para o Central Park. Ali, num domingo de

Páscoa, caminhou mais do que havia planejado, ouviu sinos e uma música que parecia encantada.

O parque estava lotado; o gramado, repleto de uma energia de amor e aceitação. Fazia muito tempo que Jet não se sentia parte de alguma coisa. Havia balões flutuando no céu brilhante e as pessoas tinham grinaldas de flores em volta do pescoço e dos braços; muitos estavam apaixonados, pensando em fazer amor, outros distribuíam LSD, que ainda não era ilegal. Penugem, Fantasma, Hóstia, Açúcar, nomes recebidos por causa da aparência do cristal líquido quando pingado no papel. Causando felicidade ou confusão, a droga certamente criou ondulações na textura do mundo.

– Aqui está – disse um homem a Jet. Ele pegou a mão dela e foi embora antes que ela pudesse ver seu rosto. – Isso vai te curar – disse por cima do ombro.

– Nada pode me curar – Jet respondeu. Então viu que tinha um tablete de ácido na mão. As pessoas diziam que era como mágica; aquilo poderia transportar você. Quem sabe, se tivesse muita sorte, pudesse não ser ela mesma nem carregar seu fardo por algum tempo.

Colocou o tablete de LSD na língua e o deixou derreter. Sentiu um arrepio de expectativa, mas esse não era, afinal, um sinal de magia em curso? Esperou, mas nada aconteceu, então continuou vagando pela multidão. Quando se sentiu um pouco atordoada, parou e tentou se reorientar. De algum modo tinha entrado num labirinto do qual todo mundo parecia capaz de sair. Qual das trilhas levaria para o norte da cidade? Onde estaria o norte? Onde estaria sua alma? Estaria acima dela, numa árvore, empoleirada como um duende?

Ela devia estar com cara de quem estava drogada porque uma jovem que passava disse:

– Boa viagem.

– Eu não vou a lugar nenhum! – respondeu Jet. E então percebeu que iria, sim. Viu isso acontecer num movimento rápido, com um zunido. A grama estava vibrando com vida, uma alucinação cintilante enrolando-se e desenrolando-se em hastes longas, povoadas por milhares de formigas e besouros. Havia música e alguém agarrou seu braço para dançar com ela, mas ela fugiu.

Quarenta minutos se passaram, mas pareciam apenas alguns instantes. Cercada por tantas pessoas, Jet se sentiu ainda mais sozinha. Ondas nauseantes de paranoia a fizeram baixar os olhos para que ninguém pudesse perceber o que estava sentindo. Tinha perdido o dom da visão, mas podia ver pequenas ondas se movendo no ar; a própria terra se dobrando, como um pedaço de papel. Talvez fosse um leve terremoto.

Jet disparou por uma trilha, desviando para a parte de vegetação mais densa do parque, onde poderia recuperar o fôlego. Estava hiperventilando e começou a contar até dez a cada respiração, mas continuou correndo. A luz do sol passava através dos galhos, e as sombras no chão pareciam uma renda. Antes que percebesse, estava na Árvore da Alquimia, que pulsava com o sangue verde em seu tronco, tão viva que poderia muito bem ser humana.

Jet abraçou a árvore. Tudo brilhava e cintilava, ondulando diante dos seus olhos. Podia até sentir o gosto do ar. Era baunilha e musgo. Havia ervas daninhas sob seus pés e, quando desejou que florescessem, tons de lilás e cáqui se abriram em pequenas flores. Deitou-se sobre arbustos de amoreira-silvestre, sem sentir os espinhos felpudos. Eles mancharam sua pele de sangue, mas não causaram dor, e cada ferida se assemelhava a uma rosa. Se morresse, encontraria Levi? Ele estaria esperando por ela agora?

Mariquitas-amarelas cintilavam ao bater asas em sua jornada migratória, como se partículas de luz tivessem se desprendido do sol. O brilho dos passarinhos ofuscava as sombras desbotadas. Jet fechou os olhos. Ainda assim ela não conseguiu escapar da luz. Mesmo de olhos fechados, via vaga-lumes. Como eles tinham ido parar ali? Tudo estava muito brilhante, deslumbrante!

Pensou ter visto Levi e correu atrás dele, mas, quando piscou, ele desapareceu. Agora estava na parte mais densa do bosque. Cada vez que expirava, fagulhas negras surgiam no ar. Teve certeza de ouvir a voz de Levi. Seguiu o riacho chamado Gill e caminhou pela lama; só parou quando estava diante do lago. A água negra se transformou num espelho. Jet se agachou, apoiando-se nas mãos e nos joelhos, e olhou para si mesma. A imagem que ela viu foi aparecendo aos poucos. A garota que destruía tudo com seu toque.

Quis olhar mais de perto e, quando se aproximou da água, caiu no lago. Num instante, já estava fora d'água até a cintura. Ela merecia. Era o que acontecia com as bruxas. Embora estivesse congelando, tentou mergulhar um pouco mais no espelho d'água. Queria afundar, ser punida e descartada, mas sentia a flutuabilidade dentro dela e boiou quando quis se afogar.

Não adiantava, não conseguia afundar. Nadou até a borda, espirrando lama. A grama ainda estava pulsando com vida. Fazia seis horas desde que tinha tomado o tablete de ácido. Já era noite. Milhões de estrelas cintilavam no céu. Ainda via alguns vaga-lumes atrás das pálpebras.

Foi andando para casa, seguindo a 6th Avenue até o final. Quando entrou, Franny viu que as roupas da irmã estavam molhadas e o cabelo preto estava, úmido em volta do rosto.

– O que você fez?

Havia uma aura de tristeza em torno de Jet, um cinza-azulado bem claro, como se ela ainda estivesse dentro d'água.

– Nada – disse Jet. – Eu estava distraída e caí no lago.

– Você tentou se afogar! – Franny podia ver a cena. A beira do lago, as ervas daninhas na água, o momento em que a irmã quis mergulhar mais fundo.

– Foi um acidente.

Franny abraçou a irmã.

– O mundo já será cruel conosco, não precisamos ser vítimas de nós mesmas. Fique longe da água. Prometa.

Jet prometeu, jurou por Deus, mas na verdade ela sabia que, se uma bruxa quisesse se afogar, nada a impediria. Tudo o que precisava era de uma pequena ajuda. Uma pedra, uma rocha, um feitiço, uma taça de veneno, um coração de aço, um mundo de tristeza. Então, e só então, isso poderia ser feito.

Uma vez por semana, Jet ia para a esquina da 5th Avenue com a 59th Street, onde ficava o Plaza Hotel. Franny e Vincent não sabiam de nada. Para as multidões que passavam por ali, ela não tinha nenhuma importância; uma jovem de preto, chorando na calçada. Jet sempre ia diretamente para o lugar onde tudo aconteceu e, quando estava ali, podia sentir os últimos momentos que passara com Levi, antes do acidente. Muito embora tivesse perdido o dom da visão, aqueles instantes eram tão poderosos que continuavam pairando no ar, como que entrelaçados aos galhos das árvores. Tudo cintilava com uma luz brilhante peculiar. Ele a abraçara e pedira que fechasse os olhos. Ela disse, *Não seja bobo*, mas ele tinha insistido. Por fim, ele colocou algo na mão dela. *Agora olhe*, ele disse.

O que é isso?, ela perguntara, rindo com a pequena surpresa arredondada na mão. *Uma tampinha de garrafa?*

Quando abriu os olhos, viu o aro fino de prata com uma pedra-da-lua. Ela não tirou o anel desde então, embora a prata tivesse escurecido.

No parque em frente ao hotel, ela observava as árvores em busca de um sinal, mas não encontrava nenhum. Nenhum pombo, nenhum corvo, nenhuma centelha de luz. Então, um dia, quando trabalhava na loja, ela deu com o que precisava. A poção. Naquela semana, entrou no

Plaza Hotel e pediu o quarto que Levi reservara. Ele tinha mostrado a ela a reserva para que soubesse o número do quarto: 708. Às vezes, esse número aparecia nos lugares mais estranhos. Na caixa registradora da loja, quando alguém comprava uma barra do sabonete preto; no supermercado, quando ia pagar o pão e o leite. Às vezes, sobre a porta de um restaurante, e nesse caso ela tinha que entrar, estivesse com fome ou não.

Jet disse ao mensageiro que não tinha bagagem, deu a ele uma nota de cinco dólares e subiu sozinha. Não havia ninguém no elevador ou no corredor. Ficou feliz por não ser capaz de ouvir os pensamentos dos hóspedes que estavam dentro dos quartos pelos quais passava. Apreciava o silêncio agora. Nem mesmo a porta do quarto fez barulho quando ela a abriu. Afastou as cortinas e abriu as janelas. Viu a enorme banheira e todos os adoráveis sais de banho e sabonetes no banheiro, e por fim se deitou na cama completamente vestida. Podia enxergar o topo das árvores no pequeno parque em frente ao hotel e uma cunha do céu azul. Pensou no que poderia ter acontecido. Eles teriam andado até o hotel juntos e subido para o quarto, aquele mesmo quarto.

Teriam se sentado na cama, timidamente a princípio, antes de ousarem se abraçar. Ele teria sido gentil e carinhoso, embora estivesse louco por ela, e eles talvez chorassem juntos depois, extasiados com o sexo e com a emoção.

Supôs que tivesse realmente chorado enquanto pensava nisso e soluçado alto, por isso agora alguém batia na porta.

Ela não atendeu. Talvez os hóspedes dos quartos próximos tivessem reclamado. Forçou-se a ficar em silêncio. Mas tinha esquecido a porta destrancada e alguém entrou no quarto.

– Está tudo bem, senhorita?

Era o mensageiro. Jet não respondeu, então ele puxou uma cadeira e se sentou. Era jovem e tinha uma expressão preocupada.

– Quando as pessoas fazem o check-in sem bagagem, nunca se sabe o que vão fazer... – disse ele. – Ouvi você chorando e deduzi.

– Estou bem – Jet conseguiu dizer. – Por favor, me deixe sozinha.

– Você não vai se matar ou algo assim, não é?

Jet balançou a cabeça, negando. Era mais seguro não falar.

– Porque eu me sentiria responsável. Seria a última pessoa a vê-la. Isso significaria que eu sempre carregaria comigo esse momento e o pensamento de que poderia ter feito algo para impedi-la. Minha vida provavelmente estaria acabada. Eu ficaria perdido e começaria a beber e sairia da faculdade, e depois de um tempo seria demitido, porque todo mundo me culparia e o pior de tudo: eu me culparia.

Jet começou a soluçar de novo e rolou para o canto mais distante da cama. Tinha um plano e o mensageiro estava estragando tudo. Ela sentiu o colchão afundar quando ele se deitou ao lado dela.

– Não chore – ele disse acariciando o cabelo dela. – Posso trazer serviço de quarto para você.

Apesar de tudo, ela soltou uma risada.

– Serviço de quarto? Em que isso ajudaria?

– O serviço de quarto é ótimo! – ele protestou. – Você não devia perdê-lo por nada.

Jet se virou de frente para ele. Ficaram ali deitados, lado a lado, olhando um para o outro. Os olhos dele eram muito escuros, com raias douradas. Ele disse a ela que se chamava Rafael e frequentava o Hunter College à noite. Ela contou que tinha perdido o homem que amava e que não acreditava mais no amor, nem queria se apaixonar por mais ninguém. Ele falou que planejava nunca se casar e achava o amor uma tolice que não valia a pena. Tinha visto o que acontecera à mãe, que havia criado três filhos sem nenhuma ajuda e tinha dois empregos, tudo por causa do amor. O pai tinha se casado mais duas vezes e nunca mais os procurara. Jet havia encontrado seu companheiro perfeito, pois Rafael sentia a mesma amargura que ela; sentiu-se à vontade na presença dele.

– O que eles têm no serviço de quarto? – Jet perguntou.

– Tudo. Qualquer coisa que você queira eles têm.

Ela queria frango assado com vagens e um *sundae* com calda de chocolate quente.

– Só me dê quinze minutos – disse Rafael. – Talvez vinte.

Jet adormeceu enquanto Rafael providenciava tudo. Sonhou com o Anjo das Águas da Fonte de Bethesda. O anjo surgiu e estava livre dos grilhões de metal e pedra. Ela estendeu a mão e o tempo parou. Tudo em Manhattan ficou imóvel, exceto pelas estrelas rodopiantes acima da cidade. Então, Jet soube do que precisava. Voltar àquele dia e revivê-lo.

Quando acordou, Rafael tinha voltado com uma bandeja arrumada para eles. Trouxera comida suficiente para os dois. Comeram juntos, com exceção do *sundae*, que Jet tomou sozinha. Ele tinha razão, o serviço de quarto era fabuloso.

– Você vai ser demitido?

– Não, meu tio é o chefe dos mensageiros.

– Não quero que você se prejudique. Eu me sentiria péssima se você tivesse problemas.

– Acontece que "problema" é, na verdade, o meu nome do meio. Rafael Problema Correa.

Caíram na risada. Então, Jet ficou séria e criou coragem.

– E se eu quisesse que você fosse ele?

– O homem morto?

– É. Nós nunca mais nos veríamos novamente e não teria nada a ver com amor. Você seria ele apenas uma vez.

Rafael já tinha atendido a muitos pedidos estranhos trabalhando no hotel. As pessoas queriam privacidade ou queriam mulheres ou queriam drogas e bebida. Ele sempre dizia que não podia ajudar, porque era o que seu tio, que o contratara para que pudesse pagar a faculdade, mandava que fizesse. Aquilo, no entanto, era diferente.

– Acho que eu teria que ser eu mesmo. Não posso ser um homem morto.

Eles tinham começado a beber o uísque do frigobar. Havia muitas variedades, todas excelentes. Eles experimentaram algumas.

– Você vai ser ele para mim – disse Jet. – Isso é o que importa. Eu não quero enganar você.

Rafael assentiu.

– Compreendo. Você pode pelo menos me dizer o nome dele?

– Levi

– Da Bíblia. – Isso pareceu fazer com que ele encarasse melhor a proposta. – Ele era um homem bom?

– Ele planejava cursar Teologia em Yale.

Rafael se levantou e foi trancar a porta. Quando voltou, disse que podia esperar no vestíbulo enquanto ela se despia e se deitava na cama. Ele se sentia como num sonho, e às vezes num sonho você apenas faz o que lhe mandam fazer, sem perguntas. Depois que obedece às ordens, o sonho acaba.

– Não é assim que aconteceria – disse Jet.

Ele se sentou na cama ao lado dela e a beijou longamente. Teria sido assim. Jet achou que iria chorar de novo, mas manteve os olhos fechados e pensou em Levi. Depois, sussurrou o nome dele.

Rafael poderia ter se ofendido, mas sentia compaixão pelo homem morto, por tudo que ele tinha perdido. Desabotoou a blusa de Jet e a despiu delicadamente, como Levi teria feito. Tinha um preservativo na carteira, embora não esperasse usá-lo naquele dia. Jet ficou com os olhos fechados. Quando Rafael a penetrou achou que a sentiria fria, mas ela estava ardendo sob o corpo dele.

– Eu quero que você olhe para mim – disse. Quando Jet abriu os olhos, ele disse: – Não quero ser o homem morto. – Ela se virou e começou a chorar, mas ele insistiu. – Nós não podemos fingir. Estamos vivos. Temos que fazer isso como pessoas vivas. Caso contrário, não vai ser bom.

Então, ela olhou para ele de verdade. Rafael era um jovem bonito, que estava preocupado com ela, embora não a conhecesse. Ela manteve os olhos abertos enquanto faziam amor. Deveria ter tido sua primeira vez com Levi, mas estava ali na cama com um estranho. Eles podiam ouvir o tráfego na 5th Avenue. Podiam ouvir o vento nas árvores. Quando Jet o abraçou, ele era ele mesmo, mas ela sentiu que estava tudo bem.

– Vou ser responsável por você por toda a minha vida agora. Como quando você salva uma pessoa da morte e se torna o anjo dela e não consegue ter paz até saber que ela está bem.

– Eu *estou* bem – disse Jet.

– E por que ainda estou preocupado?

Já estava anoitecendo e o quarto estava escuro. Jet estava certa de que Rafael seria demitido apesar de o tio ser o chefe dos mensageiros.

– Se você perder seu emprego, seria o contrário. Então *eu* é que tenho de ser responsável por você.

– Se eu perder o emprego, é o destino.

– Nós fazemos o nosso próprio destino – disse Jet, e de repente ela percebeu que era o que tinham feito. Não podiam controlar o destino, mas podiam escolher como reagir a ele. Ela insistiu que ele se vestisse e voltasse ao trabalho. Ele se vestiu, mas com relutância.

– Então, isso não é um relacionamento.

– De jeito nenhum! – disse Jet.

Ela contou a ele sobre a maldição e sobre o problema que as pessoas da família dela tinham com relação ao amor. Não havia razão para não contar, afinal eles ainda eram dois estranhos. A verdade era que, aos olhos dela, ele parecia diferente agora. Estava ainda mais bonito do que ela achara a princípio, e tinha uma expressão preocupada no rosto. Mas ele não era Levi, não importava quanto ela tentasse fingir que era.

– Vamos nos encontrar aqui daqui a seis meses. Precisamos nos ver. Assim vou saber que você não se matou.

Jet balançou a cabeça.

– Eu não vou me matar. E nós nunca mais vamos nos ver. Que isso fique bem claro.

– Você sente falta dele – disse Rafael. – Agora mesmo está sentindo.

Era verdade, mas o dia do acidente agora pertencia ao passado. Ela estava feliz por ter ficado com os olhos abertos.

– Estou feliz que você tenha sido você mesmo – disse Jet.

Ele se despediu com um beijo e, em seguida, ambos riram.

– Eu também – ele disse a ela.

Quando Rafael saiu, Jet tomou um longo banho de banheira, depois colocou um robe branco e terminou de comer as sobras do frango. Deitou-se na cama e telefonou para Franny, para lhe dizer onde estava.

– Não acredito que você está no Plaza Hotel! – exclamou Franny. – Custa uma fortuna...

– Eu tinha que ficar aqui. Precisava viver o que deveria ter acontecido aquela noite.

Ela podia ver as luzes acesas ao longo da 5th Avenue agora.

Rafael devia estar saindo do trabalho e indo para seu curso, no período noturno; queria ser professor. Ela foi até a janela e olhou para fora. Teve a impressão de vê-lo andando na calçada, mas não teve certeza. Ela mal o conhecia, afinal.

– É lindo aqui! – disse à irmã. Ela tinha se esquecido de como o céu era lindo aquela hora da noite.

– Você vai vir para casa pela manhã? – Franny queria saber. – Não temos como pagar mais uma diária no Plaza.

– Sim – garantiu Jet. – Prometo. Depois de pedir o café da manhã no quarto.

O Plaza Hotel era o menor dos problemas financeiros dos Owens; havia a conta do aquecimento, a conta de luz e os impostos, coisas de que os pais cuidavam no passado. Mesmo antes de inaugurarem a loja, as economias já tinham quase acabado.

Jet fez um feitiço na esperança de atrair dinheiro, queimando na lareira uma nota de um dólar embebida em mel e leite. O único resultado foi a encomenda de uma caixa de sabonetes pretos, feita por uma pequena farmácia da Bleecker Street. Franny havia alterado a receita, acrescentando ingredientes da cidade, um pouco mais acessíveis. Não havia rosas florescendo no quintal, nem ervas e flores luxuriantes, como no jardim de Isabelle. Então ela fazia o melhor com o que tinha à mão. Um ramo de um freixo que havia no Washington Square Park, duas penas retiradas de um ninho de pombos da West 40th Street, folhas de lilases do jardim de casa. O sabonete ficava mais duro e consistente do que o da receita de tia Isabelle. A mulher que se banhasse com ele não só ficaria mais bonita, mas também preparada para uma guerra. Era especialmente bom para qualquer um que andasse de metrô ou caminhasse por uma rua escura, depois da meia-noite.

A farmácia encomendou várias caixas nos meses seguintes, mas a venda não era suficiente para sustentá-los. Quando o dinheiro acabou, não tiveram escolha senão se desfazer dos bens da família. Venderam as porcelanas de Limoges por uma bagatela, as panelas francesas e depois as bijuterias favoritas da mãe, peças cheias de besouros, estrelas-do-mar e borboletas.

Num dia nublado, quando não tinham o suficiente para pagar a conta de luz, levaram quase todos os *tailleurs* Chanel e vestidos Dior de Susanna Owens a um brechó na 23rd Street, perto do Chelsea Hotel. Franny barganhou ao máximo, mas no final conseguiram apenas algumas centenas de dólares pelas roupas que a mãe comprara em Paris, quando era jovem e apaixonada. As duas irmãs se sentaram no saguão do Chelsea Hotel e contaram o dinheiro.

– Você poderia ter ficado aqui, em vez de no Plaza – disse Franny. – Então talvez não estivéssemos tão falidos.

– Meu destino não estava aqui. – Jet tinha um sorrisinho no rosto, o que fez Franny desconfiar.

– Ah, verdade? – Franny agora entendia. – Qual era o nome do seu destino?

– Não importa – garantiu Jet.

Franny estreitou os olhos.

– É amor?

– Não mesmo. Nunca nos veremos novamente – Jet disse alegremente.

– Perfeito. Então você agora é a nova Donzela de Espinhos.

– Oh, não, esse título será sempre seu.

– É mesmo? – disse Franny, pensativa.

Jet sentou-se ao lado dela.

– Franny, eu estava brincando. De nós três, você é a que tem o coração mais bondoso.

– Não é verdade – retrucou Franny, embora estivesse quase chorando. Ela tinha odiado ver as roupas da mãe penduradas nas araras de um brechó.

– É verdade, sim. Isso significa que eu a conheço melhor do que você mesma. Mas é para isso que servem as irmãs.

Cartazes foram afixados em todos os postes do bairro e Franny fez um pequeno anúncio no *The Village Voice*, o jornal alternativo cujo escritório ficava ali perto, na Sheridan Square. No dia da inauguração, as prateleiras da loja estavam abastecidas de poções e remédios, e Edgar, a garça, estava na vitrine, enfeitada com laços e fitas.

Até o meio-dia, ainda não havia aparecido quase ninguém, o que foi uma grande decepção. À tarde, duas adolescentes de longos cabelos, em busca do amor verdadeiro, entraram furtivamente na loja, dando risadinhas e soltando gritinhos ao ver a garça empalhada, nervosas com a magia, os ossos e os dentes dentro dos frascos.

Ao vê-las, Franny levantou as mãos no ar, exasperada, preferindo o trabalho penoso de limpar a despensa. Jet, no entanto, descobriu que gostava de atender os clientes e ficou feliz em oferecer às garotas a poção mais básica: folhas de alecrim, sementes de anis, mel e vinho tinto.

Desde o Plaza Hotel, ela demonstrava uma simpatia profunda pelos apaixonados. Contou às meninas sobre um remédio caseiro que poderiam usar se estivessem sem dinheiro. Não era muito sensato um lojista dar conselhos de graça, mas isso fazia parte da natureza de Jet. Se quisessem arranjar um namorado, ela disse às garotas, deveriam plantar uma cebola num vaso, regá-la todos os dias e deixar o vaso num lugar onde batesse sol. As meninas acharam graça ao saber que uma coisa tão simples e fedorenta como uma cebola poderia atrair o amor.

– É tudo o que temos que fazer? – perguntaram, admiradas.

Jet disse que sim, uma cebola e um coração puro eram os melhores ingredientes. Ela também tivera um amor puro uma vez. Aquelas meninas eram muito jovens e inocentes para corações de pombo ou feitiços escritos com sangue. Não tinham a menor ideia do que o amor poderia fazer. Ela, por outro lado, sabia muito bem, mas seria melhor se tivesse esquecido; queria ser capaz de acordar no meio da noite e não saber onde estava ou quem era. Acontece que, mesmo que pudesse fazer isso, sempre teria uma cicatriz no rosto para lembrá-la. Era preciso apertar os olhos para vê-la, mas ela estava lá. Jet podia passar a mão pelo rosto e senti-la; então ouvia o vidro estilhaçando e o baque do táxi atingindo Levi.

Foi então que Jet resolveu telefonar para Rafael, que parecia conhecê-la melhor do que ninguém. Não era amor, não mesmo, mas ele tinha razão. Ele a salvara no Plaza Hotel, aquela noite, e talvez agora fosse responsável por ela. De alguma maneira, ele era. Rafael tinha adivinhado o que Jet pretendia. Ela tinha levado para o hotel, aquela noite, uma tintura de beladona, que provocava tontura e náusea, depois fraqueza e dificuldade para respirar. Havia planejado ingeri-la, depois entrar no banho e, quando desmaiasse, se afogaria na banheira, o que era muito apropriado. Ninguém conseguiria flutuar depois de tomar beladona, nem mesmo ela. Rafael tinha frustrado seus planos ao entrar no quarto e se deitar ao lado dela. Ele a lembrou de que ela estava viva.

A última vez que tinham se encontrado, ela lhe mostrara a Árvore da Alquimia. Tinham comprado um pacote com seis cervejas e, depois da segunda garrafa, Rafael admitiu que tinha percebido o que Jet queria fazer quando ela disse que não tinha bagagem, mas lhe deu uma gorjeta de cinco dólares mesmo assim. Em troca, ele salvara a vida dela. Ele era o segredo dela, um segredo que ela gostava de manter por perto. Não por amor, mas porque ele era alguém em quem ela confiava.

※

Vincent tinha parado de trazer mulheres para casa, o que era um alívio para as duas irmãs. Antes elas nunca sabiam quem poderiam encontrar na cozinha pela manhã. Uma adolescente de Long Island de camiseta e nada mais; uma garçonete do Kettle of Fish; uma aluna da Universidade de Nova York, todas vagando pela casa com expressões confusas e encantadas.

– Por que você faz isso? – perguntou Franny a ele, uma vez. Ela estava na cozinha comendo torradas. Uma garota acabara de preparar ovos mexidos para si mesma antes de ir embora, sem sequer se apresentar.

– Como assim? – Vincent rosnou, na defensiva, pensando por que ele nunca conseguia sentir nada pelas garotas que levava para casa.

– Deixa para lá.

– Por que isso a incomoda? – Vincent rebateu.

– Não me incomoda!

Eles não eram do tipo capaz de discutir as próprias emoções ou mesmo de admitir que as tinham, por isso Franny não expunha suas opiniões.

– Acho que temos algum distúrbio – disse Vincent. – Talvez devêssemos ter lido o livro de papai. Poderíamos ser mais normais.

Na verdade, Franny estava lendo o livro. Esperava achá-lo absurdo, cheio de teorias malucas sobre genética. Mas descobriu que *Um Estranho em Casa* era uma carta de amor do dr. Burke-Owens aos filhos, algo que nenhum deles jamais adivinharia. Franny estava surpresa com o tom terno e afetuoso do pai.

Eles podem ser muito diferentes – ele tinha escrito –, *podem surpreender; podem até mesmo repelir os pais quando estão fora de controle e fogem pela janela, bebem antes da idade permitida, quebram todas as regras. Mas você vai amá-los de uma maneira que nunca pensou ser possível, não importa quem eles sejam.*

Ao longo de todo aquele ano, Vincent ganhou dinheiro tocando violão e cantando nas esquinas e estações de metrô. Sua voz excepcional fazia as pessoas se aglomerarem em torno dele, especialmente quando cantava músicas sobre tempos conturbados. Quando se apresentava, ele sentia uma conexão com seu verdadeiro eu; descobriu que, bastava deixar o violão de lado, para não sentir mais nada dentro de si. Era como se o tivessem raptado quando bebê e devolvido outra criança; como se tivessem enfiado a mão dentro do seu peito, agarrado seu coração e o trancado a chave.

Vincent sempre fora alguém que gostava de perambular à noite, mas agora tinha encontrado um bando de boêmios madrugadores. Frequentava as casas noturnas da 80th Street – Cafe Au Go Go, The Bitter End, Village Gate – e muitas vezes passava no San Remo, o ponto de encontro dos poetas, tanto os desconhecidos quanto as celebridades, entre eles Burroughs, Ginsberg, Corso e Dylan Thomas.

Ele apreciava os poetas que não tinham esperança de um dia alcançar a fama e aqueles que estavam prestes a mudar os rumos da poesia. Sempre que possível, ia ver se encontrava Bob Dylan no Gerde's. Dylan estava deixando sua marca como poeta e músico, pela sua voz única e inconfundível. Essa era a verdadeira beleza. Esse era o mapa da alma. Encontrar esse mapa significava revelar alguma parte íntima de si mesmo, e disso Vincent se sentia incapaz.

Vincent já era conhecido nas casas noturnas. Algumas pessoas o conheciam do Jester e, quando começaram a chamá-lo de Mago, o apelido pegou. Quando falava, sua voz era tão baixa que o interlocutor tinha que se inclinar para ouvir melhor e, depois disso, algum tipo de encantamento acontecia. Ele ficava mais atraente do que nunca. Mas essa era apenas parte do feitiço que lançava.

Os boatos começaram. As pessoas diziam que ele podia surrupiar uma carteira sem nem tocar em quem a carregava. Podia ler a mente e roubar a letra de uma música que alguém estava compondo; parecia saber o que a pessoa estava pensando ou, se ela cantarolasse um refrão para ele, era capaz de acrescentar algumas palavras e deixá-lo muito melhor do que antes, a ponto de nem o compositor reconhecer sua própria música.

Vincent carregava com ele um livro de feitiços e, por um preço justo, podia fazer coisas acontecerem. O inesperado se tornava real diante dos olhos dos clientes. Uma garota que nunca dava bola a um homem poderia ficar louca por ele. Um emprego para o qual um sujeito não tinha nenhuma qualificação seria dele sem nenhum entrave. Uma carta chegaria informando-o da herança de um parente cuja existência era desconhecida.

Vincent trabalhou por um tempo como garçom no Gaslight, onde, agradecido, comia de graça itens do seu cardápio peculiar: pão de tâmaras e nozes com *cream cheese*, queijo grelhado, hambúrguer, *pink lemonade* e *sundaes* de vários sabores, que ele levava secretamente para Jet. Menta, licor, rum, chocolate e baunilha. Mas ele tinha que correr no percurso até sua casa, na Greenwich Avenue, para que o sorvete não derretesse, deixando poças açucaradas na calçada. Até que um dia o gerente o despediu, quando uma garçonete vingativa, depois de ser rejeitada, contou que ele era menor de idade.

Nos fins de semana, ele costumava fazer uma rápida parada no Nedick's, uma lanchonete que vendia cachorro-quente na 8th Street com a 6th Avenue, antes de ir até o Washington Square Park, onde músicos que tocavam *folk music* se reuniam nas tardes de domingo. Ele ainda tinha o mesmo velho violão Martin que comprara aos 14 anos, um instrumento que parecia expressar sentimentos e emocionar de uma forma para ele inexplicável. Vincent se sentia inspirado quando se apresentava; sua voz, abençoada com uma graça sublime. Mas, depois, quando parava de cantar, sentia-se vazio de novo, um junco oco soprado pelo vento, outro jovem qualquer, de jaqueta preta, parado na esquina da MacDougal com a Bleecker.

– Você tem certeza de que só tem 17 anos? – perguntou Dave Van Ronk, o melhor professor de violão de Nova York, depois de vê-lo tocando com um grupo de homens mais velhos no parque. Van Ronk era conhecido como "Prefeito da MacDougal Street", amigo de Bob Dylan e, ele próprio, uma lenda.

– Não tenho certeza de nada – respondeu Vincent, apertando a mão do grande homem e procurando, pela primeira vez na vida, não falar mais do que devia.

– Bem, continue tocando – disse Van Ronk. – Isso é algo que você certamente deve fazer.

※

Aquela era uma época em que as crianças sonhavam com testes nucleares e estrelas cadentes. Sentia-se uma atmosfera de inquietação, como uma onda; segregação racial nas cidades, iminência de guerra no mundo todo, manchando tudo de sangue.

Quando Vincent atravessava o Washington Square Park, podia ouvir os pensamentos das pessoas que passavam, como um grito de emoção tão dissonante que às vezes ele achava que fosse enlouquecer. Entendia por que Jet não parecia se importar com o fato de ter perdido seu dom. Era horrível ouvir as vozes dos pobres e miseráveis, mortos e enterrados como indigentes sob as trilhas de cimento. Totalmente esquecidos, gritavam para qualquer um que pudesse ouvi-los. Para eles, o mundo tinha sido um vale de lágrimas. Os assassinados, os abandonados, os doentes, os desgraçados, as vítimas e também os criminosos, todos gritavam para ele. Quem dera não tivesse o dom da visão... O que na infância era uma brincadeira agora se tornara um verdadeiro tormento. Ele não tinha vontade nenhuma de saber da dor de outras pessoas, de conhecê-las melhor do que elas próprias.

Vincent passou a usar um boné preto, costurado com fios metálicos, numa tentativa de bloquear sua clarividência. Encontrou o boné no Lower East Side, onde comprara seu primeiro manual de magia. Embora nunca tivesse admitido a verdade para Franny, ele leu pela primeira vez sobre *O Mago* num livro que encontrou numa prateleira no escritório do pai, pois o dr. Burke-Owens estudara folclore, magia antiga e arquétipos junguianos.

Na época, Vincent não passava de uma criança, mas era alguém que sabia o que queria. Ele queria ser o melhor no que fazia e a qualquer preço. Procurou *O Mago* em todas as livrarias, mas os funcionários só riam dele e diziam que havia muito tempo todas as cópias tinham sido queimadas. Então ele encontrou um sujeito maltrapilho, viciado em drogas, que vendia artigos de magia numa sala improvisada de um prédio abandonado. Ali, escondido num carrinho de mão, sob um cobertor puído, Vincent encontrou o livro. Como pagamento, entregou ao homem uma nota de cinquenta dólares, furtada do bolso do casaco de um dos pacientes do pai, e um colar de pérolas da mãe, surrupiado da sua caixa de joias. Presumira que o vendedor não tivesse ideia do verdadeiro valor daquele tesouro, mas, depois da venda, o velho disse a Vincent:

– Eu estava mesmo querendo me livrar disso. Se não tomar cuidado, ele vai levá-lo para o mau caminho. É um verdadeiro fardo.

Quando Vincent voltou ao lugar, à procura do boné com fios metálicos, procurou o velho vendedor, mas o homem tinha desaparecido havia muito tempo. O prédio onde ele costumava ficar tinha sido ocupado. Os invasores tentaram expulsar Vincent enquanto ele examinava o espaço do antecessor, e foi então que encontrou o boné deixado numa prateleira, como se fosse para ele. Ao se ver cercado pelos intrusos, Vincent fez surgir fogo do nada, sem nenhum isqueiro ou fósforo, e os opositores recuaram.

No meio daquele lugar em ruínas, ele se sentiu estranhamente em casa. Sabia o credo que tinha aprendido com a tia, a primeira lei da magia – *não faça nenhum mal* –, mas esse não era o mundo que o cativava. Feitiços, maldições, esconjuros para causar aflições espirituais, tais práticas podiam ser viciantes, principalmente quando havia clientes dispostos a pagar qualquer preço por elas.

Vincent se estabeleceu na sala do antigo vendedor. Era magia simpática que praticava, algumas tão exaustivas que ele precisava dormir por dias para recuperar as forças. Não demorou muito para que tivesse uma lista de clientes abastados, que não davam a mínima para outra lei da magia, a Lei Tríplice: *o que se fizer retornará triplicado*. Eles mesmos se encarregavam de enviar o mal de volta àquele que o criara, o que para Vincent significava acender uma vela de cabeça para baixo ou lançar um feitiço de contenção com espelhos. Esse tipo de magia era usado para neutralizar um inimigo, muitas vezes nos negócios, e nesse caso uma fotografia, um boneco ou outra representação era usada para substituir aquele que seria o alvo da magia. Alguns feitiços eram dolorosos e arriscados. Absolutamente todos eram antiéticos. Mesmo assim, Vincent começou a coletar e vender a parafernália do ciúme e do ódio: moedas, espelhos, pentes, pirâmides, estatuetas, amuletos de proteção e outros destinados a fazer o mal. Franny estava certa sobre as tendências do irmão com respeito à magia. Elas causavam problemas, como sempre.

As irmãs o amavam, mas Vincent não podia ser a pessoa que elas queriam que ele fosse. Não havia razão para saberem como ele ganhava dinheiro. Quando trouxe para casa sacolas cheias de mantimentos e pagou todas as contas, elas perguntaram como ele tinha conseguido arcar com tudo aquilo. Em resposta, Vincent só exclamou, "Fazer o quê? Sou um ótimo garçom!". Ele nem se deu ao trabalho de mencionar que tinha sido demitido do Gaslight. Será que elas realmente acreditavam que ele pagava as despesas apenas com gorjetas? Ou com os lucros da loja, quase sempre vazia?

Um sujeito do Washington Square Park que conseguia ingredientes ilegais para esses trabalhos de feitiço (frascos de sangue, corações e fígados de animais) advertira Vincent de que ele deveria ter muito cuidado com o mundo do ocultismo. *O que você irradia acaba voltando pra você*, ele sussurrou um dia numa voz grave. *Não apenas uma, mas três vezes mais forte. O que acha que aconteceu com o vendedor que o precedeu? Está pronto para isso, amigo?*

Vincent ignorou o conselho. Sabia que estava desperdiçando seus talentos, mas não dava a mínima. Tudo tinha um preço. Se alguém ganha alguma coisa, também tem que dar algo em troca. Mas pelo menos ele tinha dinheiro agora e não estava sendo afetado por nenhuma onda de azar. Ao menos, por ora. Na verdade, já tinha conquistado até uma plateia no Village. As invocações de O Mago tinham ajudado, mas e daí? A fama era viciante, mesmo que a dele ainda fosse pequena. As pessoas se aglomeravam em volta de Vincent, no parque, e muitas vezes já havia um grupo reunido ali, à espera, quando ele chegava. Porém, ele se perguntava se não seria a magia o que as atraía, e, quando a multidão se dispersava, ele se sentia mais sozinho do que nunca. Podia conseguir o que quisesse, as multidões, a fama, os discos, o estrelato. Mas a que preço?

Ele se lembrou de uma história que Franny lhe contara na infância. Um menestrel tinha recorrido à magia negra para chegar aos píncaros da glória. *Não se preocupe com o preço a pagar*, disse o mago consultado pelo músico. Mas, então, chegou a hora da prestação de contas, quando já era tarde demais para arrependimentos. Só nesse momento ele descobriu que o preço a pagar era a sua própria voz.

Na noite do seu aniversário, Vincent chegou em casa num fim de tarde de setembro; uma figura alta e empertigada, com o espírito perturbado devido à magia que realizara pouco tempo antes. Toda vez que fazia um feitiço para um cliente com alguma intenção perversa (garantir que um oponente falharia ou uma esposa desapareceria), ele sentia que tinha vendido uma parte da sua alma ao diabo. Pagava as contas, mas dormia mal, e chegou um dia em que não dormia mais. No meio da noite, ele se vestia e perambulava pelas ruas num torpor, com um sentimento de vazio, como se estivesse faminto e nunca conseguisse satisfazer sua fome. Ele queria parar, mas a magia tomara posse dele e não o deixaria mais se libertar de suas garras.

Ele estava fazendo 18 anos, mas se sentia muito mais velho. Mestre da negação, mestre da magia negra, mestre das mentiras e da solidão. De que adiantava ser um mago se não conseguia conjurar a própria felicidade?

Agora ele estava atrasado para o próprio jantar de aniversário. Jet estava fazendo seu prato favorito para celebrarem: *coq au vin*, com batatas e ervilhas frescas. Franny tinha assado o bolo embriagado de chocolate da tia Isabelle, cujo aroma era tão intoxicante que uma pessoa poderia ficar bêbada só de senti-lo.

Ainda assim, Vincent não estava pronto para enfrentar uma comemoração e fingir que era feliz. Sentou-se num banco vazio na Sheridan Square e ficou ali, encarando os postes de luz antigos da rua, que estavam ali havia mais de duzentos anos. Ele fez as luzes diminuírem, depois apagarem. Poderia seguir pelo mau caminho e sabia disso. O que aconteceria então? Perderia a voz? Seria incapaz de reparar os erros que cometera?

Vincent fumou um baseado e inclinou a cabeça para trás. Não havia estrelas no céu fuliginoso. Dezoito anos sendo um mentiroso, pensou. Quando olhou para baixo, viu uma criatura olhando para ele.

– Se você veio para ficar comigo, cometeu um erro – ele avisou. – Vou transformá-lo num coelho.

O animal chegou perto o suficiente para Vincent sentir sua respiração quente. Não era um coelho, mas um pastor-alemão preto, sem guia nem coleira. O cão encarou-o com uma expressão séria, os olhos salpicados de centelhas douradas. Vincent sorriu apesar do seu estado de espírito amargurado.

– Amigo ou inimigo? – perguntou. O cão ofereceu uma pata em resposta e Vincent simulou um aperto de mãos. – Você é muito bem adestrado! – disse com admiração. – Se não tem nome, vou chamá-lo de Harry em homenagem ao maior de todos os mágicos, Houdini. Eu até discutiria sua situação um pouco mais, mas é meu aniversário e tenho que ir para casa.

O cachorro o seguiu pela 6th Avenue e continuou até a Greenwich. Vincent olhou por cima do ombro antes de parar de repente.

– Se é isso que você tem em mente, podemos muito bem caminhar juntos. Estamos atrasados para o jantar.

Vincent não tinha amigos, mas, quando chegou em casa, Franny o ouviu conversando com alguém no saguão de entrada. Curiosa, ela foi espiar. Havia um enorme pastor-alemão esperando pacientemente enquanto Vincent pendurava o casaco. Ela sabia que muitos bruxos e feiticeiros tinham cães pretos, ou pelo menos era isso que diziam os livros da biblioteca. Imediatamente, Franny se deu conta de que aquele era o familiar de Vincent, seu duplo e *alter ego*, uma criatura de uma espécie diferente, mas que compartilhava com seu mestre o mesmo espírito.

O cachorro seguiu Vincent até a cozinha, depois se deitou embaixo da mesa, esperando pelo próximo movimento dele. A gatinha de Jet soltou um miado agudo quando avistou o enorme cão, depois saltou dos braços de Jet para o chão e correu, subindo as escadas para a segurança do primeiro andar. O cachorro apenas observou, impassível. Ele obviamente não estava disposto a passar pela humilhação de perseguir um gato.

– Pobre Garricha! – Jet suspirou. – A vida dela, dentro de casa, foi arruinada pelo nosso irmão.

– Assim como a nossa? – Franny brincou.

– Sabia que você ficou muito feliz quando eu nasci? – disse Vincent, muito mais animado do que o habitual e feliz por descobrir que podia ser surpreendido pelo destino. – Ou contratou aquela enfermeira para me raptar só para se livrar de mim? Posso perdoá-la se me disser que fez um bolo embriagado de chocolate.

– Só se nos disser quem é o seu amigo – contra-atacou Franny. Como presente de aniversário, ela tinha feito um pedido para que o irmão não vivesse tão sozinho, e queimado um papel lambuzado no mel para completar o feitiço. Agora, ali estava ele com um companheiro.

– É o Harry. – À menção do seu nome, o cão levantou a cabeçorra. – Ele vai ficar conosco a partir de agora. – Quando as irmãs trocaram um olhar, Vincent acrescentou: – Vocês têm que admitir, com ele aqui, nenhum ladrão vai se atrever a chegar perto da nossa casa.

– De qualquer forma, nenhum ladrão se atreve – disse Franny. – Temos um feitiço para isso na porta. – Mas ela já enchia um prato de frango com arroz para o cachorro. Estava satisfeita; todo mundo sabia que um cachorro era um grande antídoto para a alienação. – Feliz aniversário, Vincent querido!

Foi um jantar alegre e, quando acabou, Vincent levou o lixo para fora sem que pedissem, deixando-o no beco onde havia dezenas de caçambas de lixo. Ele estava até assobiando. Afinal, nunca tinha apreciado muito de sua juventude, talvez preferisse ser mais velho. Ele inspirou o ar da noite e ouviu os barulhos da cidade que adorava: sirenes a distância, risos e gritos na rua.

Foi então que notou um cartão sobre a tampa de uma caçamba de lixo. A tinta estava desbotada, quase ilegível, mas ele conseguiu ler a mensagem. *Abracadabra*. Era aramaico em sua origem e significava "eu crio o que falo", a mais mística e poderosa de todas as bênçãos e maldições. *Comece a descer a Bleecker Street*.

Vincent olhou ao redor. Não havia ninguém nas imediações, apenas a escuridão sedosa da noite. Mas ele sentiu o pulso acelerar. Obviamente, tinha que ir a algum lugar.

Ele saiu depois que as irmãs já tinham ido para a cama. Fazia isso quase todas as noites, mas daquela vez foi diferente. Não foi ao Jester, para uma noite de bebedeira que o deixaria totalmente *embriagado*. Sentia-se estranhamente alegre, quando desceu a Greenwich até a

Bleecker. Na esquina, notou que a placa da rua não era a mesma. Nesta estava escrito Herring Street, o nome original de uma rua onde Thomas Paine morara, mas que fora trocado mais de duzentos anos antes. Algo estranho estava acontecendo. Uma fusão entre o presente e o passado; coisas lógicas e impossíveis agora se misturavam. Bem, se era assim que seu décimo oitavo aniversário seria celebrado, que fosse. Ele era um homem-feito essa noite. Maior de idade aos olhos do Estado de Nova York.

Uma névoa subiu do asfalto quando ele avançou pela Grove Street, onde Thomas Paine morrera em 1809. Em homenagem ao livro *A Idade da Razão*, da autoria dele, algumas ruas ao redor tinham nomes de virtudes iluministas: Art Street, agora um trecho da 80th Street; Science Street, que se tornara a Waverly Place; e Reason Street, agora chamada Barrow. Apenas a Commerce Street, entre a 7th Avenue e a Barrow, tinha o mesmo nome, um remanescente do passado. Vincent percebeu que ele estava seguindo para uma alameda ainda mais estreita, que nunca tinha notado antes. Conjure Street*. Ali ele encontrou uma casa de madeira e tijolos com uma aldrava em forma de cabeça de leão. Quando entrou, percebeu que se tratava de um "clube de cavalheiros", mas, embora não fosse aberto ao público, ninguém o impediu de se aproximar do bar.

Ele pediu um uísque, só percebendo um homem se sentar ao seu lado quando este se dirigiu a ele.

– Estou feliz que tenha conseguido! – disse o estranho. – Sou um fã.

– De *folk music*?

– Não, um fã seu.

Vincent se virou para ele. O homem usava um terno cinza e uma camisa de linho. Por alguma razão, Vincent sentiu certo nervosismo. Pela primeira vez na vida, não conseguiu dizer nada.

---

* Rua do Conjuro. (N.T.)

– Espero que você não tenha uma regra sobre não falar com estranhos – o homem disse, deixando a mão cair sobre o braço de Vincent. Ele sentiu algo parecido com uma aferroada, mas ainda assim não se afastou. Apenas ficou sentindo a dor, como se a desejasse, como se não pudesse entender como tinha vivido sem ela até então. – Ouvi você tocando no parque. Vou lá quase todos os domingos.

O olhar de Vincent se fixou nos olhos castanhos e suaves do homem. Quando tentou responder, sentiu a voz falhar. Justo ele que, com a sua grande lábia, havia arranjado e solucionado problemas durante toda a vida e tinha enfeitiçado a enfermeira que o raptara no dia em que nasceu (e todas as mulheres desde então, sem se importar com nenhuma delas). Ficou mudo, como se também estivesse enfeitiçado.

– Acho que eu deveria ser uma exceção à regra. Fale comigo – o homem insistiu –, não vai se arrepender. A nova companhia de Vincent apresentou-se como William Grant, professor de História da universidade progressista The New School, embora parecesse jovem demais para ser professor universitário. – Estava esperando que você me notasse, mas, como isso não aconteceu, pensei em convidá-lo para vir aqui. O cartão, fui eu quem colocou sobre a caçamba. Você sabe tão bem quanto eu, Vincent, que não temos todo o tempo do mundo.

William levantou a mão para pedir ao barman outro drinque. Naquele instante, algo aconteceu a Vincent. Ele percebeu que tinha coração. Foi uma grande surpresa para ele, que voltou a se sentar na banqueta do bar, atordoado. Então era assim que uma pessoa se sentia quando era arrebatada! Quando não se importava com mais ninguém num ambiente, até mesmo da cidade! Finalmente havia acontecido o que ele vislumbrara no espelho, o homem por quem se apaixonaria.

Eles foram para o apartamento de William, na Charles Street. Se houvesse algo que Vincent pudesse ter feito para impedir que aquilo acontecesse, bem, ele não teria feito, pois o amor era algo que só ocorria uma vez na vida e só se a pessoa tivesse muita sorte. Tudo aconteceu como num sonho. Uma porta se abre, uma pessoa chama seu nome, seu coração bate mais rápido, e tudo é familiar, mas você não sabe onde está. Você está caindo, está numa casa que não reconhece e, no entanto, quer estar ali; na verdade, quis estar ali a sua vida toda.

Vincent ficou chocado com a profundidade dos seus sentimentos. Ele tivera todas as mulheres na palma da mão e não sentira nada por nenhuma delas. Agora estava inflamado de paixão, à mercê de outra pessoa, envergonhado com a necessidade que sentia dela. Ele, que se orgulhava de ser um solitário e não se importar com o que os outros pensavam, agora se importava desesperadamente. Quando William tocou o corpo dele, Vincent sentiu o sangue ferver, ele queria estar ali e em nenhum outro lugar. No passado, o sexo era apenas algo que os outros faziam por ele. Ele tinha sido egoísta e desatencioso, mas agora era um homem completamente diferente. O que eles fizeram juntos foi uma espécie de magia, enlouquecedora e extasiante.

Vincent não foi para casa aquela noite. Ele não se preocupava em comer ou dormir ou em como as irmãs reagiriam ao que ele se tornara. William pegou uma câmera Polaroid e os fotografou juntos. As fotos apareciam como que por encanto, num piscar de olhos. Em todas as imagens, estavam abraçados. Pareciam uma só pessoa, e foi quando Vincent passou a se preocupar. Se você e outra pessoa são como uma só, o que acontece com você afeta a outra também. Começando a suar frio de repente, ele se lembrou da maldição.

Ele não se importaria se destruísse a si mesmo, pois os problemas não o procuravam, era ele quem ia direto ao encontro deles. Mas o destino de William era outra história. Nada de amor, ele e Franny sempre diziam um ao outro, pois viam o que tinha acontecido a Jet. Qualquer coisa menos aquilo. E Vincent, no entanto, permaneceu ali, incapaz de desistir daquele sonho com que se deparava, um sonho que sempre tivera, mas se obrigara a esquecer.

No sétimo dia juntos, Vincent ficou em silêncio, esgotado com o sexo e com seus próprios medos, que agora engolfavam o seu coração e não o deixavam mais.

– Algo errado? – perguntou William.

Vincent não conseguiu falar sobre a maldição nem deixar que a ideia ficasse no mesmo cômodo que eles, mesmo sabendo que William teria entendido melhor do que ninguém. Ele era de uma linhagem cujo ancestral, Matthew Grant, tinha sido julgado por bruxaria e depois absolvido em Windsor, Connecticut, antes de sumir no mundo. Não havia registro oficial do antepassado de William depois do julgamento, mas nem era necessário. Ele partira para Nova York, onde a família havia se estabelecido em Long Island, e William passava todos os verões na casa de sua família no litoral. Ele tinha um jeito simples, mas não era de fazer rodeios e se sentia à vontade em sua própria pele. Tinha estudado em Harvard, por isso conhecia Massachusetts também, e havia redigido sua tese sobre John Hathorne, o juiz caçador de bruxas que havia condenado tantos à morte. Várias das aulas que dera em The New School tinham como tema grupos sociais marginalizados.

– Você conhece o seu destino? – Vincent perguntou enquanto eles estavam juntos, abraçados.

– Eu conheço o seu – disse William, com uma risada. – Já disse isso quando conversamos pela primeira vez.

– Cantar no Washington Square Park?

William sorriu.

– Não, ser meu.

※

Quando Vincent desapareceu, Franny ficou morta de preocupação nos primeiros dois dias, furiosa nos dois dias seguintes e magoada todos os dias depois disso.

– Ele vai voltar – insistia Jet. – Você conhece Vincent.

Franny passeava com o cachorro, que sempre puxava a guia para a esquina da Bleecker Street, depois parava, perplexo, recusando-se a andar até que Franny o arrastasse de volta para casa. Ela se perguntava se o pedido que fizera no aniversário de Vincent teria dado errado e levado o irmão para mais longe.

– Você saberia se houvesse algo errado – Jet assegurava à irmã. – Ainda tem o dom da visão.

Por fim, Vincent ligou para dizer que estava arrependido por ter ficado incomunicável.

– Incomunicável?! – Franny mal pregara o olho desde o desaparecimento do irmão. – Eu estava com medo que você tivesse sido assassinado!

– É pior do que isso – Vincent brincou. – Estou apaixonado.

– Muito engraçado! – retrucou Franny.

Vincent sempre tivera inúmeras admiradoras e nunca se importara com nenhuma delas. Ele riu, entendendo a resposta da irmã.

– Agora é diferente, maninha.

– Você está diferente. – Franny já estava atrás de uma lata de sal e um ramo de alecrim fresco para dissipar o que quer que o afligisse.

– Estou como sempre fui – disse Vincent.

Ele deu à irmã um endereço e pediu que ela fosse ver por si mesma. Franny providenciou os ingredientes que achava que poderia precisar, pôs a coleira no cachorro e saiu. As instruções de Vincent eram estranhas, no entanto, e as ruas, desconhecidas. Por fim, ela chegou à Conjure Street. Já estava anoitecendo quando pensou ter visto Vincent na varanda de uma casa antiga, mas Harry não latiu para cumprimentá-lo e foi outro homem que acenou para ela. Franny se aproximou, desconfiada. O cachorro, por outro lado, correu direto para o estranho, que se apresentou como William Grant. Apesar de não ser especialmente bonito, tinha carisma e até Franny admirou seu jeito cortês.

– Vim encontrar meu irmão aqui. – Franny estava analisando William com mais atenção. Seus olhos castanhos e sensíveis, sua intensidade.

– Eu também.

– Verdade?

Eram tantas as pessoas enfeitiçadas por Vincent que Franny supôs que o irmão simplesmente encontrara mais um admirador. Ela não tinha desistido de cuidar do irmão, tarefa da qual se incumbia desde a infância. Toda semana colocava um amuleto de proteção no bolso do casaco dele: um saquinho preto de pano, alinhavado com linha vermelha, contendo cravos-da-índia e frutos secos de abrunheiro. Muitas vezes, no entanto, ela encontrava os amuletos descartados na rua.

– E estou aqui para conhecê-la também – disse o homem. – Seu irmão parecia muito tímido quando nos falamos pela primeira vez.

– Meu irmão? Tímido? Não estamos falando da mesma pessoa, então.

William soltou uma risada.

– Isso tudo é muito novo para ele.

– Mas não para você?

– Bem, se você se refere a se apaixonar... – Quando Franny ficou sem resposta, foi a vez de William analisá-la. – Você não devia estar surpresa. Ele acha que você já sabia antes mesmo de ele descobrir.

Ela certamente sabia que Vincent nunca tinha se apaixonado por uma mulher. A vizinha de tia Isabelle que o seduzira, as garotas da faculdade, as garçonetes, as fãs da sua música, nenhuma delas significara coisa alguma. Ele raramente as via mais de uma vez e quase nunca conseguia se lembrar do nome delas. Mas William Grant era diferente. Franny soube disso assim que o irmão saiu para se juntar a eles. Soube quando ele olhou para William.

– Então agora você já sabe – disse Vincent.

– Acho que sempre soube – disse Franny.

– Ótimo, agora está tudo às claras.

– Tenho certeza de que não vai se importar se eu falar em particular com meu irmão – disse Franny para William, puxando o irmão pelo braço.

– Nem um pouco.

Eles deixaram William com o cachorro, que pareceu perfeitamente satisfeito ao ser confiado àquele estranho.

– Ele tem o dom da visão – protestou Vincent quando Franny o arrastou para um beco. – Não dá pra falar nada em particular. Está *tudo* às claras. Você pode muito bem falar na frente dele.

O irmão podia ser muito irritante quando bancava o sensato!

– Você sabe que não deveria fazer isso – disse Franny.

– Ficar com um homem?

– Se apaixonar! – Ambos riram, mas depois a expressão de Franny ficou mais austera. – Sério, Vincent. A maldição.

– Ah, que se dane a maldição, Franny! Você não está cansada de ser governada pelas atitudes de pessoas que morreram há séculos? Talvez todo mundo esteja amaldiçoado. Talvez seja essa a condição humana. Talvez seja o que queremos.

Franny estava realmente preocupada. Não havia ninguém com quem ela se sentisse mais protetora. Depois do rapto de Vincent, quando bebê, faltara pouco para ela se sentar ao lado do irmão, deitado no berço, com uma lata de sal no colo, recusando-se a sair de perto dele. Ela tinha visto um halo ao redor dele, o sinal de uma vida bela, mas muito breve. Franny tinha o sal com ela agora, mas ali estava o irmão com um sorriso no rosto. E ali estava William Grant, observando-os, preocupado, claramente apaixonado pelo irmão.

– Franny – pediu Vincent –, não discuta comigo. Me deixe ser quem sou.

Quando ela o envolveu em seus braços, esqueceu o sal, o alecrim, a maldição e as maneiras pelas quais o destino podia surpreendê-los.

– Então só desejo que você seja feliz – disse ela, pois isso era realmente tudo que Franny sempre desejara para ele.

No Ano-Novo, havia um corvo pousado num poste de luz. Eles tinham preparado um jantarzinho, com uma receita de ganso recheado de tia Isabelle, que incluía tantas castanhas e ostras que certamente aumentaria a libido de qualquer um que provasse um pedaço.

Vincent e William foram embora depois de ajudar com a louça, rindo enquanto embalavam alguns pertences de Vincent. Ele passava tanto tempo no apartamento de William que parecia morar lá. Depois que o irmão se foi, Franny viu que ele tinha deixado *O Mago* em casa, o que considerou um bom sinal. Ela estendeu a mão para pegar o livro, pensando em escondê-lo sob uma tábua solta do assoalho da cozinha, na esperança de que Vincent se esquecesse completamente dele. Mas, quando tocou no manual de magia, sentiu-o queimar seus dedos.

– Tudo bem – disse ela ao livro. – Contanto que você o deixe em paz.

Quando Franny e Jet guardavam a louça, Jet notou o corvo no quintal.

– Aquele não é Lewis?

Franny foi até o pássaro, pois fazia mais de dois anos que não o via. Quando levantou o braço, ele foi pousar no ombro dela. Pouco importava o que se dizia sobre os corvos, havia lágrimas nos olhos dele.

– Aconteceu alguma coisa com Haylin? – perguntou Franny.

O corvo encostou o bico na bochecha dela e Franny soube que era isso mesmo. Ela entrou e procurou o telefone do dormitório de Hay na universidade.

O pássaro ficou andando de um lado para o outro, sobre a mesinha de centro, sem desgrudar os olhos dela. Jet fazia o mesmo, enquanto Franny tentava fazer o possível para falar com alguém da universidade. Era feriado e Harvard estava praticamente deserta. Finalmente um zelador atendeu. Como Franny não era parente, disse que não podia passar nenhuma informação.

– Não aceite um não como resposta! – insistiu Jet. – Insista.

Franny implorou ao zelador, que finalmente cedeu, dizendo a ela que o aluno em questão tinha sido levado às pressas para o Mass General Hospital.

– Você precisa ir até lá, claro! – disse Jet. – Não tenha nenhuma dúvida.

– Mas e se eu arruinar a vida dele? – perguntou Franny à irmã. – Talvez seja melhor eu não ir.

Franny nunca tinha pedido um conselho à irmã e Jet ficou um pouco chocada, principalmente porque ela mesma não gostava que se intrometessem em sua vida. Jet não pretendia encontrar Rafael novamente, mas as coisas acabaram acontecendo de outro jeito. Eles, na verdade, se encontravam com frequência em frente ao hotel e depois caminhavam pelo parque. Jet lia os trabalhos que ele fazia para a faculdade e, tempos depois, quando ele escreveu um livro sobre como ensinar crianças com muita dificuldade de aprendizado, ele fez um agradecimento a ela na dedicatória, embora ninguém da família a conhecesse. Ela não se arrependia nem por um segundo de ter mantido a amizade.

– Vá logo! – incentivou-a Jet. – O que tiver que acontecer acontecerá.

Franny colocou a escova de dentes e uma muda de roupa na mochila, depois fez Lewis entrar na mala de transporte da gata, pois estava frio demais para ele voar até tão longe. Pegou um táxi até a Penn Station e comprou uma passagem no primeiro trem para Boston.

O vagão estava superlotado e Franny teve que viajar em pé por mais de uma hora, até chegarem a New Haven, quando finalmente conseguiu se sentar. A essa altura, ela já sentia um mau agouro. Os outros passageiros deviam ter sentido também; pois, mesmo lotado como o trem estava, ninguém se sentou ao lado dela.

Quando chegou a Boston, ela deixou Lewis sair da mala transportadora e voar pelo céu. Parou numa loja em frente à histórica estação de trem e comprou *donuts* com recheio de geleia, depois pegou um táxi para o hospital. Desta vez, ela sabia que lhe perguntariam seu grau de parentesco com o paciente. Quando disse que era irmã dele, informaram que Hay estava com apendicite. A pessoa que dividia o alojamento universitário com ele o encontrara em posição fetal, batendo os dentes, sem nem conseguir falar, e apressou-se a chamar a ambulância. Ele estava em estado crítico, a enfermeira revelou, enquanto conduzia Franny pelo saguão do hospital, e eles temiam uma infecção hospitalar, pois Haylin ainda estava muito debilitado.

Hay estava num quarto com outro paciente, o que significava que Franny precisaria passar pelo homem deitado na cama ao lado da porta. Ele era muito velho e, só de olhar, Franny soube que estava morrendo. Havia uma aura escura envolvendo o corpo dele, como uma mortalha, e ela se estreitava a cada minuto. Ela parou para segurar a mão do velho, que a agarrou, agradecido.

– Você está aqui para me ver? – ele perguntou. – Veio se despedir de mim?

– Claro que sim – assegurou Franny.

Haylin estava cochilando, mas se sentou na cama ainda meio zonzo, despertado do seu sono leve pela voz de Franny. Ele estava pálido e muito mais magro. A sombra de uma barba escurecia seu rosto. O velho da cama ao lado agora estava mais calmo e Franny foi até Haylin. Largou a mochila no chão e se deitou ao lado dele, na cama, tomando cuidado para não tocar no acesso inserido na veia. Ela o abraçou.

– Franny... você veio.

– Claro que sim! – disse ela.

– Sempre seremos nós dois – disse Haylin.

Franny contou-lhe que Lewis tinha ido a Nova York para avisá-la.

– Ele nunca gostou de mim – ela disse. – Sempre preferiu você.

– Está enganada – Haylin disse a ela. – Ele é louco por você. Tenho uma fotografia sua na minha escrivaninha, e ele fica sentado ali, com uma expressão apaixonada, olhando para a sua imagem. – Hay soltou uma risada, em seguida pôs a mão na barriga, ao sentir dor.

Franny tinha trazido com ela os ingredientes para um feitiço de proteção. Amarrou no pulso de Haylin um barbante azul untado com óleo de lavanda, depois beijou a palma da mão dele.

– Esse barbante é para me levar de volta a você? – ele perguntou.

– É para você ficar bem.

Ela entregou o saquinho de *donuts* com recheio de geleia, o que fez Haylin abrir um sorriso.

– Você lembrou!

– Como não lembraria!

Hay então se pôs a elogiar Cambridge, dizendo que Franny adoraria andar pelas ruas estreitas e pelas margens do rio. Ela poderia fazer uma ou duas aulas em Radcliffe. Eles poderiam alugar um apartamento na Central Square. Ele estava fazendo disciplinas extras e planejava se formar um ano antes, para que ficassem mais tempo juntos. Ela se deixou levar por esse sonho de felicidade, mas só por alguns instantes, até olhar pela janela; o corvo estava no peitoril, observando-a com a cabeça inclinada. Ele sabia o que ela estava pensando. Ela estava com muito medo de que a maldição um dia colocasse Haylin em perigo. Franny se levantou da cama. Era muito difícil ficar perto dele. Serviu-lhe um copo d'água.

– Franny – disse ele –, fomos feitos um para o outro. Você vir aqui é uma prova isso.

Ela não tinha ideia do que faria em seguida, se iria ficar ou partir.

– Você não pode me deixar agora – implorou ele, e ela poderia de fato ter dito que nunca mais iria deixá-lo, mas nesse mesmo instante uma loura alta entrou no quarto, acabando com a intimidade entre os dois.

A garota devia ter uns 20 anos, era muito bonita e tinha um largo sorriso no rosto. As bochechas estavam coradas de tanto andar pelas margens do rio Charles, algo do que ela se pôs a reclamar tão logo chegou. Seu elegante cabelo liso estava impecável apesar do vento forte. Ela usava uma saia xadrez e um suéter de caxemira azul, com uma echarpe enrolada no pescoço. Também tinha na mão um saquinho de *donuts* com recheio de geleia.

– Estou congelando! – reclamou. – E, minha nossa, Hay! Quase morri de preocupação ontem à noite. – Ela se aproximou da cama de Haylin. – Só liguei para seus pais esta manhã. Eles vão chegar hoje à noite. – Ela tirou a echarpe. – E não arredei pé deste hospital até o médico me garantir que você estava bem.

– Estou bem – disse ele bruscamente, os olhos ainda em Franny.

A garota estava tão concentrada em Hay que nem reparou em Franny, calada perto da janela, vestindo seu casaco preto mal ajustado ao corpo.

– Ah, olá! – A garota disse alegremente. – Não vi você aí.

Lewis bateu o bico no vidro da janela, mas Franny estava distraída. O coração, acelerado. Estava branca como um lençol, as sardas se destacando no rosto pálido.

– Olá... – respondeu. A voz fraca e cheia de ressentimento.

A garota se aproximou e estendeu a mão.

– Sou Emily Flood.

O toque da mão da intrusa fez com que uma série de imagens espocasse na mente de Franny.

– Você é de Connecticut e foi para uma escola particular só para meninas e é a colega de quarto de Haylin.

– Puxa! Isso mesmo! Como sabe tudo isso? Não sou colega de quarto de Hay oficialmente, mas, como estou lá toda noite, acho que pode me considerar assim! E ainda bem que eu estava lá. Caso contrário, quem teria chamado a ambulância? Hay gosta de bancar o durão! Teria ficado lá, encolhido a noite toda, sem reclamar, até que o apêndice supurasse.

– Ah... – murmurou Franny. – Foi você quem o salvou.

– Franny... – Haylin parecia realmente estar sofrendo agora.

Emily olhou para Hay e depois para Franny.

– Você é Franny? Já ouvi muito sobre você, sobre quanto é brilhante.

– Bem, não sou brilhante. Na verdade, sou bem burra. – Franny pegou a mochila que deixara no chão, ao se deitar na cama com Haylin. – E acho que já estou abusando da hospitalidade de vocês.

Hay se levantou da cama, com a mão pressionando a barriga, o acesso balançando a ponto de quase cair. Emily segurou o acesso e o endireitou, mas ninguém estava prestando muita atenção nela.

– Franny, não vá embora! – disse Hay. – As coisas mudaram. Você passou dois anos longe de mim.

Ele ainda tinha a petulância de repreendê-la com Emily Flood em pé ali, na frente deles. Se aquela colega de quarto bonita de Hay se dirigisse a ela mais uma vez, não sabia do que seria capaz.

– Isso mesmo! – disse Franny. – Eu não pude ir para a faculdade. Portanto, não poderia ser sua colega de quarto.

Ela se dirigiu à porta, passando pela cama do velho moribundo. A mortalha já o envolvia quase completamente agora, mas ele murmurou um obrigado quando Franny parou para tocar a testa dele. Ela ficou ali com ele até o momento da morte; foi tão breve quanto um suspiro. Depois saiu do quarto, embora Hay continuasse chamando o nome dela. Correu todo o caminho até a estação de trem com o coração martelando no peito. Emily. Colega de quarto dele. Bem, o que ela esperava? *Ela* o mandara embora. Dissera para ele ir e não olhar para trás.

No trem, Franny ardia em fúria e mágoa. Na estação de trem, abriu caminho em meio à multidão e caminhou para casa no escuro. Naquela noite, chorou tanto que suas lágrimas mancharam o lençol. Ela não trocou as roupas que usara quando estava ao lado de Haylin na cama. Elas ainda estavam impregnadas com o perfume dele. Pela manhã, foi até o jardim.

Jet espiava a irmã pela janela da cozinha. Também saiu no jardim e elas se sentaram juntas nos degraus da varanda dos fundos. A neve tinha começado a cair, mas as irmãs permaneceram onde estavam.

– Ele encontrou outra pessoa – contou Franny.

– Nunca existirá ninguém além de você.

– Bem, pois saiba que já existe. O nome dela é Emily. Colega de quarto dele.

– Só porque você o mandou embora.

– De qualquer maneira, é ela que está com ele agora. Foi tão horrível! – Franny começou a chorar. Estava tão mortificada que enterrou o rosto nas mãos. – Eu o deixei ir embora e ele agora pertence a outra pessoa. E é melhor para ele que seja assim.

– Você pode amá-lo se quiser – disse Jet a Franny. A cicatriz em seu rosto se acentuava no frio, adquirindo o tom arroxeado das violetas. – Mande para o inferno essa maldição. Você não precisa cometer o mesmo erro que todas as outras mulheres da nossa família.

– Por que comigo seria diferente?

– Porque você será mais esperta.

– Isso é bem improvável... – disse Franny com tristeza.

– Será, sim – insistiu Jet. Ela não precisava ter o dom da visão para saber disso. – Espere e verá.

April Owens chegou num ônibus rodoviário, num dia radiante da primavera de 1966, e andou desde a 42nd Street até Greenwich Village. Fazia quase seis anos que tinha conhecido Franny, Jet e Vincent, mas sentia como se os conhecesse desde sempre, por isso fazia todo sentido aparecer em Nova York sem se preocupar em escrever ou ligar antes. Foi uma longa caminhada, mas ela não se importava. Tudo o que queria era ser livre. Todo ser mortal tinha direito a isso, independentemente da sua história. April ainda era uma mulher forte, mas agora era mais forte ainda em sua devoção pela filha. Não se incomodou quando Regina, com apenas 5 anos e geralmente muito bem-humorada, cansou-se e ficou irritada quando passavam pela Pennsylvania Station, precisando ser carregada o resto do caminho.

Regina vestia uma camiseta e uma minissaia de tule as quais se referia como sua roupa de princesa, mas agora era uma princesa exausta. Adormecera nos braços da mãe, mais pesada agora que estava dormindo. Tudo bem. April continuou seguindo em frente sem reclamar. Estava vestindo jeans e um colete com franjas, e seus longos cabelos claros estavam presos em duas tranças amarradas com um fio de couro cheios de contas. Ela se destacava entre os arranha-céus de Manhattan, em meio a um mar de ternos e *tailleurs*, mas, à medida que se aproximava do centro, passou a parecer mais com qualquer outra pessoa na rua. Encontrou o número 44 da Greenwich e tocou a campainha. Gostou do que viu. A casa de telhado inclinado; as árvores no jardim; a loja de feitiços e encantamentos; o quintal da escola, na casa ao lado, onde crianças brincavam.

Quando Jet abriu a porta, abraçou April e a filha, que se parecia com Franny, embora o cabelo fosse tão preto quanto o de Jet e Vincent. Pela primeira vez desde a morte de Levi, Jet sentiu uma pontinha de felicidade ao olhar para o rosto da garotinha, que não estava mal-humorada por ter sido arrancada do sono e apresentada a uma estranha. Muito séria, apertou a mão de Jet e disse, educadamente:

– Muito prazer em conhecê-la.

– Mal posso acreditar em como Regina cresceu! E como é educada! Tem certeza de que é uma Owens?

– Ela é, com certeza.

– Você devia ter avisado que viria. Eu teria preparado algo especial. Agora a casa está uma bagunça.

– Não tem importância. E isso não é uma visita, querida Jet. É a fuga de uma prisão! – April tinha uma mochila estufada nas costas e uma mala de viagem, ambas depositadas agora no sofá da sala. Havia círculos escuros sob os seus olhos e ela parecia esgotada. – Meus pais querem tirar Reggie de mim. Querem que ela cresça num bairro chique e vá para uma escola particular, num carro com motorista. É tudo que eu não quero para ela. Tudo do que eu queria fugir. Disseram que disputarão a guarda dela no tribunal se for preciso. Acho que já contrataram até um advogado. Por isso estou me mudando para a Califórnia. Eles que tentem me encontrar lá. Só estamos em Nova York de passagem. Espero que não se importem.

– Você sabe que pode ficar o tempo que quiser.

Franny veio do jardim com uma cesta de ervas recém-colhidas – confrei, menta e, embora já não fosse mais tão necessário devido à pílula anticoncepcional, poejo. A fuligem da cidade tinha deixado as folhas escuras, por isso Franny sempre tinha que mergulhá-las em água fria e vinagre, na grande pia da cozinha. Ela parou quando viu a garotinha.

Regina olhou para ela e sorriu.

– Você é a bruxa boa! – disse a menina.

Franny soltou uma risada. Certamente nunca tinha pensado em si mesma daquela forma, ainda assim ficou encantada.

– Você já comeu bolo embriagado? – perguntou.

Regina negou com a cabeça.

– É uma delícia! O bolo de chocolate com mais gosto de chocolate que você já viu. Acho que vou fazer um para você. – Franny acenou com a cabeça para April quando ela entrou na cozinha atrás de Regina. Achou a prima abatida, com o cabelo seco e sem vida e a silhueta esbelta agora excessivamente magra. – Vamos fazer um bolo embriagado, mas sem o rum – continuou Franny –, por causa de Regina. Devo dizer que sua visita é uma surpresa. Mas seu estilo é esse mesmo, não é? Aparecer sem avisar.

– Não vou impor minha presença, Franny. Só preciso de uma noite. Vamos para a Califórnia amanhã. Consegui uma carona com uma van chamada Aprendiz de Feiticeiro, de uns caras que vão atravessar o país.

A garotinha estremeceu quando ouviu a mãe falar sobre a Califórnia. Ela era tão sensível que parecia um centro de previsões ambulante, como se tivesse uma visão duas vezes mais poderosa.

– Você acha que não vai gostar da Califórnia? – perguntou Franny à criança.

– Pode ser. Mas sei o que acontece lá.

– O quê? – Franny pressionou.

– Bem, as pessoas morrem – disse a menina.

– Jesus! – disse April. – As pessoas morrem em todos os lugares.

– Você devia evitar a Califórnia – disse Franny à prima. – Regina teve uma premonição. Há lugares melhores para criar sua filha.

– Você está falando como a minha mãe. Mas diga o que quiser. Já resolvi. Eu me formei no MIT, apesar dos protestos da minha mãe. Em Biologia. É o que venho fazendo nos últimos quatro anos. Tenho um amigo num laboratório geográfico em Palm Desert. Posso trabalhar lá e Regina pode ficar em segurança por um tempo.

– Em segurança? Por que diz isso? – perguntou Jet, que fazia o chá.

April olhou para Franny, que observava a criança.

– Você vê, não é?

Franny de fato via. Regina tinha um halo ao redor de si que normalmente indicava um tempo de vida mais curto. Pessoas como ela pareciam mais radiantes quando jovens, repletas de luz. Ela nunca havia contado a ninguém que Vincent tinha o mesmo halo em torno dele quando era bebê, e talvez fosse por isso que Franny sempre fora tão protetora.

Regina sentou-se de pernas cruzadas no chão para brincar com Garricha.

– Ela tem olhos cinzentos, mamãe. Como nós.

– Não podia ser diferente – disse Franny à menina. – Ela é uma gata Owens.

No final das contas, Franny lamentava que ela e April não se dessem bem. Desejou poder consolar a prima, mas não havia maneira de corrigir aquilo. Não quando ambas tinham o dom da visão.

– Quero que ela tenha uma vida feliz, com liberdade – disse April, resignada. – E vou fazer tudo o que puder para que isso seja possível. Ela vai ter essa vida na Califórnia. As pessoas são mais abertas lá. Não julgam tanto.

Jet trouxera uma pilha de livros para a criança.

– Eu realmente não sei do que vocês duas estão falando.

April virou-se para observar Jet.

– Você perdeu o dom da visão. Talvez seja melhor assim.

– Não tive escolha – disse Jet. – Meu destino não foi o que eu pensava.

– Eu sei como é – disse April numa voz suave, justo quando a porta da frente estava se abrindo.

Vincent chegara. Jet tinha telefonado e insistido para que ele viesse jantar. Ouvindo as vozes das primas, ele agora descobria a razão. Entrou com o cachorro em seus calcanhares e fez uma reverência a April.

– A que devemos a visita?

– A um grande azar e à necessidade de fugir.

– É sempre a mesma história – disse Vincent com um sorriso. – Problemas em casa.

– Você sabe tanto e mesmo assim não sabe nada... – comentou April.

Ninguém mencionou o envolvimento de Vincent com William. Franny porque nem lhe ocorreu, Jet porque sabia que seria uma notícia dolorosa para April. Ela desejava que aquela noite fosse uma ocasião feliz, e seu desejo foi realizado. Felizmente, April nunca tivera a capacidade de ler os pensamentos de Vincent. Regina gostou dele, assim como demonstrara quando era bebê.

Depois do jantar, a menina implorou para que ele lesse em voz alta seu livro favorito – *Mágica pela Metade*, de Edward Eager – e ele concordou. Vincent achou que o livro não era para a idade dela, mas Regina não era uma criança típica. Ela aprendera sozinha a ler e sempre carregava um livro aonde quer que fosse. Todos acharam graça principalmente quando Vincent encenou o diálogo de um gato que era só meio real e só podia falar pela metade. Regina caiu na gargalhada.

O cachorro de Vincent estava aos pés dele, uma verdadeira sombra, silenciosa e digna, e mais do que mortificado quando Regina colocou carinhosamente sua coelhinha de pelúcia ao lado dele.

– O nome dela é Maggie – disse Regina.

– É mesmo? – Vincent disse, lançando a April um sorriso.

– Como você esperava que ela se chamasse? Sra. Rustler? – brincou April.

– Como você sabe dessa história? – perguntou Vincent. Em seguida, ele viu April e Jet se entreolharem. – Todo mundo sabe todos os detalhes da minha vida?

– Nem todos – disse Jet.

– Quase nenhum... – garantiu April.

Quando o bolo de chocolate ficou pronto, todos o comeram quente, recém-saído do forno, acompanhado de várias bolas de sorvete de baunilha.

– Posso comer tudo isso? – Regina perguntou.

– Claro! – Vincent disse a ela. – Lembre-se – sussurrou –, sempre viva intensamente!

Regina comeu a maior parte do bolo.

– Você pode ficar com o resto – ela disse para Vincent, quando começou a fazer um desenho de Harry e Garricha. Nele os dois eram grandes amigos e seguravam a pata um do outro.

Vincent ficou encantado com a criança, mas, quando consultou o relógio, ele se levantou da mesa.

– Estou atrasado – disse ele.

– Tem um encontro muito importante? – perguntou April, piscando.

– De fato – disse Vincent. – Estou envolvido com uma pessoa.

– Não me diga que você realmente gosta de alguém?

– Não deveríamos, não é? – Vincent brincou.

– Não – disse April. – Não deveríamos.

Vincent sorriu e se despediu da garotinha com um beijo na testa, em seguida saiu com seu cachorro, duas sombras se perdendo na noite.

– Vejo você por aí! – ele gritou por cima do ombro.

– Vejo você por aí! – gritou Regina de volta.

– Ele ainda é o mesmo – disse April.

– Não exatamente – disse Jet. Não havia necessidade de entrar em detalhes e magoar April mais do que ela já estava magoada.

– Vincent é Vincent, graças a Deus! – disse Franny, quando começou a lavar os pratos.

April balançou a cabeça e puxou a filha para o colo.

– Ele nunca vai crescer?

– Vai, sim – disse Jet. – E vamos ficar tristes quando isso acontecer.

Pela manhã, as primas já tinham ido embora. O desenho de Regina, de um cachorro preto e uma gata preta, havia sido deixado na mesa da cozinha. Franny o colocou num porta-retratos naquela tarde e, a partir de então, deixou-o na sala de visitas. Mesmo anos depois, quando se mudou e deixou quase tudo para trás, Franny levou o porta-retratos com ela, embrulhado com papel pardo e barbante.

Parte Quatro

Elemental

Ela viu Haylin descendo a trilha. A princípio, pensou que o havia conjurado e ele fosse só uma visão fantasmagórica; mas não, era Hay mesmo. Ele era tão alto que ela o viu imediatamente, vestindo a mesma jaqueta jeans que usava desde os 15 anos. Franny sentou-se na pedra e abraçou os joelhos. Ela estava totalmente confusa e xingou a si mesma por estar assim. A última vez que o vira, ela tinha feito uma cena no hospital. Agora jurou que se manteria calma e controlada. Ela já o havia perdido, então seu coração não deveria estar martelando dentro do peito. Estava tudo acabado e ela deveria estar feliz com o fato de ele não estar mais correndo o perigo de unir seu destino ao de uma mulher Owens.

Ela usava tênis velhos, jeans e uma camiseta listrada, que tinha encontrado na arara de ofertas do brechó onde vendera as lindas roupas da mãe. Nem escovara o cabelo aquela manhã.

Haylin a viu e acenou, como se tivessem se visto horas antes, e veio se sentar ao lado dela.

– Não me diga que ficou esperando aqui todos esses anos! – disse Hay. Franny riu alto. Ele sorriu, satisfeito por tê-la feito dar risada. Mas a mágoa que ele guardava não o fez parar por aí. – Sei que não estava esperando por mim. Eu vinha aqui toda vez que voltava para casa nas férias e você nunca estava. Então desisti de nós dois.

Franny cobriu a boca como se estivesse segurando um soluço. Seus olhos estavam cheios de lágrimas.

– Franny... – Ele realmente não queria magoá-la.

– Não estou chorando, se é isso que você pensa – respondeu Franny, limpando o nariz na manga.

– Eu sei. Acha que sou idiota? – disse Hay com um sorriso. – Não responda. – Ambos riram, então.

Ele estava frequentando a Escola de Medicina de Yale, a *alma mater* do pai de Franny. Fazia todo o sentido que ele fosse médico. Sempre pensara em fazer o bem ao mundo. E fez sentido também quando ele revelou que tinha se afastado da família.

– Não volto mais para a casa dos meus pais – ele disse, rabugento como sempre, quando pensava em sua família abastada. – É como um maldito mausoléu, com meu pai ficando mais rico com a guerra e minha mãe se embebedando para não enlouquecer ao pensar que é casada com ele.

– Onde você fica quando vem a Nova York?

Hay desviou o olhar, Franny sabia.

– Ah... – Mal conseguiu se obrigar a dizer ela mesma. – Com Emily.

– Você se lembra do nome dela! – disse ele, surpreso.

– Claro que me lembro. Emily Flood, sua colega de quarto.

– Você normalmente não repara nas pessoas... – Ele corou quando Franny lhe lançou um olhar fulminante. – Mas você não repara mesmo!

– Claro que reparei nela, Haylin. Como eu poderia não reparar?

– É verdade... – disse Hay, sentindo-se mais idiota do que nunca.

– E onde ela está? Estou surpresa que tenha deixado você sair de perto dela. Talvez seja melhor voltar correndo.

– Eu não entendo por que você está brava – disse Hay, frustrado e sem querer vê-la descarregar a raiva em cima dele. – *Você* é que não me quis.

– Eu não tive escolha! Tinha meu irmão e minha irmã para cuidar. Tínhamos que superar aquele acidente. Ou você me culpa por isso?

Franny levantou-se com a intenção de ir embora. Quando Hay a segurou pelo braço, ela o encarou. Mas ele estava olhando para ela da maneira que costumava olhar, quando ele era a única pessoa no mundo que realmente a entendia.

– Não vá ainda... – pediu ele.

– Por quê? Você está com Emily!

– De fato, estou – disse Haylin.

– E me culpa por isso também?

Ela não tinha coração. A Donzela de Espinhos.

Haylin balançou a cabeça. Se ao menos ele parasse de olhar para ela daquele jeito... Então foi mais fundo em sua intenção de feri-lo.

– Bem, estou feliz que esteja com ela – disse Franny. – Você será mais feliz do que jamais foi comigo. Ela é uma garota normal!

Lewis estava empoleirado num galho acima deles, sempre vigilante, mas agitado por vê-los discutindo. Hay chamou o pássaro e o corvo deslizou pelo ar, pousando na pedra. Hay fitou Franny por vários instantes e, quando ela achou que ele diria algo que mudaria a vida dos dois, saiu-se com esta:

– Acho que seria melhor eu deixar Lewis com você. Realmente não tenho tempo para cuidar de um animal de estimação.

– Eu já disse! Ele não é um animal de estimação! Ele faz o que quer. Não percebeu? Ele escolheu você, Haylin. E eu não o culpo.

– Bem, ele não pode mais ficar comigo. Emily tem medo de pássaros.

– E daí?

– Moramos juntos em New Haven.

– Então o que você está fazendo aqui?

Ele olhou para Franny, mas ela simplesmente o encarou, sem dizer nada. Queria que ele dissesse.

– Estou aqui por sua causa.

– Mas você mora com ela!

– O que você queria que eu fizesse? Você nunca respondeu a nenhuma das minhas cartas. Achei que você me odiasse porque estávamos juntos quando o acidente aconteceu.

– Já não há nada a fazer. Acho que nenhum de nós deveria voltar aqui. – Ele fizera sua escolha, pensou Franny. Emily. E havia a maldição da qual precisava protegê-lo. Ela se recusava a ser responsável por qualquer tristeza que ele sentisse. – Nós éramos jovens e agora não somos mais.

Haylin soltou uma risadinha infeliz. Os ombros dele estavam curvados, do jeito que ficavam quando ele estava de mau humor.

– Jesus, Franny, temos 24 anos! Ainda temos a vida inteira pela frente. Você vai me deixar casar com ela? É isso que você quer?

– Aparentemente é o que *você* quer.

Quando se afastou, suas pernas vacilaram e ela sentiu como se fosse cair. Era como se o mundo fosse um globo de neve sacudido por uma mão gigante, e ela tivesse acabado num lugar que não tinha nada a ver com o local onde estava antes.

Quando passou pelo zoológico do Central Park, ela parou e se sentou num banco, com Lewis empoleirado ao lado dela.

– Suponho que agora você seja meu – ela disse a ele. Em resposta, o pássaro fez a coisa mais estranha do mundo: pousou no colo dela e deixou que ela o acariciasse, algo que nunca tinha feito antes. Ele soltou um arrulho engraçado, depois alçou voo. Será que estava querendo avisá-la de que, se ela corresse, ainda conseguiria alcançar Haylin? Ela conhecia as trilhas que ele percorria para atravessar o parque. Mas a vida dele estava só começando e ele estaria melhor sem ela. E como Franny ainda não fazia ideia de como quebrar a maldição, voltou para casa, andando seis quilômetros em linha reta. Quando chegou ao número 44 da Greenwich Avenue, entrou sozinha. Mas só o corvo sabia que até mesmo uma mulher que dizia não ter coração podia chorar como se estivesse com o coração partido.

<hr>

Vincent e William foram de avião para San Francisco, uma cidade que parecia saída de um sonho. Era o Verão do Amor, em que o único lema era "paz e amor". O amor livre e a ideia de uma sociedade livre tinham atraído cem mil pessoas para a cidade. Lá havia de fato flores por toda parte e, ao longo da baía, o perfume de patchuli e chocolate impregnava o ar. Estranhos abraçavam os dois enquanto andavam pela Haight Street. Em Manhattan, eles pertenciam a uma sociedade secreta, mas ali as portas estavam abertas para todos.

Eles acamparam no Golden Gate Park, cercado por eucaliptos, e, quando uma chuva musgosa e pálida começou, correram para se abrigar na biblioteca pública. Ali, entre as estantes de livros, encontraram um casal que os convidou para irem ao apartamento deles, no bairro de Mission, onde os dois passaram a noite sobre uma colcha de retalhos no chão, abraçados e loucamente apaixonados.

Era verdade, Vincent estava apaixonado, apesar dos avisos, apesar do mundo, apesar de si mesmo. Era isso que ele tinha visto no espelho da estufa de sua tia, a imagem que o aterrorizara, porque a partir daquele momento ele soube o que queria, a vida que ele achava que nunca teria, e agora, finalmente, tinha.

Pela manhã, eles foram recebidos com um café da manhã composto de torradas, manteiga com mel e chá de laranja.

– Vocês são sempre tão gentis com estranhos? – William perguntou aos anfitriões.

– Vocês não são estranhos – disseram, e parecia que naquela cidade, naquele momento, eles eram aceitos pelo que de fato eram.

Eles circulavam num Mustang conversível, emprestado de um primo de William que morava em Mill Valley. O primo tinha avisado que a Califórnia não era como Nova York; eles não precisariam viver escondidos. Tiveram coragem de se beijar numa doca com vista para Alcatraz e para a água azul brilhante da baía. Foram a casas noturnas no bairro de Castro, onde se sentiram completamente em casa, dançando até ficarem exaustos. Passearam de carro à luz pálida do amanhecer, num êxtase de liberdade. A magia estava no ar. Eles viram pessoas usando penas e sinos no Monte Tamalpais, e em cafés no North End, e ao longo da Divisadero Street, onde garotas distribuíam talismãs mágicos de cerâmica, em forma de triângulo ou olho grego. *Abençoados sejam*, diziam, e de fato Vincent e William se sentiam abençoados por estar na Califórnia.

Em Monterey, dormiram numa cabana com vista para o mar e fizeram amor sob o brilho da luz solar amarela e pura, sentindo como se algo sombrio se afastasse deles. Em Nova York, viviam escondidos, obrigados a lançar feitiços de nebulosidade onde quer que fossem. Mas não fariam mais isso. Era o fim dos segredos, o fim das mentiras, o começo de tudo que eles ainda não conheciam. Algo estava prestes a acontecer; ambos podiam sentir. Vincent pensou no espelho preto na estufa da tia. Tinha visto tantas imagens, mas agora, quando seu futuro se tornava presente, ele reconhecia as visões com que se deparara naquele dia.

William conhecia um assessor de imprensa que trabalhava para o produtor de discos Lou Adler, o mesmo que concebera o Monterey Pop Festival, realizado no final de semana de 16 de junho de 1967, e convidara Grateful Dead, Janis Joplin, The Who, Jimi Hendrix e Otis Redding e muitos outros para três dias de música. De alguma forma, William tinha conseguido a autorização desse amigo para Vincent se apresentar também. Quando ouviu a notícia, ele hesitou; Vincent era um cantor de rua, não um artista acostumado a grandes plateias, mas no final ele foi incluído na programação e William deu dez dólares de gorjeta para que Vincent pudesse usar um violão. Ele usou roupa preta e tirou as botas e as meias. E um pouco antes de ele subir ao palco, William colocou uma coroa de folhas em volta da cabeça dele.

Era um horário indefinido, o crepúsculo, um momento sombrio e melancólico em que ninguém queria reivindicar o palco. Mas lá estava ele. Um joão-ninguém. Vincent e um violão emprestado. Ninguém o conhecia; ninguém se importava. Ele parecia calmo para quem não olhasse muito de perto seu rosto bonito e preocupado. Quando começou, as pessoas estavam de costas, mas o microfone foi ligado de repente, pela mão de William, sem dúvida, e a voz crescente de Vincent pairou sobre a multidão, como um encantamento. Um silêncio caiu quando a escuridão já envolvia as árvores.

When I was yours, who was I then?
I heard your voice, but that was when
I had a heart, I had a harp, I had your love, the knife was sharp.
I walked at night, I longed to fight.
Isn't that what betrayed is? Isn't that when fear exists?
When you hide who you are and you take it too far, when you're a man.

I called on angels when I faced a wall,
but just like Joshua's, it began to fall.
I cried blood-red tears, despite my fears.
Isn't that what betrayal is? Isn't that when fear exists?
I walked at night, I had the sight and still I lost despite the call.
I walk at night, without a fight.
I've tried before, I've locked the door, I've done it wrong, I've
   done it right.

[Quando eu era seu, quem era eu então?
Eu ouvi sua voz, mas foi quando

Eu tinha um coração, tinha uma harpa, tinha seu amor, a faca era afiada.
Vaguei à noite, eu queria brigar.
Não é isso que é ser traído? Não é assim quando se tem medo?
Quando você esconde quem é e vai longe demais com isso, quando você é um homem.

Eu chamei os anjos quando topei com um muro,
Mas assim como o de Josué, ele começou a desmoronar.
Chorei lágrimas vermelho-sangue, apesar dos meus medos.
Não é isso que é ser traído? Não é assim quando se tem medo?
Vaguei à noite, tinha a visão e ainda assim me perdi, apesar do chamado.
Vago à noite, sem brigar.
Tentei antes, tranquei a porta, eu fiz errado, eu fiz certo.]

Quando ele terminou de cantar, houve um momento de silêncio, depois uma imensa onda de aplausos. William pegou o braço de Vincent quando foram para trás do palco.

– Cara, você enfeitiçou o público! – um dos promotores disse a ele, mas Vincent não prestou atenção. Ele estava olhando além da multidão ao seu redor. Viu uma menina de olhos cinzentos na grama dourada. Ele não a tinha visto antes?

Vincent deixou as despedidas a cargo de William e foi ver a criança.

– Eu conheço você – disse ele.

– Eu também te conheço – ela disse.

Era Regina Owens, agora com 6 anos de idade. A mãe, April, estava atrás dela, o cabelo loiro tão longo que poderia se sentar sobre ele se quisesse, a pele bronzeada por causa longo período que passara no deserto. Ela não parecia uma criatura que pudesse fazer parte do mundo dos mortais.

— Querido primo! – disse ela, abraçando Vincent. William, como sempre sem nenhuma timidez, veio se apresentar. April olhou para ele, depois para Vincent. Em seguida sorriu com malícia. – Vejo quem você é, agora que é um homem. Deixe-me adivinhar. Era com ele o encontro para o qual não podia se atrasar. Você certamente me enganou.

— Pensei que ninguém conseguia fazer isso – comentou Vincent.

— Você sempre bloqueou seus pensamentos – April disse com uma certa dose de tristeza.

— Vocês são parentes! – disse William, querendo quebrar a tensão entre os dois. – Dá pra ver pelos olhos.

— Parentes distantes – disse Vincent, enquanto aceitava algumas margaridas que Regina tinha colhido. – De terceiro grau. Talvez quarto ou quinto... – Ele sorriu e April sorriu para ele também.

— Você está acabando com o nosso parentesco! – ela disse, bem-humorada. – É assim que os Owens arrancam a gente da vida deles.

April e Regina estavam morando em Santa Cruz, num chalé de madeira que April arranjara ao conseguir um emprego de jardineira e faxineira na propriedade dos patrões, moradores abastados de San Francisco que desejavam ficar em comunhão com a natureza, mas quase nunca saíam da cidade. Ela planejava voltar ao deserto para se dedicar às suas pesquisas com aranhas, mas por ora Regina precisava de escola e da companhia de outras crianças.

— Fiquem conosco esta noite – insistiu April. – Quase nunca temos visitas interessantes. Vocês estão aqui, nós também. Certamente nosso encontro foi obra do destino.

Regina pegou a mão de Vincent. Ao sentir o peso e o calor da mãozinha dela, ele não conseguiu dizer não. April e a filha tinham ido de carona para Monterey, então voltaram todos juntos no Mustang emprestado, com a capota abaixada. Enquanto o carro acelerava na estrada cheia de curvas, William colocou no toca-fitas uma gravação que tinha feito.

– Você gravou uma fita? – perguntou Vincent.

– Eu queria registrar o momento. E quem sabe enviar a fita para uma estação de rádio.

– Não – disse Vincent. Ele sabia aonde a fama o levaria, para o lado mais sombrio de si mesmo. Isso era algo de que não precisava.

April se inclinou para a frente, os braços apoiados no encosto dos assentos. Segurou o cabelo para trás, tirando-o do rosto com a mão, para ouvir melhor a música.

Saul went down to the oldest road to meet the Witch of Endor.
She spoke, but he couldn't hear. She saw his fate, but he had no fear.
No predictions could make him stay. He was told the truth, but still he strayed.
Isn't that what love makes you do? Go on trying even when you're through.
Go on even when you're made of ash, when there's nothing left inside you but the past.

When I was yours, who was I then?
I heard your voice, but that was when
I had a heart, I had a harp, I had your love, the knife was sharp.
I walked at night, I cared with all my might.
Isn't that what betrayal is? Isn't that when fear exists?
Isn't that what happens when you hide who you are, even love can't take you that far, when you were a man.

[Saul desceu a trilha mais antiga para conhecer a Bruxa de Endor.
Ela falou, mas ele não conseguiu ouvir. Ela viu seu destino, mas ele não tinha medo.
Nenhuma previsão poderia fazê-lo ficar. Ele ouviu a verdade, mas ainda assim se desviou.

Não é isso que o amor obriga você a fazer? Continue tentando mesmo sem conseguir.

Vá em frente mesmo se reduzido a cinzas, mesmo se não houver mais nada dentro você a não ser o passado.

Quando eu era seu, quem era eu então?
Ouvi sua voz, mas foi quando
Eu tinha um coração, tinha uma harpa, tinha o seu amor, a faca era afiada.
Vaguei à noite, eu me importava com todas as minhas forças.
Não é isso que é traição? Não é assim quando se tem medo?
Quando você esconde quem é e vai longe demais com isso, quando você é um homem.]

– Quem é a bruxa de Endor? – Regina perguntou à mãe.

– Uma anciã muito sábia que podia prever o futuro.

– Ela podia mesmo ver o destino das pessoas?

– Como minha tia sempre diz, o destino é você quem faz. Você pode aproveitá-lo ao máximo ou deixá-lo se aproveitar ao máximo de você. Meu primo sabe disso. Ele adorava se aproveitar ao máximo das pessoas.

William estava dirigindo e, portanto, não viu a expressão preocupada que cruzou o rosto de Vincent. Havia algo no tom de April que o deixava pouco à vontade.

Em Santa Cruz, eles jantaram ao ar livre, numa mesa de madeira, sob uma treliça entremeada de videiras floridas. As pálidas flores exalavam o aroma agridoce de amêndoa, lembrando Vincent da estufa da tia.

– É tão familiar... – disse ele.

– Oleandro – respondeu April. – É venenoso.

Ela tinha usado a estufa no jardim de Isabelle como inspiração e cultivava ervas que não eram nativas da Califórnia.

Quando menina, April mal podia esperar para sair da casa dos pais, em Massachusetts, mas agora ela preferia flores silvestres que podiam ser encontradas nos bosques dessa região. Girassol, feijão-selvagem, gaultéria, bandeira-azul, usada para combater problemas de pele. Verbena-azul, para dor de cabeça e febre; lobélia, usada pelos povos nativos em amuletos de amor; escutelária, para acalmar os nervos. Ela pediu a Regina para levar William à estufa para que ele pudesse vê-las por si mesmo. Vincent se levantou para acompanhá-los, mas April chamou a atenção dele, gesticulando para que ficasse.

– Fique aqui comigo, primo. Faz tanto tempo que não conversamos...

Embora sentisse um certo temor, ele percebeu que não tinha escolha a não ser se sentar novamente. April era imprevisível. Nunca se sabia o que ela faria ou diria. Agora, por exemplo, quando William e Regina estavam fora do alcance da sua voz, ela se virou para Vincent e disse:

– Você sabe, não é?

– April, abra logo o jogo. – Vincent estendeu suas longas pernas. Ele estava todo de preto e tinha tirado os sapatos. Percebeu que se sentia mais em casa cantando numa estação de metrô ou num parque, numa noite de verão, do que em Monterey. Durante todo o tempo em que andara por aí com *O Mago* debaixo do braço, ele pensara que queria a fama, mas agora essa era a última coisa que lhe passava pela cabeça. Estava assustado com tudo o que acontecera no festival e com pouca paciência para as zombarias de April. – Seu charme sempre foi não fazer rodeios.

– Bem, você sempre soube muito bem qual era o seu charme. Especialmente naquele verão, quando tinha 14 anos e fazia sexo com qualquer fulana. Claro que isso foi antes de saber qual era a sua preferência sexual. – April olhou atentamente para William, que nesse momento estava se curvando para não bater a cabeça ao passar pela porta baixa da entrada da estufa.

Enquanto ouvia Regina explicando sobre os usos das plantas venenosas, William se comportava como um verdadeiro cavalheiro. Vincent também observava o amigo, reparando no porte dele. Tinha uma graça masculina encantadora.

– Eu não me importo com o que você pensa sobre mim e William, então, se quer fazer comentários desagradáveis, vá em frente. Vai ser como nos velhos tempos.

April estendeu a mão e pegou a mão de Vincent.

– Não me diga que você não se lembra.

Ele a fitou com um olhar vazio. Os parentes eram sempre um aborrecimento.

April levantou uma sobrancelha, desapontada com a falta de memória dele.

– Eu fui até o seu quarto. Me deitei na sua cama.

Aconteceu numa noite de tempestade, quando os pardais se abrigavam nos galhos de lilases abaixo da janela. Eles não contaram a ninguém e nunca haviam falado a respeito depois disso.

– Ah, isso... – disse Vincent. Ele se lembrava agora. Claro. Uma rapidinha, com um tampando a boca do outro para ninguém ouvir o ardor da repentina paixão entre eles. A tia lhe lançara um olhar inquietante pela manhã, mas as irmãs, mesmo prescientes como eram, pareciam não fazer ideia do que tinha acontecido.

– Somos *de fato* parentes muito distantes na árvore genealógica – April continuou. – Primos de terceiro grau. Nenhum problema do ponto de vista genético. – Ela estudou o rosto intrigado dele e soltou uma risada. Vincent não fazia ideia do que ela estava falando. – Você nem desconfia! E supostamente é você quem tem o dom da visão. Isso só prova que as pessoas só veem o que querem.

– April – disse Vincent –, quer parar de brincar comigo?

– Acho que foi justamente o oposto. Quem "brincou" comigo foi você, meu querido.

Irritado, Vincent se levantou, fazendo menção de ir atrás de William, mas, antes que pudesse fazer isso, April o segurou pelo braço. Seu toque hesitante fez com que ele ficasse. Ela parecia vulnerável, algo de que não parecia ser capaz. Embora estivesse tão vulnerável quanto na ocasião em que ela fora visitá-los depois do verão, fugindo antes que tivessem chance de se falar.

– Tudo bem, então – disse April. – Talvez você não tenha se tocado. Bem, então lá vai, querido. Ela é sua filha.

Desconcertado, Vincent observou a garotinha na estufa. Ela estava fazendo um buquezinho de flores roxas de equinácia para William. Essas flores cresciam descontroladamente no jardim de tia Isabelle e eram usadas havia muito tempo como cura para escarlatina, malária, difteria, septicemia e resfriado comum. Regina riu quando William aceitou seu presente, agradecendo com uma reverência.

– Não consegue ver a semelhança entre vocês? – perguntou April.

– Você disse que o pai dela se afogou.

– O que eu ia dizer? Que transei com um primo distante de 14 anos e ele era tonto demais para usar preservativo? E agora aqui está ela. Uma criança incrível que geramos. Uma linhagem dupla. O problema é que eu acho que a vida dela pode acabar duas vezes mais rápido. Eu tive essa visão quando ela era bem pequena e acho que Franny também, quando fui visitá-la.

– Franny? – Ele sentiu uma pontada de pânico.

– Não se preocupe. Ela não sabe que você é o pai. Aquele feitiço que lançamos sobre ela na biblioteca, para que não soubesse o que estávamos fazendo, durou muito tempo. Mas ela conhece o destino. Algo que nossa garota herdou. Tanto de mim quanto de você, na verdade. Uma vida lamentavelmente curta.

Vincent foi tomado pelo pânico.

– Tem certeza?

April se desfez em lágrimas.

– Estou dando a ela a melhor vida que posso. Ela vai crescer, até aí eu sei e, na verdade, ninguém sabe quanto tempo tem de vida...

– O que você vai dizer a ela? – Vincent se inclinou para a frente e seu rosto foi iluminado pelos últimos raios de luz solar. – Sobre mim?

– Vou dizer que você é um primo muito especial.

Vincent assentiu. A expressão dele revelava seu pesar.

– Tarde demais para arrependimentos – disse April. – Talvez eu devesse ter contado, mas você estava muito pouco interessado nessas coisas. Você era só um menino. A vida é complicada, Isabelle me disse quando decidi ter o bebê, mas tudo o que podemos fazer é vivê-la. Ela estava certa. Estou feliz que finalmente você tenha se apaixonado.

– Você sabe que isso é impossível para a nossa família – Vincent a lembrou.

– Bobagem! – disse April, pois ela estava apaixonada por ele naquele verão. Seu primeiro e único amor verdadeiro, na realidade, e nada de horrível acontecera. Pelo contrário, algo maravilhoso tinha acontecido. A filha deles. – Só temos que lutar com mais empenho pelo que queremos.

William e Regina se aproximaram, de mãos dadas e cantando sua própria versão de "I Walk at Night". William tinha na mão o buquê de flores recém-colhidas, de um tom vermelho-púrpura.

Eu tinha um jardim, eu tinha um pombo, eu tinha uma árvore, eu tinha seu amor.

– Vamos comer a sobremesa – disse April. – Se eu soubesse que vocês vinham, teria feito o bolo de chocolate da tia Isabelle. Em vez disso, temos mousse de framboesa.

– Pensei que você estava fazendo macarons... – disse Regina, pois eram os favoritos dela. – Vincent e William iam adorar.

– Não dava tempo – informou April à filha desapontada.

– Algum dia vamos comer macarons de Paris – disse Vincent para consolá-la. – Mas esta noite vamos ter mousse de sobremesa e sou eu quem vai comer tudo!

Regina soltou uma risada e subiu no colo dele, uma criança completamente à vontade com quem era.

– Canta pra mim? – ela pediu. – Quero me lembrar de você depois que for embora.

Vincent acariciou o cabelo dela. Era preto como o dele e escorrido. E ela tinha um sorriso de derreter corações (pelo menos tinha feito isso com o dele).

– Vou mandar uma fita para você – assegurou William à garotinha. – Ou melhor, vou transformar a fita num disco.

Regina bateu palmas alegremente e exclamou:

– Então vou tocar o disco toda noite quando a gente comprar um toca-discos!

– Também vamos enviar um toca-discos – garantiu Vincent.

April reapareceu com a sobremesa e um bule de café, com cara de quem tinha ouvido as promessas deles.

– Me faz um favor? – Ela conhecia Vincent muito bem e sabia como era fácil para ele esquecer algo que era importantíssimo para outra pessoa. O cheiro das frutas e do açúcar da sobremesa era tão intenso que começou a atrair abelhas e April teve que espantá-las com a mão. – Não faça promessas que não pode cumprir.

※

Jet pegou o ônibus sem avisar ninguém. Era 1º de março, o aniversário de Levi, e os sinos-dourados já estavam florescendo. Ela colocou o vestido preto e amarrou um lenço na cabeça. Pegou a bolsa e nada mais. Tinha discutido a ideia com Rafael, quando ele a surpreendera reservando um quarto no Plaza Hotel por uma noite. Quando o elevador se abriu no sétimo andar, Jet percebeu que ele tinha pedido o quarto 708, então ela disse que preferia um quarto diferente, que fosse apenas deles.

– Nosso relacionamento não tem nada a ver com Levi – ela disse. – Mesmo que eu vá visitar o túmulo dele, isso não tem nada a ver conosco.

Quando ela desceu do ônibus, caminhou para o oeste, parando num campo para colher alguns narcisos da cor de manteiga fresca. Amarrou o ramo de flores com um barbante azul. O sol estava pálido e o ar, fresco e revigorante. O cemitério ficava a uns três quilômetros e ela andou rápido, escondendo-se atrás da vegetação cada vez que um carro passava.

Nos portões do cemitério, um carro funerário aguardava alguém, o que a obrigou a esperar, mas o enterro já tinha terminado e não havia ninguém à vista quando o carro funerário se afastou. Havia ali, na parte mais antiga do cemitério, muitos sobrenomes que ela reconhecia. As pessoas tinham nomes como Guerreiro, Bravo ou Valoroso e Redentor, porque eram essas as virtudes que as famílias mais valorizavam. Quando Jet se aproximou dos túmulos da família Willard, viu um anjo marcando o lugar de repouso de um bebê chamado Renúncia Willard, que vivera apenas um dia.

O túmulo de Levi estava numa parte mais nova do cemitério, depois de um enorme gramado. Ela depositou os narcisos na frente da lápide simples que tinha sido colocada no chão. Ele tinha 18 anos. Mal começara a viver. De repente, sentindo-se exausta, Jet deitou-se na grama ao lado do túmulo. Ela ainda usava o anel que Levi lhe dera, embora o momento em que ele lhe mandara fechar os olhos, para que pudesse lhe dar o presente de aniversário, parecesse muito distante.

Eles provavelmente tinham se encontrado umas vinte vezes, no máximo. Um mundo inteiro criado em poucos dias. Ela imaginou Levi ao lado dela, vestindo o mesmo traje preto. Muitos da família de Hathorne tinham sido enterrados nas proximidades. Eles também eram da família dela, um fato inquietante. Não admira que os Owens tivessem guardado esse segredo. Não admira que tantos fugissem de Massachusetts. Até o parente do caçador de bruxas, Nathaniel Hawthorne, tinha colocado um *w* em seu nome para não ser associado ao seu cruel ancestral, movido pelo desejo de reparar todo o mal que o trisavô fizera no mundo.

Não muito longe dali havia uma árvore onde as bruxas eram enforcadas, depois de condenadas pelo homem que tinha sido o pai da filha de Maria Owens. Em 1692, ele foi escolhido para presidir os julgamentos das bruxas. Deu as sentenças e supervisionou o enforcamento de dezenove inocentes, convencendo o tribunal a aceitar provas espectrais, o que significava que o que era dito baseava-se nos evangelhos, sem nenhuma prova. (Mulheres poderiam se transformar em corvos. Um homem poderia ser o aprendiz do diabo.) A crueldade desse homem era lendária. Ele se recusava a ouvir os depoimentos das pessoas que se retratavam, concluindo que os acusados eram culpados antes de serem julgados, atormentando os acusados, levando-os a ser executados e, desse modo, fazendo com que recaísse sobre ele, e sobre todos que se seguiram, a maldição que agora compartilhavam. Após uma condenação, uma propriedade poderia ser tomada e repartida como os juízes bem entendessem.

Hathorne se casou com uma garota qualquer de 14 anos de idade, construiu uma mansão e foi pai de seis filhos. Ele fez o que quis com Maria Owens, que não tinha pais nem responsáveis, usando-a como bem quis, e em sua juventude e inexperiência ela acreditou que o amava, embora ela fosse como um corvo apaixonado pela sua gaiola.

Jet protegeu os olhos com a mão e olhou para o céu. Viu que um homem estava olhando para ela e se levantou rapidamente. Seu coração acelerou. Ela estava tão perto da árvore onde as bruxas eram enforcadas que sentiu uma vertigem. Tinha nas veias o sangue de ambos, acusador e acusadas.

O homem ficou onde estava. Ele tinha nas mãos um maço de narcisos. Eles se entreolharam, as únicas pessoas no cemitério. Antes que o reverendo pudesse chegar mais perto e acusá-la, dizendo que ela era uma bruxa e um demônio e tinha causado a morte do filho dele, Jet saiu correndo. Correu tão rápido que podia ouvir o sangue pulsando nos ouvidos. Ela queria estar morta ao lado de Levi, mas estava viva e por isso correu. Não parou no centro da cidade, não esperou um ônibus. Em vez disso, foi para a Rua Magnólia.

Bateu na porta de tia Isabelle. A luz estava acesa, mas ninguém atendeu, então ela foi até o jardim. Isabelle estava na estufa, cuidando das suas mudas, e não pareceu nem um pouco surpresa ao ver a sobrinha na soleira da porta.

– Você poderia ter vindo aqui, se queria narcisos – disse ela quando Jet entrou.

O quintal de fato estava repleto deles naquela época do ano, um mar de amarelo. Jet viu que o jardim estava muito à frente do resto da cidade. As glicínias já estavam florescendo, as rosas-trepadeiras estavam cheias de botões.

– Parece que viu um fantasma – reparou Isabelle.

– Eu vi o pai de Levi.

– Aquele reverendo não é dono do cemitério nem é dono desta cidade. Você tem todo direito de se lembrar de Levi.

– Eu quero me livrar disso – disse Jet.

– Do quê?

– Eu não quero mais me lembrar dele. Por favor – implorou à tia. – Por favor, faça isso por mim. Sei que você pode fazer coisas assim. E eu posso pagar. – Jet estava em lágrimas.

– Jet, se eu fizesse isso, você não seria mais a mesma pessoa.

– Ótimo! Eu não quero mais ser a mesma pessoa. – Jet foi sentar num banco de madeira, as mãos cruzadas no colo. – Deixei Franny pensar que bebi o chá da coragem.

– Mas não foi o que você bebeu! – disse a tia.

Isabelle fez sinal para que Jet a seguisse até a casa. Havia uma mulher impaciente na varanda, andando de um lado para o outro. Ela parou quando viu Isabelle.

– Ah, senhorita Owens! – disse. – Se a senhorita puder falar comigo um minutinho...

– Você vai ter que esperar – Isabelle disse a ela. – Basta se sentar e ficar aí quieta.

Jet seguiu a tia até a cozinha, onde Isabelle pegou a chaleira.

– Eu não quero deixar aquela mulher esperando – disse Jet.

– Ela esperou vinte anos para que o marido a amasse, pode esperar mais vinte minutos.

Quando o chá ficou pronto, ambas se sentaram e tomaram uma xícara.

– Reconhece o sabor? – Isabelle perguntou.

– É o mesmo que tomei antes.

– Você pediu cautela, mas eu lhe dei esse. Era o que você precisava. E é o que você tem.

Jet riu e bebeu o resto do chá. Então era esse o gosto da coragem?

– Quando você esquece um pedaço do seu passado, você esquece tudo. Isso não é o que você quer, querida.

Jet foi abraçar a tia, que ficou surpresa com a demonstração inesperada de carinho.

– Tem uma cliente me esperando – disse Isabelle. – Hora de você ir.

– Será que o marido dela vai amá-la?

– Você ia querer um amor comprado? – Isabelle perguntou.

Isabelle então ligou para Charlie Merrill, que veio com sua picape velha levar Jet à rodoviária. No percurso, Jet perguntou se ele faria um desvio. Os portões do cemitério estavam fechados, mas Charlie sabia o truque de abrir a fechadura com uma chave de fenda. Ele abriu os portões para ela e esperou no carro, feliz por poder ouvir um jogo de basquete no rádio.

Já estava escurecendo, mas Jet felizmente sabia o caminho. Ela atravessou o gramado, sob a luz fraca do crepúsculo. Tinha direito de ter suas lembranças e de estar naquele lugar.

Aqui jaz a vida que eu poderia ter vivido um dia, o homem que eu poderia ter amado por toda a vida, os dias que poderíamos ter compartilhado.

Jet foi até a lápide e se ajoelhou. Havia dois maços de narcisos ali. O reverendo não tinha jogado o dela fora.

Jet se deitou ao lado dele mais uma vez, dizendo que nunca perdoaria a vida por levá-lo, mas que não tinha escolha senão seguir em frente. Ela estava viva. Depois fez o trajeto de volta, em meio à escuridão, feliz por ver os faróis de Charlie cortando a noite.

– Deu tudo certo? – Charlie Merrill perguntou quando ela entrou na picape. Ele cheirava a pastilhas para tosse e flanela.

Jet assentiu.

– Acho que vou para a rodoviária agora.

Ele a deixou na rodoviária a tempo de pegar o último ônibus. Quando estacionou, entregou a ela um saco de papel com uma garrafinha térmica e algo embrulhado em papel-manteiga.

– Sua tia mandou chá. Acho que tem um pedaço de bolo aí também.

Jet abraçou o velho, surpreendendo-o.

– Ela é uma boa senhora – disse ele, como se explicasse a tia para Jet. – Qualquer um que a conhece sabe disso.

Ele esperou com o motor ligado, até o ônibus sair. Provavelmente Isabelle lhe pedira para fazer isso, e ele sempre fazia o que ela pedia. Os dois filhos dele tinham sido viciados em heroína; um já estava preso aos 20 anos, o outro tinha ficado meio abobado por causa das drogas. Isabelle tinha curado os dois com uma de suas misturas. Depois disso, ia visitá-los em casa, embora todos soubessem que Isabelle Owens não dava a mínima para as pessoas. Ela visitou os garotos todas as noites durante duas semanas, vigiando os filhos crescidos dele, como se fossem bebês, até que estivessem bem outra vez. Não cobrou um centavo dele por isso. Agora, quando os filhos a viam na rua, ou quando estavam trabalhando na casa dela e ela olhava para eles, os meninos cutucavam um ao outro e endireitavam a postura. Ainda tinham medo de Isabelle, embora ela tivesse lhes dado sopa na boca com uma colher de chá, quando estavam acamados.

Por isso Charlie esperou e acenou quando Jet entrou no ônibus, e Jet acenou de volta; e, quando ela percebeu que estava morrendo de fome e não tinha comido nada o dia todo, ficou feliz por ter o bolo de chocolate que a tia lhe mandara e grata por ter sido convencida de que esquecer sua perda seria pior do que a perda em si. Então ela passou a viagem toda se lembrando de tudo, desde o início de sua vida até aquele momento. E, no instante em que se recordou do amarelo pálido dos narcisos que colhera aquela manhã, percebeu que já havia chegado a Nova York.

O anúncio saiu no *The New York Times* em 21 de março, o aniversário de Franny, um dia que sempre provara ser bem pouco auspicioso. Era o dia de maior desventura do ano, mas também o dia em que se celebrava Ostara, o equinócio da primavera, no Hemisfério Norte, quando se devia espalhar cascas de ovos no jardim, para que um novo crescimento e transformação fosse possível, mesmo para aqueles que se consideravam desafortunados.

Talvez publicar algo nessa data fosse um mero descuido, mas, intencional ou não, o anúncio só serviu para causar em Franny uma mágoa ainda mais profunda do que a que já carregava. Vincent tentou esconder, jogou o *Times* no cesto de lixo, mas Franny o achou quando levava o lixo para fora. O jornal estava aberto na seção de anúncios de casamento, e lá estava, diante dos seus olhos, uma flecha apontada para o seu coração.

Haylin Walker, filho de Ethan e Lila Walker, de Nova York e Palm Beach, anuncia seu noivado com Emily Flood, filha de Melville e Margot Flood de Hartford, Connecticut. O noivo é formado na Universidade de Harvard e pela Escola de Medicina de Yale. A noiva, formada na Miss Porter School e no Radcliffe College, atualmente trabalha na Talbots em Farmington, Connecticut.

Franny não conseguiu ler até o fim. Nem viu que o anúncio mencionava que o pai do noivo era presidente de um banco e a esposa fazia parte do conselho da ópera, que os pais da noiva eram ambos médicos e criavam cães da raça boxer que participavam de exposições no Westminster Kennel Club. Sair com outra pessoa era uma coisa, mas aquilo se tratava de casamento, o fim da esperança de que, um dia, a relação entre eles poderia ser diferente.

Franny queimou o jornal na lareira. A fumaça cinza exalava o cheiro acre de enxofre. Depois ela abriu as janelas, mas ainda assim seus olhos continuaram cheios de lágrimas.

Quando Vincent entrou na sala ainda havia uma névoa granulosa pairando no ar.

– Hay está noivo – disse Franny ao irmão. – Você não deveria ter tentado esconder isso de mim.

– Melhor ignorar, Franny. Quantos anos achou que ele esperaria você? Dez? Vinte?

– Ele não deveria ter esperado?

– Não se você o mandou embora. As pessoas acreditam quando dizemos coisas assim. Você nunca falou que o amava, não é? – Vincent levantou as mãos. – Agora faça o que bem entender.

Depois que ele subiu as escadas, ela fez exatamente isso.

Ligou para o número dos pais de Haylin, que ela sabia de cor desde que tinha 10 anos de idade. Quando uma governanta cuja voz não reconheceu atendeu ao telefone, Franny disse que estava ligando para saber da festa de noivado. A moça supôs que ela fosse uma convidada para a celebração daquela noite. Sim, claro, disse Franny. Que horas seria? Ela tinha esquecido.

Franny pôs o vestido que costumava usar nos funerais, porque as outras roupas dela eram muito casuais. Calçou um scarpin velho que a mãe comprara em Paris. Eram vermelhos, o que fez Franny sentir, mais uma vez, sua afinidade com a mãe.

O céu estava tingido de nuances de rosa e cinza quando ela pegou um táxi para o Central Park, esquina com a 74th Street. Sentia o peito oprimido quando o táxi parou no endereço dos Walker. O apartamento deles ocupava um andar inteiro. Nessa noite, ele brilhava como um vagalume. Franny entrou no prédio atrás de um casal de mais idade e pegou o elevador com eles para ser confundida com uma convidada da festa.

– Que ocasião mais eletrizante! – disse a mulher a Franny.

– Sim – murmurou Franny em resposta. Ela estava usando seu brilhante cabelo ruivo preso num coque, para não chamar tanta atenção, mas notou o homem encarando seus sapatos. O scarpin vermelho da mãe. Ela manteve os olhos baixos.

– E pensar que Ethan sempre temeu que o filho fosse um fracasso – a mulher continuou. Ela já tinha certa idade, mas usava uma minissaia Mary Quant, combinando com uma blusa de seda e um longo colar de pérolas. A porta do elevador dava diretamente no apartamento e, quando ela se abriu, Franny sentiu como se tivesse voltado no tempo.

A sala estava lotada de convidados, mas ainda assim parecia exatamente como na época em que eles estavam na escola e Haylin a trouxera ali, depois de ela ter prometido solenemente que não contaria a ninguém sobre o alto padrão de vida da família dele. Isso foi depois que se conheceram no refeitório, quando ela deu a ele metade do seu sanduíche de tomate e ele comeu sem reclamar, embora achasse que faltava sal e maionese. A decoração não tinha mudado desde essa época; os mesmos tapetes de lã perolados, paredes revestidas de papéis de parede caros, sofás cor de tangerina. Alguém se ofereceu para pegar o casaco dela.

– Oh, não, obrigada – disse Franny. – Estou com frio.

De fato, ela estava tremendo. Sentiria-se deslocada com ou sem casaco; nenhuma de suas roupas parecia apropriada para a ocasião. As mulheres usavam vestidos de festa em tons vibrantes, os homens vestiam ternos sob medida. Franny ficou num canto da enorme sala de visitas, onde taças de champanhe e *hors d'oeuvres* eram servidos em bandejas reluzentes. Ela pensou ter visto Emily em meio aos convidados, mas havia tantas jovens altas, loiras e bonitas que ela não tinha certeza. Havia uma mesa repleta de pratarias, que o casal ganhara de presente. Pratos, bandejas, castiçais. Devido à presença de Franny, muitas das peças de prata menores estavam manchadas e escurecidas. Ela se afastou da mesa, envergonhada pelos efeitos que a bruxaria era capaz de produzir. Evitou os outros convidados, mas não conseguiu se esconder de Haylin, que chegou por trás dela e colocou a mão nas suas costas. Ela sentiu o calor de seu toque através do casaco. Tentou recuperar o fôlego.

– Eu não pude enviar um convite – disse ele. – Você nunca me disse onde morava.

Ele estava vestindo um terno caro e cortara o cabelo bem curto. Ela achou que nunca o vira de terno antes. Mas ainda assim era ele mesmo, seu mais querido amigo, não importava que roupa usasse, não importava com quem ele tivesse prometido se casar.

As bochechas da Franny ficaram vermelhas e o cabelo dela começou a se soltar do coque. Ela queria dizer: *Fuja comigo. Agora sei que nada mais importa. Não ligo se essa for a nossa ruína!*

Com seu casaco preto e cabelo vermelho-brilhante, era impossível não notá-la. Do outro lado da sala, o pai de Haylin a observava. Ele olhou para o filho e gesticulou para que se livrasse dela.

– Vamos lá pra fora. – Haylin levou-a para o elevador. Ele apertou o botão do térreo, mas no meio do caminho deteve a descida do elevador e atraiu Franny para si. Num gesto inesperado de intimidade, pressionou a boca contra a dela. Foi tão rápido e intenso que nada poderia impedir o que aconteceu em seguida. Não importava onde estavam; não foi preciso nem coragem para fazer o que fizeram.

Era o destino e eles não tentaram lutar contra isso. Franny jogou-se nos braços dele e Haylin não a impediu nem se conteve, embora a essa altura Emily Flood já estivesse se perguntando onde o noivo teria se metido, preocupada depois de ter visto uma mulher alta e pálida, de cabelos ruivos. Ela ainda tinha pesadelos com Franny, depois da visita dela ao hospital, demorara meses para Emily reconquistar a afeição de Haylin. *Você não vê?*, ela dissera a ele. *Franny nunca vai voltar para você. Se ela o amasse, teria vindo com você para Cambridge.*

O que Emily Flood mais temia acabou se tornando realidade. Tudo aconteceu muito rápido e então eles perceberam onde estavam e o que tinham feito. Haylin recuou, levantando as calças como um adolescente, aflito com suas próprias atitudes. Ele não era um homem infiel, ainda assim acabara de trair a noiva.

– Vou me casar – ele disse, balançando a cabeça como se estivesse intrigado com a própria declaração.

– Eu sei. Li no *The New York Times*. – Franny levantou o queixo, pronta para ser ferida por qualquer coisa que ele dissesse em seguida.

Ela sentiu que aquela era sua última chance, e não iria perdê-la.

– Eu tenho que me casar com ela – disse Hay.

– Você ouviu o que disse? Você *tem* que se casar?

Haylin soltou um gemido.

– Você sempre faz isso comigo. Faz com que eu pense que tenho uma chance.

O alarme do elevador disparou. Haylin tentou impedi-lo, mas no final teve que apertar um botão, do contrário o alarme não pararia de tocar. O elevador retomou o movimento, voltando a subir ao décimo sétimo andar. Quando as portas se abriram, Ethan Walker estava lá. Tanto Haylin quanto Franny pestanejaram, com uma expressão de culpa.

– Pensei que tinha sido claro – disse o pai de Haylin. – Livre-se dela.

O sr. Walker estava com uma expressão indecifrável, fechado como um cofre. Franny, no entanto, estava completamente transparente, uma mulher apaixonada que tinha acabado de transar no elevador e claramente não dava a mínima para os sentimentos alheios (certamente não para os daquela que seria a futura esposa do homem que amava e que tinha ido se trancar no banheiro para chorar, aterrorizada com a certeza de já tê-lo perdido antes mesmo que ele fosse dela).

– Não seja burro! – disse Walker para o filho. – Ela já largou você uma vez e fará isso de novo. Faça a coisa certa uma vez na vida.

Franny viu a expressão no rosto de Hay. Quando o pai dele se afastou, ela o puxou pela manga.

– Não dê ouvidos a ele. Você nunca ouviu o seu pai.

Haylin olhou para Franny.

– A questão não é o meu pai, Franny. Você sabe que não me importo com a opinião dele. Mas depois de todos esses anos... Você deveria ter me procurado.

– Eu não queria arruinar a sua vida – explicou Franny.

Hay riu amargamente.

– Mas agora você quer?

Franny recuou, ofendida.

– É isso que estou fazendo?

Hay a avaliou com frieza e ela pôde ver como o magoara.

– Eu não sei, Franny. Me diga você. Porque eu não tenho certeza se quero a minha vida arruinada. – Ele balançou a cabeça, sua confusão era evidente. – Eu não me esqueço do dia em que estava me afogando e você não foi me salvar. E quando íamos para a faculdade juntos e você não foi comigo.

– Mas você não se afogou! E se deu muito bem sem mim na faculdade! Mas você se ressente de tudo. Vejo agora que eu não deveria ter vindo.

Franny correu para o elevador, mas Hay bloqueou a porta com o braço, não deixando que ela se fechasse.

– Eu não iria aguentar se a perdesse outra vez... Isso me matou. Levei anos para superar o que você fez comigo.

– Mas vejo que superou. *Você* encontrou outra pessoa. *Eu* não.

– Diga que não vai embora novamente e eu cancelo tudo...

Franny deu um passo para trás, assustada com as emoções intensas dele.

– Diga! – ele exigiu. – E eu farei qualquer coisa. Vou magoar aquela moça se for preciso.

Foi quando Franny viu Emily. Ela tinha ido procurar Hay e os observava da sala de estar. Franny perdeu a voz, então, e sentiu a coragem se esvair do seu corpo. Quem ela achava que era para causar tanta dor a outra mulher? Possivelmente Emily era o destino de Haylin e Franny só estava tentando impedir que ele se cumprisse.

– Você ainda não consegue me prometer isso... – disse Haylin, e nesse momento ele deixou a porta do elevador se fechar.

Na rua, Franny chamou um táxi. Ela viu pela janela do carro os portões do Central Park por onde ela e Haylin costumavam entrar. O amor tinha que acontecer sem nenhuma certeza, ser um grande salto de fé. Mas Haylin agora estava ao lado de Emily Flood, enquanto Franny seguia para o centro da cidade, chorando e contemplando o mundo que conhecera um dia.

Uma vez por mês, Jet ia para Massachusetts. Ela não contava seu destino a ninguém da família, mas eles sabiam. Às vezes Franny preparava um lanche para ela e deixava sobre a mesa da cozinha. Um sanduíche de pepino, alguns biscoitos, uma maçã verde. Vincent costumava deixar dinheiro para o ônibus. Ela era grata, mas nunca falava sobre seus planos com eles. Simplesmente saía bem cedo no último domingo do mês. Quando chegava à cidade, pegava o táxi local para o cemitério, e sempre levava narcisos, não importava a época. Ela às vezes parava no supermercado da região que vendia flores. Todos sabiam quem ela era, mas a tratavam educadamente. Na primavera, caminhava até o cemitério e colhia suas próprias flores, aquelas que cresciam nos campos e eram da cor de manteiga.

Isabelle não se ofendia com o fato de Jet não ir visitá-la, embora uma ou duas vezes tivesse visto a sobrinha andando pela cidade. Uma vez, em particular, ela por acaso estava indo para a biblioteca quando viu Jet na frente da casa dos Willard. Talvez fosse um bom sinal, talvez não. Só o tempo diria. A casa dos Willard era uma construção branca com persianas verdes, com mais de duzentos anos de idade e um enorme jardim que nunca recuperara a sua antiga glória depois do dia em que o reverendo jogou sal ali para afugentar April Owens, que perambulava pelo lugar com a intenção de colher suas rosas do tamanho de pires. Agora as roseiras não tinham flores e as folhas estavam esburacadas. As únicas coisas que cresciam ali eram narcisos, e Jet ficou surpresa ao ver que havia centenas deles.

Havia uma macieira da qual Levi lhe falara. Ele dizia que adorava escalar a árvore e colher maçãs frescas, mas agora a casca da árvore estava escurecida e grossa como couro, os galhos estavam retorcidos e sem folhas. A árvore não dava frutos havia anos.

Jet estava encostada na cerca branca, olhando para a janela do andar de cima, onde ficava o quarto de Levi, quando o reverendo saiu da casa. Ele estava pondo o lixo para fora, mas a viu e parou. Eles se entreolharam à luz fraca do entardecer.

– Eu queria ver o quarto dele – disse Jet.

O reverendo não fazia mais sermões nem pregações. Não fazia mais nada. Já não regava o jardim nem arrancava o mato. As calhas da casa estavam caídas e o teto também precisava de conserto. Havia duas cadeiras de balanço na varanda onde ele nunca se sentava. Não queria que os vizinhos passassem para cumprimentá-lo ou lhe desejassem bom-dia ou perguntassem como ele estava. Ele olhou para a garota Owens de cabelo preto e rosto pálido e sério, com uma cicatriz na bochecha, e fez sinal para ela. Ele não sabia o que estava pensando ou se estava pensando alguma coisa, mas ficou olhando enquanto ela entrava no quintal e subia os degraus da varanda.

– Agradeço muito – ela disse. – Obrigada.

Ela seguiu o reverendo para dentro da casa e subiu as escadas atrás dele. O carpete era bege e as paredes eram brancas, mas estavam amareladas. Sentiu um cheiro de naftalina e café recém-coado. Nenhuma lâmpada estava acesa. O reverendo não gostava de gastar dinheiro com contas de luz; além do mais, enxergava muito bem durante o dia. Depois de escurecer, ia para a cama. Ou se sentava perto da janela e olhava o quintal, como se pudesse ver através do tempo, para o passado. A esposa tinha morrido muito jovem, de câncer, e talvez a partir daí tudo começara a desandar. Ele passou a se dedicar exclusivamente ao filho e a ter medo de azar, e depois teve a impressão de que o atraiu para si mesmo e para todos perto dele.

– Cuidado com os degraus – ele se pegou dizendo, pois a escada era íngreme.

Uma vez lá dentro, o reverendo acendeu uma lâmpada. Jet queria ver o quarto de Levi desde que eles tinham se conhecido. Sempre que se sentavam no parque, ele o descrevia nos mínimos detalhes. A colcha azul, os troféus que ele ganhara na equipe de natação, as fotografias da mãe e do pai num piquenique à beira do lago. O papel de parede era de listras azuis e brancas, o tapete era de *tweed*. Jet estava na porta agora. Se fechasse os olhos, podia vê-lo sentado na cama, sorrindo para ela, um livro de poemas na mão. Os olhos dela estavam brilhantes e calorosos.

– Aquele que é amado é incapaz de morrer, pois Amor é imortalidade – disse Jet, citando Emily Dickinson.

Quando ela abriu os olhos, o reverendo estava de pé ao lado dela, chorando. Eles ficaram juntos assim até o sol descer um pouco mais no horizonte e faixas azuis tingirem o chão.

Depois de um tempo, Jet o seguiu até o andar de baixo. O reverendo abriu a porta de tela para ela e eles saíram para o jardim de narcisos. Todo o resto estava preto. Até o solo.

– Posso levá-la até a rodoviária – disse o reverendo.

– Não é preciso, obrigada, eu gosto de andar.

Ele assentiu. Gostava de andar também.

– Você pode vir da próxima vez – disse ele. Quando ela olhou para ele, confusa, o reverendo acrescentou: – Sei que você vem todo mês. Eu a vejo no cemitério, mas não quero incomodar. Sei que quer ficar sozinha com ele.

Jet ficou na calçada e observou-o subir os degraus da varanda. A lâmpada tinha ficado acesa no quarto de Levi e lançava um brilho amarelo. Jet acenou e depois se virou. Ela andou o longo caminho até a rodoviária. Gostava de andar pela cidade, especialmente sob a luz fraca do entardecer. Trazia-lhe conforto saber que, mais de trezentos anos atrás, as pessoas da sua família já moravam nesta cidade e andavam pelas ruas como ela andava agora. A próxima vez que viesse, ela não usaria esse vestido preto, pois era muito quente para a estação. E viria mais cedo, para que pudesse ficar mais, porque, pela primeira vez depois de vários anos, ela sentia que tinha todo o tempo do mundo.

Em 28 de junho de 1969, o tempo estava quente, mais de trinta graus, algo incomum nessa época do ano. Nova York estava fumegante, como se o calor subisse das entranhas da terra. Na Christopher Street, entre a West 4th e a Waverly Place, o restaurante Stonewall, cujo prédio no passado fora um estábulo, estava fervilhando. O lugar era uma panela de pressão e uma hora iria explodir. O crime organizado dirigia o estabelecimento como se fosse um bar gay e tudo ali era ilegal. Não tinham licença para vender bebidas alcoólicas e policiais corruptos recebiam propina. Às vezes faziam vista grossa, às vezes não, apesar dos subornos. Havia batidas policiais, e os clientes, entre eles transgêneros, *drag queens*, menores de idade e garotos de rua, eram espancados, humilhados e presos, arrastados para a rua, algemados e machucados, e tinham que enfrentar um sistema judiciário que os via como párias, sem direito algum.

Um pouco mais tarde, nessa noite em particular, Vincent estava andando com seu cão pela rua quando se deparou com um tumulto que crescia a cada minuto. Ele poderia ter seguido em outra direção, mas continuou em frente. Posteriormente, ficou se perguntando se sabia o que estava fazendo, se realmente precisava ver por si mesmo quem ele era e a que lugar pertencia. Geralmente não prestava atenção em ninguém quando passeava com seu cachorro à noite, como não teria prestado atenção à multidão crescente apesar das prisões brutais, se a polícia não tivesse cercado o local.

Oito policiais, que tinham espancado clientes do Stonewall, estavam presos lá dentro e, quando forças táticas chegaram para dar apoio, um motim começou. A multidão usava latas de lixo e tijolos para se defender. Vincent ficou parado ali, sem saber o que fazer. Quando confrontado com a enormidade do que estava acontecendo, a mais pura atitude revolucionária de defender quem você é, ele foi incapaz de sair do lugar. *Seja você mesmo*, dissera a tia. Era isso que ele era? Um homem que temia mostrar quem era? Um coelho? Naquele instante, não poderia ter sentido mais desprezo por si mesmo.

– Por que não faz alguma coisa? – alguém gritou.

Um dos garotos de rua do Christopher Park estava sendo espancado, enquanto fazia o possível para proteger o rosto com as mãos. Sem pensar, Vincent afastou o policial. Ele se concentrou e fez uma chuva de pedras cair, atingindo vários policiais. Quando o garoto saiu mancando, o policial foi para cima de Vincent, atacando-o. Vincent caiu, o rosto batendo no asfalto. Harry latia como louco e teria avançado em quem mais agredisse o dono, mas Vincent se recompôs e levantou-se, chamando o cachorro. Eles desceram correndo a West 4th Street, atravessando na frente dos carros. Vincent tinha um corte do lado esquerdo da cabeça e estava sangrando.

Ele deixou o cachorro no quintal do número 44 da Greenwich, antes de ir para o pronto-socorro do St. Vincent. Nos dias que se seguiram, houve tumultos e muitos feridos foram levados para lá. O próprio Vincent tinha levado pontos na cabeça, sem contar a mão, que torcera durante a queda. Eles enviaram um residente para cuidar dele.

– Levou um tombo? – perguntou o residente, alto e esguio.

Quando Vincent olhou para o médico, viu Haylin Walker, com um uniforme branco e um olhar de preocupação no rosto.

– Há um motim lá fora, dr. Walker. Eu não levei tombo nenhum.

Haylin então o reconheceu.

– Você! – Ele abraçou Vincent tão calorosamente que o rapaz estremeceu de dor.

– Você é médico mesmo? – perguntou Vincent.

Hay abriu um sorriso largo. Ele ainda tinha o mesmo sorriso fácil que exibia aos 15 anos.

– Absoluta. Acabei de conseguir uma residência em Beth Israel, em Boston. – Ele era bom em dar pontos e, como havia muitos outros pacientes esperando nesse dia, foi extraordinariamente rápido também. – Pronto. Sua aparência não será afetada em nada. Mas que bagunça está hoje aqui! – Ele colocou uma tala na mão de Vincent. – Você talvez sinta dificuldade para mexer a mão por um tempo.

– Tive sorte. Está a maior desordem lá fora.

Hay pareceu envergonhado, mas engoliu o orgulho e perguntou:

– Como está Franny?

– Considerando que você a deixou, por que a pergunta?

Hay deu uma olhada em Vincent, depois demorou um instante até se sentar ao lado dele na maca.

– Por acaso alguma coisa acaba do jeito que queremos?

Vincent se levantou, deixando Haylin livre para cuidar da fila de pacientes à espera dele.

– Quer ser mais esperto da próxima vez? – Vincent disse antes de ir embora. – Se você tem alguém que ama, não perca tempo.

Quando Vincent chegou em casa, Franny o fez se deitar na cama e pôr gelo na cabeça.

– Eu estava no lugar errado, na hora errada – explicou Vincent. Mas a noite não tinha sido de todo ruim. Na verdade, ele não se sentia mais tão sozinho nesta vida. Fazia parte de algo maior que ele mesmo. Mesmo assim, queria proteger William.

– Não telefone para ele – pediu a Franny. – Ele está em Sag Harbor com a família. Não quero que se preocupe.

Mas William tinha o dom da visão e percebeu algo errado. Quando ligou a TV, a notícia dos motins estava em todos os canais. Ele chegou na manhã seguinte, dirigindo o velho jipe do pai. Estacionou num lugar proibido e bateu na porta. Franny deixou que ele entrasse e contou o que havia acontecido, enquanto o levava até a sala. Ele já se martirizava por não estar por perto.

Subiu as escadas e bateu na porta de Vincent. Quando não ouviu nenhuma resposta, ele disse:

– Não aceito um não como resposta.

Vincent abriu a porta, sua aparência era péssima. William o abraçou, depois recuou para dar uma olhada melhor.

– Vamos sair desta cidade? – sugeriu.

Ele encontrou a mala de Vincent e começou a arrumar as coisas dele.

– Por que vamos partir? – Vincent perguntou. – Não podemos fugir de quem somos.

– Claro que não. Por que faríamos isso?

Vincent riu, concordando.

– Não vamos fazer isso.

– Estou feliz que se sinta assim, Vincent. Porque eu certamente não quero ser outra pessoa além da que sou e não quero negar isso. Estou levando você para ver alguém que teve que fazer isso a vida toda.

– Quem? – perguntou Vincent.

William abriu a porta do quarto. Era hora de eles partirem.

– Meu pai.

Eles foram para a cidade de Sag Harbor, onde a família de William tinha uma casa centenária. Dentro da propriedade, havia um chalé de madeira, com uma enorme varanda, que dava para o mar cristalino e a costa da ilha Shelter. O chalé, no entanto, embora construído para ser usado no verão, tinha sido isolado da casa principal e ganhara um sistema de aquecimento. Agora o pai de William morava ali o ano todo. Vincent viu que William se parecia com o pai em muitos sentidos, não apenas na aparência, mas também em seu comportamento calmo, que escondia um coração apaixonado.

– William costumava remar até a ilha nos dias de tempestade só para provar a si mesmo que conseguia chegar lá. Ele até foi parar no meio de um furacão certa vez, apesar dos meus avisos. Nunca foi de desistir. – Quando chegaram, o pai de William estava esperando por eles na extremidade de um grande gramado verde. Ele abraçou o filho e depois abraçou Vincent também, muito feliz pela companhia deles. – Meu filho sempre foi corajoso e ele revela isso a todos que o conhecem. Eu sempre tive inveja dessa qualidade dele, pois ela me falta completamente.

Eles atravessaram o gramado, depois desceram uma rua, passando por um pequeno cemitério. Era ali que os Grant sempre eram enterrados, sendo o primeiro deles Everett Rejoice Grant, morto em 1695. A família era importante para os Grant. William era filho único, mas isso tinha sido compensado com dezenas de primos e amigos. A mãe dele tinha um apartamento em Nova York e ficava lá o ano todo, mas vinha celebrar o Dia de Ação de Graças com a família, apesar de não viver com o marido.

Era um dia claro, belo e brilhante, o ar tingido de sal, as rosas-trepadeiras florescendo. O cemitério estava repleto de luz solar.

Aposentado agora, Alan Grant trabalhara, durante quase trinta anos, no escritório da Promotoria de Manhattan. Quando William era criança, o pai chegava em casa tarde todo dia, às vezes não antes das nove ou dez horas, e depois ainda ficava sentado trabalhando até mais tarde, com arquivos espalhados sobre a mesa da sala de jantar. Ele ficava absorto em seu trabalho e muitas vezes esquecia a família. Aqueles dias, no entanto, faziam parte do passado. Hoje ele tinha preparado o almoço para os convidados e o servia numa varanda que dava para o mar. Havia ostras, uma salada e vinho branco. Rosas sobre a mesa, num vaso leitoso, e uma toalha de renda branca que pertencera à bisavó de William.

– Ouvi dizer que você estava lá nos tumultos – disse Grant. – Meu querido filho sempre achou que poderia vencer tudo que a natureza lhe impunha, e admiro essa atitude. Nós devemos lutar contra o fanatismo em todas as suas formas, pois é o preconceito que arruína a sociedade.

– É isso aí, promotor! – brincou William, claramente orgulhoso do pai.

– Estou orgulhoso de você também – disse Grant, brindando Vincent.

Vincent ficou constrangido.

– Eu? Eu não fiz nada. Apenas tropecei e consegui me machucar sozinho.

– Não digo só por isso. Tenho orgulho de você porque é sincero sobre quem é.

– Bem, isso é recente, acredite.

– Eu tenho todos os motivos para acreditar em você, especialmente porque está com meu filho. Ele reconhece a verdade quando a vê.

Depois do almoço, Vincent e William desceram até a praia que era rochosa, cheia de pequenas pedras cobertas de musgo, na maré baixa. Na água, havia uma garça azul que parecia Edgar, o pássaro empalhado da loja. A garça-real tem um só parceiro durante toda a vida, e Vincent achou que esse era um bom sinal. E um sinal ainda melhor era o fato de o sr. Grant parecer gostar dele.

– Meu pai sentia que precisava esconder que era homossexual. Minha mãe sabia, é claro, e eles tinham um acordo entre eles, mas no trabalho e no mundo lá fora, ele não queria que ninguém soubesse. Isso provavelmente colocaria em risco seu emprego e o deixaria suscetível a chantagens, que ele de fato teve de pagar uma ou duas vezes. Não era uma boa maneira de se viver, e teve um preço alto. Para todos nós, mas especialmente para ele. Nós o amávamos, mas ele se desprezava, por isso essa vida dupla era um desafio às vezes.

Vincent repetiu a história que a tia lhe contara sobre a prima Maggie, que, por negar quem era, fora transformada numa coelha.

– Isso obviamente não aconteceu com seu pai.

– Não. Apesar de todos nós, ele até que conseguiu viver a vida dele. Meu pai não é um coelho. É uma raposa.

Ambos riram.

– Bem, você também – disse Vincent.

– Ele me ensinou o que ser e o que não ser, e sou grato por hoje viver ao lado dele. Os tempos de hoje estão longe de ser perfeitos, mas não são como os tempos do meu pai. Se quer mesmo saber, era ele que normalmente saía remando, não eu, e às vezes eu temia que ele não voltasse, que continuasse seguindo em frente, até chegar a um lugar onde pudesse ser feliz. Ou mais feliz. Ele pegava os casos mais graves, assassinatos, estupros, porque queria mudar o mundo, mas também porque precisava lutar e não podia lutar em benefício próprio. Esse é um dos atributos que me chamaram atenção em você, Vincent. Você é batalhador.

– Sou?

– Você verá. Quando chegar a hora. Vai lutar pela vida que quer.

Depois de caminhar por um tempo, eles pararam numa grande piscina deixada pela maré e tiraram os sapatos. Em seguida, como se tivessem a mesma ideia, despiram-se e correram para a água aos gritos, pois o mar estava frio como gelo.

Vincent sentia-se vivo, mais vivo do que jamais imaginou estar. Ele mergulhou na água e tudo parecia maravilhoso. Sua mente estava clara e lúcida. Seu coração batia forte no peito. Ele estava distraído dentro d'água, mas sabia que não podia se afogar. Mesmo assim, William estendeu a mão para ele e o ajudou a firmar os pés, puxando-o para longe da arrebentação.

– Está louco! – exclamou William. – O mar está agitado.

– Isso não tem importância nenhuma para nós.

Vincent abraçou William, atrevendo-se a pensar que finalmente se sentia de fato feliz. Contemplou a ilha Shelter ao longe. Sentiu vontade de nadar até lá, tentar algo impossível, pois tudo que tinha feito até o momento parecia egoísta e insignificante.

– Você é mais importante que tudo para mim – disse William.

Vincent balançou a cabeça.

– Você pensa bem demais de mim...

– Sei exatamente quem você é – respondeu William. – Assim como sempre soube quem era meu pai. E eu o amava, não *apesar* do que ele era, mas *por causa* disso, assim como amo você pelo que é.

Numa noite calma, as pessoas encontraram um cervo deitado no Washington Square Park. Ninguém sabia de onde ele tinha vindo, embora houvesse rumores de que ainda havia cervos no Bronx e esse talvez tivesse descido pela margem do rio. Ele era um cervo albino, que, segundo se dizia, trazia má sorte. Estava enrodilhado ao lado de um banco de madeira, e na manhã seguinte todas as crianças do bairro foram vê-lo. Quando chegaram, o animal ainda estava ali, dormindo no parque, e até mesmo aquelas que já não acreditavam em contos de fadas acabaram acreditando. Ficaram ali, nas trilhas de concreto, maravilhadas com a criatura da floresta. O cervo era silencioso e não parecia ter um pingo de medo. As crianças deixaram feno e folhas de grama para ele, e algumas trouxeram outros presentes: açúcar, cobertores, ervas de gosto adocicado.

Para muitas pessoas, era uma época em que milagres aconteciam todos os dias. No verão anterior, Neil Armstrong e Buzz Aldrin tinham chegado à Lua pela primeira vez, a bordo da *Apollo 11*, pousando no Mar da Tranquilidade. Parecia que a distância entre a Terra e as estrelas e os planetas estava ficando cada vez menor, e talvez o mundo, aquela esfera azul flutuante, estivesse ficando melhor do que já tinha sido um dia. Mas não havia paz à frente; pelo contrário, havia inquietação nas cidades, que eram brutais e extremamente violentas.

No parque, havia tantos enxames de abelhas que Franny passou a usar uma echarpe quando se sentava debaixo do Elmo da Forca. Ela havia trazido uma tigela de água fresca para o cervo, mas ele se recusara a beber. Podia ver nos olhos do animal que ele tinha desistido da vida.

Durante a noite, alguém atirou no cervo com um arco e flecha, como se a temporada de caça tivesse sido declarada em Manhattan. As pessoas ficaram indignadas e um tumulto começou, sendo grande parte dos manifestantes as mesmas crianças que haviam se empenhado para salvar o cervo. A prefeitura assumiu a causa e fez uma arrecadação para que o cervo pudesse ser enterrado no terreno dos Claustros.

Dias depois da morte do cervo, ainda havia uma trilha de sangue no caminho de concreto onde a pobre criatura ficara deitada. Perto daquele lugar, as crianças da escola primária PS 41 plantaram uma roseira numa tarde sombria. Ela floresceu durante a noite, dando dezenas de rosas brancas, embora não fosse época dessas flores. Foi um milagre, todos disseram, e alguns ficaram satisfeitos, mas, para qualquer um com o dom da visão, ainda era palpável a sensação de mau agouro no parque.

Franny parou de ir ao Washington Square Park. Em vez disso, ela se sentava, trêmula, em seu próprio jardinzinho, à espera do que quer que estivesse fadado a acontecer quando um cervo branco aparece do nada, rosas brancas florescem do dia para a noite e abelhas seguem a pessoa para casa e fazem uma colmeia no telhado da casa dela.

Nada aconteceu até outubro. Mas uma carta chegou ao número 44 da Greenwich numa tarde de domingo, dia em que o correio não era entregue. Não tinha selo nem remetente, mas o papel de carta de cor creme e a caligrafia inclinada foram instantaneamente reconhecidos. A carta era endereçada apenas a Franny.

– Que sorte a sua! – disse Vincent, secamente. Ele tinha passado na casa das irmãs para um café, como costumava fazer toda manhã, quando William saía para dar suas aulas.

Franny olhou para o envelope no chão. Ela não tinha vontade nenhuma de pegá-lo; na verdade, estava apavorada. Por fim, foi Jet quem pegou a carta. Ela olhou para a irmã e Franny assentiu:

– Pode abrir.

Garricha pulou no colo de Jet, quando ela se sentou para inspecionar o envelope. Quando a gata bateu uma pata na carta, ouviram o zumbido de uma abelha.

– É melhor você mesma ler – sugeriu Jet para Franny. – Afinal de contas, foi endereçada a você.

Franny saiu para a varanda dos fundos. A cidade tinha, nesse dia, um aroma de possibilidades e picadinho de carne. Franny usou uma faca sem fio para abrir o envelope, em seguida reparou numa abelha subindo pelo ar enevoado. A última vez que tinham visto abelhas, elas eram um presságio de morte.

O bilhete dentro do envelope era breve.

Venha hoje.

Isabelle não costumava pedir nada e, quando pedia, era melhor obedecer. Assim como Susanna Owens, Franny acreditou na tia. Arrumou a mala e pegou o ônibus para Massachusetts uma hora depois. Jet tinha feito um lanche para ela, um sanduíche de tomate, uma maçã verde e uma garrafa térmica com Chá da Boa Viagem, feito de casca de laranja, chá-preto, hortelã e alecrim. Enquanto cruzava os campos exuberantes da Nova Inglaterra, Franny pensava no primeiro verão em que tinham passado férias ali, quando Haylin escrevia cartas todos os dias. Pensava que podia ter o que queria; que podia ver o mundo de cima, como se fosse uma bola azul distante, cujas tristezas não a atingiam. Ela queria ser um pássaro, mas agora sabia, ao olhar pela janela e ver Lewis seguindo-a, que até os pássaros estão presos à terra por suas necessidades e desejos.

O frio estava cortante e Franny usava o casaco âmbar da mãe e botas pretas de cano longo, com jeans e uma camisa que tinha sido de Vincent. Ela tinha uma sensação horrível na boca do estômago. Uma mensagem de uma linha nunca era boa coisa. Significava que não havia como reparar algo que tinha desandado. Se algo tem cura, existem centenas de remédios. Se não tem, nem mesmo todas as palavras do mundo adiantarão.

Para Franny, nada parecia ter mudado quando ela cruzou a Rua Magnólia, exceto pelo fato de que os Rustler não moravam mais ali. A casa tinha sido pintada e duas garotas desconhecidas brincavam no jardim da frente. Franny parou e inclinou-se sobre a cerca, curiosa.

– O que aconteceu com a família que morava aqui antes de vocês? – perguntou.

– Eles eram uns fedorentos! – disse uma das garotinhas.

– Tivemos que queimar sálvia em todos os cômodos – confidenciou a mais velha das duas irmãs, aparentando uns 10 anos de idade. – Energia ruim. Pegamos a sálvia com a velha malvada no fim da rua. Isabelle.

– Por que ela é malvada? – perguntou Franny.

– Está sempre de roupa preta e um par de botas velhas – disse a irmã maior. As meninas de repente pararam a brincadeira e olharam Franny com mais atenção. O casaco preto, as botas, o cabelo ruivo preso no alto da cabeça. – Oh-oh! – ambas exclamaram, pensativas.

A mãe das meninas apareceu na porta com uma expressão intrigada.

– O almoço está pronto! – gritou, batendo palmas, para chamar as filhas. Quando as garotas entraram, a mulher saiu na varanda, com as mãos nos quadris e os olhos fixos em Franny. – Posso ajudar?

Franny detectou uma mancha avermelhada na varanda, sob a tinta cinza. Sentiu o sangue afluir às faces. Sabia o que era e não lhe parecia um bom augúrio.

– O que aconteceu com a sra. Rustler?

– Você é parente dela?

Às vezes dizer a verdade era a melhor maneira de descobrir um pouco mais da verdade.

– Sou Franny Owens. Acho que a senhora pediu um pouco de sálvia para a minha tia um tempo atrás.

A vizinha continuou cautelosa.

– Talvez eu tenha pedido?

– Se fez isso, fico feliz que ela tenha lhe ajudado. – A mulher pareceu menos desconfiada e se aproximou um pouco mais. Ela não parecia mais tão hostil, então Franny continuou. – A sra. Rustler se envolveu com o meu irmão um tempo atrás – explicou ela. – Então eu só queria saber...

– Bom, sorte a dele não estar por perto quando aconteceu. O marido dela, sabe? Parecia um cara tranquilo. Mas ele a assassinou. Ouvi falar que ela dava em cima de todos os homens. Conseguimos pagar um ótimo preço pela casa por causa do crime, mas tive que ir à casa da sua tia várias vezes para tentar livrar o lugar da energia ruim. Ainda tem cheiro de borracha queimada no porão.

– Experimente sachês de lavanda. Coloque-os em todos os cômodos e enterre um embaixo desta varanda.

– Para dizer a verdade, acho bom que você tenha vindo – confidenciou a vizinha. – A sua tia não acende a luz da varanda há semanas. As pessoas da cidade estão um pouco preocupadas, mas todo mundo sabe que ela gosta de privacidade.

Franny agradeceu à vizinha e continuou andando. Outubro era um mês tão imprevisível... Nesse dia, por exemplo, o frio era tão intenso quanto no inverno, mas o sol brilhava. O boletim meteorológico previa que, no dia seguinte, a temperatura não passaria dos 15 graus. As videiras que serpenteavam ao redor da velha casa estavam vivas, mas sem folhas; tinham apenas espinhos. Quando Franny atravessou o portão, notou que o jardim não tinha sido preparado para a primavera, como geralmente acontecia naquela época do ano. Não tinham passado o ancinho nos canteiros e as plantas mais delicadas não tinham sido levadas para a estufa, onde passariam o inverno enquanto o sol estivesse fraco. A nova vizinha tinha razão: a luz da varanda, sempre acesa como um convite de boas-vindas para os que precisavam de remédios (o que acontecia há mais de trezentos anos) estava apagada. Mariposas que tinham ficado presas dentro do lustre de vidro tremulavam, desalentadas.

Como encontrou a porta destrancada, Franny a abriu. Estava mais frio lá dentro do que fora da casa. Um sinal de morte iminente. Franny não tirou o casaco. Sentiu um nó na garganta ao andar pela casa, os saltos das botas ressoando contra o assoalho de madeira. Havia pratos sujos na pia e poeira sobre os móveis. Isabelle gostava de ver tudo no lugar. Mas agora havia cinzas na lareira. Compêndios de ervas espalhados em cima da cama. Inclusive um livro de poemas, um presente que Jet lhe dera no Yule. *Poemas Completos de Emily Dickinson.*

Franny viu que a porta dos fundos estava entreaberta. Havia um besouro na soleira. Os besouros mensageiros da morte furam a madeira; pode-se ouvi-los nas vigas, chamando pela fêmea, e nesse momento era possível ouvir um chamado vindo de algum lugar do telhado. Não havia nada que Franny pudesse fazer a respeito do besouro escondido no sótão, mas nesse que estava na porta ela pisou, esmagando-o, para só depois seguir para o jardim. Os lilases não tinham florido, mas ela jurou que podia sentir o perfume das flores. *Lilases são sinal de sorte*, dissera-lhe uma vez a tia, quando cuidavam do jardim. Os canteiros dessa planta, no quintal do número 44 da Greenwich, tinham sido uma das razões que a levaram a concluir que encontrara a casa certa para eles.

Ela foi para a estufa, pensando na noite em que aprendera a fazer sabonete preto e, no processo, descobrira quem ela era. A porta estava aberta e ela olhou lá dentro. Ali estava tia Isabelle sentada numa cadeira de vime.

– Você recebeu meu bilhete! – disse Isabelle, numa voz rouca e enfraquecida, quando Franny foi até ela. A pele da tia estava pálida e ela parecia gelada até os ossos, pois se agasalhara com um suéter, um casaco e um xale. Ainda assim tremia.

– Não vou enganar você. É câncer no pâncreas. Não se pode escapar de todo mal sob o sol.

Franny afundou no pufe de vime e pegou as mãos da tia entre as suas. Suas emoções se transformaram em pânico.

– Não tem cura?

– Por enquanto, não. – Isabelle sempre fora de uma sinceridade desconcertante, uma característica que Franny admirava. Era uma regra importante. Pode-se mudar a natureza, mas não controlá-la. – Pelo menos não no meu caso – explicou a tia. – Mas, querida, *você* pode se curar. Eu queria tratar logo dessa questão com você.

Franny sorriu com doçura. Era bem típico da tia se preocupar com as outras pessoas, quando ela mesma estava morrendo!

– Mas eu não tenho doença alguma!

– Mas você terá – afirmou Isabelle –, se não amar alguém.

Franny se inclinou para descansar a cabeça no colo da tia.

– Você sabe que não posso. Não é possível na nossa família.

– Maria Owens fez o que fez por um motivo. Ela era jovem e pensou que, condenando qualquer um que nos amasse, ela nos protegeria. Mas o que ela sentia por aquele homem terrível não era amor. Ela só não entendia que, se você realmente ama alguém e essa pessoa ama você, vocês dois, num certo sentido, "arruínam" suas vidas juntos. Isso não é uma maldição, é a vida, minha filha. Todos nós "vamos à ruína", ou seja, nos desintegramos, voltamos ao pó, mas quem amamos fica dentro de nós para sempre.

– Talvez eu tenha medo do amor – admitiu Franny. – É um sentimento poderoso demais...

– Você?! – Isabelle zombou. – Quem escolheu coragem? Você é mais forte do que imagina. É por isso que estou lhe deixando o mais importante: o livro.

Franny levantou a cabeça, comovida com a generosidade da tia. Os olhos dela se encheram de lágrimas.

– Podemos deter o que está acontecendo no seu corpo? Você disse uma vez que, assim como qualquer coisa inteira pode se quebrar, qualquer coisa quebrada pode ter conserto.

Isabelle balançou a cabeça.

– Tudo exceto isso. A morte é o fim de um ciclo.

– Quanto tempo você ainda tem? – ela perguntou à tia.

– Dez dias.

Na mesma hora, elas começaram as tarefas que levariam dez dias para concluir. Protegeram os móveis da luz do dia e da poeira, cobrindo-os com lençóis brancos. Fizeram sabonetes pretos no jardim, o melhor lote que já haviam preparado. Se fossem usados uma vez por semana, poderiam fazer uma pessoa rejuvenescer anos. Embrulharam o retrato de Maria Owens com papel pardo e barbante, para guardá-lo, em seguida colocaram folhas de louro e cravo nos armários para afastar as traças. Telefonaram para Charlie Merrill, que era uma pessoa confiável e guardava segredos, e pediram que ele dedetizasse o sótão e as vigas para livrar a casa dos besouros. Antes de ele ir embora, pediram que construísse um caixão de pinho simples, e de preferência bem rápido. Ele ficou ali, aturdido, sem saber o que dizer à senhorita Owens.

– Eu não sei se consigo... – disse ele, consternado.

– Claro que consegue! E vou ser muito grata a você, assim como sou grata por todo o trabalho duro que fez para mim ao longo dos anos – Isabelle disse a ele.

Ela lhe entregou um cheque de dez mil dólares, visto que ele tinha sido mal pago durante cinquenta anos, e, quando o homem protestou, ela simplesmente não deu ouvidos.

– Temos muito a fazer para perder tempo discutindo agora – disse, e depois disso ela e Franny foram tomar *sundaes* com calda de chocolate quente e creme de marshmallow.

– Isso é muito gorduroso! – disse tia Isabelle, a mão tremendo cada vez que levantava a colher.

– Mas não estamos nos importando com isso – disse Franny, embora notasse que Isabelle tomara apenas algumas colheradas do *sundae* e sua taça prateada agora transbordava de sorvete derretido.

Elas cumpriram todas as tarefas, arrumando a casa e o jardim, e, no oitavo dia, quando tia Isabelle mal podia caminhar, pediram que Charlie as levasse ao escritório de advocacia em Boston que sempre atendera a família Owens. O advogado tirou de um arquivo um testamento, elaborado depois que Franny viera passar o verão. Isabelle agora confidenciava a ele o que ela já sabia na época. Franny era sua sucessora.

Depois de serem conduzidas a uma sala vazia, sentaram-se em duas cadeiras de couro vermelho e ficaram de frente para o advogado, Jonas Hardy, um jovem de olhos tristes e melancólicos. O pai, o avô e o bisavô dele tinham trabalhado para os Owens. Ele timidamente dirigiu-se a Franny:

– Você vai ser a administradora dos bens dos seus irmãos no que diz respeito à casa, da qual vocês três têm partes iguais. Todo o resto, no entanto, vai diretamente para você. Isso inclui tudo que está dentro dela: os móveis, a louça, a prataria. Existe um fundo para a administração da casa, de modo que você nunca precise se preocupar com impostos ou manutenção. Mas nunca poderá vendê-la, como sabe.

– É claro que sabe! – disse Isabelle. – Ela não é nenhuma ignorante.

Franny assinou os papéis necessários, depois foram tomar chá e comer biscoitos açucarados.

– Sua tia me deu este chá quando a conheci – disse Jonas Hardy. – Ela envia uma caixa aqui para o escritório todos os anos. – Ele levantou a xícara. – Obrigado, senhorita Owens!

Franny tomou um gole. *Coragem*.

Todos apertaram as mãos depois que os papéis estavam assinados e o chá, sorvido até a última gota. Então Franny e a tia entraram na picape de Charlie e partiram pelas ruas esburacadas de Boston, que eram só trilhas por onde passava o gado quando Maria Owens se estabelecera ali com a filha, depois a neta e todas as descendentes depois disso. Tia Isabelle apoiou a cabeça no encosto do carro e cochilou. Acordou de repente quando passaram por um buraco, claramente desorientada.

– Estamos em Nova York?

– Não. Estamos indo para casa – assegurou Franny.

Quando chegaram à Rua Magnólia, Franny ajudou a tia a entrar em casa e depois a levou para a cama. Ela ajudou Isabelle a se despir e, com delicadeza, vestiu a camisola dela pela cabeça. A tia ainda tremia, por isso Franny pegou um par de meias de lã e um xale de tricô. Depois trouxe uma bacia com água morna e usou uma toalhinha para lavar o rosto e as mãos de Isabelle com sabonete preto.

Pela manhã, telefonou para Jet e Vincent e pediu que viessem. Eles alugaram um carro e chegaram na tarde do nono dia, depois de viajar a quase 150 quilômetros por hora, temendo não chegar a tempo. Entraram na casa e, sem se incomodar em tirar os casacos, foram direto para o quarto da tia e se sentaram aos pés da cama. Ficaram todos em silêncio, atordoados demais para expressar qualquer emoção. Todos os três tinham a convicção de que tia Isabelle viveria para sempre. O que estava acontecendo parecia impossível. As coisas terminavam e depois começavam de novo, só que recomeçariam sem Isabelle desta vez.

Um pardal entrou na casa e voou pela sala. Franny foi buscar uma escada, subiu nela e estendeu a mão para o pássaro.

– Não volte aqui na véspera do Meio do Verão – disse a ele. – Não haverá ninguém para salvar você.

Como um vento soprava do norte e o estado da tia já era precário, Franny pousou o pardal na escada para que pudesse abrir a janela basculante de vidro verde. Ela observou o pássaro levantar voo. Quando se virou, levou um susto. A tia estava ao lado dela!

– Como chegou até aqui? – perguntou Franny. – Deixe-me ajudá-la a voltar para a cama.

– Quero dar isso a você. – Na mão da tia, sobre uma almofadinha de veludo preto, estava a safira de Maria Owens. Franny tinha lido sobre a pedra no diário de Maria, a joia que o amante lhe dera. – Use-a e seu coração voltará para você. Faça isso agora.

Como a tia insistiu, Franny colocou a safira na corrente que usava no pescoço e escondeu-a embaixo da blusa. A pedra estava surpreendentemente quente.

Nesse momento, Jet chamou Franny do topo da escada:

– Corra! Ela mal está respirando.

– Mas ela está bem aqui... – No entanto, quando Franny olhou para o lado, viu que não havia ninguém ali. Correu para o quarto e a tia fez sinal para que ela se aproximasse. Franny foi até a cama e se ajoelhou ao lado dela.

– Ah, tia querida... – disse Franny. – Ainda temos tantas coisas para conversar... Você não pode ir agora.

– Não tomo todas as decisões, você sabe – Isabelle conseguiu dizer. – Apenas faço o melhor que posso para enfrentar o que a vida me apresenta. Esse é segredo. É assim que você muda seu destino.

Vincent se afastou em direção à porta. O rosto do rapaz estava pálido. Era horrível ver uma mulher com tamanha força tão debilitada quanto uma mariposa definhando sob o calor da lâmpada...

– Não sei se consigo ficar... – ele murmurou.

– Você vai ficar, sim – mandou Franny. – Devemos isso, e muito mais, a ela.

– Vocês não me devem nada – Isabelle conseguiu dizer.

Franny deu um tapinha no braço dela.

– Não se esforce demais – pediu à tia.

Isabelle tinha perdido quase todo o vigor. Gesticulou para Franny se inclinar e ouvir suas últimas palavras. Ninguém mais ouviu, apenas a sobrinha, pois a mensagem era o presente final da tia, e um presente que levou Franny às lágrimas.

Quando Isabelle se foi, seu último alento elevou-se até o teto, depois seguiu o caminho do pardal, na direção do corredor, descendo as escadas e saindo pela janela. A essa altura a casa já estava às escuras. Sem que percebessem, a noite havia caído e agora já passava da meia-noite. O décimo dia. O tempo tinha passado tão rápido que eles nem sequer tinham notado.

As irmãs banharam a tia com água morna e sabonete preto, então a vestiram de branco. Desceram para o jardim, onde a noite estava clara e estrelada. Mais tarde, Charlie veio com os filhos para levar o corpo até o andar de baixo e colocá-lo no caixão. Ela seria levada para o antigo cemitério, onde os pais deles tinham sido enterrados.

Sabiam que a tia não queria alarde, portanto nenhuma cerimônia religiosa foi celebrada. Enviaram um telegrama para April, na Califórnia, e para os Owens do Maine, e para aqueles de Boston, com a data e a hora da morte de Isabelle Owens. Contribuições em nome dela poderiam ser feitas para a biblioteca da cidade. Os dois filhos de Charlie, que tinham se livrado das drogas e de uma vida de crimes graças a Isabelle Owens, e que sempre tiveram medo de olhá-la nos olhos, choraram quando baixaram o caixão. Jet já tinha telefonado para April quando descobriram que Isabelle estava doente, e a prima enviou, no dia do enterro, uma enorme coroa de flores brancas, rosas e samambaias. Jet leu a bênção do livro de poemas que havia dado à tia.

"Nesta vida tão breve
De que nos dão só um gole
Quanto — quão pouco — está
Sob o nosso controle."

– Ela era uma boa mulher – disse Charlie.

Vincent insistiu em cobrir ele mesmo a cova. Tirou a jaqueta preta, as botas e as meias, em seguida pôs-se a cavar, até ficar todo suado sob a camisa branca. Tinha trazido com ele uma garrafa de uísque e todos brindaram à memória de Isabelle Owens.

Quando Franny disse aos irmãos que tinham herdado a casa, todos concordaram que não poderiam morar ali, precisavam voltar para Manhattan. Como não tinham autorização para vender a propriedade, eles a deixaram vazia. Franny contratou Charlie para garantir que ninguém vandalizasse a casa na ausência dos três, e também para podar as videiras ou raízes que pudessem prejudicar o encanamento ou a estrutura da construção. Quando estavam prontos para voltar a Nova York, Franny deu a Charlie as galinhas e disse que poderiam querê-las de volta um dia, mas até lá ele poderia dispor de todos os ovos que botassem.

Quando os Merrill foram embora, Jet foi falar com a irmã. Elas contemplaram o jardim, que agora estava vazio. Com a ajuda de Franny, Isabelle tinha feito todo o plantio de outono, mas não o veria florescer na primavera.

– O que ela disse para você no final? – perguntou Jet, que estava se fazendo essa pergunta desde que a tia sussurrara algo que levara Franny às lágrimas.

– Disse que você e eu deveríamos compartilhar o grimório. E que seu dom voltaria.

Uma afta surgiu na língua de Franny ao falar isso, algo que sempre acontecia quando ela não dizia a verdade. A partir desse dia, ela e Jet passaram a dividir o mesmo quarto e a compartilhar tudo o que tinham; só uma coisa Franny queria manter em segredo: as últimas palavras da tia.

Jet pegou a mão da irmã.

– Você era a favorita dela.

Era verdade. Naquela manhã, Franny encontrou um cartão que Isabelle tinha deixado debaixo do travesseiro. *Se existir uma cura, procure-a até encontrá-la. Se não existir, não se incomode mais com isso.*

Nesse dia, tudo cheirava a terra, o rico aroma da grama, folhas e raízes em decomposição. Era o final de um ciclo e o início de outro, pois o próprio mês era como um portal. Outubro começava com uma hora mágica e terminava com Samhain, o dia em que o véu entre o mundo dos vivos e o dos mortos se abria. Não havia escolha a não ser atravessar o portal do tempo. Franny já tinha feito as malas e levava o grimório com ela. O livro, e tudo que ele continha, agora pertencia aos irmãos.

Enquanto esperavam Vincent tomar banho e trocar de roupa, as irmãs fizeram um inventário final da casa. Encontraram as chaves da porta da frente na gaveta de talheres e a caderneta bancária de Isabelle, na composteira. Acondicionaram os remédios armazenados nos armários em várias caixas, que couberam perfeitamente no porta-malas do carro alugado.

As irmãs sentaram-se à sombra do caramanchão, ao lado do barracão de jardinagem. As glicínias cresciam ali, na primavera, e se espalhavam como um dossel; no final do verão, as videiras entrelaçavam-se na estrutura.

Sem a presença de tia Isabelle, a cidade parecia sonolenta e vazia. Elas se sentiram tentadas a descobrir o espelho preto da estufa e dar uma última espreitada no futuro, mas se contiveram. Em vez disso, levaram para o carro seus pertences, trancaram a porta da frente e, antes de trancar o portão, cortaram uma braçada de lilases sem flores para levar com elas. Qual seria o futuro deles, isso ainda não sabiam. Quanto ao passado, já o conheciam muito bem.

Parte Cinco

Gravidade

A notícia veio com o vento, do jeito que as coisas ruins costumam vir, porque, na maioria das vezes, elas vêm carregadas de maldade e por isso não têm força para se erguer sozinhas. No dia 1º de dezembro de 1969, a loteria começou. Homens entre 18 anos e 26 anos seriam convocados para lutar no Vietnã de acordo com a data de nascimento. Vidas eram interrompidas e destinos trocavam de mãos. Uma garoa fria deixava tudo úmido e rajadas de neve caíam em redemoinhos. Não havia apedrejamentos ou afogamentos, nem pelourinhos ou fogueiras. Os escolhidos eram computados, seus destinos, escolhidos aleatoriamente.

A vida continuava apesar da loteria: o tráfego seguia intenso pela Broadway, homens e mulheres iam para o trabalho, as crianças brincavam na rua. O mundo respirava e suspirava e as pessoas se apaixonavam, se casavam e se separavam, sem nunca mais falarem umas com as outras. Ainda assim, os números sorteados tinham o peso da ruína e da tristeza, transformando jovens em velhos num instante. Um homem era escolhido para seguir um caminho que ele nunca esperaria trilhar e, no minuto seguinte, tinha de tomar a maior decisão da sua vida. Alguns deixavam o país ou iam para a cadeia e outros se prepararam para pegar em armas e morrer pelo país que amavam, apesar do desgosto de deixar a família e os amigos. Todos eram dilacerados. Dizem que não se pode mudar o destino. Mas uma coisa pode: a guerra.

O 258º dia do ano, 14 de setembro, aniversário de Vincent, foi o primeiro sorteado. Quando soube, ele estava num bar no Lower East Side, um lugar sem nome, para homens perdidos, onde a bebida era barata e as companhias, duvidosas. Ele tinha preferido não ficar na companhia de William ou das irmãs no dia do sorteio, para não ver o choque e o medo estampados no rosto deles, pois sabia que isso aconteceria. Sempre soubera que era esse o seu destino e queria estar sozinho quando sorteassem seu número. Ele havia vislumbrado seu destino quando tinha 14 anos de idade e era tolo o suficiente para querer dar uma espiada no espelho negro da tia, guardado na estufa. Ela o alertara, mas o sobrinho queria saber o que o futuro lhe reservava. Depois, porém, como qualquer um que descobre o que acontecerá, arrependeu-se. A vida é um mistério e nunca deve deixar de ser, pois, para a maioria das pessoas, a tristeza que acompanha o ser humano e as escolhas que ele terá que fazer são um fardo pesado demais para se conhecer antes do tempo.

Vincent chegou em casa bêbado, quase inconsciente, arrastado até a porta por dois homens um pouco menos bêbados, que tinham se disposto a ajudá-lo quando foi expulso do bar. Eram veteranos e se apiedaram dele, pela guerra que teria de travar. A guerra que eles próprios haviam travado tinha sido terrível, mas fora justa, e por isso valera a pena lutar.

Franny deu a cada homem uma nota de cinco dólares, agradeceu e deixou Vincent dormindo na sala de estar. Ele parecia estar com frio e solitário, a pele pálida e azulada. O próximo passo, depois de ter sido sorteado, seria passar por uma consulta médica e, em seguida, se fosse aprovado, haveria uma convocação em maio.

Franny não tinha muita escolha. Depois de todo aquele tempo, Haylin ainda era o único a quem podia recorrer. Ela pegou um táxi para o Beth

Israel, desesperada, e implorou ao taxista que fosse o mais rápido possível, sem nem se importar em obrigá-lo a passar num farol vermelho.

— Assim vai nos matar, senhorita! — gritou o motorista.

Sentindo-se culpada por ter colocado o motorista em perigo, Franny deu uma gorjeta de vinte dólares a ele, quando a deixou em frente ao hospital, poucos minutos depois. Por algum tempo, ela andou a esmo pelos corredores, até que uma enfermeira a encontrou perdida no pronto-socorro, procurando pelo dr. Walker.

Franny parecia tão angustiada que a enfermeira a puxou de lado no corredor.

— Ele não trabalha mais aqui, minha cara.

A enfermeira entregou a Franny um lenço de papel, pois estava convencida de que ela se desfaria em lágrimas.

— Ele fez o que muitos dos nossos jovens internos e residentes estão fazendo. Entrou para a Marinha, com o intuito de trabalhar como médico e não ser convocado para lutar no *front*.

— E o que a esposa dele achou disso? — perguntou Franny. Emily Flood. Ela podia evocar a imagem da moça num instante, tão alegre e amigável, e tão irritantemente bem-humorada.

— O doutor não é casado — informou a enfermeira.

— Sim, ele é — insistiu Franny.

— Eu mesma arquivei a pasta pessoal dele. Pode acreditar, ele não tem nenhuma esposa.

Franny ligou para Hay de um telefone público. Ele não estava, informou a governanta, mas ela poderia transmitir o recado.

— Diga a ele que é urgente — implorou Franny, deixando o número do telefone e o endereço dela. — Eu tenho que vê-lo. Você entende o que significa "urgente"?

— Entendo, sim — respondeu a governanta. — Significa que tem de ser feita a *sua* vontade.

O que era verdade, mas por um bom motivo. Franny foi para casa e esperou o telefone tocar. Quando Jet entrou com o chá, Franny disse apenas:

— Não vamos deixá-lo ir.

— Claro que não! – concordou Jet.

Ao entardecer, ouviram uma batida na porta. As irmãs trocaram um olhar. Elas sabiam quem era.

— Ele vai ajudá-la – disse Jet. – Tudo o que você precisa fazer é deixar que ele faça isso.

Caía uma garoa gelada, mas Haylin estava ali na soleira, sem chapéu e sem guarda-chuva. Franny abriu a porta tão rápido que ele se sobressaltou, embora estivesse atendendo ao chamado dela. Harry havia trotado atrás dela e agora guardava a porta com um ar protetor.

— Posso entrar?

Sempre formal, Hay nem fez menção de abraçá-la. Já fazia muito tempo, afinal de contas, e a última despedida dos dois não tinha sido amigável. Quando Franny lhe deu passagem, ele entrou no vestíbulo e bateu os pés no chão, para livrar os sapatos da água de chuva, em seguida tirou a capa molhada. Sob o casaco estava vestindo um uniforme da marinha. Atordoada, Franny deu um passo para trás. Ela sabia que ele havia se alistado, mas o fato inegável de que ele estava nas forças armadas só a atingiu nesse momento. O Hay que ela conhecera teria fugido para o Canadá, algemado-se em frente ao Pentágono, talvez até ido para a cadeia. Mas ali estava um homem adulto diante dela, um médico, e alguém que ela mal conhecia.

— Não me olhe assim! – disse ele quando viu a expressão dela. – Foi a melhor opção. Melhor do que ser convocado de qualquer maneira. Eu vou como médico, talvez consiga fazer algo bom.

Eles foram para a cozinha e Franny preparou sua própria receita de Chá da Coragem, de que ambos precisavam.

– Você não se casou com ela – disse Franny, da maneira mais casual que conseguiu. Ela já estava enrubescendo, mas se forçou a não demonstrar constrangimento. – Aquela moça, Emily.

Hay deu de ombros.

– Aquela moça não merecia se casar com alguém que não a amava.

– Ah...

– Não se preocupe com ela. Casou-se com outra pessoa. Alguém melhor do que eu.

– Duvido.

– Você quer conversar sobre amor e casamento? É por isso que me telefonou depois de todo esse tempo? E mandou dizer que era urgente?

– Não me importo se eu tiver que implorar a sua ajuda, se é para ser assim entre nós – disse ela. Então acrescentou: – Quer uma fatia de bolo de chocolate? – Ela tinha preparado de manhã e o cheiro era inebriante. Ambos se sentiam levemente embriagados só com o aroma do bolo.

Hay soltou uma risada.

– Então é o tipo de ajuda que precisa de um suborno. Basta dizer, Franny.

– É Vincent. Ele foi o primeiro a ser sorteado na loteria.

– Mas que merda...

– É claro que não pode ir.

– Milhares de homens estão fazendo justamente isso, Franny.

– Não Vincent. Isso acabaria com ele.

– Ele é tão diferente assim de todo mundo?

– É – afirmou Franny. Ela pensou no dia em que a enfermeira tentou raptá-lo. Em como parecia apavorado quando o encontraram, os olhos arregalados. Essa foi a noite em que ela se sentou ao lado da cama do irmão e passou a zelar por ele.

– Porque ele é homossexual? Muitos homossexuais servem este país, e são mais corajosos do que a maioria.

Franny ficou surpresa.

– Claro que eu sei disso – disse Hay, ao ver como Franny estava surpresa. – Como não saberia? Se você sabia, eu também sabia. Houve um tempo em que eu sempre sabia o que você pensava. Ou pelo menos era nisso que eu acreditava.

– Então você lê pensamentos?

– Sou só um médico da Marinha, sem nenhum poder para ajudá-la.

– Bem, não é por isso que Vincent não pode servir. Ele é incapaz de fazer mal a qualquer pessoa. Isso está fora de questão. – Essa era a primeira lei da magia. – E se ele for, não voltará mais. – Qualquer um com o dom da visão poderia dizer que o irmão era um homem cujo destino era ter uma vida breve. – Você pode ajudá-lo e eu sei como. Se houvesse outro jeito, eu não pediria.

– Vou acabar na cadeia se fizer o que você me pede?

– Acho que não.

– Você *acha* que não? Essa é boa. É sempre assim. Você se importa comigo ou sou apenas uma marionete nas suas mãos?

Ela começou a chorar, cobrindo os olhos com as mãos.

– Não chore... – disse ele, desconfortável ao ver como ela estava transtornada. Franny raramente chorava. – Tudo bem, tudo bem. Vou entrar nessa de cabeça. Posso até me afogar se você quiser.

Ela foi se sentar no colo dele. Não se importava se deveria ficar longe.

– Franny – ele gemeu, como se estivesse com dor. – Não vamos começar tudo isso de novo.

– Você ainda está com raiva porque não fui atrás de você na lagoa. Porque não o raptei da sua festa de noivado.

– Não importa agora – disse ele com desaprovação nos olhos. – Provavelmente vou acabar na prisão se fizer o que você quer, então não vamos mais falar sobre aquele maldito lago.

— Eu quero explicar! Fisicamente, eu não posso ficar debaixo d'água. Não posso me afogar. Ninguém da minha família pode, a não ser que encham nossas botas de pedras.

Hay soltou uma risada.

— Vocês são bruxas?

Ele provavelmente não acreditava em nada do que ela dizia, mas ainda assim a beijou e disse que não se importava se fossem bruxas, feiticeiras, zumbis ou republicanas. Ele era um homem racional, um médico, pronto para arriscar a vida e a carreira por ela, então o que isso importava? Eles tinham o direito de fazer o que bem quisessem, pelo menos na cama. Com os olhos cheios de lágrimas, ela disse a ele que o que faziam importava, sim, e muito, pois a família dela estava amaldiçoada e quem quer que amassem seria levado à ruína, a menos que ela conseguisse descobrir uma maneira de quebrar a maldição.

— É por isso que você vivia fugindo? — Hay ficou comovido ao ver a angústia nos olhos dela. — Você deveria ter me contado, Franny. Eu sei o que fazer. Vamos enganar a maldição. Não vamos nos casar nem morar juntos. Nunca falaremos de amor. É assim que vamos lutar contra isso. Vamos apenas enganar a maldita coisa. Nunca vamos dizer a palavra *amor* em voz alta. Nunca vamos nem pensar nela. Se agirmos assim, nada vai atrapalhar. — Ele encolheu os ombros, então. — Bem, quase nada.

Eles subiram para o quarto dela. Antes de se despir, Haylin tirou do bolso interno do casaco a ordem para se juntar ao seu destacamento. Ele partiria para a Alemanha em algumas semanas. Sua especialidade era cirurgia, e nesse país, para onde os feridos mais graves seriam transportados do Vietnã, ele poderia pôr em prática seu ofício.

Uma vez na cama, Franny sabia que, apesar da maldição, ela já não conseguiria lutar contra o que sentia, mesmo que nunca falasse a respeito disso em voz alta. Ela se lembrou de uma manhã, na casa da tia, em que estava sozinha no jardim. O ar estava parado e sombrio, o sol começando a se erguer no horizonte. Havia um coelho na grama. Franny aproximou-se ao máximo e colocou um pires de leite para o animalzinho. *Nunca serei como você*, ela pensou. *Não vou fingir ser algo que não sou*. Finalmente, era verdade. Adorava ser ela mesma, uma mulher que sabia amar. Eles simplesmente fingiriam para todos, exceto um para o outro. Franny sussurrou para Haylin tudo o que ela sempre fora e ainda era. Contou a ele que sempre soubera o que o futuro lhe reservava, e ele disse que, se o que ela dizia era verdade, então deveria saber, havia muito tempo, que eles tinham de ficar juntos.

Durante todo o inverno, Vincent se recusou a contar a William sobre a data em que partiria. Ele não queria provocar nenhuma cena dramática, então começou a se retrair. Passou a frequentar a Charles Street atrás de sexo. Não falava muito. Muitas vezes olhava para uma rua como se quisesse guardar na memória o que via, caso nunca mais a visse. Não queria lutar numa guerra que considerava injusta. Não era um guerreiro e não tinha nenhuma vocação para ser soldado.

– Você está com raiva de mim? – William quis saber.

– Claro que não! – Mas Vincent parecia zangado até com ele mesmo. Irritado por estar naquela situação em que se sentia um traidor, sem um pingo de coragem.

Aos poucos, ele começou a levar embora seus pertences do apartamento de William. Toda noite abria a cômoda onde guardava suas roupas e tirava dali camisas, um jeans, meias. Levou um bule, uma escova de cabelo, a tigela de água do cachorro.

– Acha que não sei o que você está fazendo? – William perguntou.

– Estou me livrando de coisas de que não preciso mais. O que há de errado com isso?

– Você está se preparando para partir. Sei quando alguém está em negação. Cresci com uma pessoa assim. Sou especialista nisso. Você nem passa mais a noite aqui... Está pensando em me deixar.

Vincent se inclinou para beijar William, que se esquivou.

– Você não confia em mim – disse Vincent.

– Está muito enganado – observou William. – É você quem não confia em mim.

Vincent se recusou a discutir a situação. Ele não permitiria que William ficasse arrasado por causa de uma tristeza que pertencia a ele e a mais ninguém. Seria essa a maldição, que por fim estava conseguindo destruí-lo?

Ele foi para Lower East Side, voltando ao prédio onde uma vez tinha aberto uma loja. Carregava *O Mago* com ele, enfiado dentro do casaco. Era como se tivesse dois corações batendo dentro do peito: o próprio e outro, do livro. Durante todo aquele tempo, o manual de magia tinha sido seu maior companheiro. Desde o dia em que o encontrara, ele na verdade não precisara de mais ninguém. Até o momento.

De volta ao apartamento abandonado, coberto de pichações, ele trazia no bolso da camisa a fotografia que William tirara ao se conhecerem. Algumas magias de amor eram rápidas e brutais, e não davam à outra pessoa o poder de escolha. Eram malignas e irrevogáveis, mas, na opinião de Vincent, também eram a melhor saída, caso salvassem seu amado da dor e do pesar.

Ele rasgou a foto, conservando nas mãos apenas a imagem de William. Tinha trazido os ingredientes necessários para desfazer a atração entre eles. Seu próprio sangue, tinta preta, alfinetes, a asa quebrada de um pássaro, um pedaço de corrente. Ele poderia dar um jeito para que William nunca mais o visse. Seria uma camuflagem emocional. A pessoa que ele amava não o reconheceria mais. Não reconheceria sua voz, seu toque, a história entre eles. Sem saber por que, William jogaria fora qualquer coisa que pudesse fazê-lo se lembrar de Vincent, cartas que ele tinha escrito, a fita de "I Walk at Night". Abriria um livro que Vincent lhe dera sem saber de onde ele viera. Descartaria o outro travesseiro da cama.

Mas, quando Vincent imaginou que William não mais o reconheceria, descobriu que não conseguiria realizar a magia. O que ele sentiria quando passassem um pelo outro, na Bleecker Street, e William olhasse para ele como se olha um estranho? O que seria deste mundo sem o amor?

Quando Vincent passou por um bueiro, jogou os ingredientes mágicos através da grade, nas águas profundas dos subterrâneos da cidade. Então pegou o manual que estava com ele desde os 14 anos. Foi para a Washington Square e deixou *O Mago* sobre um banco, para ser encontrado por quem precisasse. Foi doloroso fazer isso. Ele considerava o livro um tesouro; tinha tocado a escuridão dentro dele, tinha sido a sua verdadeira voz quando ele não tinha nenhuma. Mas esse tempo acabara, e toda a magia que o livro continha já estava dentro dele.

Conhece-te a ti mesmo, tia Isabelle dissera a ele. Eles estavam no jardim e Vincent se sentia totalmente perdido. Ele não fazia ideia de como voltar à superfície, tudo o que sabia era que se sentia no fundo do poço. No entanto, naquela manhã em que a tia o testara, ele escolheu a coragem.

Continuou seguindo em frente, na direção da Charles Street, onde William esperava por ele, em seu apartamento com vista para um bosque verdejante e o céu aberto, bem no centro de uma cidade onde qualquer coisa era possível para aqueles que não tinham medo de tentar.

✥

Antes de se apresentar na Whitehall Street, Vincent chamou as irmãs na cozinha.

— Tenho algo que preciso contar a vocês, caso alguma coisa me aconteça.

— Nada vai acontecer — garantiu Jet. — Você vai ficar bem.

— Mas se, *de fato,* acontecer — continuou Vincent —, vocês devem saber sobre mim e April.

Franny franziu a testa.

— Vocês brigaram? Eu nem sabia que estavam se falando!

— Ninguém consegue brigar com April. Ela está sempre certa. — Ele fez uma pausa. — Nos falamos de vez em quando. Somos obrigados. — Quando Franny lhe lançou um olhar intrigado, ele acrescentou: — Jet sabe do que estou falando.

— Ela sabe? — perguntou Franny, irritada por ter sido deixada de fora. — Ela não tem mais o dom da visão, então você deve ter contado a ela.

— Foi há muito tempo — Jet foi rápida em dizer.

— Eu não contei a ela — explicou Vincent a Franny. — April contou. Aconteceu no verão em que fomos pela primeira vez à casa da tia Isabelle. Quando eu não sabia quem eu era ou o que eu queria. Por um breve instante, pensei que quisesse April.

— Está brincando? — Franny balançou a cabeça. — Difícil imaginar...

— Bem, então imagine que tudo acabou em Regina.

Franny se espantou.

— Sério? — Ela olhou para Jet.

— Sério! — disse Jet.

— Bem, acho maravilhoso! — concluiu Franny. — É uma dádiva! Pensei que você ia nos contar algo terrível, mas essa é realmente uma boa notícia. Não gosto de crianças, mas gostei dela. Ainda tenho o desenho que ela fez.

— Franny, estou falando sobre isso agora para o caso de o pior acontecer. April e eu decidimos que, se nós dois morrermos cedo, queremos que Regina fique com vocês.

Franny nem quis ouvir.

— Isso é um erro. Eu não seria uma boa influência. Nenhuma de nós seria, na verdade.

— Fale só por si mesma! — exclamou Jet, ofendida.

— Não há como escaparem disso. April e eu fizemos esse acordo um tempo atrás. Você são as madrinhas de Regina. Serão as guardiãs dela.

Elas se sentaram à mesa e ele trouxe os documentos que pedira ao advogado da família, Jonas Hardy, para providenciar. Ele já tinha enviado o documento para April assinar, e agora as irmãs tinham que fazer o mesmo.

— Isso tudo é muito oficial! — disse Franny. — Mas, por acaso, eu tenho algo oficial também, graças a Haylin.

Ela entregou a Vincent um papel que ele examinou.

— Eu tenho asma?! — disse ele, estranhando.

Jet entregou-lhe o frasco que haviam preparado para ele.

— Você tem agora.

Ele explicou a William que tinha de ir sozinho, mas ele não quis ouvir.

— Pensei que íamos enfrentar tudo na vida juntos.

William chamou um táxi e eles se deram as mãos secretamente, enquanto iam para o centro e depois para a esquina da Whitehall Street, onde Vincent mandou o taxista encostar. William era tão franco e sincero que Vincent não poderia lhe contar sobre o plano que as irmãs haviam engendrado. Era muito perigoso e ele sabia que William desaprovaria que se colocasse em risco, o que fazia Vincent amá-lo ainda mais.

— Você vai voltar — disse William, inclinando-se, para ficar mais perto dele. — Eu tenho o dom da visão também. Sei que ficaremos juntos.

Vincent andou o resto do caminho até o centro de alistamento. Levava com ele a carta oficial, escrita no papel timbrado do principal pneumologista do St. Vincent Hospital, afirmando que ele tinha asma e não podia servir o seu país. O papel timbrado era autêntico, roubado da escrivaninha do médico quando ele estava almoçando, mas a carta propriamente dita era falsificada, escrita por um residente cujo último ato de rebeldia tinha sido se algemar ao carrinho de sobremesas do refeitório da sua escola secundária.

Vincent estava tenso e nervoso; mal conseguia ficar sentado, enquanto esperava no consultório do médico que iria examiná-lo. Ele era um grande mentiroso, o melhor dos melhores, então por que sentia a língua grossa e pesada na boca? Por que não conseguiu falar nada, quando o médico entrou na sala?

Franny e Jet decidiram ir ao centro de alistamento para esperar Vincent. Ambas estavam tão nervosas quanto duas feras enjauladas.

– À merda com Richard Nixon! – disse Jet.

– Concordo plenamente! – disse Franny.

– Estamos fazendo a coisa certa, não estamos?

– Claro que estamos! Ele não pode ir. Eu sempre vi que a vida de Vincent terminaria cedo demais. Está bem ali na palma da mão dele. Temos que fazer tudo o que pudermos para protegê-lo.

Elas tinham dado a Vincent um frasco com pó de acônito, cultivado na sua pequena estufa doméstica. Ele foi aconselhado a consumi-lo com grande cautela, pois a erva era perigosa e poderia afetar o coração e os pulmões, dificultando a respiração e provocando uma reação letal. *Só uma pitadinha*, Franny dissera. *Não queremos que você morra de verdade*.

Infelizmente, a despedida dramática de William tinha feito Vincent esquecer o frasco no banco de trás do táxi, algo que ele só percebeu quando já estava sentado no consultório médico.

Os pulmões dele pareciam normais quando o médico o fez inspirar e expirar.

– Completamente limpos – disse ele. – Há quanto tempo você tem asma?

– Pelo menos cinco anos – disse Vincent. Ele nem se dera ao trabalho de ler a carta, que dizia que ele tinha asma desde os 10 anos de idade.

– E quais medicamentos usou? – perguntou o médico.

– Vários – disse Vincent. – Principalmente naturais.

– Mas você não sabe o nome de nenhum deles?

– Minha irmã é quem cuida da minha saúde. Ela é que sabe tudo sobre meus medicamentos.

– Mas sua irmã não está aqui, está? – perguntou o médico.

Vincent esperou de cueca enquanto o médico ia conferir. Quando voltou, quase meia hora depois, um militar o acompanhava. O médico tinha telefonado para o pneumologista do St. Vincent. Ele nunca ouvira falar de Vincent Owens e os arquivos do hospital não tinham informações sobre tal paciente. O sr. Owens gostaria de se retratar? Ou talvez preferisse a prisão? Na verdade, disse Vincent, ele preferiria um psiquiatra.

– Está dizendo que você é mentalmente doente? – perguntou o médico.

– Isso quem tem que dizer não sou eu – Vincent respondeu, angustiado, mas sem ver outra alternativa. Ele estava desesperado para conseguir uma dispensa.

A essa altura, horas já tinham se passado e Jet e Franny estavam congelando na calçada. Homens que haviam entrado na Whitehall junto com Vincent já tinham saído. Elas não tinham ideia de que o irmão estava passando por uma consulta no departamento de psiquiatria, onde explicava que era homossexual e não poderia servir porque também era um mago e não poderia fazer mal a ninguém, se o mandassem para a guerra.

Às seis da tarde, Franny finalmente entrou no prédio. Seus passos ecoavam, pois o prédio já estava vazio a uma hora daquelas. Era um lugar onde se decidia o destino das pessoas, e o cheiro do saguão era de medo, tristeza e destemor. Do lado de fora, o céu já estava azul-marinho, entremeado de nuvens. Sentia-se um calafrio cada vez que se respirava. Jet ficou na rua tremendo. Nesse dia, ela desejou que ainda tivesse o dom da visão. Desenvolvera um medo de multidões e procurava ficar longe de espaços públicos.

Na recepção, disseram a Franny que não tinham nenhuma informação. O irmão dela não estava mais no prédio e eles já estavam encerrando o expediente.

– Isso não é possível! – protestou. – Fiquei lá fora esperando por ele o dia todo. Se tivesse saído, eu teria visto.

– Entrada dos fundos – ela foi informada –, usada para saídas rápidas.

As irmãs e William estavam quase mortos de preocupação. Era como se Vincent tivesse evaporado. Franny foi ao Jester procurar por ele, enquanto William vasculhava a Washington Square e Jet voltava para casa, para o caso de ele ligar.

– Talvez seja melhor telefonarmos para a polícia – disse Jet quando ninguém conseguiu encontrá-lo.

William ligou para o pai e voltou com a resposta.

– Nada de polícia – disse ele. – Vamos apenas aguardar.

Na semana seguinte, finalmente chegou uma carta oficial. Os três sentaram-se ao redor da mesa da cozinha, a mesma que estava inclinada desde o dia em que Franny e Vincent tinham testado seus poderes pela primeira vez. Jet foi quem finalmente abriu a carta e a leu em voz alta, com a voz trêmula de emoção. Vincent tinha sido examinado e considerado psicótico e delirante. Estava internado no Pilgrim State Hospital.

Não havia necessidade de ouvir mais. Eles precisavam de um advogado, e Franny ligou para o único que conhecia, Jonas Hardy de Boston, que sempre cuidara dos negócios da família. Ele disse que faria o que estivesse ao seu alcance, mas, depois que teve acesso aos documentos relacionados à internação hospitalar, admitiu que a alta de Vincent seria um processo delicado e demorado. O rapaz tinha se incriminado ao assinar um papel em que afirmava ser homossexual e um mago que planejara fraudar o governo dos Estados Unidos para fugir do serviço militar.

– Vamos tratar de uma coisa de cada vez – disse William. – Eles não vão permitir que eu o veja, porque não sou da família. Ele se virou para Franny. – Você vai. Vão deixar você entrar.

– Eu?

– Você é direta e sincera – insistiu William. – E não vai começar a chorar.

– Tem razão – concordou Jet. – Precisa ser Franny.

– Quando você voltar, vamos nos sentar com meu pai e pensar num plano – disse William. – Vamos tirá-lo de lá.

Franny pegou um táxi para Long Island naquele mesmo dia. Antes de sair, teve que trancar o cachorro no quarto e se certificar de que as janelas estavam fechadas, porque Harry poderia querer saltar para procurar Vincent. O animal estava angustiado desde o desaparecimento do dono, inquieto, choramingando e recusando-se a comer.

– Vou encontrar Vincent – Franny disse ao cão. – Você fica aqui.

O dia estava nublado e o hospital, encoberto pela neblina. Era um lugar assustador, um prédio de tijolos vermelhos construído entre duas rodovias, com a aparência sombria de uma antiga fábrica. Havia muitas cercas e grades nas janelas. As luzes piscavam e os corredores eram pintados num tom verde mortiço. Franny se sentiu intimidada, enquanto aguardava em pé na sala de espera. Ela sentia na boca o gosto de metal, pois aquele era um lugar perigoso, feito de metal, que diluía seu poder. Não havia como alguém usar o dom da visão ali.

Por fim, uma assistente social veio falar com ela. A mulher tinha boa vontade, mas não havia muito que pudesse fazer. Vincent estava na ala militar e nenhum visitante era permitido ali.

– Mas por quê? – perguntou Franny. – Só quero ver o meu irmão. Que mal há nisso?

– Somente os militares e os médicos têm acesso – disse a assistente social. A mulher sentiu compaixão e deu um tapinha nas mãos de Franny. – Pode acreditar, seria muito perturbador para você vê-lo.

– O que quer dizer?

A assistente social queria dizer que Vincent não estava mais numa camisa de força, não se debatia nem golpeava as grades da janela com a cabeça, mas ver o efeito das drogas podia ser chocante para a irmã. Ele tinha demonstrado um comportamento incontrolável quando estava no dormitório com outros pacientes e por isso havia sido levado para um quarto individual. Estava descompensado e fora de si, em estado de total confusão, tremendo cada vez que escutava um barulho alto. Haveria um relatório no final do mês.

– Você quer dizer, só daqui a várias semanas?

– Infelizmente, sim. A burocracia é grande aqui. As coisas levam tempo. Às vezes meses.

Franny saiu de lá convencida de que o irmão talvez não aguentasse por tanto tempo.

✥

Eles foram para Sag Harbor. Era início da primavera e as árvores estavam brotando, mas o ar ainda estava frio. O dia estava claro, lindo e brilhante, o ar impregnado de sal, as rosas florescendo. Estavam no carro de William e todos usavam preto. Mal se falavam, especialmente quando se dirigiram ao Sagtikos Parkway, antigo Pilgrim State.

– O hospital é horrível! – Jet conseguiu dizer, e todos concordaram.

Ao chegar à cidade, pararam na loja de bebidas, certos de que precisariam de algo que lhes desse coragem. Eles não precisaram se preocupar. Alan Grant já tinha uma garrafa de vinho aberta sobre a mesa e estava, ele mesmo, tomando uísque.

– Se seguirem meu conselho, vão ter de violar as leis do nosso país. – A expressão de Grant era sombria. – E também tenho receio de que, salvando Vincent, posso colocar você em perigo – disse ele, dirigindo-se ao filho. – Você pode ser preso por ajudar um desertor. – Ele gesticulou para as irmãs. – Vocês todos podem.

– Vamos correr o risco – disse Franny.

– A minha sugestão é que Vincent fuja. Ele já deixou claro que não pretende cumprir o serviço militar. Precisa de um passaporte e uma passagem de avião.

– Como assim? – estranhou Franny. – Ele está num hospital. Não tem passaporte.

– Então, deem um jeito de arranjar um e tirá-lo daquele lugar – o sr. Grant disse a eles.

– E depois fazemos o quê? – Jet quis saber.

O sr. Grant sorriu e balançou a cabeça, com uma expressão consternada.

– Então, minha querida, prepare-se para não vê-lo nunca mais.

Quando foram embora, o sol estava se pondo no horizonte e tudo parecia cintilar, enquanto caminhavam pela larga alameda até o carro. Estavam todos entristecidos, sabendo o que deviam fazer. Quando chegaram ao carro, se demoraram um pouco ali, como se tentassem evitar o inevitável retorno à vida real.

— Nunca perdemos alguém que amamos, mesmo que essa pessoa não esteja mais ao nosso lado – disse William. – Por isso, faremos como o meu pai sugeriu. É a única escolha lógica.

— Você está disposto a correr o risco? – perguntou Franny. – Não importa a que preço?

Franny estava com o braço em volta da cintura de William. Jet andou até eles. Os três estavam juntos nessa perigosa e maravilhosa aventura que era amar Vincent.

— Já tínhamos decidido que enfrentaríamos tudo na vida juntos – disse William. – Portanto, vamos em frente!

Franny telefonou para Haylin naquela mesma noite. Quando ele soube o que tinha acontecido, saiu do trabalho antes de o plantão acabar, algo que nunca tinha feito. Era responsável com seus pacientes, mas a situação era diferente. Era uma emergência, era Franny, a única pessoa que o fazia perder toda prudência.

Ele chegou a Greenwich Avenue em poucos minutos, e ela já o esperava. Estava tão pálida e preocupada que ele a pegou nos braços. Eles foram para o andar de cima, tiraram as roupas e ficaram debaixo da colcha de retalhos. Haylin era muito alto para a cama e sempre batia a cabeça na parede. Tinha membros tão longos que dava a impressão de que poderia tropeçar a qualquer momento.

Sempre que Hay estava lá, o corvo se acomodava sobre a escrivaninha. Caso contrário, ficava o tempo todo na cozinha, perto do aquecedor. Lewis preferia ficar em casa. Longos voos eram coisa do passado agora, mas ele ainda se alvoroçava, cheio de alegria, antes de se aquietar, quando Haylin os visitava, trazendo no bolso bolachas água e sal, as favoritas do corvo.

— Preciso da sua ajuda novamente – admitiu Franny.

– Acho que, depois que você começa a infringir a lei, vai ficando cada vez mais fácil – brincou Hay. – Eu poderia ter perdido minha licença de médico por causa do incidente da asma – disse mais sério. – O que é agora?

– Temos que tirar Vincent do Pilgrim State.

Para Hay, a pele de Franny sempre exalava o aroma de lírios-do-vale, que cresciam nos bosques do Central Park a cada primavera. Ele sentia saudade do passado, mas, agora que estavam juntos, não sentia tanto assim. Franny acariciou o peito e as costas largas dele, sempre surpresa ao descobrir que ele era agora um homem, em vez do menino por quem se apaixonara. Mas isso não era amor. Eles concordavam com isso. Era simplesmente outra coisa.

– É um hospital penitenciário – disse Haylin. – Não deveríamos levar isso em consideração?

– Não temos alternativa – disse Franny. – Nós precisamos tirá-lo de lá.

– Você disse "nós"? Mas seremos *nós* quando *eu* for para a cadeia? – ele perguntou com um sorrisinho malicioso.

– Quando *você* for resgatar uma pessoa... – Franny entrelaçou as pernas nas dele. Ela entendia por que os monstros antigos eram muitas vezes duas criaturas siamesas, com dois corações e duas mentes. Havia uma certa força nessa combinação de opostos.

– Que não é *você*, já entendi – ele murmurou. – Porque não me importaria de resgatar você. – Ele segurou os belos cabelos ruivos dela numa mão e disse a si mesmo que isso não era amor. Ele tinha que ficar se lembrando disso o tempo todo. Mesmo assim, sabia que faria qualquer coisa que ela pedisse, sem medir as consequências. Sempre fora assim.

– Antes de você, eu era a Dama de Espinhos. Não tinha coração. Você já me resgatou – disse Franny antes de pedir que ele arriscasse tudo, sem saber que ela pedia isso a ele desde que tinham se conhecido e que ele sempre se mostrava disposto a fazer o que ela queria, mesmo durante o tempo em que ficaram separados.

No hospital, os pensamentos de Vincent eram nebulosos e fragmentados. Tinham raspado o cabelo dele e lhe obrigado a vestir um uniforme que mal cabia em alguém da sua estatura. Ele não tinha permissão para usar cinto ou meias, para que não tentasse se enforcar com eles. Tinha tido um ataque de fúria no dormitório e por isso o entupiram de remédio e o afundaram numa banheira cheia de água fria. Depois o amarraram para que pudessem transportá-lo pelo corredor até aquele pequeno quarto. Havia ratos, ele podia ouvi-los. E podia ouvir passos no corredor. Lá estavam as coisas das quais se devia ficar longe: metal, cordas, água, medo. A cada segundo, se sentia mais enfraquecido.

Seu rosto estava machucado por causa de uma briga no dormitório, e ele tinha perdido muito peso. Parecia um espectro, uma criatura das sombras. Dava graças a Deus por William não poder vê-lo, pois não sabia no que havia se transformado. Eles continuavam a lhe ministrar uma medicação que o fazia se sentir lento e pesado; era clorpromazina, um maldito antipsicótico que deixava a mente confusa e entorpecida. O homem que ele fora antes tinha sido banido para alguma parte distante do passado, mas não completamente. Ele ainda sabia como burlar regras e logo percebeu que podia fingir que tinha engolido os comprimidos, até mesmo abrir a boca para mostrar que estava vazia, dando um jeito de grudá-los no chiclete. E, quando a enfermeira o deixava sozinho, ele cuspia todos, escondendo-os sob o aquecedor. O primeiro pensamento claro que ele teve foi a lembrança de uma entrevista de jornal com Jim Morrison, cantor e poeta que Vincent admirava por ser um rebelde.

Encare seu medo mais profundo; depois disso, ele perde o poder, e o medo da liberdade vai diminuindo até desaparecer. Você está livre.

A liberdade era o instinto de todo ser mortal, mesmo daqueles que pensavam não ter esperança. Esse era o seu medo mais profundo, ser preso e enclausurado, como seus ancestrais. Se ele não estivesse cercado de metal, poderia ter feito a janela se abrir; ele a escalaria e depois cairia no chão, do outro lado. Então pararia o trânsito e pediria carona, entrando num carro com qualquer estranho que o deixasse numa rua de Nova York, onde pudesse desaparecer na multidão de pedestres da 42nd Street e ligar para William de um telefone público. Mas ele não conseguia alcançar essa parte de si mesmo. Havia se perdido naquele lugar, como tantos outros antes dele.

Tudo o que ele podia fazer era ficar de olhos fechados e se empenhar ao máximo para chegar ao final do dia. *Tentei antes, tranquei a porta, eu fiz errado, eu fiz certo.* Ele não comia nem brigava com ninguém. Tremia de frio, mesmo quando o aquecedor estava ligado no máximo, o velho aparelho de metal silvando. Ainda tinha marcas nos pulsos de quando fora amarrado por pensar que podia lutar e fugir. Na noite em que tentou recuperar uma parte da sua alma que desaparecera quando o aprisionaram ali, com mãos e pés algemados.

Ele repassou os feitiços de *O Mago* dos quais se lembrava, fazendo um grande esforço para recordar a magia que antes lhe vinha instantaneamente. Estava convencido de que a história de Maggie, a coelha, era perfeita para ele, quando se escondia de si mesmo, negando quem era. Agora, na luz mortiça do quarto de hospital, praticava os feitiços que memorizara. Embora um jornal no armário tivesse tremulado e caído da prateleira, e uma tigela e um prato sacudido quando ele murmurou encantamentos, a energia pesada do lugar logo o deixava prostrado. Afetava seu cérebro e sua alma. Ele não conseguia desligar a luz que ficava acesa à noite. Era um coelho numa gaiola. A maior parte do dia, ficava sentado num colchão no chão. Os pés descalços, longos e brancos, não pareciam dele; eram os pés de um morto.

Para sentir que ainda estava vivo, e se salvar de alguma forma, mesmo que insignificante, ele se imaginava no lago em Massachusetts, lembrando como a água era verde e fria; no jardim onde tocara suas primeiras músicas; e de April Owens no gramado na Califórnia, as mãos na cintura, dizendo a ele para não fazer promessas que não podia cumprir. Ele se lembrou de Regina correndo atrás dele e da surpreendente onda de amor que sentiu pela garotinha quando ela disse que queria se lembrar dele. Ele se transportou para aquele momento e ficou ali, na Califórnia. Não sentia mais o cheiro de desinfetante que os funcionários do hospital usavam para limpar o chão, mas o cheiro da floresta de eucaliptos, tão perfumados que o deixavam inebriado.

Ele ouviu a fechadura da porta do quarto se abrir, mas estava muito distante, em seus devaneios, para se importar. Tinha aperfeiçoado a habilidade de pairar um pouco acima do corpo, algo que aprendera com *O Mago*. Ele estava na Califórnia e a grama era dourada. Nada mais importava. Poderia ficar ali para sempre se desejasse. *Você quer flores?* Regina estava dizendo. Todas as flores eram vermelhas e, no miolo de cada uma delas, uma abelha dormitava. Alguém se sentou na cadeira ao seu lado. Provavelmente uma enfermeira com a medicação. Melhor ignorar. Continuou em sua viagem interior, desaparecendo na grama alta e dourada.

– Acorda, garoto! – disse a voz de um homem. – É melhor ir levantando.

Vincent olhou para o lado, com os olhos semicerrados. Vislumbrou um homem com o uniforme da Marinha. Era Haylin.

– Médicos têm autorização para entrar aqui – explicou Haylin. – Tenho cerca de vinte minutos, então você precisa ouvir atentamente tudo o que tenho a dizer.

Ele atirou algo para Vincent, que, sem pensar, estendeu a mão para pegar o objeto. Eram as chaves de um carro. Isso o acordou.

– Que chaves são essas? – A boca de Vincent estava seca ao falar. Seus olhos arderam quando ele os abriu um pouco mais. Esfregou os olhos com os punhos, para afastar a luz que se derramava sobre o cômodo.

– São suas. Você vai dirigir um Ford. – Hay se levantou e colocou seu paletó sobre o painel de vidro da porta. – Não vamos querer que nenhum funcionário daqui saiba o que estamos fazendo. – Ele tirou os sapatos e a camisa, então parou e gesticulou quando reparou que Vincent ainda estava sentado, em choque, imóvel. – Será que pode se apressar? Você vai para a Alemanha hoje à noite e, pode acreditar, não vai querer perder o voo. Suas irmãs e William arrancarão a minha pele se algo der errado.

Vincent deu uma risada. Ele ainda se lembrava de como era rir.

– Vamos – insistiu Haylin. – Primeiro passo. Dar o fora daqui. Mas preste atenção. Você não pode entrar em contato com nenhum de nós. Tem que ser uma ruptura total, caso contrário seremos envolvidos e acusados de sermos cúmplices de um delito federal.

No estacionamento, o carro estava exatamente onde Hay disse que estaria. Um Ford alugado. Vincent teria que ir direto para o aeroporto internacional John F. Kennedy, rebatizado assim em 1963, em homenagem ao presidente assassinado pouco tempo antes. Ele estava com a passagem, o passaporte que Hay lhe dera e os dois mil dólares em dinheiro que Franny tinha enviado junto. Ela vendera a safira de Maria, feliz por poder fazer isso para ajudar Vincent. Uma vez em segurança na Alemanha, Vincent estaria por conta própria, livre para ir aonde quisesse. Antes de partir, no entanto, ele fora obrigado a nocautear Hay com um soco. *Bem na boca*, recomendara Hay. *Está cheia de vasos sanguíneos e o ferimento vai parecer muito pior do que é.*

Vincent fora instruído a amarrar Hay (antes o médico lhe entregara gentilmente sua gravata e seu cinto) e depois a cobri-lo com um cobertor, para que ninguém notasse a fuga até que fosse tarde demais. E já era tarde demais. Ele já estava com o pé na estrada. Um médico da Marinha, com uma prova disso em seu bolso. Vincent parecia um oficial, com o cabelo raspado, a cabeça quase sem nenhum cabelo. Dirigia com as janelas do carro abertas. Podia sentir suas habilidades voltando. Quando passava, os postes de luz das ruas se apagavam. Ligou o rádio sem tocá-lo. Estava anoitecendo, sua hora da sorte, em que tinha conhecido William, em que subira no palco em Monterey, em que se pusera a caminho da liberdade, sabendo que nunca mais poderia voltar, entendendo que era dessa maneira que uma vida acabava e outra tinha início.

Não havia razão para que as autoridades duvidassem de que o dr. Walker tinha sido agredido e roubado. Após a investigação, ele recebeu outra passagem para a Alemanha e um novo passaporte. Ele e Franny sabiam que não poderiam se ver, pois talvez estivessem sob a vigilância da polícia. Ainda se atreveram a se encontrar uma última vez, no Central Park, à noite. Foi fácil desaparecer nas sombras lilases das trilhas que conheciam tão bem. As folhas das árvores pareciam azuis, os troncos, violeta. Franny ficara com o cachorro de Vincent. Harry agora andava devagar, porque tinha envelhecido desde o desaparecimento de Vincent. Mesmo assim, Franny o mantinha na coleira, por medo de que escapasse e saísse à procura do dono. Ela amarrou o cão a um banco enquanto Haylin subia a trilha no escuro. Eles escalaram as pedras acima do laguinho das tartarugas e se sentaram tão perto um do outro que seus corpos se tocavam. A água estava verde e luminosa.

– Vamos nadar? – perguntou Haylin.

Era uma piada, mas nenhum dos dois achou graça. Queriam poder voltar àquele momento em que Franny não mergulhara nem tentara mudar o que nunca poderia ser mudado. Franny descansou a cabeça no peito dele. Seu coração parecia martelar. Lewis estava empoleirado na árvore acima deles. Olhando para baixo, soltou um piado estridente.

– Ele é um animal de estimação engraçado – disse Haylin. – Está sempre a distância, mas segue você por todos os lugares.

– Eu já disse. Ele não é um animal de estimação. É um familiar. E é você que ele está seguindo. Nunca gostou de mim. Somos muito parecidos. Dois corvos do mesmo bando.

– Dá pra ver. – Haylin passou os dedos pelos cabelos dela. – Você é um lindo pássaro.

Ele ainda era um homem se afogando toda vez que estava com Franny, e agora tinha que desistir dela de novo. Não poderiam escrever um para o outro, para evitar que as autoridades voltassem a investigar o envolvimento de Hay no desaparecimento de Vincent. Ele já tinha feito o bastante. Franny não o arruinaria mais, embora ele desejasse muito que ela o fizesse.

Eles fizeram o que deveriam ter feito anos antes; tiraram as roupas e mergulharam no lago. Mesmo no raso, a água estava gelada, mas, depois que estavam lá dentro, esqueceram-se do frio. Os galhos dos plátanos se agitavam ao vento. Havia soldanelas, que floresciam por apenas dez dias. Em breve tudo estaria cheio de folhas, um caramanchão verdejante até onde os olhos alcançavam. Aquela noite a cidade tinha um aroma de arrependimento. Franny boiava de costas e Haylin se aproximou e pegou-a no colo, puxando-a para si. Querer tanto alguém podia ser algo terrível ou a maior esperança que um homem podia ter.

– Eu não posso me afogar, então nem tente – brincou Franny. Ela podia sentir o sexo dele contra seu corpo, então se moveu para que ele pudesse penetrá-la. Ela suspirou, porque sentiu que o estava perdendo, mesmo agora, quando ele estava dentro dela.

– Pode, sim – disse ele, abraçando-a mais forte. Ele iria para o exterior e sentia que não havia nada a perder. Para o inferno com a maldição e o governo e todo o resto do mundo. Ali só havia as tartarugas, abaixo deles e, acima, o firmamento cheio de estrelas. – Qualquer um pode se afogar.

※

Ele caminhava pela noite, vestindo um casaco preto adquirido num mercado de pulgas. Seu cabelo estava cortado bem rente; a pele, pálida. Sabia francês suficiente agora para se virar, mas, na verdade, raramente falava. Tinha ficado apenas um curto período em Frankfurt, onde praticara magia num quarto solitário, depois tentou Berlim Ocidental por um mês, antes de seguir para a França, onde instantaneamente se sentiu em casa. Ele morava num hotelzinho em Marais, um bom lugar para se esconder. Na França, ninguém perguntava quem ele era ou o que estava fazendo lá. Eles simplesmente embrulhavam a baguete que ele comprava, entregavam o drinque que pedia num boteco e agradeciam com um gesto de cabeça quando ele comprava queijo ou carne. Ficava nervoso quando via americanos. Temia ser pego por alguma razão ridícula, como ser reconhecido por algum fã da Washington Square, que faria com que a atenção das pessoas se voltasse para ele num lugar público. Ou tinha receio de se esquecer de pagar por uma maçã numa loja, ser preso e ter sua identidade descoberta.

O que mais o entristecia era ver pessoas caminhando juntas no silêncio que caía sobre Paris, nas horas mais escuras do dia. Ele estava voltando para o hotel, depois de ficar fora a noite toda, ansioso para retornar ao seu quarto e dormir até o fim da tarde, quando viu dois namorados de mãos dadas e sentiu como que uma facada no peito, ao se lembrar da perda que sofrera. Ele não podia deixar de sentir saudade de William, mas por impulso virou as costas para a cena que o perturbava e continuou andando, sem nem pensar mais em dormir. Se pensasse muito sobre tudo o que tinha perdido, não conseguiria mais continuar. Várias vezes chegara perto de telefonar para William, mas não podia correr o risco de incriminá-lo.

Muitas vezes pensava em Regina, que já tinha 9 anos. Provavelmente nunca mais a veria, e isso era certamente o melhor para ela. Não podia prejudicá-la com seu amor. O passado parecia uma coisa distante, inalcançável, tão longe dele quanto a lua. Uma vez, numa padaria, ouviu sua própria música tocando, gravada no Monterey Festival Pop. Alguém além de William devia ter gravado e mandando para a rádio, e agora ela ressurgia. Vincent se virou e saiu do estabelecimento. Logo o som do rádio foi abafado pelos barulhos da rua e seu coração frenético se acalmou.

Tudo aquilo tinha acontecido havia muito tempo, as encostas douradas da Califórnia, as docas onde o céu era muito azul... Ele estava ali, agora, longe de todo mundo que conhecia, num lugar em que a beleza também o surpreendia a todo instante. Ele tentava não ver isso também, fechando os olhos para a luz radiante, as pombas voando das árvores para a grama, os amantes que não se preocupavam em esconder sua paixão. É por isso que ele costumava andar à noite, quando o mundo estava repleto de sombras azul-escuras e postes de luz que derramavam uma luz amarelada nas calçadas.

À noite, quando Vincent sentia necessidade de escapar de seu quarto mais cedo do que o habitual, ele não se preocupava em esperar anoitecer. O hotel era cheio de mofo e havia momentos em que ele queria se afastar da sua casa improvisada. Ia aonde ninguém o conhecia. Estava anoitecendo e ele tomava vinho num café nas Tuileries. A última luz do dia tingia tudo com matizes cor de laranja. Era um mundo iluminado, em que era preciso apertar os olhos para ver por trás dos caminhos. Sabia que William teria apreciado a beleza do lugar; teria gostado de ouvir o toque de um sino amarrado ao pescoço de uma cabra pastando, e era por isso que Vincent não conseguia tolerar nada disso. A maioria dos jovens na cidade parecia-se com Vincent: cabelos pretos, barbudos, casacos escuros e botas. Ele se misturava bem à multidão. Podia ficar anônimo. E carregava sempre um jornal, embora ainda não soubesse o suficiente de francês para entender bem os artigos.

Estava folheando o jornal quando uma mulher se sentou em frente a ele. Ela já tinha certa idade, era extremamente elegante e, apesar da hora, usava óculos de sol com uma armação branca. Toda de preto, ela pegou um cigarro e um isqueiro dourado da bolsa de couro.

– Então, aqui está você! – disse ela.

Vincent olhou para a mulher e encolheu os ombros.

– Je suis désolé, madame. Vous avez fait une erreur. Nous ne nous connaissons pas.

– Não nos conhecemos, é verdade – observou a mulher. – Mas não estou confundindo você com ninguém. Conheci sua mãe. Para ser mais exata, eu a conhecia muito bem. Sou como você e sua família, veja só. De uma linhagem muito antiga aqui da França. Quando sua mãe morava aqui em Paris, não negava quem ela era. Isso veio depois. Continuamos muito próximas, mesmo quando morávamos muito longe uma da outra, e sei que ela teria ficado feliz se eu cuidasse de você. É o que tenho feito.

– Entendo. – Vincent largou o jornal. Então ele não era tão anônimo quanto imaginava. Como estava em Paris e não em Nova York, fez o máximo para mostrar cortesia e educação durante a conversa quando, na verdade, desejava apenas se livrar da mulher. – Talvez eu não queira que cuidem de mim.

– Mas você é um de nós, então eu não tenho escolha.

Vincent balançou a cabeça.

– Eu não sou coisa nenhuma.

A mulher olhou para ele com um olhar triste.

– Nós nunca deixamos de ser quem somos. Você ainda pertence à sua linhagem. Podemos ter experiências e sofrer perdas, mas quem somos, lá no fundo, isso nunca muda. Você é especial, tão especial quanto sempre foi. – Ela então se apresentou, dizendo que se chamava Agnes Durant. – Tenho um apartamento atrás da Place Vendôme. Muitas vezes nos reunimos lá. Estamos aqui em Paris há tanto tempo que não precisamos nos esconder como os americanos. Ninguém nos vê se não queremos que vejam. Você acha que está se escondendo, mas sua presença é bastante evidente.

Vincent jogou alguns francos na mesa para pagar a conta e se levantou, acenando com cortesia.

– Então é melhor que eu me vá.

– E vai continuar fugindo? Esse é o caminho dos covardes, não acha? Por favor. Fique.

Algo no tom dela convenceu Vincent. Ele se sentou novamente.

– Madame, agradeço sua oferta de ajuda. Mesmo. Estou muito agradecido. Mas não é preciso.

– Você não tem nada por que valeria a pena viver?

Vincent soltou uma risada.

– Não muito. Não, não tenho.

– Porque não pode voltar para os Estados Unidos? Porque o governo nunca vai deixar você viver em paz?

– Porque perdi o homem que eu amava.

– Ah... – Agnes assentiu. Isso ela entendia. – Muitos de nós perdemos a pessoa que amamos. E isso é terrível. Sei por experiência própria.

Vincent deu um suspiro e se inclinou para a frente, a expressão desolada. Viu que essa mulher tinha a idade que sua mãe teria e sentiu uma ligação, mesmo sem querer.

– Perdi tudo na vida. – Ele sempre soube que sua vida chegaria ao fim quando fosse bem jovem.

Madame Durant balançou a cabeça.

– Vincent – disse ela com emoção. Ela claramente tinha o dom da visão –, uma vida pode ter acabado, mas outra pode começar.

Vincent olhou para a luz alaranjada do poste de rua. Ele podia ver cada molécula de ar, todas elas cheias de possibilidades. Sentiu o perfume doce da grama nos jardins e ouviu o toque do sino das cabras e o frio da noite ao se aproximar.

– Você está em Paris! – disse Madame Durant. – Pode viver muito bem.

※

Para que pudesse viver em liberdade, Madame Durant aconselhou, o melhor seria que ele morresse. Devia ser uma morte pública e definitiva. Ele não seria mais um homem procurado. O governo americano iria esquecê-lo, assim como todo mundo. Ele poderia ser ele mesmo, mas com um novo nome e uma nova vida, e o que era melhor, poderia se livrar da maldição dos Owens.

Vincent saiu do hotel em Marais. Levava muito pouco com ele, mas, graças ao generoso presente de Franny, tinha dinheiro suficiente para poder fazer compras numa loja de música perto da Sorbonne. Ali ele passou a tarde procurando um instrumento que pudesse substituir seu querido Martin, deixado nos Estados Unidos.

Ele encontrou o violão no final do dia. Um Selmer, o mesmo tipo usado pelo exuberante músico cigano Django Reinhardt. Dois dedos de Reinhardt tinham ficado paralisados depois que ele sofrera queimaduras num incêndio, mas o músico continuara a tocar com um estilo só dele. O violão escolhido por Vincent era feito de pau-rosa laminado, com um braço de nogueira e ébano. Tinha sido fabricado no início dos anos 1950 e já fora muito usado. Mas, depois que Vincent o pegou, não quis mais largá-lo. Ele não tocava desde que tinha machucado a mão e ficou hesitante no começo, mas pensou no que Django tinha passado e como conseguira se tornar um dos maiores guitarristas de jazz de todos os tempos; portanto, não se permitiu sentir pena de si mesmo.

Ele não era tão habilidoso quanto antes; mesmo assim, dedilhar o violão era como fazer magia. O som era tão singular, tão próximo do humano em seu tom estremecido, que era como se tivesse encontrado sua alma numa loja empoeirada! Ele estava em Paris e se sentia vivo. Talvez Agnes tivesse razão, nunca deixamos de ser quem somos. Vincent pechinchou, mas não muito, porque queria muito o instrumento. E então viu uma vitrolinha num canto, um aparelhinho engenhoso, embutido dentro de uma mala de viagem de couro cor-de-rosa. Comprou sem barganhar; pagou o preço cheio, e a levou com ele, debaixo do braço.

Vincent foi a uma papelaria e comprou um envelope de correio aéreo. Depois se sentou numa cafeteria, pediu um café e escreveu uma carta para as irmãs. Contou a Jet que um dos melhores dias da vida dele foi quando chegaram ao hospital após o acidente e descobriram que ela estava viva. Lembrou Franny da história que ela lhe contara sobre o menestrel que perdera a voz. Escreveu que, quando pensava no passado, via eles três deitados no chão da cozinha, escutando as sessões de terapia do pai. Lá estavam eles, crianças presas numa casa de onde não viam a hora de fugir, mas da qual agora ele sentia saudade todos os dias.

Vocês duas me resgataram toda vez que precisei de vocês. Espero ser digno de toda essa bondade.

Nós estávamos errados sobre a maldição de Maria. Perder tudo que um dia amamos simplesmente faz parte da vida. Nisso, somos iguais a todo mundo.

Quando foi postar a carta, ele também levou a vitrola dentro de uma caixa de presente e enviou para o endereço de April, na Califórnia.

Acrescentou um bilhete num papel de carta branco, bem fino. *Para minha querida Regina, a quem fiz uma promessa que cumpri.*

Não precisou escrever para William. A sra. Durant já tinha cuidado disso.

Vincent jogou sua mochila numa lixeira do parque, onde poderia ser encontrada depois que ele se fosse. Tudo o que ele tinha, com exceção do violão, estava ali dentro, incluindo a chave do número 44 da Greenwich Avenue. Aquela era uma parte de sua vida que ele nunca mais teria de volta. Amigos da Madame Durant que moravam em Tuileries tinham pendurado cartazes nos postes e uma multidão já estava reunida ali. Havia uma atmosfera de expectativa nas ruas. A música de Vincent era conhecida na França e sua gravação independente era muitas vezes reproduzida.

Vincent usava um terno preto. Tinha uma foto de William guardada no bolso da camisa, tirada na Califórnia quando o mundo estava aberto para eles. Eles estavam em pé no cais de San Francisco e tinham pedido a um estranho para tirar a foto dos dois, de braços dados, com o céu de um azul vívido como pano de fundo. Nessa noite ele tinha bebido uma tintura de corniso que Madame Durant lhe dera, para que sua voz voltasse.

Para a data do espetáculo, Vincent escolheu Samhain, o Dia de Todos os Santos, a noite da morte e da transformação. O céu estava escuro e estrelado e as folhas das castanheiras se encresparam quando uma súbita onda de frio desceu sobre a cidade. Ele se postou em um viaduto perto do Louvre, de frente para a multidão, as luzes do parque piscando como vaga-lumes. Esse fora o momento que ele vira no espelho de três lados, quando tinha 14 anos. Quando reinou o silêncio, ele cantou as canções que havia escrito em Nova York, começando e terminando com "I Walk at Night". Vincent tinha seus fãs, mas a maioria das pessoas, na multidão, nunca tinha ouvido falar dele. A última música era um rio no qual ele teria se afogado alegremente.

Isn't that what love makes you do? Go on trying even when you're through. Go on even when you're made of ash, when there's nothing left inside you but the past.

[Não é isso que o amor o obriga a fazer? Continue tentando mesmo que esteja esgotado. Vá em frente mesmo se foi reduzido a cinzas, se não houver mais nada dentro você a não ser o passado.]

Ele sentiu o acônito que tinha ingerido no início da noite se espalhando pelo seu corpo. Enquanto seu organismo o absorvia, o coração diminuía seu ritmo e a respiração ficava mais superficial. Ele podia ver tudo o que nunca tinha visto antes, enquanto o tempo desacelerava. O brilho do mundo. Aqueles que ele amava e que retribuíram seu amor. As dádivas que recebera. Os anos que tivera. O mundo parecia tão bonito naquele momento! Aqueles que assistiam ficaram extasiados e até se esqueceram de onde estavam. Um encantamento caiu sobre todos e as pessoas ficaram em silêncio. Mariposas brancas surgiram na grama. Elas subiram, cada vez mais alto, até desaparecer no céu.

Vincent estava grato por ter sido essa a maneira pela qual ele pôde deixar para trás tudo que conhecera. Caiu no chão e, quando não conseguiram trazê-lo de volta à consciência, um médico amigo de Madame Durant assinou o atestado de óbito, às 23h58. Ainda era Dia de Todos os Santos. A temperatura tinha caído. Pingos de chuva respingavam nas calçadas. Uma ambulância particular foi enviada. Repórteres foram chamados para que pudessem testemunhar sua morte. As folhas estavam se curvando por causa do frio e ninguém parecia conseguir falar. Tudo estava parado, exceto pela sirene da ambulância, que se afastava.

Pouco depois da meia-noite, o som da chuva foi aumentando até se tornar gelo batendo nas calçadas e nas folhas marrons das castanheiras.

※

Madame Durant foi quem providenciou o funeral, agindo com rapidez para que ninguém fizesse nenhuma pergunta. Quando Vincent estava caído no chão, ela lançou sobre ele um feitiço de desaparecimento muito antigo. *L'homme invisible*. Daquele momento em diante ninguém mais descobriu os detalhes mais particulares da vida dele. Enquanto isso, os jornais publicavam relatos sobre sua estranha morte. Eram muitas as especulações, com alguns convencidos de que ele tinha tirado a própria vida e outros defendendo a ideia de que se tratava de algum golpe. Uma pequena vigília tinha começado fora do hotel onde ele morava em Marais, com flores depositadas numa pilha lamacenta e perfumada e velas brancas acesas de modo que a cera fluísse para a sarjeta. As estações de rádio tocavam "I Walk at Night" e pessoas que não conheciam o nome de Vincent pegavam-se cantando a canção enquanto caminhavam para casa depois do trabalho.

O enterro foi em Père-Lachaise, o cemitério aberto por Napoleão em 1804. O voo de Jet e Franny chegou várias horas atrasado por causa do mau tempo em Nova York. William viajou com elas, vestindo um terno preto e carregando apenas uma mochila de couro. Falou muito pouco, e parecia tão distante que as irmãs se perguntavam se, por ter o dom da visão, ele já sabia que esse seria seu destino: viajar à França para um funeral.

Eles pegaram um táxi até a entrada principal do cemitério, no Boulevard de Ménilmontant, e William disse ao motorista que, se ele ignorasse os faróis vermelhos, pagariam a corrida em dobro.

– Precisamos chegar a tempo – disse William.

– Nós vamos chegar – garantiu Jet.

Franny simplesmente olhou pela janela. Mal tinha falado desde que chegara a notícia. Ela se incumbira de protegê-lo e falhara. Seus planos tinham dado errado e agora eles o haviam perdido. No cemitério, logo ficaram desorientados entre estátuas de anjos e monumentos, até que um jovem enviado por Agnes Durant para procurar os americanos perdidos guiou-os até a sepultura recém-aberta.

– Isso aqui é como um labirinto – disse o jovem, enquanto os levava pelas trilhas de cascalho.

– De fato – as irmãs concordaram. Elas nunca tinham se sentido tão confusas na vida. Por que seus pensamentos ficavam enevoados quando tentavam pensar no irmão?

– Este lugar é muito antigo e há tantas sepulturas... – explicou o guia, que se vestia de um jeito muito parecido com Vincent, um casaco escuro, uma Levi's preta e botas de camurça.

Vincent ter morrido tão jovem de ataque cardíaco era algo impensável, mas era o que dizia o atestado de óbito. As irmãs não podiam conceber um mundo em que ele não estivesse. Elas tinham decidido usar vestidos brancos, que Jet havia encontrado num brechó ao lado do Chelsea Hotel. Elas se recusaram a usar preto nesse dia. Só agora Franny percebia o que Jet tinha escolhido.

– São vestidos de noiva! – ela sussurrou, irritada.

– Você disse branco. Esses eram os únicos que eles tinham na arara – disse Jet, para se justificar.

Embora fosse novembro e estivesse frio, elas tiraram os sapatos por respeito. Os outros convidados eram amigos de Agnes e, como descobriram depois, da mãe deles também. A cerimônia breve foi bem apropriada. Vincent não gostava de arroubos de emoção, a menos que fosse de amor verdadeiro; aí, sim, nada era excessivo. Agnes abraçou as irmãs, depois beijou William nas duas bochechas.

– É um prazer conhecê-lo – disse a ele, calorosamente. – Eu ouvi muito sobre você e agora aqui está!

Todos foram a um restaurante próximo para um jantar leve. O lugar era pequeno, iluminado por velas mesmo durante o dia, decorado com papel de parede *trompe l'oeil* e sofás de veludo em todas as mesas.

— Susanna e eu viemos aqui muitas vezes quando jovens — disse Agnes Durant. — E muitas vezes íamos aos cafés de Tuileries, onde conheci Vincent. Susanna e eu éramos tão parecidas que as pessoas pensavam que éramos irmãs.

— Bem, nós não nos parecemos nem um pouco e *somos* irmãs — disse Jet, pegando na mão de Franny. Ela sentia como se tivessem de alguma forma perdido Vincent para essa estranha, que olhava para elas com olhos castanhos cheios de curiosidade.

— Eu só quis dizer que me sinto como se fosse da família de vocês — disse Madame Durant, tentando acalmar a irritação de Jet.

— Ficamos lisonjeadas — disse Franny. — Mas, por favor, entenda que perdemos um membro da nossa família.

— Claro! Não quis ser mal-educada. Tenho a melhor das intenções, de coração.

Franny achou difícil acreditar, distraiu-se com a apresentação da ceia, que incluía *hors d'oeuvres* de ostras e uma seleção de queijos. O dono do restaurante tinha um cãozinho dachshund que estava deitado num dos sofás de veludo.

Foi só então que Franny percebeu: William não estava ali. Imaginou que ainda estivesse no cemitério, sem forças para deixar seu amado. Era horrível que tivessem se esquecido de William quando ele mais precisava.

— Eu já volto — Franny disse a Jet quando disparou para fora do restaurante, esperando encontrar o caminho de volta até o local do enterro. Já era tarde e a noite caía. Ela sentiu o pânico crescendo e eriçando os pelos da nuca enquanto corria pelas ruas à luz do crepúsculo. Por fim, encontrou o portão de pedestres do cemitério, em Porte du Respos, e correu para dentro.

Havia gelo nas trilhas e sua respiração provocava nuvens de vapor; o vestido branco era muito transparente e fino para o frio do dia. Coveiros lançavam torrões de terra sobre a sepultura aberta. Franny parou. Seu coração parecia pesado demais dentro do peito.

Ela viu a sombra de um homem alto.

– William! – chamou, mas, fosse ele ou não, o homem não atendeu ao seu chamado.

Franny protegeu os olhos com uma das mãos, pois o sol se punha e a luz alaranjada dificultava a visão. As folhas nas árvores sussurravam e redemoinhos de terra se erguiam do chão.

– É você? – gritou Franny.

Ela não sabia se via a sombra de um homem ou dois. E então soube. Sentiu o irmão próximo, assim como quando brincavam de esconde-esconde no porão e a mãe nunca conseguia encontrá-los. Ela seguiu pelo caminho de cascalho, mas a luz alaranjada ofuscava seus olhos e ela se chocou com uma mulher que levava flores para um túmulo e teve que se desculpar. Não percebeu que estava chorando até falar com outra pessoa de luto. Seu pedido de desculpas foi aceito com um encolher de ombros e depois ela ficou sozinha. Parou e viu que a luz diminuía e as sombras aumentavam, e então, quando ficou claro que não iria encontrar o caminho, voltou por onde viera.

Franny retornou ao restaurante, chegando no instante em que Haylin saía de um táxi. Ele tinha pegado um voo de Frankfurt, onde suas tropas estavam estacionadas, e agora abraçava Franny na calçada. Ele a beijou e não conseguiu mais parar. Era Paris, portanto ninguém se deteve para olhá-los.

– Eu devia ter vindo antes – disse ele.

– Você está aqui agora. – Franny parecia mais em choque do que pesarosa.

Ela mal falou a noite toda. Quando o jantar estava no final e bolachinhas e bebidas digestivas já estavam sendo servidas, Franny foi até Agnes e perguntou se poderia lhe telefonar no dia seguinte.

– Quero agradecer e talvez conhecê-la melhor, assim como minha mãe conhecia. Fui rude e gostaria de me desculpar.

– Lamento muito... – Agnes hesitou. – Vou viajar. Realmente não tenho tempo. Estou indo para a minha casa de campo.

– Isso é tudo? Vincent se foi e não falamos mais a respeito?

Agnes encolheu os ombros.

– Quem entende a vida? É impossível. Para o mundo, Vincent está morto e enterrado. Vamos deixar as coisas como estão, minha querida.

– E não falamos de William também? Não sei nem onde ele está! O que faço quando o pai dele me ligar e perguntar sobre o filho?

– William está onde quer estar. Quantos de nós podem dizer o mesmo?

Franny correu de volta ao hotel e foi para o quarto de Jet.

– William mentiu para nós! – disse à irmã. – Deixou que fôssemos enganadas por essa farsa de funeral. Durante esse tempo todo, Madame Durant tinha colocado um feitiço de desaparecimento em Vincent, para que não soubéssemos a verdade. Ele está vivo, Jetty!

– Se William mentiu, fez isso por Vincent. Você sabia que iríamos perdê-lo. Acho que esse foi o melhor caminho.

– Nos fazer pensar que ele morreu?! – Mesmo por algumas horas aquilo tinha sido horrível.

– Ele morreu. Para nós. E precisamos manter tudo como está se quisermos que ele fique a salvo.

No hotel, Jet ficou feliz em deixar Franny e Haylin a sós. Ela preferia ficar sozinha para chorar sua dor. A perda do irmão a afetara profundamente. Foi para o quarto e, quando tirou o chapéu que usara o dia todo, descobriu que seu cabelo tinha ficado totalmente branco. Acontecera no funeral. Seu mais belo traço, seu longo cabelo preto, se fora. Ela se olhou num espelho acima da penteadeira e visualizou a mulher que vira no espelho negro da tia. Perguntou-se o que Levi teria pensado se estivesse com ela. Talvez ele tivesse se deitado ao lado dela e insistido em dizer que ela ainda era bonita, mesmo que não fosse verdade. Teria lido para ela um livro de poemas, depois talvez planejado se iriam tomar um drinque em algum lugar melancólico, mas quente, onde pudessem se sentar juntinhos. Mas agora, sem ele, ela já estava vivendo seu futuro, e, gostando ou não, essa era a pessoa que ela havia se tornado. Ele era um menino e agora ela era uma mulher que já perdera quase todos que amava. Jet pensou no que April uma vez lhe dissera. *Isso é o que acontece quando você está vivo.*

Ela ligou para o serviço de quarto do hotel e pediu café, pois já sabia que não conseguiria dormir. Paris era uma cidade muito barulhenta, o quarto estava muito frio, a dor de perder Vincent era, muito recente. Ela não se importava em ficar sozinha. Sentou-se ao lado da janela e escreveu um cartão-postal para Rafael. Ela sempre escrevia cartões-postais, mesmo quando ambos estavam em Nova York. Depois, quando se encontravam, liam os cartões-postais na cama. Ela desejou que ele estivesse ali com ela agora. Apenas como amigo, é claro. O amigo com quem ela queria estar mais do que qualquer outra pessoa.

Começou a chover, uma fina garoa que deixou as calçadas brilhando. *Paris está triste*, ela escreveu, *mas ainda é bonita a ponto de fazer você não se importar com a tristeza.*

Franny adormeceu ao lado de Haylin, exausta. Quando ela acordou, ele estava sentado na beirada da cama, vendo a chuva cair. Eles deveriam ficar longe um do outro, mas o pacto que tinham feito não vigorara no dia anterior, nem nesse. O céu lá fora estava cheio de nuvens de chuva. Paris ficava tão cinza em novembro... Pombos se amontoavam na pequena sacada. Franny estendeu a mão para eles e os pássaros bicaram o vidro.

Ela queria que nunca tivessem que deixar esse quarto, mas foi o que fizeram. Haylin tinha contado a ela que estava sendo transferido para o *front*. Em menos de oito horas estaria voando para o Vietnã. Eles passaram aquelas oito horas na cama, dizendo um ao outro que não se amavam; fizeram isso para não atrair má sorte e garantir que um dia se veriam novamente.

As irmãs fizeram as malas e chamaram um táxi. Foram passear no Jardin des Tuileries e percorreram os caminhos de cascalho. As folhas estavam ficando marrons. Elas levaram as malas com elas, então pararam no primeiro café que viram no parque. Pediram vinho branco, mas não beberam muito. Estavam pensando na mãe quando jovem e nas regras que ela tinha criado para protegê-los. Elas tinham suas próprias regras agora. Franny lançou um círculo no cascalho ao lado da mesa. Então pegou uma das penas de Lewis que ela tinha no bolso. Deixou a pena cair. Se caísse fora do círculo era porque o irmão tinha morrido. Mas ela caiu dentro, bem no centro. Jet soltou um arquejo. Franny buscou a mão dela. Era uma boa notícia. Ele estava em algum lugar por perto, mas, quando a pena esvoaçou para longe, souberam o outro lado da verdade. O irmão estaria, para sempre, longe delas agora.

※

Quando as irmãs voltaram para Nova York, Franny passou a dormir no quarto de Vincent. Dali ela podia ouvir, no período da manhã, o eco das crianças brincando no pátio da escola. Ela também passou a deixar o corvo ficar dentro de casa. Ele estava envelhecendo e gostava de se empoleirar na mesa perto do aquecedor, onde ficava cochilando. O cão seguia Franny de perto, um pobre substituto de Vincent, e passou a dormir perto da porta da frente, esperando o dono reaparecer.

Ambas as irmãs passaram a dormir mal depois de voltar a Nova York, incomodadas com os ruídos da cidade, o barulho dos ônibus, as sirenes estridentes, o tráfego constante da 7th Avenue. Quando Franny abriu a janela, descobriu que a cidade exalava apenas um odor agora, que nunca mudava. A cidade tinha um fedor penetrante de pesar. Ela ansiava por algo mais escuro e verdejante, por um silêncio que lhe permitisse encontrar alguma paz.

Uma noite, sonhou que Isabelle estava sentada na cadeira perto da janela, na antiga casa em Massachusetts.

Você sabe a resposta, Isabelle disse. *O destino é você quem faz.*

Quando Franny acordou, percebeu que estava com saudade de casa. Ela estava na mesa da cozinha quando Jet desceu. Para Franny, Jet parecia ainda mais bonita com o cabelo todo branco, pois a beleza estava enraizada dentro dela agora.

– Estou pronta para partir! – disse Franny à irmã. Na verdade, ela já tinha até arrumado suas coisas.

Jet olhou para a irmã, surpresa.

– Partir para onde?

– Para o lugar onde nos sentimos mais em casa.

– Tudo bem. Precisamos fechar a loja, então.

– Vou ligar para o advogado. Ele pode gerenciar a venda desta casa. Ela foi um lugar temporário para nós. Agora o seu dono por direito poderá reivindicá-la.

Jet entendia o desejo da irmã de sair de Nova York. O número 44 da Greenwich Avenue já estava se tornando passado enquanto estavam sentadas ali na cozinha. Desvanecia-se diante dos olhos delas. Tinha sido um lar para os três, mas não estavam mais em três. Ela pensou em Vincent tocando "I Walk at Night" pela primeira vez, em April visitando-os com Regina e comendo bolo de chocolate na cozinha, no encanador que trabalhara para eles em troca de uma poção de amor e da noite em que Vincent tinha chegado em casa e contado a elas que estava apaixonado. Quanto a Franny, o que ela mais se lembrava era do dia em que ficara parada na calçada, olhando para as janelas da casa e sabendo que os lilases cresceriam ali, que comprariam a casa e que por um tempo morariam ali e tentariam ser felizes, o que de certa forma tinha acontecido.

Ao longo de dois anos, Franny recebeu 120 cartas de Haylin, todas amarradas com barbante e guardadas na cômoda da sala de jantar. A casa da Greenwich Avenue foi vendida e dividida em escritórios. Uma agente literária ficou com os cômodos do andar de cima e agora a mesa dela ficava no espaço onde antes era o quarto de Vincent. Ela era uma mulher adorável com um lindo sorriso, que encheu de livros as estantes ao longo da parede onde antes ficava a cama o irmão. Por um tempo, a loja foi uma livraria especializada em livros de mistério e, ocasionalmente, os proprietários encontravam fio vermelho e ossinhos da sorte em lugares inusitados. A estufa caindo aos pedaços, que Vincent tinha construído, foi derrubada e o entulho levado embora, mas algumas sementes se espalharam pelo bairro, de modo que dedaleiras e girassóis cresceram nos becos por várias estações. Elas levaram a mesa meio inclinada da cozinha, que pertencia à casa da sua infância, na 89th Street, e também Edgar, a garça empalhada, que deixaram na sala de visitas da casa de tia Isabelle, decorada a cada Yule com enfeites prateados e festões dourados.

Em pouquíssimo tempo, a casa da Rua Magnólia já parecia um lar. Franny ficou com o quarto de tia Isabelle, onde Lewis, agora tão velho que suas penas tinham começado a embranquecer, aninhava-se na escrivaninha. Jet ficou feliz com o quarto de hóspedes, onde April Owens ficara quando se recusaram a dividir o quarto com ela. O sótão, onde os irmãos tinham passado o primeiro verão, era um lugar para meninas, não para mulheres adultas, que precisavam de camas mais confortáveis, por isso ele foi usado como depósito. Harry ainda dormia perto da porta, esperando o dono, enquanto a gata Garricha ficava no jardim, onde afugentava coelhos e ratos.

Elas passaram um inverno inteiro restaurando tudo que tinha sido ignorado durante muito tempo. Charlie foi limpar as calhas, cortar as videiras na varanda e levar um feixe de lenha para a lareira. Disse que era muito bom ver pessoas na casa novamente.

– Sinto falta da tia de vocês – disse ele às irmãs. – Ela era, com certeza, uma pessoa que não se encontra por aí todo dia...

Nos dias em que o céu cuspia neve, Jet se apossava da cadeira à janela para ler um dos seus amados romances. A magia voltava para ela lentamente, como um sonho havia muito esquecido que estivesse pairando no ar.

Agora que ela morava na cidade, visitava o cemitério todo domingo. Ia a pé até lá, não importava o clima. Algumas crianças a chamavam de Dama dos Narcisos, porque ela sempre carregava um maço dessas flores. Às vezes o reverendo lhe dava uma carona para casa, especialmente se estivesse chovendo forte. Ele estava lá todos os domingos também. Quando o tempo estava bom, ela levava duas cadeiras de armar e, se o céu estivesse coberto de nuvens, levava um grande guarda-chuva preto.

Eles não conversavam muito, embora o reverendo percebesse que Jet ainda usava o anel de pedra-da-lua que Levi lhe dera, e Jet via que o reverendo ainda carregava com ele, pregada no paletó, uma das medalhas de natação de Levi. Quando conversavam, falavam sobre o clima, como as pessoas em Massachusetts costumam fazer.

– Está frio – ele dizia.

E ela concordava com uma palavra ou duas. Então, um dia, Jet levou luvas de lã de um tom cinza-claro, que ela tinha tricotado para ele. No domingo seguinte, ele levou o cachecol que ela tinha feito para Levi, o que a fez chorar. Ela baixou a cabeça para que o reverendo não visse suas lágrimas, embora ele também estivesse chorando. Ele tinha um lenço no bolso, que ofereceu a ela, dizendo gentilmente:

– Esse lenço vem bem a calhar...

Na primavera, ele entregou a ela um novo cartão de visita que tinha mandado imprimir. Tinha voltado a trabalhar e agora era juiz de paz. Já havia casado seis casais. Contou a ela que um dos casais tinha telefonado para ele no meio da noite, desesperado para se casar, o que o obrigara a realizar o casamento de pijama, em sua sala de estar.

Um dia ele disse:

– Talvez fosse melhor você seguir com a sua vida...

Jet se sentiu grata por esse comentário gentil. Anos já tinham se passado. Ela ainda encontrava Rafael, em Nova York, várias vezes por ano. Por um tempo, ele saiu com outra mulher e, achando que queria constituir família, ficou casado por alguns meses. Mas, no final, acabou se divorciando. A esposa não o entendia como Jet. Eles podiam conversar de um jeito que não conseguiam com mais ninguém, por isso começaram a se ver novamente.

Rafael era diretor de uma escola no Queens e, várias vezes por ano, eles iam ao Oak Bar, no Plaza Hotel, para celebrar os velhos tempos. Costumavam passar a noite juntos no apartamento dele. Uma vez, ele até chegou a sugerir casamento, mas Jet disse que não achava uma boa ideia. Acabaria estragando tudo. A verdade é que ela ainda estava preocupada com a maldição; embora tivesse esperança de que esse tipo de coisa pudesse ser quebrada, não queria correr o risco de presenciar seus efeitos perversos. Ela achava melhor que Rafael fosse apenas um amigo querido. Ele concordou, embora estivesse apaixonado por ela. Não chegou a dizer isso, mas ela sabia, assim como ele sabia quais eram as intenções dela aquela noite, no Plaza Hotel. Eles não precisavam do dom da visão para saber como o outro se sentia.

— Eu estou bem — ela disse ao reverendo no dia em que ele lhe sugeriu que ela seguisse com a vida dela.

E de fato estava. Não falava da sua dor com ninguém, mas podia dividi-la com o reverendo. Num domingo, porém, Jet não apareceu. O reverendo percorreu com os olhos todo o cemitério, esperando por Jet, mas ela não chegou. O lugar parecia estranho sem ela ali, errado de alguma forma, então ele foi até a Rua Magnólia e estacionou o carro na frente da casa. Ficou sentado dentro do carro, até que Franny apareceu no quintal. O reverendo baixou o vidro. Ele nunca tinha falado com Franny, só a vira andando pela cidade com seu casaco preto e os cabelos ruivos presos no alto da cabeça. As pessoas tinham medo dela. Diziam que dava azar cruzar com ela na rua. De perto, ela era mais alta do que ele imaginara, e mais bonita também.

— Ela está com pneumonia — explicou Franny. — Não pude deixar que fosse ao cemitério.

Era um dia úmido e chuvoso e o reverendo compreendeu perfeitamente. Ele assentiu.

— Diga a ela que nos vemos na semana que vem.

— Por que não fala você mesmo? — respondeu Franny.

Eles olharam um para o outro, então o reverendo saiu do carro e seguiu Franny até dentro da casa. Ele notou que as glicínias já estavam florescendo, sempre as primeiras na cidade a desabrochar. Aquela casa tinha sido construída com o dinheiro que seu ancestral dera a uma mulher que amara, na época considerada uma bruxa. Ele se perguntou com que frequência isso acontecia, tanto naquela época quanto agora. Ele carregava consigo o fardo de sua família, mais pesado ainda pelos erros que tinham cometido no mundo.

O reverendo tinha artrite, então Franny andou mais devagar do que de costume. Jet estava na sala, enrolada num cobertor, bebendo chá e lendo *Razão e Sensibilidade*, que ela não se importava de ler e reler várias vezes. Quando viu o reverendo, ficou tão surpresa que deixou o livro cair, abaixando-se em seguida para pegá-lo. Embora tudo estivesse muito quieto, Jet sentiu um alvoroço dentro de si ao vê-lo em sua casa, como se algo muito importante estivesse acontecendo.

– Lamento que não esteja bem – disse o reverendo.

– A semana que vem já devo estar melhor – disse Jet.

– Espero que esteja mesmo – disse o reverendo. – O tempo vai melhorar também. Pelo menos é o que dizem.

– Sim, também ouvi isso. Não vai chover.

– Melhor assim – disse o reverendo. Ele olhou ao redor. – O madeiramento da casa é bem bonito.

– Sim, é verdade. Não precisa de muito cuidado. Mas eu uso um pouco de azeite para lustrá-lo de vez em quando.

– Azeite? – ele murmurou. – Eu nunca tinha pensado nisso.

– É natural. Sem produtos químicos – disse Jet.

– Vou experimentar um dia desses – disse o reverendo, embora não lustrasse o madeiramento da sua casa havia anos.

A semana seguinte estava seca e ensolarada, e no domingo Jet voltou ao cemitério. Ela usava botas, um suéter e calças de lã. Ainda estava tossindo, mas tinha tomado uma xícara de chá de alcaçuz antes de sair da casa, para acalmar a tosse. Não queria que o pai de Levi se preocupasse. Quando isso acontecia, surgia uma ruga no meio da testa dele, a mesma que surgia na testa de Levi quando ele estava concentrado. O reverendo pareceu aliviado ao ver Jet atravessando o gramado e acenou para ela. Jet achava que estava bem, considerando tudo o que tinha passado, e que indo ao cemitério toda semana ela selara o próprio destino. Era uma mulher em quem se podia confiar, nos bons e nos maus tempos.

O céu estava muito azul e o reverendo disse que isso era porque, em Massachusetts, bastava esperar alguns minutos para ver o tempo mudar, e ela concordou e disse que sabia, por experiência própria, que aquilo era verdade.

Nos dias mais frios do ano, Franny podia ser vista atravessando a cidade a caminho do Lago Leech, sem chapéu e sem luvas. Ela tinha descoberto que os bosques ao redor do lago estavam na rota de migração dos sanhaços escarlates. Nos dias mais nublados, os arbustos próximos se tingiam de um vermelho vibrante, como se cada ramo tivesse um coração e cada coração pudesse alçar voo num instante. Tudo que Franny tinha que fazer era estender as mãos e lá iam os pássaros até ela. Ela ria e os alimentava com sementes. Sabia que logo os pássaros estariam longe, à procura de climas mais quentes, perto da fronteira com o México. Ela mesma já não tinha o desejo de voar para longe. Estava feliz onde estava.

Naquele primeiro inverno, Franny foi até a biblioteca no dia em que o conselho tinha sido convocado. Percebeu o olhar chocado das pessoas quando ela chegou, embora procurassem disfarçá-lo. O presidente do conselho apertou a mão de Franny e lhe ofereceu uma xícara de chá, que ela recusou. Os membros do conselho não sabiam se deveriam ficar lisonjeados ou apavorados quando Franny se levantou para anunciar sua intenção de fazer parte do conselho, mas todos levantaram a mão quando o presidente perguntou quem concordava em incluí-la.

Quando viram que o primeiro pedido de Franny era para que a sala de livros raros fosse dedicada a Maria Owens, em troca do que ela faria uma doação à biblioteca, os membros do conselho ficaram aliviados. Como aquela sala tinha sido a cela de Maria na prisão, era justo que ela fosse lembrada ali. Páginas do diário de Maria foram emolduradas e penduradas nas paredes. Meninas na adolescência, especialmente aquelas que se sentiam excluídas e estavam interessadas na história da bruxaria na cidade, muitas vezes iam examinar as páginas do diário. Elas não entendiam por que uma mulher tão corajosa e independente tinha sido tratada com tamanha brutalidade. Muitas começaram a se perguntar por que elas próprias, mesmo sendo inteligentes, fingiam ter certas opiniões em vez de falar com franqueza o que pensavam, por medo de serem hostilizadas. Algumas dessas meninas paravam do lado de fora da cerca da casa das Owens para poder contemplar o jardim. Ao anoitecer, tudo parecia azul ali, até as folhas dos lilases.

Quando a primavera chegou e os lilases floresceram, Franny passou a deixar diários em branco na grande mesa da sala Maria Owens, na biblioteca, e toda semana eles eram levados para casa pelas meninas que questionavam seu próprio valor no mundo moderno. Ao passar pelo Lago Leech, Franny muitas vezes via uma ou duas delas sentada numa pedra, escrevendo furiosamente em seu diário, claramente convencidas de que as palavras poderiam salvá-las.

O verão chegou e com ele o pardal. Dessa vez, no entanto, o pássaro que poderia trazer um ano de azar foi recebido por Lewis, que estava empoleirado na cornija da lareira, na sala de jantar. O pobre e desajeitado pardal saiu às pressas da casa, voando rapidamente pela janela.

– Bom trabalho! – disse Franny ao corvo.

Apesar do elogio, ele a olhou com desconfiança. Eles eram aliados cautelosos, que por acaso tinham passado a adorar a mesma pessoa.

– Mesmo que não goste de mim, venha comer um biscoito – disse Franny, pois ela sabia que o corvo gostava de biscoitos de anis e ela tinha acabado de preparar uma fornada.

Ela estava pensando em várias maneiras de ganhar dinheiro. Elas tinham uma quantia para a manutenção da casa, mas, sem a loja, lhes faltava outra renda regular. Franny havia se precipitado ao fazer uma doação em dinheiro à biblioteca, pois agora não tinham mais a loja para ajudá-las a pagar as contas. Ela pensou em assar e vender bolos e biscoitos, mas achou que a atividade lhe consumiria tempo demais. Além disso, seus biscoitos eram duros e provavelmente não venderiam muito. Os ingredientes do bolo embriagado, por outro lado, eram caros demais – as barras de chocolate, o rum envelhecido –, por isso concluiu que sua venda nunca daria muito lucro.

Franny então se candidatou a uma vaga de vendedora numa loja de roupas, mas, quando o proprietário viu o nome dela, logo disse que a vaga já tinha sido preenchida, uma afta já se formando em sua língua enquanto falava. Muito melhor, pensou Franny, pois na verdade não tinha o menor interesse em roupas e usava sempre o mesmo vestido preto e as mesmas botas vermelhas, que estavam cobertas de lama e precisavam de saltos novos. Também não quiseram saber dela na farmácia e no armazém da cidade. O padeiro parecia estar diante de um fantasma quando a viu entrar pela porta. Seus clientes não gostavam de anis, justificou ele, e quanto a acrescentar rum a um bolo, bem... isso com certeza nunca agradaria aos clientes. Os lojistas faziam o máximo para serem simpáticos com ela, mas todos ficavam nervosos quando ela entrava em suas lojas, os sinos sobre as portas se recusando a tocar. Ela produzia esse efeito. Como se congelasse as coisas com seu jeito frio.

– Não acho que seja trabalho para a senhorita – disse o dono da livraria quando ela foi pedir um emprego. – Quem sabe a sua irmã?

Claro que as pessoas prefeririam Jet. Ela era mais educada e muito mais agradável, e Franny *de fato* parecia uma selvagem com o seu indomável cabelo ruivo e seu casaco preto puído. Ela tinha perdido peso e estava desajeitada como costumava ser quando menina. Mesmo se cobrisse a pele sardenta com pó facial, parecia rabugenta e desarrumada. E aquelas botas, bem, elas a entregavam. Da cor de sangue pisado. Uma mulher Owens, da cabeça aos pés.

O verão era a época em que Franny sentia mais falta de Vincent. Ela ia ao Lago Leech, onde se sentava no banco musgoso para tirar as roupas, e depois entrava no lago para flutuar em suas águas frias e esverdeadas. Nenhuma sanguessuga ousava chegar perto. Apenas libélulas, que deslizavam pela superfície do lago.

Você sabe quem somos, Vincent tinha lhe dito naquele primeiro verão; e ela sabia, só não queria admitir. Não queria ser condenada por causa da sua história familiar ou rotulada como uma Owens. Ela queria ser livre, um pássaro no céu sobre o Central Park, sem nenhuma ligação com este mundo frágil. Nada disso parecia importar agora.

Nos baixios do lago, ela fechou os olhos e flutuou entre as taboas. A água adquiriu um tom azul vibrante quando ela chegou às profundezas, que segundo diziam não tinham fundo. Havia rumores de que peixes antigos viviam nas partes mais profundas do lago, criaturas que não eram vistas havia cem anos, mas tudo o que Franny via eram sapos no raso e ocasionalmente uma enguia deslizando entre os juncos.

Um dia ela notou algumas garotas observando-a. Nadou para a margem do lago, onde se escondeu atrás de alguns arbustos espinhentos e se vestiu rapidamente.

– Você sabe mesmo boiar! – disse uma das garotas.

– Obrigada – disse Franny, torcendo o cabelo molhado. A água que pingava dos fios era vermelha. As outras garotas afastaram-se, mas uma permaneceu ali. A mesma que tinha falado.

– Isso é sangue? – a garota perguntou.

– Claro que não! É tintura de cabelo. – Não era tintura, só o jeito como o cabelo de Franny reagia à água, mas ela não estava disposta a explicar isso para uma criança de 10 anos. Ela nunca se importara com crianças. Na infância, não gostava muito nem de si mesma!

As outras garotas se espalharam para escalar as pedras.

– Isso é perigoso! – gritou Franny. Ninguém prestou atenção, exceto a única garota que ainda a fitava. – Não que seja da minha conta... – disse Franny bruscamente.

– É verdade que você não pode se afogar? – perguntou a garota.

– *Qualquer pessoa* pode se afogar, sob certas circunstâncias. – A garota tinha um jeito simples de falar, mas um brilho de inteligência nos olhos. – Por que a pergunta?

– Achei que você fosse uma bruxa.

– É mesmo? – disse Franny, calçando as botas, que ela usava em todas as estações do ano. Até mesmo no verão. Eram muito melhores do que sapatos para cuidar do jardim. – Quem disse isso?

– Todo mundo diz isso.

– Bem, nem *todo mundo* sabe de *todas* as coisas – respondeu Franny. Ela parecia rabugenta até para si mesma. A menina estava carregando uma mochila. A ponta de um caderno de capa azul espreitando da abertura chamou a atenção de Franny. Era um dos diários que ela deixava na biblioteca. – Gosta de escrever? – perguntou à garota.

– Estou tentando – disse a menina.

– Não tente, *escreva*! – Ela percebeu que falava exatamente como tia Isabelle quando estava irritada. Não queria ser uma desmancha-prazeres nem tinha a menor intenção de desestimular essa menina inteligente, por isso mudou de tom ao falar. – Mas tentar já é um bom começo. Que história está escrevendo?

– A minha vida.

– Ah...

– Se a gente escreve tudo que acontece, parece que não dói tanto.

– Sim, posso imaginar – disse Franny.

A garota correu para as pedras e se juntou às amigas. Depois acenou para Franny, que acenou de volta.

Quando voltava para casa, Franny concluiu que a garota do lago tinha toda razão. Escrever de fato ajudava. Ordenava os pensamentos e, com sorte, trazia à tona sentimentos que nem se desconfiava que existiam. Naquela mesma tarde, Franny escreveu uma longa carta a Haylin. Ela nunca tinha contado a ninguém o que a tia sussurrara em seu último suspiro. Mas agora ela contava a ele e, ao fazer isso, percebeu que era algo em que ela também acreditava, apesar da maldição. *Ame mais*, a tia dissera. *Não menos.*

※

Jet se lembrou de quanto gostava de jardinagem quando passou a cuidar do jardim novamente. Tudo florescia sob o seu toque. Ela plantou cebolinha, menta, couve, arruda, manjericão e alho. Também semeou tomilho, erva-cidreira, verbena, dedaleira e zínia, certificando-se de plantar alecrim e lavanda perto da porta dos fundos, onde essas ervas cresciam quando Isabelle era viva. O reverendo lhe deu alguns bulbos para que ela pudesse cultivar narcisos e levar suas próprias flores ao cemitério em suas visitas. Alguns eram brancos com miolo laranja, outros eram dourados ou amarelos como manteiga. Quando floresceram, ela chorou porque sabia que outro ano se passara e tudo estava passando muito rápido.

As plantas mais perigosas eram encomendadas na fazenda dos Owens em Rockport, Maine, e essas Jet cultivava na estufa, que ainda era trancada com uma velha chave de ferro. Por que correr o risco de ver adolescentes confundindo acônito com maconha, tentando entrar na estufa e consumindo veneno? Ali, atrás do vidro, ela cultivava beladona, cicuta e erva-moura, que poderiam provocar alucinações (e, segundo as lendas, era o que permitia que as bruxas voassem em vassouras quando usada em unguentos); meimendro, usado por homens para atrair mulheres e por mulheres para trazer chuva; mandrágora, uma erva que diziam gritar quando arrancada do chão pelas raízes; figueira-do-diabo, usada para curar e quebrar feitiços (mas apenas em pequenas quantidades, caso contrário, podia ser fatal).

Um dia ela viu a velha coelha, Maggie, perto da estufa, se escondendo da gata. Franny tinha saído no jardim e as irmãs ficaram ali em pé, observando. A coelha definitivamente era Maggie, com seus bigodes pretos e olhos tristes.

– Vamos deixar que ela seja livre – disse Jet.

Franny se aproximou e pegou o animal no colo antes que ele pudesse pular para longe.

– E agora? – perguntou.

Jet foi abrir o portão e Franny a seguiu.

– Ela acabará no quintal de outra pessoa – disse Franny.

– Sim, mas será escolha dela.

Franny colocou a coelha na calçada. Por um minuto, ela ficou encolhida ali, olhando para elas.

– Você está livre! – disse Franny, fazendo sinal com as mãos para ela ir embora. – Pode ir!

Maggie disparou pela rua, correndo tão rápido que nunca mais a viram outra vez.

– Bons ventos a levem! – desejou Franny.

– Boa sorte! – Jet gritou para a criatura.

<hr>

A gata seguia Jet para todo lado, mas um dia Garricha desapareceu e, quando voltou, veio acompanhada de um gato preto, logo batizado de Pardal. Depois disso, surgiu outro gato, que chamaram de Ganso, e depois mais um, enorme e muito peludo, a quem deram o nome de Corvo, já que parecia muito mais interessado em Lewis do que nos outros gatos, embora o pássaro não fizesse muito mais do que passar seus dias, sonolento, numa parte da varanda em que batia sol. Como descobriram depois, Garricha estava trazendo para casa gatos de um abrigo de animais que ficava do outro lado da cidade. Ela entrava no abrigo através de uma vidraça quebrada e depois conduzia os gatos para a Rua Magnólia.

– Você está virando a velha louca dos gatos – disse Franny para Jet.

– Eles afugentam os coelhos do jardim – respondeu Jet.

– Tem razão – disse Franny com um sorriso. – Mas nunca conseguem pegá-los. Aposto que o velho Harry conseguiria. Se quisesse. O que obviamente não é o caso.

O cachorro geralmente ficava na varanda com Lewis. Duas velhas criaturas que nunca tinham sido animais de estimação, e que agora precisavam comer ração misturada com água, para facilitar a digestão. Ela se perguntou se, como ela, o velho cão sonhava com Vincent. Ela gostava de imaginar o irmão num vilarejo da França, passeando ao crepúsculo com William, em meio a campos e bosques. De vez em quando a música do irmão tocava no rádio. Jet sempre desligava o aparelho. A voz de Vincent era uma lembrança muito dolorosa para ela. Mas Franny levava o rádio para o jardim. Adorava ouvir Vincent e ficava feliz que as pessoas se lembrassem dele. Às vezes cartões-postais chegavam pelo correio, enviados de Paris. Ela os guardava amarrados com uma fita azul, junto com a pilha que já havia ali. No cartão só havia o endereço do destinatário, mas a mensagem era clara. *Ainda estou aqui.*

A lâmpada da varanda não acendia mais. Charlie Merrill tinha tentado de tudo para consertá-la, mas sem sucesso.

– Os circuitos estão queimados – disse ele. – Vai custar caro trocar. Melhor deixar assim.

Franny, preocupada como sempre com a falta de dinheiro, concordou sem discutir. E daí que a entrada da casa ficasse às escuras?

Elas certamente não esperavam visitas. Era outono, sua época favorita do ano, e a noite chegava uma hora antes. Jet visitava Nova York, como fazia uma vez por mês, sem nunca revelar seu destino, e encontrava Rafael no Oak Bar. Ele era de longe seu amigo mais antigo e mais querido.

– Você parece diferente – ele tinha dito da última vez. – Feliz.

De fato, Jet tinha a sensação de que algo estava prestes a acontecer. E então, um dia, quando ela colhia o último alecrim que crescia ao lado da porta dos fundos, pensando nas clientes da tia Isabelle que costumavam chegar àquela hora do dia, a luz da varanda se acendeu.

Jet ficou ali de pé, segurando o ramo de alecrim. Ele estava murcho e amarronzado, mas, enquanto ela observava, foi ficando verde em sua mão. Seus olhos cinzentos se encheram de lágrimas. O que ela perdera havia retornado. Quando duas garotas passaram do lado de fora da cerca, ela soube o que estavam pensando, embora fosse muito educada para revelar.

O dom da visão voltara.

Era Samhain, o último dia de outubro, quando as portas entre os mundos estão abertas e coisas impossíveis se realizam.

Ela passou a usar o grimório de Isabelle, começando com as receitas mais fáceis: camomila para bênçãos, hissopo e azevinho para banir energia negativa. Depois de algumas semanas, avançou um pouco mais, passando para uma das magias mais complexas: o filtro de amor feito com o coração de um pombo. Ela foi ao açougue providenciar o coração e, na volta, ouviu todo tipo de conversa na rua principal. As pessoas espiavam pela janela, enquanto ela seguia para a Rua Magnólia, levando na mão um saco de papel ensanguentado. Ao chegar em casa, pôs-se a preparar o coração que uma cliente deveria alfinetar, com movimentos de punhalada, ao mesmo tempo que recitava as seguintes palavras: *"Este alfinete o coração do meu amante vai sentir e sua devoção eu vou conseguir. Não haverá meio de ele dormir ou descansar, até que venha comigo falar. Só quando acima de tudo me amar, encontrará paz e, na paz, serenar".*

Naquela noite a luz da varanda ficou acesa.

※

Nenhuma criança atrás de doces ou travessuras foi à casa das Owens no Halloween. Elas já tinham sido avisadas, pelos pais e pela tradição, que era melhor ficar longe dali. Mas havia quem estivesse desesperado para cruzar o portão. A primeira mulher chegou ao entardecer, batendo timidamente na porta.

— É provavelmente alguém tentando vender alguma coisa — disse Franny. — Ignore.

Mesmo assim, Jet abriu a porta. Estava ali a mulher que comprara a casa da sra. Rustler e com quem Franny tinha conversado anos antes, quando Isabelle adoecera.

— Quer alguma coisa? — Franny quis saber.

— A luz de vocês está acesa... — A mulher não tinha certeza se devia cruzar a soleira da porta ou recuar. — Sei o que isso significa.

Franny lançou à irmã um olhar sombrio. Mesmo assim, Jet acenou para a vizinha, que, depois de dar uma olhada ao redor, entrou na cozinha.

— Suponho que queira alguma coisa — disse Franny, franzindo a testa.

— Todo mundo sempre quer alguma coisa — respondeu Jet para Franny. — Até você.

— É o meu marido — disse a mulher.

— Ah, Deus, isso de novo... — Franny gemeu.

— O que tem ele? — Jet já havia colocado a chaleira no fogo para o chá.

A vizinha começou a chorar. O marido era infiel e estava destruindo a família. Foi então que Franny percebeu que a menina que ela conhecera no lago, com o caderno azul, era filha dessa mulher. Franny agora se perguntava se era por isso que a menina tinha perguntado se ela era bruxa, talvez estivesse em busca de um feitiço para acertar as coisas em sua família. Talvez ela mesma tivesse sugerido que a mãe as procurasse.

– Eu posso ajudá-la! – disse Jet.

– É mesmo? – Franny perguntou a Jet, espantada. – Vamos fazer isso?

– Pegue uma coisa na geladeira – disse Jet à irmã. – Está na segunda prateleira.

Pela primeira vez, Franny fez o que lhe mandavam. Quando viu o coração do pombo num prato de porcelana azul e branca, riu alto. Ali estavam, seu futuro e seu destino. Tinha encontrado muitas vezes itens desagradáveis na despensa ou na geladeira, onde a tia guardava os ingredientes mais questionáveis. Poderia ser também um meio de elas sobreviverem, diante de suas precárias condições financeiras.

Franny se virou para a irmã, que servia agora duas xícaras de chá de camomila, bom para os nervos.

– Lembre-se – ela disse a Jet –, essas coisas têm um preço.

– Eu pago o que for! – apressou-se a dizer a vizinha.

Franny se entusiasmou. Talvez pudessem ganhar alguma coisa com aquilo.

Jet foi até o armário. Ali estava o jarro de anéis de noivado de que tinham se esquecido completamente.

– Você tem um desses?

A vizinha tirou do dedo seu anel de diamante e o entregou.

– Tudo bem – disse Jet. – Vamos começar.

Quando Haylin foi para o *front*, mandaram-no para um hospital de campanha onde o ar era tão quente que parecia se liquefazer. Ele ficou ali durante tanto tempo que parou de contar os dias. Depois parou também de contar os pacientes que chegavam. Um homem após o outro chegava ferido, alguns em estado tão deplorável que, depois de cuidar deles, Haylin tinha de ir para fora, vomitar na densa vegetação.

Quando ele mesmo foi ferido, não sentiu nada a princípio. Apenas uma rajada de ar frio, como se o vento tivesse atravessado seu corpo, e depois o calor do sangue. Ele foi imediatamente levado de avião para um hospital em Frankfurt, onde já trabalhara e, após uma cirurgia e fisioterapia intensiva, foi transferido para o American Hospital, em Paris, no Boulevard Victor Hugo.

O pai insistira para que ele fosse enviado para o melhor hospital particular da Europa, e a Marinha acatou a vontade dele. Isso não fez muita diferença; Hay já estava farto do serviço militar. Ele tinha lido todas as cartas de Franny, três vezes cada uma, mas não queria preocupá-la, informando-a da magnitude do seu estado clínico. Em vez disso, chamou a última pessoa que alguém esperaria que chamasse. O pai. Mais tarde, ao saber disso, Franny fez um comentário: *Então, se você tivesse morrido, seu pai é que teria me contado?* E ele respondera: *Eu ainda não estava pronto para morrer.*

Meses se passaram e Franny não teve mais notícias dele. Estava morta de preocupação e escrevia diariamente à Marinha. Telefonou e não obteve nenhuma informação. Ligou para a casa dos Walker e lhe disseram que ninguém ali queria falar com ela. Bem, isso não era nenhuma novidade.

Por fim, Haylin escreveu.

Isso é algo que eu não queria contar a você. O corpo humano é tão frágil, mas estou cada vez mais convencido de que a alma tem possibilidades reais.

Ela voou imediatamente para Paris e ficou num hotelzinho perto do hospital. Nem reparou no nome do lugar. Deixou a mala no quarto, tomou um banho rápido e se trocou. Tinha trazido roupas decentes, não os farrapos que normalmente usava. Um terninho Dior que pertencera à mãe. Um par de scarpins pretos. Uma bolsa que os pais lhe deram num Natal, comprada na Saks, e que ela nunca usara. Não pretendia passar muito tempo no hotel, talvez nem dormisse lá. Era apenas um lugar para deixar a mala.

No hospital, as enfermeiras foram muito gentis, gentis até demais. Já estava alarmada e agora sua preocupação era ainda maior. As pessoas falavam com vozes abafadas e, embora Franny tirasse ótimas notas nas aulas de francês, todos falavam rápido demais para que ela pudesse entender alguma coisa. Eles se dirigiam a ela em inglês, mas falavam devagar, como se ela fosse uma criança. Disseram que ela precisava conversar com o médico antes de ver Haylin e por isso ela foi levada a um consultório bem equipado. Ofereceram-lhe café e depois um drinque, mas ela recusou os dois.

– Não há necessidade – disse ela, andando de um lado para o outro, pela sala.

Então o médico chegou e ela viu a expressão dele e entendeu que a notícia não era boa. Ela se sentou e ficou em silêncio, enquanto ele começava a falar.

A unidade em que Haylin servia não podia ser chamada de hospital; era mais uma tenda cirúrgica. Estava escondida em meio à vegetação, mas em dias de vento era possível ver a localização deles, e era um dia de ventania quando tudo aconteceu. Em tempos de guerra, ninguém está seguro, o médico disse a ela, nem mesmo aqueles que estão ali para curar os feridos. Quando a tenda foi bombardeada, o dr. Walker se atirou sobre o paciente que estava atendendo. Ele fez isso sem pensar, porque era sua natureza, sempre pensava nos outros antes de pensar em si mesmo. E foi por isso que acabou se ferindo tanto.

– Ele perdeu uma perna – contou o médico.

Franny o fez repetir para se certificar de que não tinha imaginado o que ele dissera. E sofrera queimaduras, informou ele, agora não tão graves.

Ela ficou em pé, agradeceu ao médico e pediu licença para sair da sala um minuto. Foi para o corredor, onde se virou para a parede e chorou. Sentiu uma pressão nos ouvidos, como se tivesse perdido a audição, como se o médico nunca tivesse dito nada a ela, como se nada daquilo tivesse acontecido. Uma enfermeira levou-a até um banheiro para que pudesse jogar água no rosto e se recompor. Quando ela se sentiu um pouco melhor, pegou um pente na bolsa e alisou os cabelos rebeldes, que a enfermeira prendeu de um modo que emoldurasse com elegância seu rosto. No final, mal era possível perceber como ela estava arrasada.

– Está muito melhor agora! – aprovou a enfermeira. – Não vamos preocupar o dr. Walker. Ele não gosta que ninguém se preocupe demais. Quando visitá-lo, já vai estar mais calma.

Franny assentiu e foi conduzida ao andar de cima. Hay estava num quarto particular com vista para uma rua arborizada. O pai não tinha economizado e fez questão que houvesse sempre uma enfermeira particular de plantão. O nome dela era Pauline e ela era muito bonita. Quando Franny apertou a mão da enfermeira, quase morreu de ciúme ao saber que aquela estranha tinha ficado ali com Hay e cuidado dele tão intimamente, enquanto ela própria ficara alheia a tudo, preocupada com a biblioteca, o jardim e todo tipo de frivolidade.

Hay costumava estar sempre em movimento, trabalhando de alguma maneira, por isso foi um choque vê-lo preso a uma cama. Franny se lembrou do dia em que fora a Cambridge visitá-lo no hospital e Emily Flood chegara, linda e jovem, com o cabelo impecável apesar do vento, para estragar seu plano de reconquistá-lo. Ela tinha agora o mesmo nó na garganta, o mesmo medo. Não podia perdê-lo agora. Isso era impensável, pois como algo poderia acontecer a Haylin, alguém tão confiante e seguro de si e do mundo?

– Aí está você! – ele exclamou, o rosto se abrindo num sorriso quando a viu. Ele estendeu o braço e ela pegou a mão dele. Ela se inclinou para beijá-lo, mas recuou no último instante e perguntou:

– Isso é apropriado?

Ele a puxou para si e rosnou:

– Essa é a coisa mais apropriada que me acontece em dezoito meses.

Quando a enfermeira encontrou os dois juntos na cama, fez Franny esperar no corredor enquanto dava um banho de leito em Haylin. Ela ficou com ciúme novamente. Mas ele ainda era Haylin, e ainda era seu homem, não importava o que tivesse acontecido. Mesmo assim, ele se recusava a contar sobre o bombardeio para ela ou qualquer outra pessoa. Já tinha visto tragédias demais como médico para esperar piedade ou até mesmo compaixão. Ele ficaria na França por algum tempo, até colocar a prótese, aprender a lidar com sua nova realidade e cuidar de si mesmo.

– Ainda bem que sou médico – disse ele.

Ele não precisava contar a ela o que havia acontecido. Ela tinha o dom da visão. Viu tudo com seus próprios olhos, a dor e o horror que ele tinha testemunhado. Viu que ele ainda estava preocupado com os pacientes que tinha conhecido, com os homens com quem tinha trabalhado, mas nunca mais vira, e cujos destinos nunca saberia. Franny tinha quase morrido de preocupação com a possibilidade de Vincent servir no Vietnã, mas sempre imaginara que Haylin estaria seguro, especialmente se ficasse longe dela.

Ele viu o remorso no rosto dela e disse:

– Isso não é a maldição. É a droga dessa guerra, Franny. Isso é o que acontece com as pessoas.

Ela ficou até tarde no primeiro dia, até as enfermeiras por fim pedirem que ela fosse embora e voltasse na manhã seguinte. Não tinha comido nada e por isso foi até um café onde chorou enquanto comia, mas estava em Paris e ninguém pareceu notar. Ela desejou que Vincent estivesse com ela, pois ele a entendia melhor do que ninguém. Ela não era tão dura quanto podia parecer. Queria poder falar com o irmão. Como não tinha ideia de onde ele estava, foi ao local onde tivera a última visão dele e de William. Pegou um táxi para o cemitério, mas descobriu que ele era fechado à noite.

– Você pode escalar o muro – sugeriu o taxista. – Todo mundo faz isso. Há uma escada que ajuda. Corra se topar com o guarda.

E então ela entrou no cemitério depois que os portões já estavam fechados. Ali dentro não estava tão escuro quanto imaginava. Havia a lua e os postes de luz. Ela reparou em algumas figuras nas sombras. Não eram ladrões de túmulos, mas fãs, que estavam ali para homenagear o túmulo de Jim Morrison. Eles tinham levado flores e velas. Ela perguntou ao grupo se eles sabiam o caminho para o túmulo de Vincent Owens. Uma das meninas, uma americana que usava uma camiseta rasgada, perguntou:

– Quem?

E o jovem que estava com ela disse:

– Você conhece o cara. "I Walk at Night."

Ele então se virou para Franny com um mapa que deixou que ela levasse. Depois que localizou o túmulo de Vincent no mapa, ela foi procurá-lo, passando pelo túmulo de Marcel Proust; depois pelo de Adolphe Thiers, o primeiro-ministro do rei Luís Filipe, cujo fantasma do século XIX tinha a fama de puxar a roupa dos visitantes se eles chegassem perto; e por fim, pelo túmulo de Oscar Wilde, coberto de beijos e batom.

Ali estava finalmente a lápide de Vincent. Agnes Durant a encomendara, visto que Franny e Jet estavam muito abaladas para fazer isso na época. Era muito austera e bonita. Uma pedra branca com o nome dele e as datas de seu nascimento e morte. Franny inclinou-se e beijou a pedra. Ela permaneceu ali até ficar escuro como breu. Talvez pensasse que, se esperasse um pouco, ele iria conseguir encontrá-la. Mas o lugar ficou deserto e ela finalmente voltou para o lugar onde o táxi a esperava. Vincent sempre soubera que sua vida terminaria cedo, mas ela estava grata que, em algum lugar, uma nova vida havia começado. Pediu ao taxista que a levasse de volta ao hospital. Dormiria numa cadeira no saguão até o horário de visitas começar.

※

Ela estava com ciúme de Paris. Haylin tinha se apaixonado pelo hospital. A cada dia ficava mais forte e parecia se sentir mais em casa. Tinha começado a se reunir com os médicos não apenas para discutir sobre seu próprio caso, mas também para discutir o histórico de outros pacientes. Ele era um excelente cirurgião e voltaria a ser. Em vez de ficar em pé durante as cirurgias, poderia se sentar numa cadeira elevatória, para não sobrecarregar a perna boa.

Nos dias em que Hay estava ocupado, Franny passeava pela cidade. Gostava de ir a um café nas Tuileries, um lugar que, segundo Madame Durant, Vincent frequentara, e à Île de la Cité, onde ela se sentava junto a um muro perto da catedral, para poder contemplar o rio e o jardim do Museu Rodin, onde as rosas eram quase do tamanho de repolhos. Um dia ela se viu na Place Vendôme. Estava seguindo um corvo, sem rumo, sem nenhum destino em mente, até o pássaro levá-la até ali.

Ela entrou no Ritz e perguntou se poderia usar o telefone. Quando teve permissão, ligou para Madame Durant, que morava a alguns quarteirões, no Boulevard de la Madeleine. Madame Durant a convidou para o chá. Apenas uma breve visita, era tudo que podia oferecer, pois estava preocupada com os preparativos da sua viagem para o campo. A governanta estava esperando na porta, pronta para recebê-la. Era uma casa de pé-direito alto, muito bonita, coberta de videiras. As persianas eram pintadas de preto, mas a iluminação era tão gloriosa que Franny duvidava que algum dia alguém ousasse querer fechá-las.

– Bem, aqui está você! – exclamou Madame Durant, beijando Franny levemente. – Que surpresa!

Mas a verdade era que ela sabia que Franny iria visitá-la um dia. Era difícil esconder a verdade de alguém com o dom da visão. De vez em quando, Franny tinha a impressão de que podia ver Vincent num campo de flores amarelas. Agora, ela e Madame Durant estavam sentadas perto da janela, junto a uma mesa de mármore. A luz invadia a sala em faixas brilhantes, iluminando algumas coisas e deixando outras na penumbra. O mobiliário era estofado em seda adamascada e as paredes eram de brocado dourado. O madeiramento da casa era todo pintado de um azul claríssimo, quase branco. Franny achou que a mãe adoraria aquela decoração.

– Nós fomos colegas de quarto durante o tempo em que ela morou na cidade – contou Agnes. – Tínhamos um pequeno apartamento que adorávamos. Mas Susanna achava tudo lindo quando estava apaixonada.

– Sim, pelo homem que ela arruinou.

– Ela não o arruinou, querida. Ele se afogou. Estavam num veleiro e ela, sendo uma de nós, não pôde salvá-lo porque não podia ficar debaixo d'água. Ela bem que tentou. Foi até hospitalizada depois, por causa do frio. Mas ele morreu.

Franny ficou chocada com a ideia de ser tão parecida com a mãe. Ela se lembrava de ter acordado um dia de um sono profundo, quando criança, e encontrado a mãe sentada numa cadeira ao lado da cama, velando pelo seu sono.

– Ela ficou arrasada, mas continuou sua vida em Nova York. Quando deu à luz, me escreveu uma longa carta contando como você era perfeita.

– Deve estar enganada – disse Franny. – Eu era um verdadeiro problema para ela quando criança.

– Engano seu. Com seu cabelo ruivo e sempre cheia de curiosidade, você era perfeita aos olhos dela. Ela dizia que você seria uma beleza rara quando crescesse, mas teria um temperamento difícil. E agora vejo que era verdade.

– Temperamento difícil, sim – disse Franny, envergonhada por não saber nada sobre os verdadeiros sentimentos da mãe.

– Bem, nós realmente não conhecemos nossos pais, não é? – perguntou Agnes, lendo os pensamentos dela. – Mesmo para aqueles que têm o dom da visão, os pais são criaturas insondáveis.

Depois que a governanta serviu o chá em xícaras de porcelana, Franny reparou numa fotografia de Vincent sobre a lareira. Ele estava vestindo uma camisa branca, sob um guarda-sol listrado, o céu azul como pano de fundo.

– Quando foi isso? – ela perguntou.

– Logo que ele chegou a Paris. Nos conhecemos no parque.

– Ele chegou no outono. Nessa foto parece alto verão.

Madame Durant mudou de assunto e passou a falar de questões mais atuais. Falaram um pouco de Haylin e do interesse dele pelo hospital. Então Madame Durant consultou o relógio. O carro que a levaria para sua casa de campo já havia chegado. Era hora de partir. A anfitriã acompanhou Franny até a porta.

– Eu não posso vê-lo? Não sabe onde ele está? – perguntou Franny.

– É melhor deixar as coisas como estão – ela disse a Franny. – Assim ele fica mais seguro. Na verdade, fica mais fácil começar vida nova quando deixamos a antiga para trás. E ainda existe a questão da maldição. Agora ela não pode mais encontrá-lo. Ele tem um novo nome e uma nova vida. Portanto, o amor é possível.

Elas estavam na porta quando uma sensação tomou conta de Franny e ela simplesmente não pôde deixar passar. Sem dizer uma palavra para sua anfitriã, ela se virou e subiu a escada até o primeiro andar. O tapete felpudo era creme. As paredes, de um vermelho laqueado. Saindo do corredor havia um quarto e, em seguida, uma saleta e, depois, um banheiro com azulejos e mármore. A última porta do corredor estava fechada. Franny apressadamente a abriu, com o coração disparado. O quarto, no entanto, estava vazio.

– Por favor, Franny, eu tenho que partir! – Madame Durant chamou do saguão.

E então Franny viu. Um violão apoiado contra a estante.

Madame Durant subiu as escadas atrás de Franny. Elas se encontraram no corredor. Ela já não era jovem e sair no encalço de Franny a deixara sem fôlego.

– O carro está à minha espera.

– Para levá-la à casa de campo?

– Sim.

As flores amarelas. Quando Franny se concentrou, conseguiu ver dois homens andando sob a pálida luz do sol.

– É onde ele está? Com William?

Madame encolheu os ombros.

– O que você quer que eu diga? Ele não está aqui. Você viu por si mesma. E nunca voltará, Franny. Você deve saber disso.

– Esse violão é dele, não é? – perguntou Franny.

Madame Durant olhou para Franny e ela percebeu que a resposta era sim.

– Eles ficam aqui quando vêm a Paris? – perguntou ela.

– Ocasionalmente. Paris não seria a melhor opção para Vincent. Existem campos de girassóis no interior do país. A paisagem é linda e serena. E você precisa entender, Franny, que ele está seguro.

– Considerando quem ele é? – perguntou Franny.

– Considerando como o mundo é.

Franny pegou um táxi para o hotel e, ao chegar, se sentou na janela do quarto, observando a noite cair. Ela sentia a presença de Vincent no mundo, na beleza da noite e nos girassóis que Madame Durant enviara num vaso de vidro. Essa era a mensagem, aquele buquê, o máximo que Madame diria a ela.

Franny telefonou para o pai de William na casa dele, em Sag Harbor. Era de manhã bem cedo, mas ele ficou feliz em ouvir a voz dela.

– Eles estão morando no campo – disse ela.

– Então William está num lugar que lembra a casa dele. Você ainda recebe os cartões-postais? – ele perguntou.

– Sim – disse Franny.

– Eles estão felizes – disse Grant. – Então devemos ficar felizes por eles, querida menina.

Fizeram planos para Franny visitar Sag Harbor. Ela iria levar Jet e eles se sentariam na varanda e almoçariam contemplando o mar e a ilha para onde William costumava remar, mesmo nos dias de mar revolto. Ela estava em Paris havia seis semanas. Logo esfriaria e as ruas por onde Franny gostava de andar ficariam cobertas de gelo. No campo, os girassóis seriam cortados e seus talos ficariam marrons. As aves nas sebes levantariam voo, cantando, para voar sobre os prados na última luz do dia.

– Sim – ela concordou. – Vamos ficar felizes.

※

Agora, quando Franny ia ver Haylin, ele não estava mais na cama ou na fisioterapia, mas atendendo pacientes. As enfermeiras encolhiam os ombros. Um médico era sempre um médico, diziam elas. A situação de um homem podia mudar, mas o homem não. Esse era Haylin. Ele estava mais interessado no bem-estar dos outros do que no próprio.

Um dia ela o tirou do hospital e o levou para um passeio em Tuileries. A caminhada foi difícil no início, fazendo-o praguejar e xingar a prótese, à qual se referia como "essa maldita perna de pau". No entanto, quando chegaram a um café, ele já tinha pegado o jeito e andava melhor. Seu francês era impecável e o dela, apenas passável, então Franny deixou que ele pedisse por ela. Eles tomaram vinho branco e comeram uma salada com queijo de cabra, e tudo estava frio e delicioso. Ele falou sobre uma cirurgia que tinha feito naquele dia e fora um sucesso. Um sargento baleado na coluna. Tinha sido uma operação delicada, mas Hay era especialista nesse tipo de cirurgia e o paciente tinha sido enviado da Alemanha para que Hay pudesse acompanhar o caso dele. Ele estava tomando providências para obter sua licença médica na França, então poderia fazer as cirurgias ele mesmo. Estava animado com a expectativa de ajudar os militares que tinham perdido membros, assim como ele. Hay pensava em usar parte de sua herança para trazer esses pacientes à França, para que pudessem ser tratados. Ele se iluminava quando falava do seu trabalho e Franny se lembrou da maneira como ele falava sobre ciência quando eram jovens, como um amante fala de sua amada.

Ele os serviu de mais vinho. Era uma tarde perfeita, que Franny muitas vezes traria à memória. Ele ficaria no hospital por mais seis meses.

– Só me prometa que não vai se apaixonar por mais ninguém quando eu partir – disse Franny. – Essa é a única coisa que peço. Você pode levar quem quiser para casa, fazer o que quiser, dormir com quem quiser, só não se apaixone.

– Eu nunca faria isso.

– E quanto a Emily Flood?

– Emily quem?

Eles riram e terminaram de beber o vinho.

– E o que acha daquela enfermeira? – Haylin olhou para ela com um sorriso nos lábios. – Ahá! – Franny fez uma careta. – Ela é o seu tipo.

– *Você* é meu tipo – disse Haylin. Ele pegou a mão dela e levou-a à boca para beijá-la. – Você está indo embora, não está? Por quê? Porque acha que vou ficar mais seguro se estivermos separados? Depois de tudo o que aconteceu comigo, acha que dou a mínima para a minha segurança? Vou sempre voltar para onde você estiver.

Ele se recusou a ouvir qualquer argumento contra seu plano. Voltaram pela Rue de Rivoli, onde pegaram um táxi. Ainda era difícil para Haylin entrar num carro com a prótese.

– Logo vou me adaptar – prometeu. Uma vez dentro do táxi, Haylin puxou-a para o colo dele. O motorista não prestou nenhuma atenção, nem quando os beijos ficaram mais ardentes.

– Vamos enganar a maldição – ele disse a ela. – Espere e verá.

Franny gostava de se sentar no quintal com seu casaco preto e as velhas botas vermelhas, não importava o clima que fizesse. Nos últimos dias, ela seguira sempre a mesma rotina. Todas as manhãs, escrevia uma longa carta para Haylin. Ela comia sempre a mesma coisa, macarrão e, como sobremesa, torta de maçã; ou feijão, torradas e sopa. Coisas simples e práticas. Ela amava o jardim: os morcegos cintilando sobre os pinheiros enquanto devoravam insetos, os sapos que vinham coaxar na primavera. Na maioria das noites, apareciam mulheres em busca de remédios e poções. Mas naquela noite foi diferente. Ela viu uma garota do lado de dentro do portão.

Quase todo mundo na cidade tinha muito medo de entrar no quintal. Mesmo aquelas que entravam pela varanda dos fundos, para bater na porta, sentiam que estavam correndo algum risco. Elas se lembravam dos garotos que tinham sido atingidos por raios e as histórias que seus avós contavam sobre as mulheres que podiam transformar um fio de cabelo numa cobra, atrair os pássaros e mudar o tempo conforme sua vontade. As pessoas ainda atravessavam a rua quando viam as irmãs se aproximando, e na biblioteca ninguém se atrevia a desafiar Franny quando ela fazia sugestões. O garoto do armazém que fazia as entregas não ousava pôr o pé na cozinha, mesmo quando lhe ofereciam uma gorjeta de dez dólares. Mas ali estava uma garota, sem demonstrar nenhum medo, olhando para Franny.

A princípio ela achou que era a filha da vizinha, a mesma que estava escrevendo a história da vida dela no diário azul, mas, quando a menina se aproximou, Franny a reconheceu. Parecia Regina Owens. Franny ainda tinha o desenho do cachorro preto e do gato pendurado na cozinha em sua moldura original. A menina era a cara de Vincent, com seus longos cabelos negros e sua autoconfiança. Ela tinha crescido e era uma verdadeira beldade, mas não poderia ser diferente, considerando quem eram seus pais.

– Você está na Califórnia – disse Franny. – Não pode estar aqui.

A garota olhou para ela e Franny se lembrou de quando vira Isabelle no banco da janela, ou a essência de Isabelle, enquanto a tia estava, na verdade, na cama.

Era um espírito que estava diante dela, uma imagem composta de pensamento em vez de matéria.

– Minha mãe vai ser mordida por uma aranha. Vou fugir com o homem com quem vou me casar. Você deveria ter me dito para ficar longe do amor... Não que eu teria escutado.

– Bem, por que não me escuta agora? – perguntou Franny.

– Porque eu não estou aqui, sua boba. Lembre-se, um dia você terá que fazer o que prometeu. E então terá uma grande surpresa.

– É mesmo? Qual?

A imagem de Regina já começava a ficar menos nítida. Era possível ver as folhas dos lilases através dela.

– Espere! – disse Franny.

Regina balançou a cabeça e sorriu, e só havia os lilases do jardim agora, mas nenhuma garota.

Naquela noite, Franny telefonou para April na Califórnia.

– Eu sempre me perguntei se um dia você me telefonaria – disse April. – Li sobre Vincent no jornal e, depois, Jet me ligou para me dizer que ele ainda está vivo.

– Ela ligou?

April soltou uma risada.

– Ele sempre esteve vivo *demais*. De qualquer forma, eu sabia. Ele enviou uma vitrolinha para Regina, imagine só! E ela sempre recebe uma caixa de macarons de Paris em seu aniversário. Sem nenhum cartão. Mas é dele.

– Você foi mordida por uma aranha? – perguntou Franny.

– Está maluca? Nem trabalho mais com aranhas.

– E como está Regina? – Franny quis saber.

– Ela está bem. Mas por que todas essas perguntas?

– Eu tive uma visão, suponho. Regina estava linda. Ela se parece com ele.

– De fato – April disse com tristeza. Durante todo aquele tempo ela nunca tinha se apaixonado por mais ninguém. – Poderia ter sido diferente.

– Não – disse Franny. – Nós éramos quem éramos. Nem mais, nem menos.

– Ele me disse que poderíamos confiar em você.

– Claro! – Conversando com April agora, Franny se perguntava por que elas não tinham sido amigas. Talvez porque fossem muito parecidas. Obstinadas, dispostas a fazer qualquer coisa por Vincent, recusando-se a aceitar certos aspectos da educação que tiveram e do seu destino. Ela olhou pela janela e viu um pontinho branco no jardim. Uma única rosa tinha desabrochado.

A noite estava caindo. Vincent sempre dizia que aquele era o melhor momento do dia. Metade num mundo, metade no outro.

– Pode sempre confiar – afirmou Franny.

※

Haylin voltou no ano seguinte. Alugou uma casinha perto da área verde da cidade, convencido de que, se dormisse lá algumas noites e na Rua Magnólia outras, a maldição nunca descobriria onde ele estava. Sempre que vinha para o jantar, ele pedia uma salada, porque o jardim delas era maravilhoso, e, claro, porque Franny ficava lisonjeada. Eles saíam juntos ao entardecer. O aroma era sempre o mesmo ali: cheiro de mato, de lilases e de alecrim.

As irmãs tinham várias fileiras de alface, as melhores da comunidade. Repolhudas, roxas, lisas, crespas, romanas. Os dois se lembravam das noites em que se encontravam no parque, quando tinham 16 anos. Durante todo esse tempo Franny nunca tinha amado mais ninguém. Ela mantivera sua promessa, assim como ele. Fingiam que não significavam nada um para o outro na tentativa de conter a maldição, mas todo mundo sabia que o médico estava ali por causa de Franny.

A estação favorita de Hay era agosto. Eles sempre nadavam no Lago Leech. Ele nunca se afogou e Franny nunca teve de resgatá-lo. Eles não usavam roupa de banho, embora ele tivesse que tirar a prótese antes de entrar na água, o que podia tornar mais difícil andar sobre as pedras lisas. Mesmo assim, eles nadavam diariamente, embora metade da cidade soubesse e ficasse escandalizada. As pessoas evitavam o lago e o chamavam secretamente de Lago dos Amantes. Os rumores em torno do lugar começaram a crescer. Um mergulho na água poderia trazer de volta o homem ou a mulher que tivesse partido seu coração, e algumas mulheres passaram a usar frasquinhos com água do lago pendurados no pescoço para dar sorte e afastar o mal.

Por vários anos, Hay viajou para Boston, onde fazia parte da equipe de cirurgia ortopédica do Mass General, o hospital onde ele fora tratado quando era estudante. Ele continuava na ativa e muitas vezes sua opinião era requisitada pelos outros médicos, mas decidiu abrir um consultório no primeiro andar da sua casa, contratando uma enfermeira e uma assistente, mulheres da cidade que Jet indicara, pois eram clientes dela que precisavam de um emprego. Haylin era o único médico da cidade, o que era uma bênção para todos. Quando uma criança ficava doente, ele sempre se colocava à disposição para fazer uma consulta domiciliar. Ele impressionava a todos com seu corvo de estimação e deixava as crianças bem-comportadas alimentá-lo com biscoitos ou fazer um cafuné na sua cabecinha lustrosa.

– Posso te contar a história de uma coelha? – o médico dizia e as crianças sempre concordavam, porque todas já conheciam a história de cor. Era sobre uma coelha que um dia tinha sido uma bruxa. As crianças sabiam que uma bruxa nunca deve negar quem ela é, e que, não importa o que aconteça, é sempre melhor ser fiel a si mesmo. Hay também distribuía pirulitos, que as crianças gostavam especialmente quando tinham dor de garganta, e barras de sabonete preto para as mães, que muito o apreciavam.

As pessoas muitas vezes viam o dr. Walker sair da casa da Rua Magnólia no início da manhã, assobiando, seguido por aquele velho cão deles, que tinha se afeiçoado ao médico. Na verdade, as pessoas se perguntavam o que um homem maravilhoso como Haylin Walker fazia na companhia das irmãs Owens, afinal ele tinha um coração tão bondoso! Ele sabia o nome de todos os moradores da cidade e sempre estava informado sobre todas as doenças que os acometia; e, quando andava com Franny até a biblioteca para as reuniões da diretoria, lembrava seus pacientes de diminuir o sal na comida e não se esquecer de tomar seus medicamentos.

À noite, ele entrava no quarto de Franny. Depois que ela se despia, ele às vezes escovava o cabelo dela. E dizia que nunca existiria um cabelo com uma cor mais bonita na terra, ou uma mulher mais bonita do que ela, muito embora ela soubesse que, se um dia isso fora verdade, não era mais, exceto para ele. Ela sempre o queria em sua cama, embora ele fosse muito alto e ocupasse muito espaço. Mesmo depois de todo aquele tempo, quando ele a beijava, tudo desaparecia da cabeça dela, exceto o momento no tempo em que estavam, e um calor subia pelo seu corpo, lentamente, e ela se apaixonava por ele de novo, como se fosse a primeira vez.

Hay ainda era superativo, trabalhava o tempo todo, embora Franny fizesse o máximo para que ele desacelerasse um pouco. Os dias passavam rápido, a primavera estava acabando, o verão se fora, o gelo já estava cobrindo as vidraças. O velho cão de Vincent faleceu, as videiras ficaram mais altas, os jovens pacientes de Haylin cresceram e começaram a trazer seus próprios filhos para ele cuidar. Antes que percebessem, vinte anos tinham se passado. Não sabiam como o tempo tinha passado tão rápido, mas aqueles tinham sido, com toda certeza, os melhores vinte anos da vida deles. Durante todo esse tempo eles conseguiram evitar a maldição, encontrando-se à meia-noite, depois se esgueirando para a cama um do outro e despedindo-se de madrugada.

– A maldição nunca vai nos pegar – Hay sempre dizia.

– Será? – perguntava Franny.

– Não é isso que estamos fazendo? Estamos aqui juntos, querida.

– Vocês parecem dois adolescentes – brincava Jet quando se deparava com o casal se beijando na sala ou na cozinha.

– Mas ainda não somos? – perguntava Hay com um sorriso.

– Ah, claro! – dizia Franny. – E você ainda se recusa a comer sanduíches de tomate.

– E você ainda é uma figurinha difícil.

E quando ele abria aquele sorriso, como ela podia ficar irritada? Ainda assim protestava.

– Eu nunca fui difícil!

– Não... – dizia Hay, passando os braços ao redor dela e puxando-a para perto. – Nunquinha.

※

Como a maioria dos médicos, foi Haylin quem se autodiagnosticou. Ele estava com câncer e sabia que já era tarde demais. Ele conversou com um velho amigo do Mass General, especialista em oncologia e hematologia, mas já sabia qual seria o conselho do médico. *Viva o dia de hoje.*

Ele contou a Franny no lago, onde ela chorou em seus braços. Ainda assim, ele insistiu em dizer que sempre havia algo bom em qualquer circunstância. Agora a maldição não podia mais afetá-lo. Eles a tinham enganado com uma artimanha. Ele estava morrendo e nada mais poderia arruiná-lo. Eles finalmente poderiam ser marido e mulher. Podia ser tarde para muitas coisas, mas não era tarde demais para isso. Jet estava certa. Sempre que se olhavam, Franny e Hay viam a primeira pessoa por quem tinham se apaixonado. Ela era a menina sardenta e de longos cabelos ruivos, linda e desajeitada, que gostava de almoçar sanduíches de tomate e o fizera estremecer ao beijá-lo pela primeira vez. Ele era o garoto alto, que se importava mais com as outras pessoas do que consigo mesmo, que quase morrera de apendicite em Harvard e que tinha se recusado a deixar de amá-la, não importava o que o destino decretasse.

Naquela mesma tarde, quando contou que estava morrendo, ele saiu para comprar um anel de noivado, uma esmeralda, que algumas pessoas dizem que é muito melhor do que um diamante, pois simboliza o amor eterno. Sob uma certa luz, a pedra adquiria o tom cinza-esverdeado dos olhos de Franny e, em plena luz do sol, lembrava o jardim, de um verde profundo e exuberante.

Haylin pediu permissão a Jet a fim de chamar o reverendo Willard para oficializar a união. Jet telefonou para o reverendo e ele disse que ficaria muito honrado. Haylin então foi à casa do reverendo e os dois homens beberam uísque enquanto conversavam. O reverendo disse que gostava de conhecer as pessoas antes de casá-las; era mais pessoal assim.

– Estamos juntos desde criança, às vezes nos dando bem e às vezes nem tanto... – Haylin contou a ele.

O reverendo parabenizou o dr. Walker e disse que ele era um homem de sorte. Franny estava esperando por ele em casa. Ele andava tão devagar agora que vê-lo daquele jeito era de partir o coração, mas ela acenou e correu para encontrá-lo. Ela temia que o reverendo tivesse mudado de ideia e decepcionado Hay, mas, em vez disso, os homens tinham tomado vários drinques juntos.

– Eu disse a ele que era o fim da maldição – assegurou Haylin. – Pelo menos para nós. Se é para fazer uma escolha, vamos escolher o amor.

No dia em que o médico se casou com Frances Owens, toda a cidade saiu de casa para ficar na calçada e assistir à cerimônia pela janela do cartório, movida pelo poder do amor. Algumas crianças nunca tinham visto um membro da família Owens, porque não tinham permissão para andar pela Rua Magnólia, e se perguntavam por que os pais sempre encaravam com tanto nervosismo a mulher alta de cabelos ruivos. O reverendo usava seu velho paletó preto e sua gravata preta estreita. Ele tinha envelhecido muito e agora andava curvado. Sua artrite fazia com que fosse mais difícil dirigir, por isso, aos domingos, Jet muitas vezes pegava o reverendo na picape que ela e Franny tinham comprado e o levava ao cemitério. Eles costumavam levar cadeiras de armar para que pudessem ficar sentados ali por algumas horas, especialmente quando o tempo estava bom. Quando os narcisos estavam florescendo, eles traziam braçadas de flores. E se lembravam de Levi melhor do que ninguém e por isso muitas vezes nem precisavam falar. Jet ainda usava a pedra-da-lua. Ela nunca a tirava, nem para tomar banho.

Quando a cerimônia de casamento estava prestes a começar, o reverendo acenou com a cabeça para Jet, que era a dama de honra e usava um vestido verde-água. Ela acenou de volta, daquele jeito silencioso e discreto com que eles compartilhavam a dor que a rivalidade entre suas famílias havia causado, assim como a alegria do dia.

Aquele que é amado é incapaz de morrer, pois Amor é imortalidade, o reverendo citou quando terminou a cerimônia, uma bênção não só para o casal, mas também para Jet, que entendeu o significado da escolha do reverendo por Emily Dickinson. Levi sempre estaria com eles.

Quando o casal saiu feliz do cartório, todos aplaudiram com alegria. Franny nem sabia que havia tantas pessoas em sua cidade. Ela fez uma reverência, pouco habituada a toda aquela atenção. Os pacientes do médico jogaram arroz e o coro de crianças da escola primária cantou "All You Need Is Love". Franny carregava um buquê de rosas vermelhas de caule longo. Hay andava mais devagar devido à prótese e a dor que sentia, mas sorriu e acenou como se tivesse ganhado uma corrida, o braço em torno da noiva, que chorava demais, apesar de estar em público, para perceber algo além da multidão que havia na rua aquele dia. Até pessoas que nunca tinham gostado dos Owens e os culpavam por todo infortúnio que ocorria na cidade tinham que concordar que Frances Owens era uma bela noiva, mesmo na idade dela e vestida de preto.

O dr. Walker mudou-se para a antiga casa dos Owens, pois ele não tinha medo de maldições, apenas da dor e do sofrimento da vida real, mas qualquer um poderia dizer que ele estava feliz. As pessoas o viam regando o jardim. Ele capinava entre as fileiras de alface enquanto cantarolava baixinho. Teve que fechar o consultório, mas pediu a um jovem médico de Boston que ficasse em seu lugar, o que foi muito bom para o rapaz e ainda melhor para a cidade. Nos últimos dias, Haylin queria passar o máximo de tempo possível com Franny, que gostava de provocá-lo, fazendo piadas sobre sua nova mania de cuidar das plantas. Ele colocava um engradado de madeira cheio de pés de alface perto da cerca e dizia aos vizinhos que levassem quantos quisessem.

– A melhor alface da região, se conseguirmos manter os coelhos afastados – dizia ele às pessoas que passavam.

– Essas pessoas nunca vão cruzar o portão – Franny insistia em dizer.

E então a coisa mais estranha aconteceu: elas cruzaram. Os pacientes dele e todos os vizinhos cruzaram o portão e, embora alguns parecessem um pouco nervosos, aceitaram os pés de alface com gratidão. Eram alfaces de todos os tipos, tão boas que compunham a salada dos sonhos de qualquer coelho e lembravam os jardins da sua própria infância.

Charlie Merrill já tinha falecido, então Franny teve que pedir aos filhos dele para trazerem um banco onde Hay pudesse se sentar e descansar na varanda, o que já tinha se tornado um hábito. Ele tinha desacelerado seu ritmo de vida, mas não completamente. Deixava Jet regar o jardim agora e Franny arrancar as ervas daninhas, mas durante todo o verão distribuiu pés de alface para os amigos e pacientes.

– Não sou mesmo um sortudo? – disse Haylin uma noite, quando ele e Franny estavam sentados no banco de mãos dadas, observando o crepúsculo. Hay lembrou-se de quando andavam pelo Central Park, deitavam-se na grama contemplando as estrelas e nadavam no lago frio, pouco antes de ele ir embora. Ele se lembrou de Franny com o cabelo ruivo preso num coque frouxo, deitada no chão com ele no quarto da cozinheira, na casa dos pais dela, nua e maravilhosa.

Ele tentava não tomar analgésicos porque não queria passar os últimos momentos com Franny se sentindo entorpecido.

– Talvez fosse melhor se eu tivesse me afogado há muito tempo, assim não teríamos que passar por tudo isso.

Franny não sabia se era possível amá-lo mais, mas ela o amou. Achou que talvez fosse a maldição, amar muito alguém mesmo sabendo que essa pessoa ia deixar você. Mas Hay tinha razão.

– *Nós* somos uns sortudos – disse ela.

– E tudo por causa da terceira série. Quando você entrou na sala de aula com aquele casaco preto e cara de brava.

Franny riu.

– Eu não estava com cara de brava. – Ela olhou para ele. – Estava?

– Com certeza! Até o instante em que me sentei ao seu lado.

Haylin sorriu, o que a desarmou, como sempre. Franny inclinou a cabeça contra o peito dele e se perguntou como, afinal, ela conseguiria deixá-lo ir.

– Era o nosso destino? – ela perguntou.

– E isso importa? – ele respondeu.

A verdade era que eles tinham conseguido o que queriam. Só não tinha durado muito tempo, embora talvez nenhum tempo do mundo fosse suficiente para eles. Quando Hay faleceu, estava sentado na varanda numa noite de outono. Os lilases tinham florescido fora de época. O céu estava coalhado de estrelas. Eles tinham desligado a luz da varanda de trás, para ver melhor o espetáculo no céu noturno.

Ah, mas que coisa mais linda! foi a última coisa que ele disse.

Foi tudo sem aviso, e sem dor, ele só estava lá num instante e, no seguinte, não estava mais. Franny ficou sentada ali fora com ele a noite toda. Ela estava tão gelada pela manhã que Jet lhe trouxe um par de luvas. Os filhos de Charlie o levaram para a casa funerária em sua nova picape, com Franny insistindo para ir com eles. Ela se sentou na caçamba da picape com o marido, que tinha sido coberto com um cobertor de lã. Ela não percebeu que estradas pegaram ou que o céu estava profundamente azul.

Eles o vestiram com um terno preto, sem sapatos, pois era dessa maneira que as pessoas eram enterradas na família, num caixão de pinho simples. Franny ficou no velório a noite toda. Perto da meia-noite, Jet trouxe uma garrafa térmica com chá e um cobertor para a irmã e elas se sentaram juntas, sem falar, mas de mãos dadas, como na época em que se sentavam no telhado, naquele primeiro verão em que visitaram tia Isabelle, imaginando aonde a vida as levaria.

Os Walker não discutiram nem protestaram contra o lugar de descanso final de Haylin, no cemitério dos Owens. Eles eram todos enterrados em Bedford, Nova York, mas entenderam que o lugar do filho não era entre eles. A família chegou a Massachusetts em três limusines pretas. O reverendo realizou a cerimônia fúnebre. Ela foi breve e permitiu que os pacientes e amigos tivessem tempo para dizer algumas palavras ou dar sua bênção. O mais novo orador tinha 9 anos. O dr. Walker tinha cuidado dele quando teve apendicite, e o pequeno orador, que tinha comprado seu primeiro terno para a ocasião, queria dizer que decidira se tornar médico por causa do dr. Walker.

O sr. Walker já estava velho e perdera seu único filho. A esposa já tinha falecido havia algum tempo. Mesmo sendo rico e casado com outra mulher, e passado a vida inteira brigando com o filho, o homem estava desolado. Franny fez questão que o pai de Haylin se sentasse ao lado dela, com Jet do outro lado.

– Sempre foi você – disse ele a Franny. – Esse tipo de coisa não acontece com muita frequência. Nunca seria Emily Flood. Até eu sabia disso.

O amor da minha vida, pensou Franny.

O dia em que Haylin foi enterrado estava claro e ensolarado. O corvo estava pousado na árvore, o velho Lewis, que já estava ficando cego, com os olhos baços e esbranquiçados. Ver o corvo partiu o coração de Franny. O pássaro chorou, embora se diga que os corvos não têm ductos lacrimais. Depois Franny chamou Lewis e levou-o para casa, onde ela o envolveu num cobertor, porque ele grasnava e parecia inquieto. O pássaro morreu no dia seguinte e um dos garotos Merrill enterrou-o atrás do galpão. Ele nunca pertencera a Franny e sempre preferira Haylin; ela nunca o culpou por isso.

Franny ficou na varanda por sete noites. As videiras começaram a crescer sobre o banco onde Haylin gostava de se sentar. Elas cresceram tanto que quem passava na rua não podia mais ver Franny Owens chorando sua perda. O engradado onde o dr. Walker oferecia pés de alface às pessoas estava vazio. As crianças perguntavam por ele, quando o novo médico da cidade passou a fazer consultas domiciliares. Elas queriam ouvir a história da coelha e saber do homem alto e gentil que trazia pirulitos nos bolsos.

As pessoas da cidade se sentiam consternadas diante do sofrimento de Frances Owens, e muitas também ficaram tristes com a perda de um homem tão bom quanto Haylin. Elas traziam ensopados e saladas, tortas e bolos, que Jet aceitava com gratidão. Mas Franny nem experimentava os pratos e deixava que a irmã enviasse os cartões de agradecimento. Os moradores da cidade tinham perdido um médico e um amigo, ela perdera sua vida. Franny olhava para as árvores e as via cada vez mais altas, as videiras cobrindo a cerca e o portão, e as pessoas mantendo distância, assim como costumavam fazer antes de Haylin Walker chegar à cidade.

Durante sete dias, Franny Owens não escovou o cabelo nem lavou o rosto ou fez uma refeição. Os pássaros nos bosques se aconchegaram nos ninhos entre os galhos das videiras, mas ela não os ouvia cantar e eles não se aproximavam se ela não estendesse as mãos. Ela tinha perdido um pouco de quem era, ao perder seu amado.

Embora Jet tivesse coberto a mobília com lençóis e fechado todas as cortinas, Franny não suportava entrar no lugar onde tinha estado com o marido pela última vez. O homem que Haylin tinha sido permanecia ali no escuro. Tudo o que ela queria era segurar a mão dele. Ver o jeito como ele sorria para ela. Franny o via de relance pelo canto do olho, ou talvez fossem só vaga-lumes.

Ele era um homem íntegro, um homem honrado, o menino que se algemara no refeitório da escola para defender os direitos dos funcionários, o médico que levava pirulitos e barras de sabonete nos bolsos, que ajudara quinhentos homens a reaprender a andar, que sabia como fazê-la estremecer com um beijo quando ela era uma garota de 17 anos. Ela amara uma pessoa em sua vida e por isso seria sempre grata.

Na oitava noite, ela entrou e se deitou na cama ao lado de Jet. Ela tremia, mesmo usando o casaco. Haylin tinha partido e não havia nada que pudesse fazer a respeito.

– Como vou amar alguém de novo? – perguntou à irmã.

Foi quando o telefone tocou.

Parte Seis

Remédio

Trinta anos depois do desaparecimento de Vincent, as netas dele, com idade entre 3 e 4 anos, moravam com os pais numa casa na Califórnia, numa cidade chamada Forestville, onde as árvores eram tão altas e antigas que era impossível ver o céu. Regina Owens tinha crescido e se tornado uma linda mulher, com longos cabelos negros e olhos cinzentos da cor da neblina. Ela tinha uma voz adorável ao cantar e era tão graciosa que os pássaros vinham observá-la quando estendia roupas no varal. Ela também era alguém que sabia se divertir. Não gostava de trabalho duro ou de tédio e fazia um truque com a vassoura para que varresse a casa sozinha quando ela fazia faxina. As filhas, Sally e Gillian, tinham treze meses de diferença e eram tão diferentes quanto pão e queijo, mas grandes amigas, o que era bom, pois não havia outras crianças por perto.

O mundo delas era verde e musgoso, com uma chuva que não dava trégua por dias a fio. O pai das meninas, Daniel, era pescador e guia turístico no rio Russo; a mãe pintava paisagens, sobretudo árvores, o que não surpreendia, dado o lugar onde moravam.

As meninas gostavam de subir nas árvores que havia em volta da casa e muitas vezes faziam chá de bonecas nas alturas, com seus bichos de pelúcia, usando os galhos como mesa e cadeiras. Quando se concentravam, elas conseguiam fazer o vento soprar e agitar os ramos e depois caíam na risada e se seguravam nos galhos para não despencar dali.

Sally estendia as mãos e os pássaros vinham até ela como se tivessem sido chamados, e Gillian conseguia balançar até o galho mais distante e fazer o vento soprar forte sem ficar com um pingo de medo.

A avó das meninas, April, a pessoa que elas mais amavam neste mundo, morrera pouco tempo antes e de maneira inesperada, devido à mordida letal de uma aranha marrom, que estava escondida num cacho de bananas trazido do mercado. Elas se recusavam a comer banana desde então. E não riam nem subiam mais em árvores. Estavam muito tristes, e a mãe delas, especialmente, tinha ficado tão arrasada que caíra de cama. Não que Regina ficasse se lamentando, mas às vezes ela se pegava chorando enquanto pendurava as roupas no varal, e agora os pássaros se dispersavam. Ela passou o aniversário debaixo das cobertas, mesmo sabendo que a caixa da confeitaria Ladurée Royale, que sempre vinha de Paris, tinha chegado naquele dia e as meninas soubessem que havia deliciosos macarons dentro dela, uma gostosura para ser saboreada. Primeiro um macaron laranja pálido que era de damasco; depois um verde, de pistache; depois outro de chocolate, claro; então, por fim, o melhor de todos: o cor-de-rosa, que tinha sabor de rosas. Regina iluminava-se então, como sempre fazia quando algo chegava de Paris. Às vezes havia um cartão-postal cuja mensagem era só um coração. Uma vez havia chegado uma linda caixa de gizes coloridos.

Elas tinham os macarons e um chá perfumado que sempre fazia com que se sentissem especialmente corajosas. *Sempre escolham a coragem*, Regina dizia às filhas. Ela não se preocupava com Gillian, que adorava andar numa corda bamba entre as árvores, mas a cautelosa Sally era outra história. *Não viva só um pouquinho*, Regina sussurrava para a filha mais velha quando a colocava para dormir à noite. *Viva intensamente!*

Regina havia se apaixonado pelo pai das meninas quando estudavam em Berkeley. Os dois abandonaram a faculdade para viver do que plantavam na terra e, no primeiro ano, moraram numa cabana, dormindo juntos num saco de dormir, loucos um pelo outro. Eles ainda eram tão apaixonados que não passavam uma única noite separados. A tristeza não fazia parte da natureza de nenhum dos dois. Por fim, o pai delas disse à mãe que já era hora de tirarem umas férias. Ele a surpreendeu com planos para uma segunda lua de mel.

Regina, minha linda rainha, ele disse, *vamos celebrar a vida*. Ele a beijou na boca e a fez rir e depois disso ela ficou mais parecida com a Regina que costumava ser, alguém que sabia se divertir e que sempre levava as filhas para dançar na chuva. O casal fez as malas, prometendo trazer presentes e barras de chocolate. As meninas ficaram na janela acenando, e assistiram aos pais dançando no gramado, antes de acenarem e partirem em viagem.

Mas algo deu errado. Isso ficou bem evidente. As meninas foram acordadas no meio da noite pela babá, uma adolescente que estava tão histérica que as irmãs não conseguiram decifrar uma palavra do que ela estava dizendo. Elas se abraçaram e tentaram entender as palavras desconexas da babá. Ela mencionou um telefonema do xerife e depois falou sobre fogo e água, que elas sabiam que nunca se misturavam. Ela chamou as irmãs de pobres e infelizes criaturas e se perguntou o que aconteceria com elas agora. Quando a babá passou a divagar sobre o futuro delas, seu desespero resultou em ataques de choro incontrolável.

Lá fora uma chuva fria e cortante caía torrencialmente. Ninguém poderia dançar com aquele tempo. As árvores estavam estremecendo sem que as irmãs fizessem isso acontecer. Folhas caíam dos galhos como um cobertor negro. Os pássaros, que sempre bicavam a janela de Sally, tinham desaparecido. As meninas esperaram até que a babá recuperasse o fôlego e parasse de chorar. Elas nunca tinham sido acordadas no meio da noite e sabiam reconhecer a chegada de uma onda de má sorte. Ela bateu na porta calmamente a princípio, depois bateu com mais força, insistindo para que a deixassem entrar.

Gillian, loira e normalmente destemida, agarrou seu ursinho de pelúcia e ficou num canto, o terror subindo pela espinha. Sally, morena e séria, sentou-se na cama e segurou a mão da babá para acalmá-la. Esse era o momento que Sally mais temia, quando a vida que tinham levado até então virava de ponta-cabeça. A avó tinha avisado que isso acontecia com todo mundo, mais cedo ou mais tarde. Sally sempre pensara que seria mais tarde, mas agora descobria que estava enganada.

Os pais tinham descido o rio Russo a bordo de uma canoa, carregada com o equipamento de pesca do pai e as tintas e telas da mãe, inclusive os gizes coloridos enviados de Paris. Quando as chuvas começaram, de repente e sem aviso, a canoa virou. Daniel quase afundou sob a água corrente, mas conseguiu se agarrar ao casco do barco. A mãe, que não podia se afogar, ficou flutuando ao lado dele, enquanto repetia palavras de estímulo para que ele não desistisse. Quando finalmente conseguiram chegar à margem, ficaram gratos pela sorte que tiveram. Havia um pequeno hotel por perto e eles alugaram um bangalô para esperar a chuva passar, mas devem ter cochilado e não ouviram a tempestade ficar ainda mais violenta. Quando um raio atingiu o bangalô, eles estavam dormindo juntos na cama, profundamente adormecidos, alheios às maldições deste mundo, e ainda estavam lá, abraçados, quando o fogo começou, a fumaça entrando pelas fendas nas paredes do quarto.

A babá informou às meninas que o xerife logo enviaria alguém. Como não tinham família, as irmãs ficariam sob a custódia de uma assistente social.

— Eles vão encontrar algum lugar para vocês morarem. Podem não ficar juntas, mas não vão ficar sozinhas.

— Mas onde mamãe e papai estão? — perguntou Gillian. A voz dela fraquejava e seus olhos estavam cheios de lágrimas. — Quando eles voltam para casa?

Sally tinha olhos cinzentos muito escuros e uma expressão sombria.

– Você não entendeu ainda? – ela disse à irmã. – Eles não vão voltar.

– Não pode ser! – disse Gillian. – Temos que ter pais.

Sally se virou para a babá. Ela era a irmã mais velha, e nesse momento ficou claro que era melhor que começasse a agir como tal.

– Você pode fazer um telefonema?

A babá enxugou os olhos inchados com um pano úmido e disse:

– Talvez mais tarde. Estou muito transtornada agora.

Sally se levantou, pegou a mão de Gillian e a levou para a sala de estar.

– Ninguém vai nos separar. – Ela foi até onde estava o telefone e abriu a agenda da mãe. Começou a virar as páginas bem rápido. Felizmente, ela sabia ler. Lembrava-se de uma enorme coroa de flores do campo que tinha sido enviada de Massachusetts no funeral da avó. O cartão tinha sido assinado: *Com amor, de Bridget e Frances Owens*. Isso significava que elas eram da família.

– O que você está procurando? – Gillian quis saber.

As meninas estavam de pijama e descalças. Ambas sentiram um calafrio.

– Vovó disse que, se alguma coisa acontecesse, eu deveria ligar para a nossa família.

– Nós temos família?

Sally levou o telefone para a babá, ainda reclinada no sofá, e a fez ligar para um número.

– Vá fazer a mala – Sally sussurrou para Gillian quando ela pegou o telefone. – Pegue nossos vestidos mais bonitos. Os que a vovó comprou.

– E todo o resto que tem no nosso quarto?

Sally balançou a cabeça. Elas levariam pouca coisa por ora.

– Você pode levar Arthur e Pip. – O urso de pelúcia de Gillian e seu ratinho de brinquedo. – Vou levar Maxine. – A cachorrinha preta de pelúcia de Sally.

Sally esperou que alguém atendesse a ligação. A pessoa que fez isso, Sally descobriu depois, era uma velha muito malvada.

– Você sabe que horas são? – disse a voz irritada do outro lado da linha.

– Eu ainda não sei ver as horas – admitiu Sally.

– Quem é?

– Sally Owens. Quem está falando?

– Frances Owens – disse a velha, parecendo surpresa.

– Você enviou as flores. Minha avó disse para ligarmos para nossa família se alguma coisa acontecesse.

Houve uma pausa.

– E aconteceu?

Um carro da polícia estava entrando na garagem. Os faróis eram tão brilhantes que Sally protegeu os olhos. Quando as luzes foram desligadas, Sally piscou. Ela teria que dizer ao funcionário da funerária que seus pais deveriam estar vestidos de preto e sem sapatos. Era assim que a avó deles tinha sido enterrada. Ela e Gillian usariam seus melhores vestidos e, por respeito, ficariam descalças também.

– Graças a Deus! – Sally ouviu a babá dizer quando os policiais bateram na porta.

Sally segurou o fone com mais força.

– Nós vamos morar com você – ela disse à velha malvada. Pelo menos ela e Gillian ficariam juntas. Gilly voltou, arrastando com ela os vestidos de festa. O dela era violeta e o de Sally, cor-de-rosa, enfeitado com renda marfim. – Muito bem – disse Sally. – São esses vestidos.

– O que você disse? – perguntou a mulher ao telefone, num tom contrariado. – O que aconteceu?

Os policiais se aproximaram das meninas solenemente. Eles tiraram o quepe e um deles se ajoelhou para que pudesse falar com as irmãs no nível dos olhos.

– Acho que você vai precisar desligar o telefone, garotinha – ele disse.

– Oh, não! – respondeu Sally. Ela entregou o fone para ele. – É a nossa tia. Ela vai tomar todas as providências para a gente ir morar com ela.

※

A viagem de avião era a primeira que elas faziam e foi horrível. Havia uma tempestade estacionada no meio do país, com relâmpagos cortando o céu, que deixaram as meninas apavoradas.

– O relâmpago nunca cai duas vezes no mesmo lugar – disse Sally com firmeza, para tranquilizar tanto ela própria quanto a irmã. Mesmo assim, Gillian vomitou duas vezes num saco de papel, que Sally depois entregou à comissária de bordo. Elas estavam usando vestidos de festa leves e ambas tinham pequenas valises de couro sob os assentos. Sally trazia com ela coisas práticas, como escova de dentes e creme dental, fotografias dos pais, um pente, pijama e chinelos. Gillian tinha enchido a mala com todos os seus outros vestidos de festa, tantos que a mala quase não tinha fechado.

– Meninas, vocês não têm nada mais quente para vestir? – a comissária perguntou quando o avião estava finalmente pousando. – Afinal, vocês estão em Boston. Pode estar nevando.

Nenhuma das garotas já tinha visto neve. Por um instante, ficaram animadas quando espiaram pela janela e viram enormes flocos brancos caindo.

– Olha, Arthur! – exclamou Gillian para seu bichinho de pelúcia. – Acho que você vai gostar daqui.

Sally voltou a se sentar no banco, preocupada. Estava escuro em Boston, a neve rodopiava, os pais não voltariam mais e a velha com quem ela tinha falado tinha sido muito malvada.

A comissária levou as duas para fora do avião e acompanhou-as pelo terminal. Já estava frio e elas ainda nem estavam lá fora. O gelo cobria o vidro das janelas. As pessoas falavam alto, com vozes estridentes. Alguém disse que o tempo estava horrível. As irmãs deram as mãos. Aquilo não parecia bom.

– Eu acho que Arthur não vai gostar nem um pouco daqui... – Gillian murmurou numa voz melancólica.

– Claro que vai! De onde você acha que os ursos vêm? – disse Sally com uma voz séria. Ela mesma estava tremendo. – Eles gostam de frio.

– Também tem ursos na Califórnia – protestou Gillian. – Papai disse que viu um.

– Eu acho que aquela é a família de vocês – disse a comissária, apontando numa direção.

As irmãs se viraram rápido para olhar. Havia duas mulheres de casaco preto, uma muito alta e a outra mais baixa, de cabelo todo branco. Ambas tinham balões vermelhos amarrados no pulso para que as crianças as reconhecessem. A mais baixa usava uma bengala preta com uma cabeça de corvo esculpida. Ela acenou e chamou as irmãs pelo nome. Sally e Gillian pararam, congeladas no lugar. Essa com certeza não poderia ser a família delas.

– Eu não gosto delas – disse Gillian.

– Você nem as conhece! – disse Sally, muito sensata.

– Eu não quero conhecer. – A voz de Gillian adquiriu o tom que sempre tinha quando ela ia começar a chorar. – Elas são velhas.

– A vovó era velha.

– Não, ela não era! Ela era bonita.

– Vamos, garotas – disse a comissária, apressando-as.

Elas tinham chegado ao portão de desembarque. Agora não tinha mais jeito. A vida que começariam a viver estava do outro lado do portão. Elas poderiam fugir, mas para onde? A polícia estava na Califórnia, e elas poderiam ser separadas e passar a morar com pessoas que não se importariam que Gillian tivesse medo do escuro e Sally gostasse de comer a mesma coisa no café da manhã todos os dias, cereal com uma colher de mel por cima.

As garotas se entreolharam e depois se aproximaram das tias.

– Aí estão vocês! – gritou alegremente aquela que depois disse se chamar tia Jet. – Não é que são o oposto uma da outra! Eu acho que vou chamar vocês de Noite e Dia. Estão atrasadas, mas um início tardio significa que o final chegará bem a tempo!

As tias cheiravam a lavanda e enxofre. Usavam botas, luvas e cachecóis de tricô, e tinham trazido casacos pretos de uma lã áspera para agasalhar as meninas. Quando as irmãs os vestiram, sentiram como se aranhas estivessem subindo pelos seus braços e costas, e elas não gostavam nem um pouco de aranhas.

– O que eu te disse? – a mais alta, Franny, disse para a mais bonita. – As pessoas na Califórnia se vestem como uns idiotas.

– Não é verdade! – disse Sally, ofendida.

Essa tia alta era realmente malvada. Ela avaliou Sally com frieza.

– Você não é uma pequena encrenqueira, é? – ela perguntou.

– Ela não é! – Gillian disse, protegendo a irmã.

– Então suponho que você seja – disse tia Frances à mais nova das duas.

– E se eu for? – perguntou Gillian, com as mãos nos quadris.

– Se você for, vai se meter em muita encrenca e isso eu não quero nem ver.

Os olhos de Gillian se arregalaram. Ela estava a prestes a se desmanchar em lágrimas.

– Bem, você deve ser cega e não vai ver nada mesmo... – disse Sally num esforço para defender a irmã caçula.

– Eu não sou cega nem surda e, se você tiver um pouco de juízo nesta sua cabecinha, vai ouvir o que eu digo – aconselhou Franny. – Tudo o que eu falar vai ser para o bem de vocês.

– É melhor irmos andando – disse Jet, já farta de ouvir toda aquela discussão. – Está nevando.

Os flocos de neve caíam enquanto caminhavam pelo estacionamento até uma picape Ford. Tia Frances pegou a chave do carro e estourou o balão que estava amarrado ao pulso. O estouro fez Gilly tampar as orelhas com as mãos.

– Francamente, Franny – disse Jet. – Você precisava estourar o balão?

– Ah, não caberia no carro. – Franny estourou o balão de Jet também, depois sentiu um pouco de remorso porque as sobrinhas pareciam bem mais nervosas; então ela enfiou as mãos nos bolsos e pegou balas de goma e de alcaçuz vermelhas para as garotas chuparem durante a longa viagem do aeroporto até a casa. – Suponho que crianças gostem disso – disse ela. – Sempre preferi fatias de limão.

As irmãs tinham pegado um voo noturno e já estava amanhecendo quando elas entraram na rua principal da cidade. A neve estava acumulada e a picape avançava bem devagar. Havia corvos empoleirados nos telhados de muitas casas e quase nenhuma loja na rua principal. Uma farmácia, uma padaria, uma mercearia. E só. Quando passavam, as luzes da rua piscavam, depois apagavam.

Quando as meninas menos esperavam, chegaram ao seu destino. Sentadas no banco de trás da picape, elas ainda estavam de mãos dadas. Quando saíram do carro, seus sapatos ficaram cheios de neve.

– Claro! – disse Franny. – Não estão calçando botas. Gente da Califórnia provavelmente não gosta de botas.

Elas subiram o caminho de cascalho até a casa dos Owens. Pardais aninhavam-se nas glicínias retorcidas. Quando Sally estendeu o braço, um deles voou para pousar na palma da mão dela.

– Olá! – ela disse, reconfortada pelo calor do pássaro e seus olhinhos brilhantes.

– Mas que coisa mais incomum! – exclamou Jet, lançando para a irmã um olhar risonho. Outra Owens que atraía pássaros.

– Isso sempre acontece! – disse Gillian com orgulho. – Ela nem precisa assobiar.

– É mesmo? – admirou-se Franny. – Então é porque ela é uma menina muito talentosa.

Havia tantas videiras na varanda que as meninas mal podiam enxergar a porta. O jardim fora preparado para o inverno, com alguns arbustos envolvidos em panos, que os faziam parecer monstros. As glicínias se enrodilhavam nos pilares da varanda, como dedos de um goblin. A casa em si era alta e inclinada, com vidro verde nas janelas e uma cerca que circundava a propriedade como uma cobra. Gillian não era fã de cobras, videiras ou árvores que pareciam monstros, mas tia Jet ofereceu a mão e disse a ela:

– Preparei algo especial para vocês comerem no café da manhã.

– Macarons? É o doce favorito da mamãe. Ela sempre recebe uma caixa de Paris no aniversário dela.

Jet e Franny trocaram um olhar.

– Ela recebe? – perguntou Jet. – Bem, desta vez é bolo de chocolate. O melhor que vocês já comeram. E temos refrigerante se estiverem com sede.

Elas subiram os degraus da varanda como se já se conhecessem havia anos.

Isso fez com que Sally e tia Frances ficassem sozinhas mais atrás.

– Você mora aqui sozinha? – perguntou Sally.

– Claro que não. Sua tia Jet mora aqui também.

– Você não tem marido?

– Eu tive. Não tenho mais.

Sally olhou para a tia.

– Sinto muito – disse ela.

Franny olhou para a menina, um pouco comovida por ter sido indagada sobre Haylin. Ele teria sido muito melhor com as crianças. E se tivessem tido filhos, ela já seria avó. Ela seria diferente então, mais terna, não tão assustadora aos olhos das crianças pequenas.

– Sinto muito pelo que aconteceu aos seus pais – Franny conseguiu dizer. – Conheci sua mãe quando ela era uma garotinha. Ainda tenho um dos desenhos que ela fez quando nos visitou. Eu o deixo na sala da frente.

Sally ficou olhando para tia Frances, esperando para ver o que ela diria em seguida.

– Eu era amiga da sua avó, você sabe. E do seu avô. Sinto falta dele todos os dias – disse Franny sem pensar.

– Nós não tínhamos avô – disse Sally, apesar da promessa que fizera a si mesma de não dar nenhuma informação.

– Vocês tinham, sim, mas ele foi embora para viver feliz para sempre na França. – Franny deu uma olhada mais atenta na menina. – Você se parece com ele. Tem sorte de se parecer com ele.

– Se fosse verdade, ele teria um nome.

Sally era teimosa e não tinha medo de responder. Ficou ali, de queixo erguido, como se estivesse pronta para ouvir a tia dizer algo muito ruim. De repente, Franny sentiu algo que nunca sentira antes. Sentiu pela perda sofrida por outra pessoa.

– Ele tem um nome – disse Franny. Ela pareceu diferente quando falou aquilo. Mais triste. Nem um pouco malvada. – Vincent.

– Eu gosto desse nome – disse Sally.

– E por que não ia gostar? – perguntou Franny. – É um nome maravilhoso!

– Se ele está vivendo feliz para sempre, você não deveria ficar tão triste – Sally disse à tia.

– Você está absolutamente certa.

– É ele quem manda os biscoitinhos? – perguntou Sally. – Aqueles feitos de rosas de Paris?

Franny fitou os olhos cinzentos de Sally. Era uma pergunta sincera e inocente. Ela sentiu uma onda de alívio, mas também uma onda de tristeza por todos os anos que tinham perdido.

– Sim. Tenho certeza de que é ele quem manda.

– Ele não vai voltar mais?

Franny balançou a cabeça.

– É improvável.

Sally pensou e pegou a mão da tia.

– O que foi? – perguntou Franny, surpresa.

– Vincent. O que vai acontecer quando ele enviar os macarons para a Califórnia? Ele vai se preocupar com a gente.

– Quando eles forem enviados de volta a Paris, ele saberá que vocês estão morando aqui com a gente e não vai se preocupar.

Ali, na varanda onde a luz estava sempre acesa, Sally lamentou a perda da tia também. Franny baixou o olhar para que a garota não visse as lágrimas em seus olhos. Ela achava que as crianças seriam mais comportadas se tivessem um pouco de medo e respeito. Mas regras nunca importavam muito. O mais importante era que descobrissem quem elas eram.

Na cozinha, havia bolo de chocolate embriagado para o café da manhã. As garotas logo iriam aprender que aquela não era uma casa como outra qualquer. Ninguém se importava se as crianças ficassem acordadas até tarde da noite ou quantos livros lessem em tardes chuvosas, ou se saltassem do penhasco mais alto no Lago Leech. Mesmo assim, havia algumas coisas que precisavam aprender. Não beber leite depois de uma tempestade, pois certamente ele estaria azedo. Sempre deixar sementes para os pássaros quando a primeira neve caísse. Lavar os cabelos com alecrim. Beber chá de lavanda para dormir bem. Saber que o único remédio para o amor é amar ainda mais.

Agradecimentos

Minha mais profunda gratidão à minha editora, Marysue Rucci. Agradeço também a Jonathan Karp e Carolyn Reidy.

Muito obrigada a Zack Knoll, Dana Trocker e Anne Pearce, Elizabeth Breeden, Wendy Sheanin, Mia Crowley-Hald, Susan Brown, Carly Loman, Lauren Peters-Collaer e Jackie Seow.

Obrigada a Suzanne Baboneau da S & S UK.

Um muito obrigada a Amanda Urban e Ron Bernstein pela fé que depositaram neste livro.

Muito obrigada a Kate Painter e Pamela Painter por suas ideias sobre ficção e fato.

Minha gratidão a Madison Wolters pela ajuda em todas as coisas.

Obrigada a Alexander Bloom pelo conhecimento histórico.

Obrigada a Sue Standing.

Minha gratidão aos meus primeiros leitores, Gary Johnson, Kyle Van Leer e Deborah Thompson.

Meu amor a todos que já passaram pelas portas do número 44 da Greenwich Avenue, especialmente Elaine Markson, que fez sonhos se tornarem realidade.

Impresso por :

gráfica e editora

Tel.:11 2769-9056